Virage Interdit
Par Nelra
ISBN : 978-2-9587283-8-0
Couverture, design et mise en page : © Petit Corbeau
Ce livre est une fiction. Toute référence à des évènements historiques, des personnages ou des lieux réels serait utilisée de façon fictive. Les autres noms, personnages, lieux et évènements sont issus de l'imagination de l'auteure, et toute ressemblance avec des personnages vivants ou ayant existé serait totalement fortuite. Tous droits de reproduction, par quelque procédé que ce soit, d'adaptation ou de traduction, réservés pour tous pays.

ESPACE DEDICACE

« Sois toi-même, les autres sont déjà pris ! »
Oscar Wilde

« C'est impossible dit la fierté, c'est risqué dit l'expérience,
C'est sans issue dit la raison, mais essayons murmure le cœur ! »
William Arthur Ward

« Le cœur dit oui, la raison dit non,
Et nous on s'est perdu entre les deux ! »
Auteur inconnu

« T'aimer est dangereux,
Ne pas t'aimer est inhumain ! »
Nelra

TABLE DES MATIERES

PROLOGUE	9
CHAPITRE 1	13
CHAPITRE 2	19
CHAPITRE 3	27
CHAPITRE 4	33
CHAPITRE 5	39
CHAPITRE 6	47
CHAPITRE 7	55
CHAPITRE 8	67
CHAPITRE 9	73
CHAPITRE 10	81
CHAPITRE 11	91
CHAPITRE 12	99
CHAPITRE 13	107
CHAPITRE 14	113
CHAPITRE 15	117
CHAPITRE 16	121
CHAPITRE 17	129
CHAPITRE 18	137
CHAPITRE 19	149
CHAPITRE 20	155
CHAPITRE 21	159
CHAPITRE 22	169
CHAPITRE 23	177
CHAPITRE 24	185
CHAPITRE 25	195
CHAPITRE 26	207
CHAPITRE 27	221
CHAPITRE 28	231
CHAPITRE 29	241
CHAPITRE 30	249
CHAPITRE 31	255
CHAPITRE 32	263
CHAPITRE 33	269
CHAPITRE 34	275
CHAPITRE 35	281
CHAPITRE 36	289
CHAPITRE 37	297
CHAPITRE 38	305
CHAPITRE 39	317
CHAPITRE 40	329
CHAPITRE 41	341
CHAPITRE 42	349
ÉPILOGUE	359
REMERCIEMENTS	365

PROLOGUE

ROMANE 15 ANS

Les fesses ancrées sur le sol, j'observe mon frère et Lucas qui se démènent sur le terrain de foot. Les larmes au bord des yeux, le cœur en miette, je suis une psychopathe de m'infliger ça. Lucas part demain et moi, je suis là, à me gorger de son physique, comme s'il n'allait jamais revenir. Pourtant, c'est la sensation que j'ai. Quatre ans ! Il part pour quatre ans, ce n'est pas rien. Il peut s'en passer des choses, surtout aussi loin ! Ce n'est pas que l'Italie soit à l'autre bout du monde, mais je doute que mon frère me propose de l'accompagner pour rendre visite à son ami d'enfance. Au contraire, il sera trop content de pouvoir se débarrasser de sa petite sœur tout en prétextant que je suis trop jeune pour le suivre.

De toute façon, Lucas ne me voit pas. À part pour se foutre de ma gueule, il ne me regarde jamais. Alors à quoi bon ? Pourquoi je continue d'espérer encore ? Je suis pathétique, ridicule ! Ce mec est gaulé comme un dieu grec, je ne vois pas ce qu'il pourrait me trouver. Moi, la petite sœur de son meilleur pote. La fille trop ronde, mal fagotée et mal dans sa peau. En plus, ce n'est pas comme si on s'appréciait. Au contraire, on se déteste. Enfin, lui ne me supporte pas. Moi, je fais juste semblant, histoire qu'il ne se doute de rien. Je le foudroie du regard, alors que je rêve de papillonner des cils devant lui. Je lui crache des insultes, là où j'ai envie de lui crier que je l'aime. Je lui tourne le dos, alors que la seule chose dont j'ai envie, c'est de lui rouler une pelle.

Je suis une vraie MASO !

En tout cas, la définition me correspond plutôt bien.

— Alors Michel, encore dans la lune ?

Je sursaute quand j'entends mon frère prononcer ce surnom stupide dont il m'affuble. Tout ça, parce que je préfère passer du temps à réparer des voitures avec mon père, plutôt qu'arpenter les magasins avec ma tante. La seule chose qui m'apparente à une fille, c'est l'absence de pénis entre mes cuisses. Sinon, j'ai toute la panoplie du garçon manqué. Des cheveux courts, des jeans trop grands, des pulls trop larges et une casquette vissée sur la tête. Sans oublier mon absence totale de féminité. En clair, le jour où un mec me tombera dessus, c'est qu'il se sera entravé sur son passage. Parfois, j'ai envie de tenter autre chose, ceci dit, je suis vite rappelée à l'ordre par mon manque total de goût...

— Tiens-moi ça !

Le tee-shirt de mon frère atterrit sur ma tronche sans que je ne le voie arriver. Il va vraiment falloir que j'apprenne à me concentrer sur ce qui m'entoure. Une odeur de transpiration me monte aux narines et avec elle, l'envie de gerber.

— Sans déc ! Va prendre une douche, tu pues la mort ! protesté-je en lui renvoyant son bien, qu'il récupère en se marrant.

— Ça, Michel, c'est parce que t'as pas l'habitude de sentir l'odeur du mâle, la vraie. Celle du sportif qui vient de tout donner pour offrir la victoire à son équipe, murmure Lucas à mon oreille.

Penché au-dessus de moi, il me fixe avec ce sourire qui met le feu aux petites culottes – surtout la mienne. Vous savez, ce genre de rictus qui vous fait oublier jusqu'à votre prénom.

— Ferme la bouche, Michel, tu baves ! ajoute-t-il tout en se redressant avec un clin d'œil.

Pour toute réponse, je fourre deux doigts dans ma bouche et mime de vomir. Parfois, je me demande si cet enfoiré ne se doute pas de ce que je ressens pour lui. Et à d'autres moments, je me dis que s'il le sait, c'est bien le dernier des connards. Comme en cet instant, alors que Manon se jette à son cou et par la même occasion sur ses lèvres et qu'il se laisse faire. Sérieux, ils sont écœurants !

De mauvaise foi ? Moi ? Si peu ! Cette fille, je la déteste ! Elle est tout ce que je ne serai jamais. Grande, blonde, pulpeuse et surtout stupide. Le parfait cliché de la blonde à qui tu dis « sois belle et tais-toi ». Et si moi, je suis loin de posséder un physique de rêve, par contre, j'ai plus de deux neurones dans la tête ! Alors qu'elle, en plus de n'en disposer que d'un tout petit nombre, je suis certaine qu'ils se touchent. En clair, cette pauvre Manon doit être plus proche du QI d'un poulpe que de celui d'Einstein ! Pourtant, c'est elle qui en ce moment même est en train de bouffer les amygdales du garçon dont je suis amoureuse depuis... depuis, beaucoup trop longtemps. Comme quoi, il vaut mieux avoir un cul d'enfer, qu'un cerveau.

Et vas-y qu'elle se frotte, qu'elle le tripote.

JE LA DÉTESTE ! Oui, je sais, je l'ai déjà dit !

Agacée, je me lève, ramasse mon sac à dos qui gît à mes pieds et prends la tangente. Si je reste plus longtemps, mes yeux vont finir par saigner de ce spectacle.

— Michel, si tu rentres à la maison, tu préviens papa que je rentrerai tard ! m'interpelle Maël.

Une boule de peine vient d'élire domicile dans ma gorge et si je lui réponds, j'ai peur de fondre en larmes. Alors, je lui envoie mon majeur au-dessus de mon épaule sans même me retourner.

Il ne me reste plus qu'à rentrer chez moi et à pleurer toutes les larmes de mon corps. Demain, Lucas s'envole, je dois me le mettre dans la tête. Voyons le positif, si je ne l'ai plus devant les yeux, peut-être que j'arriverai plus vite à oublier les sentiments que je nourris pour lui...

Ou pas...

CHAPITRE 1

UNE PAIRE DE SEINS QUI SERAIT CAPABLE D'ENVOYER DIEU LUI-MÊME EN ENFER !

LUCAS

4 ans plus tard !

Assis à l'arrière du taxi qui me ramène chez moi, je m'imprègne de l'odeur des embruns marins qui chatouillent mes narines. Quatre ans que je n'ai pas remis les pieds dans ma Bretagne natale, pourtant, rien ne semble avoir changé durant mon absence. Les larges plaines sont toujours verdoyantes, les routes sont encore chaotiques et la mer déchaînée.

Putain, que cette vue et cette odeur m'ont manqué !

Quatre ans loin d'ici, c'est long ! Je suis content d'avoir enfin achevé mes études. Cette expérience ne sera que bénéfique pour la suite. Il ne me reste plus qu'à savoir ce que je veux faire de ma vie ; accepter le contrat de Massimo ou bien chercher ailleurs. Il m'a laissé six mois pour lui donner une réponse. Si Alba n'était pas dans le tableau, j'aurais tout de suite accepté. Un contrat dans l'écurie Ferrari, à mon âge, c'est une sacrée aubaine.

Sauf que la contrepartie est un prix lourd à payer !

Peu importe, pour le moment, la seule chose que je veux, c'est retrouver mes racines, ma famille. Me ressourcer auprès de ceux qui me sont chers et laisser mes problèmes derrière moi. Presque un an que je n'ai pas vu Maël et cet enfoiré me manque. Tout comme son père et cette peste de Romane. Quant à mes géniteurs, que je sois là ou pas, ça ne changera rien à leur vie. Depuis que je suis môme, ils parcourent le monde pour leurs affaires en me laissant derrière eux. J'ai passé plus de temps avec la famille de mon pote qu'avec la mienne.

Quand le taxi me dépose devant la grille qui me sépare de la demeure familiale, mon cœur se serre. Revoir cet endroit, c'est à la fois euphorisant et malaisant. Les seuls souvenirs positifs que j'en aie, je les ai passés auprès de Maël et des siens. Les fêtes d'anniversaire, les rentrées scolaires, les Noëls. D'aussi loin que je me souvienne, ils étaient présents à chaque instant. La télécommande du portail que Violette m'a expédiée au creux de ma main, j'actionne le bouton. Au fur et à mesure où la grille s'ouvre, mon sourire s'élargit. J'ai hâte de voir la tête qu'ils vont tirer en me voyant débarquer à l'improviste.

Mon sac sur le dos et mes lunettes de soleil sur le nez, je remonte l'allée bordée de chênes. Le gravier crisse sous mes chaussures et les feuilles des arbres bruissent sous la brise marine. Sans m'arrêter, je contourne le manoir familial et me hâte en direction de l'arrière de la demeure ; là où se trouve la petite maison du père de Maël. Cette ancienne grange a été rénovée pour qu'il s'y installe avec moi et sa famille. En échange du logement, le père de mon pote s'occupe du domaine de mes parents et de moi par la même occasion. Le pauvre, quand je pense aux nombres de fois où nous l'avons tourné en bourrique, il a souvent dû regretter d'avoir accepté ce travail.

Lorsque j'arrive à l'arrière, la première chose que j'aperçois, ce sont des jambes nues, des fesses en l'air et une tête sous un capot. À moins que la fiancée de mon pote ne se soit mise à la mécanique, il ne peut s'agir que de Romane. J'hésite à lui signaler ma présence. Oh et puis merde ! Après tout, cette peste mérite bien une petite frayeur. Cette gamine est aussi casse-pied qu'une écharde dans un doigt. À pas de loup, je m'approche d'elle. De toute façon, si mes souvenirs sont bons, quand elle est concentrée sur un truc, une armée d'éléphants roses pourrait lui passer au-dessus de la tête qu'elle ne s'en rendrait pas compte.

— Alors Michel, toujours la tête dans le cambouis à ce que je vois !

Romane lâche la clé à molette qu'elle tient entre ses mains et se redresse si vite que son crâne percute le capot.

— NOM DE DIEU ! jure-t-elle à pleins poumons.

La tête penchée en avant, elle enlève l'élastique qui retient ses cheveux avant de frotter l'endroit de l'impact. Une tignasse brune et longue. Des cuisses rondes et fermes. Un short court. Un crop top. Et... le choc quand elle se tourne face à moi. Une paire de seins qui serait capable d'envoyer Dieu lui-même en enfer ! Putain de merde, où est donc passée l'ado mal dans sa peau, qui portait des fringues trop grandes pour elle et que j'ai quittée il y a quatre ans de ça ? Sans mon consentement, mes yeux observent sa silhouette. Et à mesure qu'ils font un focus sur son corps, ma queue se tend dans mon jean. C'est perturbant, pire que ça, dégoûtant. Bordel, je suis vraiment en train de bander pour Romane ? La petite sœur de mon pote ? Elle a dix-neuf, à peine, c'est limite si des gouttes de lait ne lui sortent pas du nez. Ses pupilles noires happent les miennes et là, je sais que j'ai bien affaire à elle. La surprise passée de me trouver en face d'elle, les éclairs qui sortent de ses yeux ne trompent pas.

— Et toi, Lucky, toujours aussi con !

À ce surnom, je grince des dents. J'avais quatorze ans, il y a prescription ! C'est dingue qu'elle se souvienne encore d'un truc pareil après toutes ces années. Comme au bon vieux temps, s'en suit un combat de regards qu'aucun de nous n'a l'intention de perdre. Pourtant, je dois faire appel à toute ma concentration pour ne pas dévier de mon objectif. Pour une raison que j'ignore, mes globes oculaires ont tendance à vouloir changer de direction pour se focaliser sur sa poitrine. Je dois vraiment être en manque pour en arriver à désirer Romane. Cette fille gauche, pénible et sans assurance.

— Putain ! C'est pas vrai, dites-moi que je rêve !?

Au son de la voix de Maël, je sursaute, me recule aussitôt et dirige mon regard vers lui. Hors de question qu'il me prenne en flagrant délit de matage de sa sœur. Meilleur ami ou pas, il n'hésiterait pas à me faire avaler mon extrait de naissance. Aussi chiante soit-elle, son frère l'a toujours protégée et couvée de loin, sans qu'elle le sache. Ce n'est pas pour rien que Romane traînait autant avec nous. Elle a toujours cru qu'elle s'imposait, alors qu'en fait, c'est Maël qui se débrouillait pour qu'elle soit avec nous où qu'on aille.

— Pourquoi t'as pas prévenu ? On serait venu te chercher ? me questionne mon pote en m'offrant une grande tape dans le dos.

— Et rater la tronche de Michel ? Ça aurait été dommage...

Maël éclate de rire, quant à Romane, si elle avait des mitraillettes à la place des yeux, je serais déjà six pieds sous terre.

— Comment tu savais que je serais là ? m'interroge mon pote.

— Qu'est-ce que tu crois, j'ai mes sources !

— Mon père ? me demande-t-il suspicieux.

— Pas du tout ! Ta moitié !

— J'ai toujours dit que cette fille avait quelque chose de spécial !

— Et c'est pour ça que tu l'as choisie, je suppose.

— Bien évidemment !

De concert, nous nous mettons à rire. Que c'est agréable d'être ici après tout ce qu'il s'est passé ces derniers temps !

— Allez, viens, j'te paye une bière, décide Maël en m'entraînant derrière lui. Tu viens, Michel ?

— Je te jure, arrête de m'appeler comme ça ! Y'a déjà assez de l'autre, sans que tu t'y mettes toi aussi, lui rétorque sa sœur.

— Allez Romane, fais pas ta tête de mule et viens avec nous, insiste mon pote.

— Non, j'ai autre chose à faire ! D'ailleurs, tu ne devais pas m'aider pour la transmission ? commence-t-elle à s'agacer.

Comment je le sais ? Parce que quand elle est énervée, elle a sa paupière droite qui saute. Qu'est-ce qu'elle a changé... je n'en reviens toujours pas ! La dernière fois que je l'ai vue, elle avait une coupe courte et les cheveux rouges. Là, sa longue tignasse brune doit bien lui arriver au milieu du dos. J'ai quitté une gamine et je retrouve une femme. Une femme ? N'importe quoi ! Quel que soit son physique, Romane reste la petite sœur de mon pote, le bébé que j'ai vu grandir.

— C'est bon, chouquette, on peut continuer ça plus tard.

— Plus tard ! Plus tard ! Tu sais depuis quand je prépare cette course ? Le temps qu'il m'a fallu pour vous convaincre toi et papa de me laisser y participer ? Je te rappelle que le rallye a lieu en novembre et que nous sommes loin d'être prêts !

— Quel rallye ? ne puis-je m'empêcher de demander.

— Le Rallye Gazelles And Men ! Nous y participons tous les deux cette année. T'inquiète pas chouquette, on sera prêt dans les temps et puis maintenant que Lucas est rentré, il va bien nous filer un coup de main. N'est-ce pas mon pote ? D'ailleurs, tu restes jusqu'à quand ?

Question piège ! Je n'ai aucune envie de plomber l'ambiance avec mes problèmes. Pas aujourd'hui. Je sais très bien que je ne pourrai pas pratiquer la politique de l'autruche très longtemps, surtout avec eux. Mais là, tout de suite, je n'ai pas le courage de parler de ça ! La seule chose que je souhaite, c'est prendre du bon temps.

— Je n'ai pas encore décidé ! Alors comme ça, Michel, tu vas participer à un rallye, t'as l'âge au moins ? la provoqué-je sciemment dans le but de détourner la conversation.

— Pour ton information, j'ai dix-neuf ans Lucky et je te rappelle que je conduisais déjà quand tu dégainais plus vite que ton ombre ! me tacle Romane en pointant son index sur mon thorax.

Celle-ci, je ne l'ai pas volée. Pour ma défense, j'ai toujours adoré la faire sortir de ses gonds et ça fonctionne à chaque fois. À côté de ça, j'ai une furieuse envie de lui montrer que cette sombre histoire n'est plus d'actualité et qu'il y a bien longtemps que j'ai appris à me maîtriser. Dans mon esprit, je m'imagine poser mes lèvres sur les siennes dans le but qu'elle se taise et pour savoir si, entre nous, ce serait aussi explosif au lit qu'à l'extérieur.

Le rire de Maël me ramène à la réalité. Putain ! J'étais vraiment en train de fantasmer sur Romane ? Ça ne tourne pas rond chez moi ! Son doigt, maintenant sur ma poitrine et son regard meurtrier, me feraient presque bander. Rectification, ils me font bander ! Là, c'est sûr, je suis bon à enfermer !

— Allez, ça suffit tous les deux, on dirait un vieux couple, se marre mon pote. Quatre ans que vous ne vous êtes pas vus et on dirait que vous ne vous êtes jamais quittés. De vrais frère et sœur. Allez, on va boire un coup pour fêter ton retour, achève Maël en m'entraînant derrière lui. Chouquette tu viens ou pas ?

— Non, se renfrogne Romane en nous tournant le dos et en partant dans la direction opposée à la nôtre.

— Tu peux constater qu'elle a toujours son putain de sale caractère, ironise-t-il.

— Je pense même qu'il s'est encore amplifié, ajouté-je.

— Hé ! Je suis pas sourde, s'écrit-elle derrière nous.

Le sourire aux lèvres, nous regagnons la maison qui nous a vus grandir. Tout ça, c'est juste l'émotion d'être rentré et le choc du changement physique de Romane, rien de plus. Quelques jours avec elle et j'aurai de nouveau envie de l'étrangler.

CHAPITRE 2

LUCKY OU ME ROULER DANS UN TAS D'ORTIES ?

ROMANE

Le choc ! Quand j'ai croisé le regard de Lucas, j'ai bien cru que mon cœur allait s'arrêter sur le champ. Quatre ans ! Quatre putains d'années sans le voir, sans penser à lui. Enfin... presque. Je n'ai jamais cessé d'y songer. Quand il est parti pour l'Italie, mon cœur s'est brisé et j'ai appris à vivre avec. J'ai arrêté d'avoir des illusions, surtout après avoir vu sa photo partout dans les magazines. Sa relation avec Alba, la fille du PDG de la firme Ferrari a défrayé la chronique. Le couple idéal, aussi canon, l'un comme l'autre. Aucune chance que je puisse rivaliser avec elle. De toute façon, je n'en ai rien à foutre de son retour. J'ai autre chose à faire – à penser.

Ce rallye, c'est le rêve de ma vie et il est hors de question que je laisse qui que ce soit me mettre des bâtons dans les roues. Trop longtemps que je travaille mon père et mon frère au corps pour qu'ils acceptent.

Que je conduise dans les pares-feux[1] du coin, aucun problème pour eux, par contre, me laisser partir, là, c'est autre chose. Pour avoir

---

[1] Chemin de terre assez large qui coupe des forêts en parcelle dans le but de ralentir ou d'éviter la propagation du feu en cas d'incendie.

gain de cause, j'ai même dû accepter de prendre mon frère comme co-pilote. Non pas que je ne lui fasse pas confiance, c'est juste qu'il passe son temps à s'inquiéter pour moi. Ce qui est ridicule, parce que je suis une pro du volant. Après tout, c'est de leur faute si j'en suis là aujourd'hui.

Seule fille au milieu de toute cette testostérone, j'ai été bercée par les bruits de moteur et l'odeur du cambouis depuis ma naissance. Ma mère a perdu la vie en me mettant au monde. Mon père s'est retrouvé avec un enfant de quatre ans et un bébé sur les bras, il a dû assumer. Sur le plan matériel, nous n'avons pas eu à nous plaindre. Pour le côté affectif, par contre. Disons que Juel Prigent n'est pas quelqu'un de très démonstratif. Quant à mon frère, il agît encore comme si j'avais quatre ans. Mais aujourd'hui, j'ai dix-neuf ans, je suis une adulte et je compte bien le leur prouver. Mon père m'a donné le goût de la conduite, de la mécanique et des belles voitures. Là où les autres filles parcouraient les magasins avec leurs mères, moi, j'apprenais à régler un carburateur. Quand elles cuisinaient, moi, j'étudiais le nom des clefs et leurs utilisations. À dix ans, j'étais capable d'effectuer seule une vidange. À douze, je savais reconnaître un problème rien qu'au bruit du moteur.

Mon père et mon frère sont en grande partie responsables de celle que je suis aujourd'hui, alors, je refuse qu'ils me le reprochent ou qu'ils m'empêchent de réaliser mon rêve. J'ai déjà accepté de passer un BAC général pour les rassurer, hors de question qu'en plus, j'abandonne ma passion. Il m'a fallu user de toute ma persuasion pour le convaincre de me laisser prendre ces deux années sabbatiques. Pour lui, arrêter mes études était inconcevable. Pourtant, il a dû entendre raison. Je ne suis pas prédisposée pour passer ma vie le cul sur une chaise derrière un bureau. Non, moi, ce dont j'ai besoin, c'est ressentir un moteur vibrer, me shooter à l'odeur de l'essence, me salir les mains. Et si je réussis à bien me placer durant ce rallye, ça pourrait sans doute m'ouvrir quelques portes. Même si je suis bien consciente qu'être une femme ne m'aide pas. Au contraire. Je subis déjà les railleries des clients de mon père à son garage, alors, j'imagine très bien ce que ça peut-être dans une écurie telle que celle qu'a fréquentée Lucas.

Lucas... Sa présence réveille des choses dans mon cœur dont je ne veux pas. Rien que de le voir, les plaies à peine refermées de mon palpitant s'ouvrent à nouveau. Je n'ai jamais oublié son visage, pourtant, aujourd'hui, je le trouve différent. Ses traits ont pris en profondeur, son regard est plus incisif, quant à sa carrure, elle est plus développée. Il est encore plus beau que dans mon souvenir, ce qui n'arrange pas mes affaires. Après être tombée sur des photos de lui et de cette Alba dans un magazine automobile, j'ai mis un point d'honneur à ne plus regarder son image ni entendre parler de lui. Trop douloureux. Le voir sourire dans les bras d'une autre a accentué les blessures de mon âme. J'évitais le plus possible de me trouver dans la même pièce que ma famille quand ils abordaient le sujet. Depuis deux ans, tout allait plutôt pas mal pour moi.

Jusqu'à aujourd'hui ! Je me doutais qu'un jour il reviendrait, je ne voulais pas me l'avouer, c'est tout. Et j'admets que j'aurais apprécié d'être mise au courant, histoire de me préparer psychologiquement à cette rencontre.

Allez Romane, serre les dents ! Si ça se trouve, d'ici quelques jours, il aura mis les voiles et ne sera plus qu'un rappel du passé. Ça m'étonnerait qu'après les études qu'il a faites, il revienne s'installer ici. Ses ambitions sont sans aucun doute plus grandes que celle de s'enterrer en Bretagne.

— Et merde ! m'agacé-je quand la clé à molette m'échappe une nouvelle fois.

Il faut que je me concentre et que j'arrête de penser à lui.

— Tu es d'une humeur exécrable, aujourd'hui !

La voix de Violette, la copine de mon frère résonne derrière moi. Cette fille, c'est la seule nana avec qui je suis capable de m'entendre. Avec Maël, ils sont ensemble depuis bientôt huit ans. Si au début, j'étais un peu jalouse du temps qu'il lui consacrait, je me suis vite rendu compte qu'avec sa présence dans les parages, mon frère avait tendance à me foutre la paix. Ce qui, bien entendu, n'était pas pour me déplaire. Et avec le temps, j'ai appris à apprécier le caractère de Violette.

— Tu ne crois pas si bien dire ! soufflé-je en sortant ma tête de dessous le capot. Maël vient de me laisser tomber pour son pote ! Comme si on avait tout le temps devant nous.

— Laisse-le profiter de ces retrouvailles. Tu sais très bien qu'il ne t'abandonnera pas.

— Mouais, c'est ça !

— C'est quoi le vrai problème, Romane ? Que ton frère ait envie de passer du temps avec son meilleur pote, ou le retour de Lucas ?

Elle m'énerve quand elle est aussi perspicace ! Des années qu'elle se doute de ce que je ressens pour lui, des années que je nie. C'est quand même agaçant de voir que je suis aussi facile à décrypter à ses yeux.

— Lucas peut bien faire ce qu'il veut, tant qu'il ne me met pas des bâtons dans les roues, rétorqué-je en retournant à cette maudite transmission qui me donne du fil à retordre.

Fuir son regard est la seule chose qui est à ma portée. Quand elle a flairé un truc, il est difficile de s'en sortir sans dommages et surtout sans questions. Et là, je n'ai pas la patience de subir l'un de ses interrogatoires. Elle, plus Lucas dans la même journée, ma tolérance a ses limites.

— À d'autres ! Mais Romane, tu ne me la feras pas à moi ! Je te connais et t'as beau le nier, je reste persuadée que t'es folle de ce mec ! C'est pas parce que ton frère porte des œillères que je suis comme lui.

— Folle de Lucky ? rigolé-je amère. Mon Dieu, t'as perdu la boule ! Je crois que je préfère encore me rouler dans un tas d'orties que d'avoir quoi que ce soit à faire avec lui.

— Si tu le dis... sache juste que si un jour tu veux en parler, je serai là pour t'écouter. En attendant, je vais aller rejoindre mon homme.

Rien de plus ? Elle n'insiste pas ? Elle ne cherche pas à me sortir les vers du nez ? Il y a un truc qui cloche là ! Deux options s'offrent à moi. Soit elle sait une chose que j'ignore, soit elle a un plan pour arriver à ses fins. Dans tous les cas, j'ai intérêt à l'avoir à l'œil.

— Bon, tu viens ? m'interpelle-t-elle à mi-chemin, ou il faut que je vienne te chercher par la peau du cul ?

De toute façon, seule, je n'arrive à rien. Alors, autant aller me mettre un peu à l'ombre et avaler une boisson fraîche pour me désaltérer. Pour un mois de juin, il y a un soleil de plomb dans la région. Et puis, je ne vais pas pouvoir fuir Lucas indéfiniment. La seule chose que j'espère, c'est qu'il ira dormir chez mon frère et non ici. Parce que le croiser chaque jour au petit déjeuner, ce serait trop me demander.

— J'arrive dans une minute ! m'écrié-je toujours planquée sous le capot de mon 4X4.

Avant de les retrouver, j'ai besoin de me composer un sourire de façade et une attitude nonchalante. Il est hors de question que qui que ce soit se doute de ce qui se trame dans mon cœur. Ce traître est incapable de battre à un bon rythme quand Lucas est dans les parages. Pourtant, avant de le revoir, j'étais convaincue d'avoir tiré un trait sur toute cette histoire. Apparemment, ce n'est pas le cas.

Quand je pousse la porte d'entrée de la maison, je suis accueillie par des éclats de rire. Appuyée contre le mur qui me sépare d'eux, je ne peux m'empêcher de m'arrêter pour les écouter. Entre Lucas et mon frère, ça a toujours été une évidence. L'alchimie a très vite fonctionné. D'aussi loin que ma mémoire me le permette, Lucas fait partie des souvenirs que j'ai avec mon frère. D'un côté, je suis contente que Maël retrouve son double et de l'autre, je suis dépitée de me rendre compte que je ressens encore et toujours un truc pour lui. Pourquoi est-ce que je reste incapable de le voir comme un ami ? Pourquoi est-ce que c'est pour lui que mon cœur bat, alors qu'il m'est interdit ? Parce qu'au-delà du fait que je fréquente déjà quelqu'un, Lucas est et restera inaccessible. Déjà, mon frère ne l'acceptera jamais. Il pense être discret, sauf que je ne suis pas stupide. Je sais très bien qu'il met tout en œuvre pour dégager le peu de prétendants qui s'intéressent à moi. Ce n'est pas pour rien que je garde mes relations secrètes le plus longtemps possible. Alors, m'imaginer avec son meilleur ami, même pas en rêve. Et puis, il y a aussi Lucas qui me voit encore et toujours comme une enfant, j'en suis certaine.

La sonnerie de mon téléphone retentit et me sort de mes pensées. Merde, c'est bien ma veine ! Moi qui voulais être discrète, c'est raté. Après l'avoir extrait de ma poche sans tarder, je décroche tout en disparaissant dans la cuisine.

— Allo ?

— Romane, c'est moi.

— Oh, salut !

Damien ! Avec tout ça, je l'ai complètement oublié. Aussitôt, je consulte l'heure sur ma montre et m'aperçois qu'il est déjà dix-huit heures trente. Merde !

— Je suis devant le cinéma, t'es loin ?

— Heu, encore chez moi. Je suis désolée, j'étais penchée sur le carbu du 4X4 et j'ai pas vu le temps passer. Je... enfin, je...

— On remet ça à plus tard ? C'est ça ?

— Écoute, Damien, ne m'en veux pas, mais tu sais que pour moi, cette course est très importante.

— Je sais, tu ne parles que de ça !

Damien est un gentil garçon, prévenant et adorable — trop peut-être. Il ne râle jamais et me contredit encore moins. Avec lui, ça suit son cours sauf, que je m'ennuie. Il n'y a pas la moindre étincelle entre nous, aucune vibration lorsque nous sommes ensemble. Mais au moins, lui, il a le mérite d'être présent et de me voir. Dans ses yeux, j'ai de l'importance. Dans ses gestes, je me sens appréciée. Il ne se moque pas de ma passion et ne dénigre pas celle que je suis. J'affectionne sa compagnie, alors il faut peut-être que je fasse des efforts. Et avec le temps, je finirai sans doute par m'attacher à lui.

— Tu sais quoi ? On laisse tomber le ciné et on se rejoint au complexe. Ça te dit ? décidé-je sur un coup de tête.

— Bowling et laser game ? C'est ça que tu me proposes en échange d'un endroit sombre ?

Silence ! Je ne sais pas quoi lui dire. Le romantisme et moi disons que ce sont deux choses bien différentes. Je pensais qu'on allait voir un film d'action, pas un truc nian-nian à l'eau de rose.

— Je rigole Romane ! Ça me va très bien, tant que je passe du temps avec toi. Tu penses être là vers quelle heure ?

— D'ici trente minutes, soufflé-je soulagée.

— Alors, je t'attends ! À tout à l'heure.

— À toute !

Rassurée d'avoir trouvé un terrain d'entente, je raccroche et range mon téléphone dans la poche arrière de mon short. Il me reste donc quinze petites minutes pour prendre une douche et me changer. Rien d'impossible !

— Ton frère est au courant que tu fricotes ?

Lucas ! Il ne manquait plus que lui ! De dos, je ne peux pas l'apercevoir, par contre, je sens qu'il se rapproche. Comme à chaque fois qu'il est près de moi, l'air se charge d'électricité, mon cœur s'emballe et ma respiration devient laborieuse.

— Alors Michel ! T'as perdu ta langue ? murmure-t-il à mon oreille.

Les paupières closes, je tente d'oublier son odeur qui chatouille mes narines. Ce parfum de bois de santal qui exalte mes sens.

Dieu qu'il sent bon !

Stop Romane ! Tout ça ne sert à rien et n'aboutira jamais à rien non plus. Il est temps d'en prendre conscience.

— En quoi ça te regarde ce que je fais de mon cul ? Est-ce que je te demande moi, si aujourd'hui, t'arrives à tenir plus de trente secondes avant de cracher dans ton caleçon ? le provoqué-je en effectuant un demi-tour pour tomber nez à nez avec lui.

Et pas au sens figuré, non, au sens propre. Nous sommes si proches l'un de l'autre que nos poitrines se touchent et nos souffles se mélangent. Est-ce qu'il peut se rendre compte à quel point mon palpitant bat la chamade ? En tout cas, moi, je le sens taper si fort que mon corps tout entier vibre. Bien plus petite que lui, je suis obligée de lever la tête pour le regarder dans les yeux. Penché vers moi, il me fixe sans ciller. S'il pense que je vais me laisser impressionner, il se fourre le doigt dans l'œil et bien profond. Je le pratique depuis bien trop longtemps pour savoir qu'il aboie beaucoup, mais qu'il ne mord pas. Entre lui et moi, c'est un combat perpétuel. Chacun de nous campe sur ses positions et ne lâche rien. De joutes verbales en batailles de regard, c'est notre façon de fonctionner. Et malgré mes quatre ans de moins, je lui ai toujours tenu tête.

Ses pupilles vont et viennent entre mes yeux et… je n'en sais rien. Je n'ai aucune idée de ce qui attire son attention de la sorte. D'habitude, il se contente de me fixer, rien d'autre.

— Tu serais épatée de constater à quel point ma capacité à me retenir va bien au-delà de la moyenne, chuchote-t-il.

En même temps qu'il prononce ces mots, Lucas se rapproche encore un peu. Si bien que je me retrouve acculée entre son corps musclé, le plan de travail de la cuisine et… un truc contre mon ventre qui semble prendre de l'ampleur.

NOM DE DIEU !

Est-ce que c'est vraiment ce que je pense ?

— T'en mets du temps pour rapporter deux bières !

La voix de mon frère me ramène au présent. D'instinct, je repousse Lucas et me précipite dans les escaliers qui mènent aux chambres en bousculant Maël qui se trouve sur mon passage.

— Hé ben, chouquette, fais attention !

Je file sans m'arrêter. C'est horrible cette sensation que j'ai, d'avoir été prise en flagrant délit. De quoi ? Je n'en ai pas la moindre idée, mais je refuse que mon frère s'aperçoive que mes joues doivent être aussi rouges qu'un étalage de tomates en plein été, vu comme elles surchauffent.

Que vient-il de se passer ? La tête en vrac et les idées confuses, je claque la porte de mon antre et m'enferme à l'intérieur. Il me faut quelques minutes pour me remettre les idées en place. J'ai dû rêver ! Il devait avoir un truc dans la poche, il n'y a pas d'autres explications.

Un très gros truc quand même !

CHAPITRE 3

ON NE VA PAS SE MENTIR, T'ES PAS VRAIMENT LE GENDRE IDÉAL !

LUCAS

Planté au milieu de la cuisine, je n'en reviens pas ! J'étais à deux doigts d'embrasser Romane.

— Qu'est-ce que tu lui as encore fait ? me questionne mon pote.

S'il savait ! Je serais déjà mort et enterré au fond du jardin. Putain, qu'est-ce qui ne tourne pas rond chez moi ? Pourquoi est-ce que je suis incapable de me contrôler en sa présence ? OK, elle a changé, beaucoup, même. OK, aujourd'hui, elle ne ressemble plus à la gamine que j'ai quittée. Pourtant, elle reste Romane. La petite peste que je connais depuis que je suis gosse. Celle que j'ai vue en culotte de princesse quand elle était petite.

Aujourd'hui, je doute qu'elle porte encore ce genre de dessous !

Oh non, je ne vais pas partir sur ce terrain-là ! Hors de question. D'une claque mentale, je me remets les idées en place et ouvre la porte du réfrigérateur en quête des bières que je suis venu chercher.

— Rien. Tu savais qu'elle avait un mec ? le questionné-je en me retournant, les mains pleines de nos boissons.

Pour connaître mon pote comme si je l'avais moi-même conçu, je perçois déjà sa réaction. La mâchoire contractée, le regard suspicieux. J'ai ma réponse. Non, il n'était pas au courant. Je suis un enfoiré de première, j'aurais dû me taire. Pourtant, rien que d'envisager de pourrir la vie de Romane, je jubile d'avance.

Ou t'es jaloux ?

N'importe quoi ! Ce n'est pas parce que j'ai bandé une fois devant elle qu'il y a quelque chose à voir là-dessous. Si j'avais dû être jaloux de toutes les filles qui ont dressé ma queue...

Il me faut juste un peu de temps pour m'habituer à son nouveau physique, c'est tout. D'ici quelques jours, son caractère m'aura remis les idées en place.

— C'est qui ? Elle t'en a parlé ? T'as un nom ?

J'ai réveillé la bête ! C'est que je pourrais prendre peur devant sa tête de psychopathe.

— Non, par contre, je sais qu'elle a rendez-vous avec lui au complexe.

— Alors, je sais où nous allons passer la soirée ! se réjouit-il.

— Qu'est-ce que vous trafiquez tous les deux ? nous coupe Violette.

— Rien du tout, ma chérie. Une petite soirée au complexe, ce soir, ça te dit ? Histoire de fêter le retour de Lucas, lui propose-t-il en se tournant vers elle.

Il est malin, ce con. Il sait très bien que sa copine déteste son comportement envers sa sœur.

— Toi, tu veux aller au bowling ? Tu détestes ça, s'étonne-t-elle.

— Oui, mais je sais que toi, tu adores ça et Lucas aussi.

C'est qu'il est doué ! Je devrais peut-être prendre des notes pour plus tard. Mon pote est devenu spécialiste dans l'art et la manière de manipuler sa meuf.

— Hum ! Y'aurait pas une histoire avec Romane par hasard ? suspecte-t-elle.

Au final, mon pote n'est pas aussi manipulateur qu'il le pense. Au milieu des deux, j'ai l'impression d'assister à une rencontre au sommet. Il ne me manque que le pop-corn.

— Ben, pourquoi tu dis ça ? s'offusque Maël.

— Parce que je te connais et que même pour nous faire plaisir, c'est pas le bowling que tu aurais choisi ! s'agace Violette en pointant son index sur lui. Je te le répète, fous la paix à ta sœur ! Elle a dix-neuf ans, elle est majeure et vaccinée et elle n'a pas besoin que tu la chaperonnes !

— Toi, tu sais quelque chose, avoue ! Bordel ! Pourquoi je suis toujours le dernier au courant ?

— Pourquoi ? Parce que tu la traites comme une enfant ! C'est ta sœur, Maël, pas ta fille ! Il est temps que tu te foutes ça dans le crâne.

— Il faut bien que quelqu'un s'occupe d'elle ! Papa lui cède tout. Il lui faut un cadre, des limites.

— Laisse-la prendre ses propres décisions, commettre ses propres erreurs. Laisse-la grandir !

Bon, cette fois, ça suffit. Le ton est assez monté et je n'ai pas envie d'être le témoin d'une dispute. À la base, moi, je voulais juste embêter Romane, pas lancer un conflit. Il a toujours été chiant avec sa sœur, par contre, là, ça frôle le ridicule. Violette a raison, c'est une adulte.

— Mon pote, au risque de te déplaire, Violette, n'a pas tort. Romane n'a plus cinq ans, elle est libre de voir qui elle veut. Alors, à moins que ce Damien ne soit un tueur en série, laisse-lui le bénéfice du doute, tenté-je de temporiser.

— Et comment tu connais son prénom, toi ? m'interpelle Violette.

Merde !

Face à moi, la jolie blonde me foudroie du regard. Encore une fois, j'aurais dû me taire.

— Réponds ! insiste-t-elle, toute sa colère dirigée vers moi.

— En attendant, heureusement qu'il est là, sinon, je n'aurais rien su. Depuis quand tu me caches des choses ? Surtout quand ça concerne ma petite sœur, s'interpose Maël.

— Je ne t'ai rien caché. Je n'en ai pas parlé, c'est tout, se défend Violette.

— Tu joues sur les mots, chérie.

— Et toi, tu me tapes sur les nerfs quand t'es comme ça ! Et attention tous les deux, je vous ai à l'œil ! Interdiction d'aller la surveiller et de lui gâcher sa soirée.

— Qui parle de gâcher sa soirée ? Je veux juste savoir qui est ce type, ce qu'il veut à ma sœur et si c'est un mec bien, rien de plus.

— Arrête, je n'en crois pas un mot ! Même ton meilleur pote ne trouverait pas grâce à tes yeux pour ta petite sœur !

Qu'est-ce que je viens foutre dans cette histoire ? Pourquoi est-ce qu'elle me mêle à ça ?

— Lucas ? Avec Romane ? Celle-là, c'est la meilleure de l'année, éclate-t-il de rire. Moi vivant, jamais ma sœur ne finira avec un queutard ! Pardon, hein, mais on ne va pas se mentir, Lucas n'est pas vraiment ce qu'on appelle le gendre idéal.

— Qu'est-ce que t'entends par là ? le questionné-je lui rappelant par la même occasion que je suis dans la même pièce qu'eux.

— On s'en fout ! s'exclame-t-il. De toute façon, la question ne se pose pas, hein ?

Silence ! Un ange passe. Il me fixe et moi, j'ai peur d'afficher un air coupable. Est-ce que toutes les pensées lubriques qui me traversent l'esprit sont inscrites sur mon front ?

— Bien sûr que non ! m'offusqué-je. Moi, avec Romane, c'est un peu comme l'eau et l'huile, impossible à mélanger !

Je retiens quand même qu'il vient de me traiter de queutard et d'insinuer que je ne suis pas assez bien pour sa sœur. Ma langue coincée entre mes dents, je réfrène mon envie d'insister pour obtenir plus d'explications. Parce que si je le fais, j'ai peur qu'il se pose des questions. Et je n'ai aucune envie d'être l'objet de ses attentions. Autant qu'il reste concentré sur sa meuf.

— Nous sommes d'accord ! lâche-t-il enfin. Du coup, c'est OK pour ce soir ?

— Si c'est pour emmerder ta sœur, je suis toujours partant ! acquiescé-je le sourire aux lèvres.

— Sans moi ! Ne comptez pas sur mon aide. Je refuse de cautionner ça, par contre, je vais la prévenir de votre visite !

— Tu ne me ferais pas ça ? implore mon pote.

— Je vais me gêner, tiens ! Grandis un peu et cesse de te comporter comme un homme des cavernes avec elle ! Sinon, je lance une grève !

— Une grève ? s'étonne-t-il. Une grève de quoi ?

— Une grève du sexe !

Les yeux grands ouverts, il la fixe sans répondre. Le regard de Violette, lui, pétille de malice. En quelques secondes l'air se charge d'électricité et je me sens de trop au milieu des deux.

— Tu n'oserais pas ? la questionne-t-il tout en se rapprochant d'elle.

— Tu paries ? Si y'a que ça pour que tu entendes raison, je ne vais pas me gêner !

— Chérie, chérie, tu sais que tu te punis aussi dans cette histoire, lui rétorque mon pote de sa voix la plus sensuelle.

À mesure où Maël se colle contre sa copine, moi, je recule. Aucune envie d'assister à ça.

— D'où je me punis ? J'ai des doigts, je te rappelle et ils sont très efficaces.

Quand Violette prononce cette phrase, je me fige, alors que j'allais franchir le seuil de la cuisine. La tornade blonde me passe à côté sans me voir et grimpe les escaliers qui mènent aux chambres. Quand je me retourne face à mon pote, c'est plus fort que moi, j'éclate de rire.

— Qu'est-ce qui te fait marrer, ducon ?

— Ta nana vient de te clouer le bec, c'est à marquer d'une pierre blanche.

— Tu parles, elle va revenir en rampant avant moi !

Plus fier que lui, tu meurs.

— Moi, je crois plutôt que tu vas devoir user de ta main droite. Maintenant, à toi de voir si tu tentes le diable ou si tu renonces.

— Renoncer ? Jamais ! Si c'est la guerre qu'elle veut, elle va l'avoir. Personne ne me dit comment réagir avec ma sœur. Imagine que ce mec soit un psychopathe ou un pervers !

Et à cet instant précis, que je prends toute l'ampleur du comportement de mon pote envers Romane. Je sais qu'il a toujours voulu la protéger de tout, pourtant là, on frôle la folie. Sa sœur n'a jamais été quelqu'un de fragile, bien au contraire. Il n'y a qu'à voir comment elle n'hésite pas à nous remballer quand on la pousse trop à bout.

— Bon, qu'est-ce que tu fous ? On y va ?

L'espace de quelques secondes, j'hésite. Pourtant, quelque chose me pousse à l'accompagner. Il est temps, je crois, qu'il saisisse que sa sœur est aujourd'hui une adulte. Et si en plus, j'ai la capacité d'emmerder Romane, ce serait dommage de m'en priver.

— Ouais, j'arrive, acquiescé-je en lui emboîtant le pas vers la sortie. Par contre, tu n'as pas peur que ta frangine change ses plans quand Violette lui aura tout raconté ?

— Si ! C'est pour ça que nous allons nous installer dans la voiture de manière à pouvoir la suivre.

— Tu veux vraiment la prendre en filature ? C'est quand même très... radical comme façon de procéder.

— À la guerre comme à la guerre ! Par n'importe quel moyen, je découvrirai qui est ce connard qui s'intéresse à ma sœur.

Le regard acéré, la bouche de travers, il est flippant.

Putain, je ne donne pas cher de la peau de ce pauvre gars !

CHAPITRE 4

ÉTOUFFER MES SENTIMENTS OU L'ÉTOUFFER LUI ?

ROMANE

Fait chier ! Pourquoi a-t-il fallu que Lucas entende ma conversation téléphonique ? S'il raconte tout à mon frère, ma vie va devenir un enfer. Deux mois que je fréquente Damien sans qu'il ne se doute de quoi que ce soit et il a fallu que Lucky réapparaisse.

Adossée à la porte de ma chambre, je tente de calmer les battements effrénés de mon cœur dans ma poitrine, après ma course dans les escaliers. Cette proximité avec Lucas m'a retourné le cerveau.

Calme-toi ma grande, comme toujours, ton imagination est débordante.

Tout ce que ce connard voulait, c'était me déstabiliser et bien entendu, il y est parvenu à la perfection.

Nom de Dieu, que je déteste la réaction de mon corps en sa présence !

Au rez-de-chaussée, des éclats de voix résonnent, sauf que je ne comprends pas ce qu'ils racontent. Durant quelques secondes, je suis tentée d'ouvrir ma porte pour les espionner, puis je me ravise. Si je veux être tranquille, j'ai intérêt à filer d'ici, fissa. Sans passer par la case douche, j'enfile un jean, un top, une paire de baskets et pour ne pas tomber sur mon frère, je décide de passer par la fenêtre de ma chambre.

Au moment où je suis en train d'enjamber le montant, un coup donné à ma porte me surprend.

Merde !

En vitesse, je m'accroche à la palisse de lierre grimpant qui envahit tous les murs de la maison et me laisse glisser jusqu'au sol. En arrivant en bas, je ne peux réfréner mon envie de rire en pensant au nombre incalculable de fois où j'ai utilisé cette pratique pour fausser compagnie à mon frère, quand il refusait de me laisser sortir.

Mon père bosse beaucoup, plus que de raison même, et il n'est pas rare qu'il rentre au milieu de la nuit, voire pas du tout. Combien de fois l'ai-je trouvé endormi sur le divan de la salle de pause du garage ou avachi, le front écrasé sur son bureau lorsque je passais l'embrasser avant d'aller à l'école le matin ? À part un peu d'aide de ma part ou de celle de mon frère et de Lucas, il a toujours refusé d'embaucher qui que ce soit, pas même une secrétaire. Du coup, pendant ses longues absences, Maël me menait la vie dure. J'ai conscience que son comportement n'est pas destiné à me faire du mal, mais plutôt à me protéger. Néanmoins, il serait temps qu'il comprenne que je ne suis plus un bébé. Que je suis une adulte et que je sais comment gérer ma vie.

Le véritable problème de mon frère surprotecteur, c'est que je suis une fille. Ce qui, pour lui, signifie que je suis faible, pire, que je suis incapable de prendre une bonne décision. Et j'avoue que depuis qu'il est parti s'installer avec Violette, mon quotidien est bien plus calme. J'arrive à mener mon existence à peu près comme je l'entends. Je dis bien, à peu près. Dommage pour moi, il a emménagé dans la rue juste en face, pas assez loin à mon goût. Ce qui me sauve, c'est que Violette est de mon côté et qu'elle n'hésite pas à le renvoyer chez eux quand il passe trop de temps ici. Dans un coin de ma tête, je repousse tous ces souvenirs et je me hâte vers l'avant de la propriété où ma voiture est garée. Autant me dépêcher et ne pas risquer de tomber nez à nez avec mon frère...

Quand je me stationne sur le parking du complexe, c'est avec presque quinze minutes d'avance. Fière de moi, je cherche mon portable dans le but de prévenir mon petit ami que je suis arrivée. Sauf que mon téléphone reste introuvable. Soudain, dans ma tête, ça tilte. Je suis partie si vite que je l'ai laissé sur mon lit.

La poisse !

Tant pis, je vais bien finir par retrouver Damien. L'endroit ne fait pas non plus cinq mille mètres carrés. En plus, le connaissant, je suis certaine qu'il va m'attendre bien sagement devant l'entrée. Il est gentil, il manque juste un peu de charisme et de folie.

Et en arrivant devant les marches qui conduisent à l'intérieur, je constate que je ne m'étais pas trompée sur lui. Appuyé contre le mur, il joue sur son téléphone. Plus je le regarde et plus je me demande pourquoi je m'acharne. Il ne ressemble en rien à ce que je désire et je n'ai aucun sentiment pour lui à part du respect.

Ouais, mais lui, il a au moins le mérite d'être là et de te voir !

C'est vrai, pourtant, est-ce que ça me donne le droit de lui laisser miroiter un avenir commun ? Ou de faux sentiments ? J'en doute. Il a toujours eu beaucoup de respect envers moi et il mérite quelqu'un qui soit capable de l'aimer pour ce qu'il est. Non pas pour ce qu'il me donne l'impression d'être. Rien que le fait de n'avoir toujours pas eu de relation intime avec lui me prouve que cette idylle ne mènera nulle part. Non pas que je sois une frustrée, cependant, quand je le regarde, il ne se passe rien. En sa présence, mon cœur ne s'emballe pas, je n'ai aucun frisson ni aucun désir qui me vrillent l'estomac.

Sauf que, rompre de moi-même, je n'ai jamais pu.

Sur le peu de relations que j'ai réussi à avoir, l'autre s'est toujours lassé avant moi ou je prenais simplement mon mal en patience jusqu'à ce qu'il me quitte. Je n'aime pas causer de la peine chez les autres et j'ai un mal fou à soutenir un regard triste.

— Un problème ?

La voix de Damien me ramène à l'instant présent. Celui où je comprends que j'ai autant envie d'être là, que de subir un détartrage chez le dentiste.

— Non du tout, tenté-je de le rassurer.

Il faudrait déjà que j'arrive à me convaincre moi-même !

— Tu semblais bien loin d'ici, insiste-t-il en me prenant dans ses bras.

Crispée, il me faut quelques secondes pour lui rendre son étreinte. Je ne suis pas une grande fan de câlin ni de contact en général. Il le sait et ne s'en offusque pas. Hormis mon frère et mon père, rares sont ceux que j'accepte dans mon espace vital. Pourtant, j'entreprends des efforts. J'essaie, je me force, je m'oblige. Pour avoir cette impression d'être comme tout le monde. Autant j'aime et je n'ai pas de difficulté à discuter avec les gens, autant quand il s'agit de corps à corps, je suis plus réticente. Ce qui explique mon manque de pratique en ce qui concerne les rapports plus intimes. C'est quand même super difficile de faire l'amour sans être touchée.

J'en ai discuté avec Violette, une fois, et elle m'a assuré que lorsque je tomberai sur le bon, que je serais en confiance, tout se déroulera naturellement. Pourtant, j'ai confiance en Damien, ce qu'il me manque par contre, ce sont les sentiments. Comment lui faire comprendre ? Comment lui dire sans lui nuire ? Depuis notre rencontre, il est plus que compréhensif, patient. Il ne m'a jamais obligée à quoi que ce soit et il ne se plaint pas quand je me lance dans un monologue improbable sur ma passion dévorante.

Mais voilà, je n'y arrive plus !

Aujourd'hui, je le considère comme un proche, rien de plus et ce constat me rend amère. Jusqu'à cet après-midi, j'étais sûre que le temps œuvrerait en notre faveur. Que je finirais par assez m'attacher à lui pour aller plus loin et peut-être construire quelque chose ensemble. Puis Lucas est réapparu. Et avec lui, tous les sentiments que j'avais étouffés tout au fond de mon cœur.

— T'inquiète, c'est ce rallye qui me prend la tête, bafouillé-je.

Damien me relâche enfin et quand je plonge dans son regard, je comprends qu'il n'est pas dupe. Pourtant, il ne me balance aucunes remarques ni réflexions désobligeantes. Il se contente d'être compréhensif, à l'écoute, sans me brusquer. Et ça aussi, ça m'agace ! À croire que tous les hommes qui sont dans ma vie me prennent pour une petite chose fragile.

Tous, sauf Lucas.

Lui m'a toujours traitée comme son égal, il n'hésite pas à se confronter à moi, à me déstabiliser. Là où tous les autres s'échinent à me préserver, lui ne s'en préoccupe pas.

— Bon, on la démarre cette partie de bowling ? me questionne Damien en posant brièvement ses lèvres sur les miennes.

— On est là pour ça, non ? rétorqué-je avec un sourire crispé.

Autant passer à autre chose pour ce soir. De toute façon, ce n'est ni le lieu ni l'endroit pour avoir une conversation sur notre pseudo relation. Damien s'empare de ma main et me conduit à l'intérieur du complexe où un brouhaha de tous les diables nous accueille. Une musique des années quatre-vingt assourdissante retentit et des jeux de lumière criards tournent dans tous les sens. De quoi me provoquer une crise d'épilepsie.

— Tu veux boire quelque chose ?

Je suis tentée de lui répondre « un truc qui est capable de m'anesthésier le cerveau », mais je me ravise. D'un, je conduis, de deux, je ne tiens absolument pas l'alcool. Disons que je n'ai pas beaucoup d'occasions de boire.

— Une déspé. Merci.

— Installe-toi, je reviens.

Au final, je suis en train de regretter notre séance de cinéma. Autant j'adore jouer au bowling, autant je déteste ce bruit incessant. Quel est l'intérêt de foutre la musique aussi forte ? À part si le but est de tous nous rendre sourds. Dans un coin de la salle, je déniche enfin une table vide. L'endroit est bondé d'ados surexcités. Logique, dans le coin, il n'y a pas grand-chose d'autre pour sortir.

— Apparemment, c'est une soirée spéciale disco, m'apprend Damien en s'asseyant en face de moi. Ils ont même aménagé une piste de danse. C'est chouette, on va pouvoir bouger un peu.

Décidément, le sort s'acharne. Toute mon enfance j'ai été bercée au son des groupes rock préférés de mon père, alors pour moi, ça, ce n'est pas de la musique. De plus, je déteste danser. J'ai deux pieds gauches et aucun sens du rythme. À part battre la mesure avec mes doigts ou mes pieds le cul posé sur une chaise, je ne sais rien faire d'autre.

— Je préfère jouer au bowling, lâché-je en tripotant la bouteille entre mes mains.

— Rassure-toi, c'est prévu. Tu sais à quel point j'adore que tu me ridiculises.

Damien me fixe, un grand sourire sur les lèvres et j'avoue que sa bonne humeur est contagieuse. Cette soirée ressemble à une sortie entre potes plus qu'à un rendez-vous galant. Et c'est exactement de ça dont j'ai besoin. En être consciente est bien moins facile que de se voiler la face. Parce que maintenant que j'ai admis que cette relation en tant que telle ne me convenait pas, j'ai le poids de la culpabilité qui pèse sur mon estomac. Le mieux, serait que je prenne mon courage à deux mains et que je lui expose ce que j'ai sur le cœur.

Plus facile à dire qu'à faire !

Pratiquer la politique de l'autruche est plus dans mon tempérament. De toute façon, je ne suis pas non plus à vingt-quatre heures près. Demain, le soleil se lèvera à coup sûr.

Attiré par du mouvement dans ma vision périphérique, mon regard se tourne vers l'entrée et ce que je découvre me donne envie de hurler. Face à moi, Lucas et mon frère viennent de pénétrer dans le complexe. Ils scrutent la salle à la recherche de quelque chose ou de quelqu'un. Et pas besoin d'être devin pour savoir ce qu'ils espèrent trouver.

Moi !

Mes yeux percutent ceux de celui qui emballe mon cœur autant qu'il agace mes nerfs. Un petit sourire satisfait ourle ses lèvres charnues dans lesquelles je m'imagine planter mes dents ; par envie, un peu, par vengeance, surtout. Sa présence avec mon frère dans ce lieu me prouve qu'il m'a vendue. Maël déteste le bowling et la seule et unique chose qui peut l'obliger à franchir ces portes, c'est pour me surveiller. À quoi je m'attendais ? À ce que Lucas la ferme et protège mon secret ? Aucune chance ! Ce mec est né juste pour que ma vie soit un enfer sur terre.

Il est ma kryptonite !

En fin de compte, je crois qu'il va me falloir un truc beaucoup plus fort pour affronter cette soirée...

CHAPITRE 5

PUTAIN, T'AS FOURRÉ TA LANGUE DANS LA BOUCHE DE MA SŒUR !

LUCAS

Trouvée ! Assise au fond de la salle, Romane se situe dans ma ligne de mire et en face d'elle, son mec. Son mec, putain ! À cette pensée un goût âcre se répand dans ma bouche. Quand son regard trouve le mien, il me lance des éclairs, ce qui, en bon connard que je suis, me donne le sourire. J'avoue que je me réjouis d'avance de la suite. Maël va avaler ce gars d'une seule bouchée.

D'un coup d'épaule, je signale la présence de Romane à son frère et il ne met pas longtemps pour emprunter sa direction, moi sur ses talons. À notre approche, elle se tend de manière imperceptible pour tous ceux qui nous entourent, sauf que moi, je ne suis pas dupe. Sous son apparence calme, se cache un volcan et vu comment ses yeux me foudroient, ce soir, toute sa colère est dirigée contre moi.

À quelques mètres d'eux, le type se lève et file vers le bar. À mesure que nous approchons, Romane se redresse et plisse ses paupières. Elle nous attend le pied ferme.

— Putain, qu'est-ce que vous foutez ici ? nous questionne-t-elle à peine arrivés devant sa table.

— On est venu pour une partie de bowling, histoire de fêter le retour de Lucas ! Je savais pas que tu serais là. On va pouvoir passer la soirée avec toi ! s'enthousiasme Maël.

Là, il est clair qu'il abuse. Aucune chance pour que sa frangine gobe un truc aussi gros. Surtout qu'elle sait très bien que je suis au courant.

— Dis, tu me prends pour un lapin de six semaines ? Même sous la contrainte, jamais tu mettrais les pieds ici ! lui rétorque-t-elle. Et quant à toi...

Son doigt pointé sur mon torse, elle me scrute. L'observer, aussi agacée m'excite. Putain, c'est quoi mon problème ? Pourquoi est-ce que la voir aussi furax me fout dans tous mes états ? OK, Romane a toujours été une jolie fille, de là à bander pour elle, ça ne m'était jamais arrivé jusqu'à aujourd'hui. Quand nous étions plus jeunes, j'avoue que ce qui m'amusait le plus c'était de la mettre mal à l'aise. À l'époque, j'avais conscience qu'elle craquait pour moi. Ses yeux m'envoyaient des éclairs à chaque fois qu'elle me croisait avec une fille. Ses joues s'empourpraient dès que je me collais à elle d'un peu trop près. Et il est vrai que quelque part, elle ne m'a jamais laissé indifférent, même si je n'en montrais rien. Ce petit côté garçon manqué lui conférait un truc en plus que les autres nanas n'avaient pas. Et puis... elle était beaucoup trop jeune et son frère m'aurait égorgé sur la place publique.

En fermant les yeux, je me souviens très bien de la première fois où j'ai pris conscience que son corps avait changé. Qu'il n'était plus celui d'une enfant.

— *On va se baigner ? propose Maël alors qu'allongé sur mon bain de soleil, je somnole.*

Hier soir, nous sommes rentrés tard, enfin plutôt très tôt ce matin. Et au lieu d'aller nous coucher, nous avons décidé de rester au bord de la piscine de mes parents. De toute façon, ils ne sont jamais présents. Sans cesse entre deux pays. Pour eux, j'ai toujours été une source de tracas, une erreur de contraception. Un problème dans leur quotidien bien huilé. Mes premières années, je les ai passées dans cette grande demeure froide avec une nourrice. Puis la famille de Maël s'est installée ici, après de décès de sa mère ; ils ont pris le relais. Je ne peux même pas dire que j'ai souffert de cette situation. Le père de mon meilleur pote m'a toujours traité comme son propre fils, j'avais les mêmes avantages et les mêmes inconvénients que Maël et Romane. J'ai eu une enfance heureuse parmi eux...

— *Salut Romane, qu'est-ce que tu fous là, si tôt ?*

À l'évocation du prénom de la sœur de mon pote, j'ouvre un œil alors que j'étais prêt à sombrer dans le sommeil et tombe sur une paire de jambes pile dans mon champ de vision.

— *J'espérais nager quelques longueurs tranquille. Pas grave, je reviendrai plus tard.*

— *Reste, m'entendis-je prononcer en remontant mes yeux le long de son corps.*

Ben merde alors ! Quand est-ce que Michel a commencé à se transformer ? Ses hanches se sont développées et sa taille affiner. Il lui manque juste un peu de poitrine, parce qu'avec ses rondeurs bien placées, le genre planche à pain ne lui va pas du tout. Vêtue d'un maillot de bain une pièce, elle tente de se cacher derrière sa serviette. Eh bien, quand elle tente un effort et qu'elle porte autre chose que ses jeans et ses pulls trop grands, elle est plutôt agréable à regarder.

Putain, qu'est-ce qui me prend ? Il manquerait plus que je fantasme sur Michel. Beurk !

Pourtant, ses formes m'ont hanté jusqu'à ce que je m'envole pour l'Italie. C'était il y a quatre ans.

— Tu pouvais pas la fermer pour une fois dans ta vie ! Non, bien sûr que non ! Il a fallu que t'ouvres ta grande gueule de connard ! m'assène Romane me ramenant à la réalité.

Là, elle est vraiment en pétard. C'est qu'avec les années, son caractère s'est renforcé et en toute honnêteté, j'adore ça. Face à face, nous nous lançons dans un combat de regards dont nous avons l'habitude depuis notre enfance. Chacun campe sur sa position et ne lâche rien. Dans ses pupilles brillent un air de défi et autre chose que je suis incapable de définir. Mes yeux tentent de bifurquer vers sa bouche, mais je les contrôle. Du moins, pour le moment.

— Arrête de t'en prendre à lui, il ne t'a rien fait, nous coupe Maël.

— Tu plaisantes j'espère ? rétorque Romane en portant son attention sur lui.

Soudain, elle se tait et son corps se tend quand son regard se porte derrière son frère. J'opère un quart de tour et aperçois son mec qui revient avec deux verres dans les mains.

— S'il vous plaît, pour une fois dans votre vie, soyez corrects, souffle-t-elle en laissant son regard se perdre dans le vide. Pour le reste, on réglera ça plus tard.

Un sourire de façade se pose sur ses lèvres, ce qui me déstabilise quelque peu. Où est passée la Romane joviale de mes souvenirs ? Là, elle me donne l'impression de se forcer à paraître heureuse de voir arriver son mec. Romane a toujours été une personne entière qui ne savait pas cacher ses sentiments ni ses émotions. Et en cet instant, j'ai la sensation de me retrouver en face d'une autre personne. Que peut-il bien se passer entre eux qu'elle essaie de dissimuler ? Parce que je veux bien croire qu'elle stresse à l'idée de présenter ce gars à son frère, à ce point-là, par contre, je n'y crois pas.

Ou alors, c'est que c'est très sérieux entre eux !

À cette pensée, je ne sais pas trop pourquoi, ça m'agace. Imaginer ce type poser ses mains sur elle, m'horripile.

— Bonsoir ! nous interpelle son mec en posant ce qu'il tient dans les mains sur la table.

— Damien, je te présente mon frère Maël et son pote Lucas, grimace Romane tout en attrapant un verre qu'elle s'enfile cul sec sans que personne n'y prête attention.

— Oh ! Enchanté, s'enthousiasme-t-il en nous tendant la main.

Maël le scrute en haussant un sourcil sans bouger. Alors, pour apaiser un peu la tension qui règne entre nous, j'effectue le premier pas.

— Salut, ravi également, prononcé-je en empoignant sa main avec plus de force qu'il ne le faudrait.

Le gars grimace et moi, je jubile.

— Ouais, salut, lui envoie mon pote sans même lui serrer la main. Alors Damien, tu fais quoi dans la vie ? attaque-t-il.

— Ne commence pas, s'il te plaît ! le rabroue sa frangine.

— Ben quoi ? Je pose juste une question, rien de plus.

— T'inquiète, y'a pas de mal, la rassure son mec en lui embrassant la joue. Avant, est-ce que je peux vous offrir un verre ?

— Une bière pour moi, accepté-je.

— Pareil, valide Maël.

— Et toi ? questionne-t-il Romane.

— La même chose que ça, grogne-t-elle en désignant le verre vide.

— Heu, t'es sûre ? s'étonne-t-il.

— Certaine !

— OK, installez-vous, je reviens, lâche-t-il finalement après un moment d'hésitation.

Je ne sais pas trop ce qu'elle vient d'avaler, mais elle a bu le verre d'un seul coup. Quatre ans que je suis parti, je n'ai pas eu l'occasion de la voir saoule. Vu son caractère, la suite risque d'être drôle si en plus elle picole. Son mec finit par la relâcher et en même temps, j'expulse l'air que je retenais dans mes poumons sans même en avoir conscience. Je l'observe s'éloigner d'un pas tranquille, les mains dans les poches. Il y a un truc qui me gêne chez ce type.

Sans doute parce que lui peut la toucher !

N'importe quoi ! OK, elle a pris des formes exactement où il fallait. OK, elle est devenue encore plus canon. OK, elle me provoque des sensations. Ça s'arrête là. Il ne se passera rien entre nous, c'est certain.

— Bon, tu le connais depuis quand ? enchaîne Maël.

— Tu sais quoi ? Tu m'emmerdes ! Fais ce que tu veux, pose-lui toutes les questions que t'as envie, je m'en balance, souffle-t-elle l'air dépité en se laissant tomber sur une chaise.

Qu'est-ce qui lui arrive ? Ce n'est pas dans ses habitudes de rendre les armes aussi vite et encore moins face à son frère. Il y a un truc qui m'échappe. Mon pote aussi surpris que moi fixe sa sœur en fronçant les sourcils.

— Qu'est-ce que t'as ce soir ? lui demande-t-il de l'inquiétude dans la voix.

— Alors voyons voir que je t'énumère ce qui me chagrine. D'un, tu m'espionnes...

— Pas du tout ! s'offusque ce dernier.

— Ferme-la et laisse-moi parler, commence à s'agacer Romane.

Les yeux révolvers et les joues rouges, encore un peu et de la fumée risque de lui sortir des oreilles. Là, je retrouve ma Romane !

Ma Romane ? De mieux en mieux !

Dépité par ma réflexion, je secoue la tête pour me remettre les idées en place.

— Donc, d'un, tu m'espionnes ! De deux, tu m'étouffes ! Et de trois, même le mec le plus parfait qui puisse exister, tu lui trouverais toujours des défauts, alors, je te le répète, agis comme tu veux, j'en ai rien à cirer.

— Tu dis n'importe quoi ! D'un, je ne t'espionne pas, c'est juste un hasard ! De deux, d'où je t'étouffe ? Je ne t'ai jamais empêché de vivre ! Et de trois, je sais pas pourquoi, mais ce mec, je le sens pas.

— À partir du moment où j'entre dans l'équation, tu ne sens personne de toute façon.

— C'est complètement faux ! C'est quand même pas ma faute si t'es toujours attirée par les loosers.

— OK, donc, un mec pour qui tu as beaucoup de respect et qui t'es proche, tu ne verrais donc aucun inconvénient pour que je sorte avec lui ? le questionne-t-elle les yeux pleins de défis.

— Heu, non, aucun.

— OK !

Romane se lève de sa chaise, contourne la table et fonce droit sur moi. Putain, je la sens mal cette histoire. Arrivée à ma hauteur, elle s'installe à califourchon sur mes cuisses si brusquement que je suis obligé de me retenir au bord de la table pour ne pas basculer en arrière. Elle enroule ses bras autour de mon cou et me fixe un petit sourire sur les lèvres. Je devrais la repousser, l'obliger à dégager, sauf que le contact de son corps contre le mien me paralyse. L'odeur de sa peau imprègne mes narines et son souffle au vapeur d'alcool balaie mon visage. Et tout ça, c'est perturbant. Mon cœur bat plus vite et le sang dans mes veines se met à bouillir. Mon regard plonge dans le sien et tout ce qui nous entoure disparaît. Il n'y a plus qu'elle, l'excitation et la peur de la suite qui se répand sous ma peau. Quand ses lèvres se posent sur les miennes, je suis tétanisé. Mes doigts se crispent sur le rebord de la table et mes orteils se recroquevillent dans mes chaussures. Au début, Romane se contente de m'effleurer, puis assez vite, son baiser se montre plus intense. Le bout de sa langue darde sur mes lèvres et vient passer la barrière de mes dents. Nos souffles se mêlent, nos langues se touchent, se goûtent, s'apprivoisent. Sa saveur se répand sur mes papilles et se propage dans tout mon être. Dans un état second, j'en oublierais presque mon nom.

Derrière ma nuque, ses doigts s'enroulent autour d'une mèche de mes cheveux et tire dessus me déclenchant un frisson le long de ma colonne vertébrale. C'est...

— Putain ! Ça va pas bien la tête ? Me dis pas que t'es en train de te laisser faire là ?

La bulle dans laquelle je m'étais enfermé explose et me propulse dans l'instant présent. Celui où Romane est sur mes genoux en train de m'embrasser devant son frère. Sans y réfléchir plus longtemps, je la repousse comme j'aurais dû le faire dès le début. Qu'est-ce qui m'a pris ?

— Ben quoi ? C'est ton pote non ? Le meilleur même, ça devrait te plaire de voir que ta petite sœur ne sort pas avec n'importe qui ! le provoque-t-elle sciemment.

— Descends de là et dépêche-toi ! insiste Maël devant une Romane bien déterminée à rester sur son perchoir. Et toi, lâche-la !

Mon pote saisit le bras de sa sœur et la tire vers lui avec force.

— Arrête, tu me fais mal ! hurle cette dernière.

Si personne ne s'interpose, ils vont finir par s'entretuer.

— Oh ! Stop, ça suffit ! m'agacé-je. Romane, tu poses ton cul sur ta chaise et toi, mon pote tu redescends d'un cran !

Les joues rouges, Romane me fixe et ouvre la bouche. D'un regard, je lui signifie qu'il vaut mieux pour elle qu'elle se taise. Pas la peine d'envenimer les choses, j'ai très bien compris ce qu'elle a cherché à prouver. Qu'elle se soit servie de moi ne me plaît pas et qu'elle me mette en mauvaise posture face à son frère encore moins. Néanmoins, je peux comprendre pourquoi elle vient d'agir de la sorte. Son frère l'étouffe et l'alcool ingurgité ce soir lui a donné le courage d'enfin l'affronter.

— Toi, je t'ai rien demandé ! me provoque Maël. Putain t'as fourré ta langue dans la bouche de ma sœur !

— Techniquement, c'est elle qui a fourré sa langue dans ma bouche. N'inverse pas les rôles.

— Ouais, ben t'as pas fourni beaucoup d'efforts pour la repousser non plus.

C'est bon, il me gonfle. Pas la peine de lui répondre. Quand il est comme ça, il n'écoute rien ni personne. Ce type est encore plus borné que tout un troupeau de mules réunies.

— Y'a un problème ? nous questionne le mec de Romane qui revient avec un plateau chargé de boissons.

Les sourcils froncés, il me fixe d'un œil mauvais. Si Maël n'était pas présent, je jure que je montrerais à Romane de quoi je suis capable avec mes lèvres et à son mec, par la même occasion. Dans ma bouche flotte un goût d'inachevé, de trop peu.

Pourtant, je sais très bien que je n'en ai pas le droit, qu'elle n'est pas pour moi, qu'elle m'est interdite. Au-delà du fait que son frère soit très protecteur, nous avons aussi été élevés ensemble. Cette fille, je la connais depuis que je suis gosse alors qu'elle n'était encore qu'une toute petite chose avec des couettes. Et si je considère Maël comme mon frère, il doit en être de même pour sa sœur. Si l'on part de ce principe... je viens de rouler une pelle à ma frangine. Je devrais avoir ressenti un truc bizarre, une sensation de gêne ou de dégoût après ça. Alors que pas du tout. Pire même, j'en ai adoré chaque instant et il est bien là mon problème. Parce qu'en dépit de tout ce qui m'oblige à m'éloigner d'elle, je me rends compte que je n'en ai aucune putain d'envie. Au contraire, les pensées qui me trottent dans la tête à son égard ne sont pas du tout catholiques.

J'ai besoin de l'éloigner pour récupérer mes facultés. En tout cas, retrouver tout le sang emmagasiné au niveau de mon entrejambe pour qu'il migre jusqu'à mon cerveau. Parce que là, je suis en train de dérailler et il me faut à tout prix recouvrer mes esprits avant de me lancer dans un truc que je regretterais toute ma vie.

Romane m'est inaccessible, je dois me le fourrer dans le crâne une bonne fois pour toutes !

CHAPITRE 6
J'AI JUSTE ENVIE DE GERBER !

ROMANE

S'ils pensent tous que je vais une nouvelle fois me laisser dicter ma conduite, ils se fourrent le doigt dans l'œil jusqu'au coude ! Malgré la présence de Damien, je me rassois sur les genoux de Lucas sous le regard meurtrier de mon frère.

Prends ça dans les dents, frangin !

Sois je suis devenue complètement maso, sois je suis en train de perdre la boule, sois c'est l'alcool qui me monte à la tête. Et vu que mon cerveau flotte dans un nuage de coton, je vote pour la troisième solution. À moins que ce soit la présence de Lucas qui me met dans tous mes états.

De manière discrète — du moins, je l'espère —, accrochée à son cou, je me dandine sur ses cuisses. Mon regard rencontre le sien et ce que je lis dans ses yeux me file la chair de poule. Ses iris irradient de colère. Ses mains se posent sur mes hanches, il me soulève avec une facilité déconcertante avant de me lâcher sans aucune douceur sur le sol. Je sais que je ne devrais pas, qu'il ne me doit rien, pourtant, je ne peux m'empêcher de me sentir blessée par son rejet. Surtout que je suis certaine de ne pas avoir imaginé sa réaction physique, ni même le fait qu'il m'ait rendu mon baiser.

— Je peux savoir ce qui se passe ici ? me questionne Damien en posant sa main sur mon épaule.

Un petit sourire se dessine sur mes lèvres. Si Lucas croit qu'il est en mesure de me déstabiliser, il se trompe. Moi aussi, je peux jouer à l'indifférente. L'alcool qui coule dans mes veines m'insuffle le courage nécessaire pour aller au bout de l'idée qui vient de me traverser l'esprit. Je sais ce que j'ai senti, je ne suis pas folle. Il peut tenter de montrer l'inverse aux yeux de tous, moi, je ne suis pas dupe.

— Rien, je faisais un câlin à mon frère ! m'exclamé-je en me calant dans les bras de Damien.

— Ton frère ? s'étonne mon petit ami. Je croyais que c'était le pote de ton frère.

— Oh, mais c'est tout comme, lui assuré-je en me détachant de lui pour me rapprocher de mon « faux frère ». Lucas a été élevé avec nous. Il vit chez nous depuis que je suis toute petite. N'est-ce pas mon frère d'amour ? ajouté-je en me hissant une nouvelle fois sur lui, mon genou bien positionné sur sa partie la plus sensible.

— AÏE ! s'écrit ce dernier en se penchant vers l'avant.

— Je t'ai fait mal ? Rhô, pardon, m'excusé-je faussement en lui attrapant la tête que je colle fermement sur ma poitrine. Désolée, désolée, désolée, insisté-je en sautillant sur lui.

— Ça va pas bien la tête ! Descends de là et vite ! s'insurge Lucas.

Sans attendre plus longtemps, je m'exécute. Il serait bien capable de m'envoyer valser à l'autre bout de la pièce. Son regard plein de défis croise le mien et je lui renvoie mon plus beau sourire.

Romane 1 : Lucas 0.

Ses paumes en appuient sur son entrejambe, il semble souffrir et une pointe de culpabilité m'envahit. Une pointe seulement, parce que lorsque je repense à toutes les fois où il s'est moqué de moi, c'est le besoin de vengeance qui prend le dessus. Alors, fière de moi, j'ajoute :

— Allez, c'est pas bien grave. Vu que tu dégaines plus vite que ton ombre, je viens peut-être de sauver la nuit d'une de tes prochaines conquêtes, lui lancé-je avec un clin d'œil.

— Putain, j'avais quatorze ans ! Tu vas me lâcher un jour avec cette histoire ? s'agace-t-il.

— Jamais, susurré-je à son oreille avant de me redresser.

Romane 2 : Lucas 0.

Derrière moi, mon frère éclate de rire alors que Damien semble complètement perdu. Le pauvre, il doit vraiment se poser tout un tas de questions sur mon état mental. Plutôt contente de moi, j'attrape un verre sur le plateau et en avale une grande lampée. L'alcool me brûle l'œsophage et je le sens descendre dans ma trachée puis dans mon estomac. Bon sang, comment les gens peuvent aimer avaler des trucs pareils ? L'alcool c'est comme un GPS, tu peux suivre sa progression. J'éclate de rire à cette idée et me reprends aussitôt quand je remarque que les trois mecs qui m'accompagnent me fixent de manière étrange.

— Bon, je crois que pour ce soir, l'alcool c'est fini pour toi, me prévient mon frère en me piquant mon verre des mains.

— Hé ! m'insurgé-je. Rends-moi ça !

— Non, t'as assez bu !

— De quel droit, tu me dis ce que je dois faire ? Je te rappelle que je suis majeure, vaccinée et qu'aux yeux de la loi, je suis libre de mes choix.

— Si tu veux que je te considère comme une adulte, commence déjà par te comporter en tant que telle. Arrête de rouler des pelles aux premiers venus et arrête de picoler.

— Oh ! C'est moi que tu traites de premier venu ? s'interpose Lucas.

— Attends, tu viens d'embrasser le pote de ton frère ? Celui-là même que tu dis considérer comme ton frangin ? Dis-moi que c'est une blague Romane ! s'offusque Damien.

— Heu…

Prise en flagrant délit, je me fige sans savoir comment réagir. Cette histoire va beaucoup trop loin. Non pas que je veuille à tout prix protéger ma relation avec mon petit ami, néanmoins, je ne tiens pas non plus à le rendre malheureux et c'est ce qui est en train de se passer. Dans ses yeux règnent l'incompréhension, la stupeur et la tristesse.

— OK, c'est bon, j'ai saisi. Je crois qu'il vaut mieux que je rentre chez moi. Je te laisse avec ton frère, tes frères, enfin si tu ne m'as pas mené en bateau depuis le début. Si ça se trouve, aucun des deux ne l'est, me provoque Damien d'un air mauvais.

Debout devant moi, il me domine de toute sa hauteur. J'ouvre la bouche à plusieurs reprises sans qu'aucun son n'en sorte. Pour dire quoi de toute façon ? Vu mon comportement, pas sûre qu'il m'écoute dans tous les cas. Damien a toujours été gentil, calme et l'homme qui se trouve face à moi ne ressemble pas à celui que je connais. Il me ferait presque peur. Ma tête se baisse sur mes pieds, je ne veux pas voir toute cette colère que j'ai provoquée au fond de ses yeux.

La main de Lucas se pose sur mon ventre, me pousse vers l'arrière pour se placer entre Damien et moi. Un frisson agréable prend naissance à l'endroit où il m'a touchée et se propage jusqu'entre mes cuisses. Le sol tangue sous mes pieds et la tête me tourne. Mes doigts s'agrippent à son tee-shirt et s'y accrochent comme à un point d'ancrage pour ne pas finir sur le sol.

— Écoute mon pote, rentre chez toi. Romane t'appellera demain quand elle aura retrouvé ses facultés.

— Je ne suis pas ton pote ! rétorque ce dernier.

Mon estomac se contracte et exécute des saltos incontrôlés. Alors, je resserre encore plus ma prise sur Lucas devant moi tout en fermant la bouche.

— Rien à foutre. Là, tout ce que je vois, c'est que tu lui fous la trouille, alors, je te le demande pour la dernière fois, rentre chez toi.

Une acidité violente me remonte dans l'œsophage et imprègne mes papilles.

— Heu non, j'ai juste envie de gerber, m'excusé-je d'une petite voix.

Lucas bondit sur le côté et je perds l'équilibre. Heureusement pour moi, mon frère n'était pas loin et me réceptionne. Un haut-le-cœur violent me saisit et je bloque de ma main toute tentative de sortie intempestive de mon estomac.

— Putain Romane, tu vas pas me dégobiller dessus ? s'offusque Maël en me tenant à bout de bras devant lui.

En toute honnêteté, s'il ne me fallait pas autant de concentration pour me retenir, j'exploserais de rire devant son air dégoûté. L'idée de me laisser aller sur lui m'effleure même l'esprit en réponse à toutes ces années de surprotection que j'ai dû endurer par sa faute. Ma réflexion s'arrête au moment où des bras m'encerclent et que je décolle du sol. La rapidité avec laquelle je me déplace accentue ma nausée. Ma tête tourne, ma vue se trouble. Et c'est quand le contenu de mon estomac se répand sur l'herbe à mes pieds que je comprends que je viens d'être évacuée à l'extérieur du complexe. Un bras me tient toujours au niveau de la taille alors qu'une main ferme retient mes cheveux. D'un coup d'œil, j'aperçois une gourmette en argent et je comprends que c'est Lucas qui vient de me sauver la mise. J'ai autant envie de le repousser que de le remercier. Pas envie qu'il me voit dans cet état, qu'il me trouve faible et pathétique. D'un autre côté, sentir sa présence et la chaleur qui émane de son corps m'apaise.

Mon estomac se contracte encore et encore et ne m'offre aucun répit. Si bien que lorsque je n'ai plus rien à évacuer, je n'ai plus aucune force. Mes jambes en coton n'arrivent plus à me porter et mes yeux se ferment sans mon autorisation. Je tente de me concentrer, sans succès et très vite, je perds conscience.

Une intense luminosité me brûle la rétine au moment où j'ouvre les paupières. De douleurs, je détourne le visage de l'autre côté. Ma tête me lance et une armée de trompettistes a élu domicile dans mon crâne. Ma bouche est pâteuse et mon corps tout entier souffre le martyre. Bon sang, qu'est-ce qui m'arrive ?

Pendant quelques secondes, je me pose la question puis soudain, tout me revient en mémoire. La soirée au bowling, l'arrivée de mon frère avec Lucas, ma colère, l'alcool et... bordel, j'ai embrassé Lucas avant de vomir tripes et boyaux devant lui.

Oh.Mon.Dieu !

C'est trop la honte ! Comment faire maintenant pour le regarder en face ? Pour me trouver dans la même pièce que lui sans avoir envie de disparaître sous terre ? Qu'est-ce qui m'a pris de me comporter comme ça ? Et puis, comment je suis rentrée ? Cette partie-là, je n'en ai aucun souvenir. La dernière image que j'aie d'hier soir c'est lorsque je vidais le contenu de mon estomac pendant que Lucas me tenait les cheveux. Pour le glamour, on repassera.

À trop réfléchir, ma tête me rappelle à l'ordre et c'est avec un effort considérable que je repousse le drap qui me recouvre. Allongée sur le dos, je constate que je ne porte que mes sous-vêtements de la veille. Est-ce que c'est mon frère qui m'a mise au lit ? Sérieux, il va m'entendre si c'est lui qui m'a dessapée.

Ma vessie étant à deux doigts d'éclater, je me décide à laisser toutes mes interrogations dans un coin de mon esprit pour aller me soulager. Une fois mise à la verticale, je suis obligée de me cramponner à ma commode, le temps de me stabiliser. Je jure de ne plus boire une seule goutte d'alcool jusqu'à la fin de ma vie. C'est bien trop cher payé au réveil. J'enfile le premier long tee-shirt qui me tombe sous la main et franchit le seuil de ma porte d'un pas mal assuré. À peine arrivée dans le couloir, j'ai déjà l'impression d'avoir couru un marathon.

— Ça y est, t'es enfin réveillée ?

La voix de Lucas résonne derrière moi, se répercute en ricochet dans ma boîte crânienne et me tire une grimace. Aucune envie de le voir, de lui parler, alors je décide de l'ignorer. Les toilettes à quelques pas, c'est mon seul objectif du moment.

— Un coup de main peut-être ? me propose-t-il quand je pose la main sur la poignée de la porte.

Pour seule réponse, j'émets une espèce de grognement. Il éclate de rire. Je me renfrogne.

Par pitié, qu'il la ferme.

Les deux mains posées sur mes oreilles, la douleur est si intense qu'elle me vrille les tympans. Et puis d'abord, qu'est-ce qu'il fout là si tôt le matin ? Merde, si ça se trouve, il a dormi ici. Personne n'a évoqué le sujet hier sur l'endroit où il allait s'installer pendant son séjour. En secret, j'avais espoir qu'il reste dans la maison de notre enfance et en même temps, j'ai prié pour qu'il aille chez mon frère. Bon Dieu, ce n'est pas possible d'être aussi indécise. Je me foutrais des claques parfois.

— Bon, t'y vas ou j'y vais ? me questionne-t-il si proche de moi que je sursaute.

— Hein ? Quoi ? balbutié-je encore tourmentée par mes pensées.

— Les toilettes, Michel. Tu vas rester planter devant encore longtemps ou tu te décides à y entrer ?

Pour retrouver mes esprits, je secoue la tête, ce qui, bien évidemment, me rappelle à l'ordre. Être si proche de lui me renvoie à mon comportement d'hier soir et je grimace d'inconfort. La chaleur que dégage son corps brûle mon épiderme et cette proximité réveille ma libido. Donc, avant de commettre un truc que je suis incapable d'assumer, je file me réfugier dans la petite pièce exiguë.

Une fois la porte close, je peux enfin reprendre la respiration que je retenais sans même m'en rendre compte. Bon sang, les prochains jours vont être un calvaire. L'éviter me paraît plus que compliqué et m'y confronter, pire encore.

Assise sur la cuvette, mes coudes posés sur mes genoux, je tente de réfléchir. OK, j'ai embrassé Lucas. Mais si mes souvenirs sont bons, il n'a pas tenté de m'en empêcher, il y a même participé. Alors, pourquoi je devrais me sentir aussi mal ? Après tout, nous sommes deux adultes en pleine possession de nos moyens. Soit ! Sur le coup, je ne lui ai pas beaucoup laissé le choix, sauf que l'on parle de Lucas là ; le mec qui n'hésite pas à m'envoyer chier quand il le désire. Il aurait très bien pu me virer et il ne l'a pas fait, il a même joué le jeu. Je n'ai donc aucune raison de me sentir honteuse. Au contraire, je suis même fière d'avoir réussi, l'espace d'un instant, à l'avoir pour moi toute seule. Le contact de ses lèvres sur les miennes m'a électrisée. Sa langue dans ma bouche a augmenté mon désir pour lui et son goût... un mélange de menthe et de citron...

Bon Dieu, il faut que j'arrête ça tout de suite. J'ai agi sous les effets de l'alcool, ça ne se reproduira plus. Jamais je n'aurai le courage de recommencer et puis quand bien même, il ne voudra pas de moi. En tout cas, pas de la manière dont moi, je le souhaite. Je vais me contenter de garder ce souvenir dans un coin de ma tête et rien d'autre. Au moins, ça aura le mérite d'alimenter un peu plus mes rêves érotiques le concernant.

Contente de mon analyse et fière de ma détermination, je remonte ma culotte et me lave les mains avant de sortir. Lorsque je franchis le seuil de la porte, je me retrouve nez à nez avec Lucas. Enfin, disons plutôt nez à torse vu notre différence de taille.

— Alors Michel, t'as décuvé ? me questionne-t-il un grand sourire sur les lèvres.

Le voir jubiler de mon état de la veille m'agace. Cependant, je ne suis pas encore en mesure de me prendre le chou avec lui. En tout cas, pas avant d'avoir avalé au minimum un litre de café.

D'un pas déterminé, je le contourne et me rue vers la cuisine.

— Au fait, sympa la culotte ! éclate-t-il de rire avant de s'enfermer dans la pièce d'où je viens de sortir.

Comment ça sympa la culotte ? D'un coup d'œil rapide, j'examine ma tenue et vérifie que je n'ai pas coincé mon tee-shirt dans mon sous-vêtement avant de sortir. Ce qui me connaissant est bien possible surtout avec ma tête dans le cul au réveil. Non, rien, tout est en ordre. Mon haut m'arrive à mi-cuisse, il est donc improbable qu'il ait pu apercevoir ce que je cache dessous. À moins que... non, ce n'est pas possible. Ce n'est quand même pas lui qui m'a mise au lit hier soir. Jamais mon frère ne l'aurait laissé me déshabiller. Si ? Le doute s'installe néanmoins dans ma tête. Bon sang, ce mec est revenu depuis moins de vingt-quatre heures et il a déjà foutu un bordel pas possible dans ma vie. J'ai besoin de savoir, je dois en avoir le cœur net.

Bien décidée à avoir le fin mot de cette histoire, je campe dans le couloir pour l'attendre. Quand il sort enfin de sa tanière, je lui saute dessus comme une furie.

— Ça veut dire quoi sympa la culotte ? attaqué-je en pointant mon index sur son torse. Et ne me dis pas que tu viens juste de la voir, c'est techniquement impossible. Alors quand ?

— Hier soir, répondit-il de manière laconique comme-ci ça n'avait rien d'exceptionnel. Autre chose ?

— C'est toi qui m'as mise au lit ?

— Ouais.

— Et pourquoi Maël ne s'en est pas chargé ?

— J'ai proposé de te ramener vu que je crèche ici.

— De quel droit tu t'es permis de me déshabiller ?

— T'avais du vomi plein tes fringues, débite-t-il en haussant les épaules.

Figée, je ne réagis pas alors qu'il s'éloigne. Comment j'ai pu me mettre dans une telle situation ? Et bon Dieu, pourquoi je ne me suis pas changé avant de partir ? Le mec de mes rêves m'a vue à moitié nue et je portais une putain de culotte de princesse !

Ma vie est un cauchemar !

CHAPITRE 7

VOILÀ CE QUI SE PASSE QUAND UNE FEMME S'OCCUPE DE LA MÉCANIQUE !

ROMANE

Cinq jours que je me bats avec cette putain de transmission et grâce au coup de main de mon frère, nous venons d'en voir le bout. Ravie de m'en être enfin débarrassé et épuisée de ma journée, je me laisse tomber sur le sol, la tête appuyée sur la carrosserie et les paupières closes. Le soleil réchauffe mon visage et la brise marine m'apporte une fraîcheur bienvenue. Là, tout ce que je désire, c'est prendre une bonne douche pour me débarrasser du cambouis sur ma peau et aller tester cette petite merveille.

— Chouquette, j'ai un service à te demander.

— Non, tu ne prendras pas le volant ! C'est mon bébé, c'est moi qui l'essaie, assuré-je de manière déterminée en plongeant mon regard dans celui de Maël.

J'ai beau adorer mon frère, là, je ne céderai pas. Ce véhicule, j'y ai mis mes tripes, je lui ai consacré toutes mes journées depuis des mois. Je me suis battue pour obtenir des sponsors, alors l'essayer me revient de droit.

— Non, ça n'a rien à voir, éclate-t-il de rire. J'ai invité quelques personnes pour une petite fête demain soir à la maison et j'aimerais que tu t'occupes des courses. Je bosse toute la journée et c'était pas prévu.

— Une petite fête ? m'étonné-je.

Autant mon frère aime sortir, autant il ne reçoit presque jamais personne chez lui. Violette l'oblige à partager les tâches ménagères et comme il déteste ça, il préfère aller salir chez les autres. D'ailleurs, je suis même surprise que ce ne soit pas chez nous qu'il envisage sa petite sauterie.

— Ouais, j'ai réuni quelques anciens potes pour fêter le retour de Lucas.

— Chez toi ? insisté-je encore étonnée.

— Ben ouais, si j'organise ça chez papa, Lucas va s'en rendre compte, j'ai pas vraiment le choix.

Une surprise ? Ceci explique cela. Bon sang, je n'ai aucune envie de perdre une demi-journée pour ravitailler tout ce petit monde. À côté de ça, mon frère passe quasi tout son temps libre avec moi à bosser sur mon 4X4 et ce n'est pas avec ses horaires de dingue que ma belle-sœur peut s'en charger. Je ne peux donc décemment pas lui refuser cette faveur. Pourtant, rien que de m'imaginer faire un truc pour Lucas me donne envie de l'envoyer balader sans discussion.

Cinq jours qu'il mène sa vie comme si je n'existais pas. Je le croise à peine quand je me lève le matin et il n'est toujours pas rentré lorsque je me couche le soir. Je sais par mon père qu'il passe le voir chaque jour au garage, il n'empêche qu'il ne nous a pas encore honorés de sa présence à un seul dîner. Franchement, je me demande à quoi il occupe toutes ses journées.

Non pas que j'aie une envie particulière de discuter de ce qu'il s'est passé, pourtant, j'aurais aimé avoir l'impression qu'il avait éprouvé un petit quelque chose. Alors que pas du tout. Le peu que je le vois, il se comporte comme avant, même pire encore, puisqu'il m'ignore carrément.

Je suis ridicule, j'en ai bien conscience. Lucas n'a jamais montré un quelconque intérêt envers moi, en tout cas, pas comme je le souhaiterais. Pourtant, je n'arrive pas à m'empêcher d'espérer qu'un jour, peut-être, il me voit enfin autrement et encore plus depuis que je l'ai embrassé.

— Alors ? m'interroge mon frère me sortant de mes pensées.

— Ouais, j'irais. Par contre, je te préviens, hors de question de préparer quoi que ce soit d'autre. J'ai encore un tas de boulot qui m'attend.

— T'inquiète, c'est à la bonne franquette ! De l'alcool et quelques trucs à grignoter, rien de plus. C'est juste pour marquer le coup.

— Alors, je m'en occupe !

— Super, merci, t'es la meilleure ! Bon, on l'essaie ce bolide ?

Avec un grand sourire, je hoche la tête. Tant pis pour la douche, je verrai ça plus tard. Excitée comme une gosse le matin de Noël, je me dresse sur mes jambes et grimpe dans mon 4X4. Quand le moteur se met en marche, toute ma fatigue s'évapore.

— On va aller dans les pares-feux et vas-y doucement pour voir comment répond la transmission.

— Hé, tu me prends pour une novice ?

— Non, par contre, je te connais. Quand t'es lancée, il n'y a plus rien qui peut t'arrêter. J'évite juste d'avoir encore plus de boulot si tu me casses un truc.

— Rabat-joie, murmuré-je en passant la première.

Qu'il est plaisant d'entendre le ronron du moteur ! C'est un bruit dont je ne pourrai jamais me lasser. Quand je suis au volant, je ressens toujours une vague de liberté me submerger. Néanmoins, ce que je préfère c'est l'adrénaline qui se répand dans mes veines lorsque je pousse mon véhicule au maximum de ses capacités en même temps que les miennes. La peur de l'erreur humaine et de la panne mécanique me procurent un stress agréable. Savoir que c'est moi, et moi seule qui suis maître à bord me rend euphorique. Par contre, avoir un passager augmente ma nervosité. C'est pour cette raison, que de base, je voulais me lancer seule dans le Rallye des Gazelles, sauf que mon père et mon frère n'étaient pas d'accord. Enfin, mon frère, surtout. Papa aurait fini par céder, j'en suis certaine. Parfois, je rêverais d'être fille unique ou que Maël soit moins protecteur envers moi.

La voilà, ma crainte. Ne pas pouvoir être au maximum de mes capacités ; de peur de provoquer un accident qui mette mon frère en danger. Ce challenge, je l'attends depuis si longtemps qu'une part de moi est en colère contre Maël de m'avoir privée du Rallye des Gazelles auquel je tenais tant. Non pas que celui des Gazelles and Men soit moins dur, c'est juste qu'il est d'une, moins connu et de deux, qu'il faut un co-pilote homme. Mixer les genres est le nouveau truc à la mode. Aujourd'hui, on veut la parité partout. Ce n'est pas que ça me dérange, loin de là, c'est juste que moi, celui que je voulais absolument tenter, c'était le cent pour cent féminin.

— Arrête-toi sur le bas-côté, m'interpelle mon frère.

— Heu quoi ? lui demandé-je trop prise dans mes pensées pour comprendre ce qu'il veut.

— Arrête-toi ! Y'a un drôle de bruit.

Les sourcils froncés, je m'exécute. Moi, je n'entends rien de spécial. Une fois le moteur coupé, Maël s'extrait du véhicule et ouvre le capot. Je m'apprête à le rejoindre sauf qu'il ne m'en laisse pas le temps.

— Démarre.

Sans chercher à comprendre, j'obéis et donne un tour de clef. Rien ne se passe. Pas un bruit, même pas un petit cliquetis du démarreur.

— À quoi t'as touché ? demandé-je perplexe.

— À rien du tout, j'en ai pas eu le temps. Sors la caisse à outils.

Il m'a prise pour sa bonne ou quoi ? Agacée de n'avoir parcouru que quelques kilomètres, c'est les dents serrées que je me rends dans le coffre pour en extraire les outils.

— Alors ? questionné-je mon frère en posant la boîte à ses pieds.

Maël débranche et rebranche la durite d'huile moteur, teste la batterie, vérifie et nettoie les bougies puis termine par pousser un gros soupir en jetant le chiffon qu'il tient dans les mains à terre.

— Aucune idée, tout semble en ordre.

— Pourtant, on est bien en panne.

— Sans blague, t'en as d'autres des scoops du genre ?

— Hé, tu vas pas t'en prendre à moi ! râlé-je en posant mes poings sur mes hanches.

— T'as raison, je suis désolé.

Ses deux mains posées sur la calandre, mon frère voûte les épaules et baisse la tête. Qu'est-ce qu'il a ?

— Ça va ? m'inquiété-je en me rapprochant.

— Ouais, juste un peu de fatigue, rien de grave. Pas la peine de rester ici, il faut la monter sur le pont au garage. Appelle papa pour qu'il nous remorque, le temps que je range.

Les sourcils froncés, je le scrute quelques instants avec une sensation étrange. Malgré nos quatre ans d'écart, nous avons toujours eu une relation fusionnelle. Petits, il nous arrivait même de comprendre que quelque chose n'allait pas, avant même que l'autre ne s'en aperçoive et c'est exactement cette sensation que je ressens, là, tout de suite. Je croise son regard et je saisis qu'il n'a aucune envie de poursuivre la discussion. Je n'insiste pas, du moins, pas dans l'immédiat. Il me connaît bien assez pour savoir qu'à un moment ou à un autre, je partirai à la pêche aux infos.

Mon téléphone en main, je fais défiler la liste de mes contacts jusqu'à trouver celui du garage. Pas la peine de tenter son portable. D'une, il ne l'a jamais sur lui. De deux, s'il est sur un véhicule, il ne l'entendra pas sonner. La ligne fixe, elle, est reliée à une alarme qui hurle si fort, que même les voisins peuvent l'entendre.

— Garage Prigent à votre écoute.

Surprise que ce ne soit pas la voix de mon père qui résonne dans le haut-parleur, je reste figée quelques secondes.

— Allo, me répond Lucas.

— Euh, ouais, c'est moi, Romane. Est-ce que tu peux me passer papa ?

— Désolé Michel, il est occupé.

— Il va pourtant falloir qu'il laisse ce qu'il a sur le feu, insisté-je. Nous sommes partis essayer le 4X4 avec Maël et nous sommes en panne. La bagnole ne veut rien entendre et refuse de redémarrer.

— Voilà ce qu'il se passe quand on laisse une femme s'occuper de la mécanique, tout part en couille, rigole cet imbécile.

— Tu feras tes blagues machistes une autre fois ! J'ai faim, j'suis crevée, la seule chose que je veux, c'est rentrer et me jeter sous la douche, alors, passe-moi papa ! exigé-je d'un ton sec.

— T'emballe pas ! Bon, vous êtes où ?

— Entre la maison et le début de la piste derrière chez nous, il ne peut pas nous louper.

— Très bien, j'arrive, lâche-t-il juste avant de raccrocher.

Goujat ! Mon Dieu qu'il m'agace quand il a ce comportement de petit con et après, c'est moi qu'on traite de gamine. C'est le monde à l'envers. Je tourne les talons et retourne près de la voiture où je trouve mon frère, sur le siège passager en train de somnoler. Merde, c'est vrai qu'il paraît au bout du rouleau. Après quelques secondes de réflexion, je décide de prévenir Violette pour qu'elle passe le prendre. Vu l'heure, elle doit déjà être rentrée chez eux. Je n'ai besoin de personne pour attendre Lucas...

LUCAS

— Juel ? crié-je en pénétrant dans l'atelier du garage.
— Oui, mon garçon.
— Je prends la dépanneuse pour aller récupérer Maël et Romane sur la piste forestière, ils sont en panne !
— Pas de problème, dis, tu voudrais pas passer en ville me récupérer les garnitures de portière que j'ai commandées chez Jo avant ? Il ferme dans moins d'une heure et j'en ai absolument besoin pour terminer.

Et laisser poireauter le frère et la sœur ? Avec plaisir ! Vu la soirée que j'ai passée grâce à eux le jour de mon arrivée, ce n'est que justice. Le lendemain, j'ai dû me confronter à un Maël remonté comme un coucou. Il m'a bassiné avec sa sœur durant un temps infini. Pour m'en débarrasser, j'ai dû promettre de ne plus jamais la laisser s'approcher et feindre d'avoir été si surpris que je n'avais pas eu la jugeote de la repousser. En gros, je l'ai baratiné. Parce qu'en toute honnêteté, j'ai aussitôt percuté et compris ce qu'elle s'apprêtait à faire. Dans ma tête, j'étais convaincu qu'en goûtant enfin à ses lèvres, je me la sortirais de l'esprit. Foutaise, c'est encore pire !

Donc, en bon connard qui se respecte, depuis, je la fuis comme la peste. Après avoir été obligé de la déshabiller pour la mettre au lit et passer un temps indéfini à mater ses courbes, je devais m'éloigner pour ne pas risquer de me jeter sur elle. Je préfère ça, plutôt que de courir le risque de perdre la seule famille que j'ai connue. Parce que si je vais trop loin avec elle, Maël ne l'acceptera pas, pire, il m'en voudra toute sa vie. Et ça, je refuse.

— Ça va, fils ?

La voix de Juel me sort de ma trans. Fils, à chaque fois qu'il prononce ce mot, mon cœur bondit dans ma poitrine. Non, je refuse de prendre le risque de perdre tout ça pour une simple attirance physique, aussi forte soit-elle.

— Ouais, pardon, m'excusé-je. J'étais dans la lune. OK, je passe chez Jo prendre ta commande, je récupère les deux frangins et je reviens.

— Y'a plusieurs jours que tu te perds dans tes pensées... quelque chose ne va pas ? Tu as... des soucis ? Je sais que je n'ai pas été très présent pour vous écouter, mais si tu as besoin..., déclare-t-il gêné.

Comment lui dire que ce qui me ronge ce sont deux femmes, dont une est sa propre fille ? Je refuse de lui révéler dans quel enfer je me trouve ; autant pour le chantage que je subis de la part d'Alba et encore moins que je bande pour sa fille. À coup sûr, il me couperait les couilles, aidé de son fils, bien évidemment.

— Je t'assure que tout va très bien. Juste une énorme fatigue que je traîne depuis des mois. L'adrénaline de ces quatre dernières années est en train de retomber, mentis-je effrontément en le regardant droit dans les yeux.

Ce que je ne regrette pas, quand j'aperçois l'étincelle de soulagement dans ses pupilles. Pas envie qu'il s'inquiète pour moi, il en fait déjà bien assez.

— Tu m'en vois ravi, acquiesce-t-il en me donnant une grande tape dans le dos.

Après avoir récupéré la commande de Juel, je me hâte récupérer la fratrie. Déjà plus d'une heure qu'ils m'attendent, je vais en prendre pour mon grade. De loin, j'aperçois le 4X4 et Romane assise contre un pneu. Lorsque je me gare, elle se redresse et attaque directe.

— T'as vu le temps que t'as mis, j'ai cru que j'allais prendre racine !

Vêtue d'un short et d'un top courts, ses cheveux virevoltent au gré du vent. Quelques mèches se sont échappées de sa queue de cheval et lui barrent le visage, ce qui me donne une furieuse envie de les placer derrière son oreille.

Non Lucas, on ne touche pas on a dit !

Ses yeux lancent des éclairs et si j'en crois sa paupière qui tressaute, elle est plus qu'énervée. Trop sexy !

— Où est Maël ? demandé-je en détournant le regard de ses courbes, histoire que mes pensées ne s'égarent plus.

— Il en avait marre de t'attendre, il s'est tiré.

Sérieux ? À pied ? J'ai du mal à y croire. Si moi, je suis un sportif dans l'âme, ce n'est pas le cas de mon pote. Les seules activités physiques qu'il pratique c'est le lever de coude et le sport en chambre. À l'évocation de cette pratique forte agréable, mon attention se reporte sur Romane. Si seulement une fois, rien qu'une fois je pouvais goûter à sa peau. Je suis convaincu que si nous passions à l'acte tout ce trouble entre nous, cesserait aussitôt. Est-ce qu'elle aussi, elle sent l'air qui crépite quand nous sommes proches ? Est-ce qu'elle se rend compte de toute la tension sexuelle qui règne en cet instant ? Nous sommes seuls, peut-être que je pourrais...

Non ! Il faut que j'arrête de laisser vagabonder mon esprit comme ça. Même juste une fois serait de trop, parce que quelqu'un finirait par en être informé et ça, c'est hors de question.

— Tu comptes reste planter là et me laisser tout le boulot ?

Je redresse la tête et constate qu'elle est déjà installée au volant de son 4X4. Je pousse un grognement pendant que je saisis le treuil et l'accroche à l'anneau sous son pare-chocs.

— C'est OK, tu peux desserrer le frein à main.

Romane descend de son véhicule et j'active le système de remorquage. Une fois sa voiture sur le plateau, je grimpe dedans, coupe le contact, récupère les clefs et enclenche le frein à main.

— Bon, maintenant que tout est en ordre, tu vas me dire où est passé ton frère ? la questionné-je en me glissant derrière le volant.

— Violette est venue le récupérer, il s'endormait sur le siège passager.

— Qu'est-ce que tu lui as fait subir pour qu'il tombe aussi vite ? éclaté-je de rire tout en démarrant.

Son visage qui jusqu'à présent était collé à la vitre se tourne vers moi. Ses sourcils se froncent et un éclair de culpabilité traverse ses beaux yeux noirs.

— Je crois que je lui en demande trop. Il avait l'air au bout du rouleau, débite-t-elle en reprenant la contemplation de l'extérieur.

L'envie de la prendre dans mes bras pour la consoler me saisit et j'ai un mal fou à la contrôler. Mes deux mains bien agrippées au volant, je me concentre sur la route devant moi.

— Tu sais, reprend-elle, il bosse déjà quarante heures par semaine au garage avec papa et dès qu'il termine, il vient m'aider sur le 4X4.

J'avais jamais remarqué qu'il était épuisé à ce point, pourtant, aujourd'hui, quand je l'ai vu somnoler en quelques secondes, ça m'a sauté aux yeux. Ce rallye, c'est le rêve de toute ma vie, mais je veux pas non plus que mon frère en paie les conséquences.

La détresse dans sa voix me serre le cœur. Je connais Maël, je suis convaincu que s'il l'aide, c'est qu'il en est capable et qu'elle se monte la tête pour rien. C'est fou comme ces deux-là ont toujours été super proches. Il m'est même arrivé d'avoir l'impression d'être de trop, entre eux.

— Je suis certain que tu te trompes. C'est juste un coup de mou. Une bonne nuit de sommeil et tu verras que demain, tout sera rentré dans l'ordre, lui assuré-je en posant ma main sur sa cuisse.

Le contact de sa peau contre la mienne est enivrant. Des fourmis de désir grignotent mes doigts, remontent mon avant-bras et viennent se loger dans mon cœur. Son regard se porte sur l'endroit où nos épidermes sont en contact et elle se fige.

— Tu crois ? finit-elle par murmurer.

Arrêté au seul et unique feu tricolore du coin, je reporte mon attention sur elle. Son regard fixé sur moi est plein d'espérance.

— Certain, confirmé-je.

Son sourire illumine son visage et me procure une sensation de fierté. Pour une fois que ce n'est pas de la colère que je lui inspire. Ses dents se plantent dans sa lèvre inférieure et ma queue tressaute dans mon pantalon. Ses yeux vont et viennent sur mes lèvres et l'éclat qui brille dans ses prunelles ne trompe pas. Je sais ce qu'elle veut, ce qu'elle désire.

— Lucas…

Elle se rapproche et je suis incapable de l'en empêcher. C'est plus fort que moi. L'envie que je ressens pour elle est viscérale. Ma main glisse sur sa nuque, ses yeux se ferment et son souffle chaud chatouille ma bouche trop proche de la sienne. J'hésite. Un court instant. Et c'est mon désir qui prend le dessus sur toutes les conséquences que cette situation peut impliquer. À peine mes lèvres effleurent-elles les siennes qu'un coup de klaxon me ramène à la réalité. Celle où nous sommes arrêtés en plein milieu d'un carrefour. Celle où j'ai encore agi sans réfléchir.

En vitesse, je romps le contact, m'éloigne et reprends la route en silence jusqu'à ce que je me gare devant le garage. Sans attendre et sans un regard pour elle, je saute du véhicule, m'empare des garnitures de portes que Juel attend et fuis Romane le plus loin et le plus vite possible.

CHAPITRE 2
ADEPTE DE LA POLITIQUE DE L'AUTRUCHE ?

ROMANE

Mes cils papillonnent et il me faut quelques minutes pour enfin ouvrir les yeux. Mon regard tombe sur la fenêtre de ma chambre et tout me revient en mémoire. Pourquoi a-t-il été aussi gentil pour ensuite me jeter comme une merde ? Épuisée d'avoir passé une partie de la nuit à pleurer, je me roule en boule dans mon drap et grogne de frustration. Tout ça ne devrait pas autant m'atteindre. Il ne mérite pas que je me mette dans cet état. Lucas n'est qu'un enfoiré qui se joue de moi. Pas un mot, pas une explication, pas un remords, pas une excuse. Il m'a juste laissée et s'est tiré sans se retourner.

Je le déteste !

Si encore c'était possible, ma vie serait bien plus simple. Mon cœur saigne de tous les sentiments que j'ai pour lui. Mon nez est saturé de son odeur de bois de santal. Mes sens sont tous en éveil quand il est proche. Quoi que j'observe, tout me renvoie à lui. Il est dans ma vie depuis si longtemps qu'il m'est impossible de l'oublier.

Dans une relation normale, à la fin, on range les cadeaux, les photos et tous les souvenirs dans une boîte puis on finit par passer à autre chose. Dans mon cas, pour me débarrasser de Lucas, il faudrait que je brûle la baraque et que je renie mon frère et mon père.

Hier soir, dans la dépanneuse, j'y ai cru. Ses paroles réconfortantes, son regard doux, je me suis laissé berner. Il n'a jamais voulu de moi. Son but est encore et toujours de se foutre de ma gueule.

Pour me changer les idées, je regarde défiler les photos de ma galerie de téléphone et éclate de rire quand je tombe sur une série de grimaces. Je me souviens de ce jour-là. Damien m'avait emmenée en balade et nous étions tombés sur un groupe qui pratiquait... merde, comment ça s'appelle ? Ah, oui, la thérapie par le rire[2]. Au début nous étions restés interloquer devant leur comportement. Après que l'un d'entre eux nous ait expliqué le principe, nous avions passé les vingt minutes suivantes à nous prendre en photo en nous moquant d'eux. On avait tellement ri, que nous avions fini par avoir mal au ventre.

Damien... la soirée au bowling me revient en mémoire et je me sens super mal. Mon comportement envers lui a été horrible... il ne mérite pas ça. C'est quelqu'un de vraiment gentil et moi je l'ai délibérément fait souffrir. Et je n'ai même pas pris la peine de l'appeler ou de lui envoyer un texto. Je n'ai aucun sentiment amoureux envers lui, ça, je le sais, par contre, je tiens à lui et je lui dois des excuses.

À plusieurs reprises, j'écris et j'efface le message que je tente de rédiger. Pas la peine de vouloir chercher compliqué, autant aller droit au but.

Moi : Salut ! Est-ce qu'on peut se voir aujourd'hui ?

Il est hors de question que je lui explique ce que je ressens par texto, même si je sais que ce sera difficile pour moi d'être en face de lui, je lui dois bien ça. Les trois petits points apparaissent sur l'écran et je retiens ma respiration. Il doit être en colère contre moi et j'avoue avoir une certaine appréhension quant à sa réaction.

Damien : Pourquoi ?
Moi : Discuter.
Damien : De quoi ?
Moi : De l'autre soir, de nous.

---

[2] La thérapie par le rire est une forme de médecine douce qui consiste à se réunir en groupe pour rire de manière forcée.

Les mains tremblantes, je guette le signe d'une réponse, mais rien. L'icône « vu » est bien présente, rien d'autre. Dépitée, je pousse un soupir et jette mon téléphone de l'autre côté du lit. Je lui laisse jusqu'à midi et si je n'ai toujours pas de réponse, je me présenterai chez lui. De toute façon, je dois aller en ville pour les courses de mon frère. À cette pensée, j'ai envie de crier, de tout casser. Je vais encore me mettre en quatre pour Lucas alors que la seule chose que je souhaite, c'est oublier sa présence. En tout cas, ce soir, je ne me pointerai pas à leur fête. Hors de question.

La pluie s'abat sur les carreaux de ma fenêtre et le vent souffle projetant des branches du saule pleureur contre la vitre. Génial, comme si mon humeur n'était pas assez maussade, il faut en plus que le temps s'y mette. Aujourd'hui, je dois aller au garage et trouver pourquoi mon 4X4 s'est mis en carafe. Et même ça, je n'en ai aucune envie. Ce qui prouve bien à quel point j'ai le moral dans les chaussettes. Moi qui d'habitude suis capable de tout affronter à la simple pensée du rallye, là, même ça, ne me donne pas le courage de me lever.

En revenant dans ma vie, Lucas m'a tout pris, même mon rêve le plus cher !

Au volant de ma voiture, je suis en route pour l'appartement de Damien. Il n'a jamais répondu à mon texto. Fébrile, mes doigts tapotent de plus en plus vite contre le levier de vitesse à mesure que j'approche de chez lui. Je ne suis pas à l'aise avec cette situation. Je suis plus une adepte de la politique de l'autruche que du rentre-dedans. Pourtant, je n'ai pas le choix ! J'ai besoin de me prouver à moi-même que je ne suis plus une enfant, que je suis capable d'affronter mes problèmes, mes erreurs. Parce qu'il est clair que se jeter au cou d'un mec devant son petit ami n'est pas une grande preuve de maturité, au contraire. Mon frère m'a mise hors de moi, mais ce n'était pas une raison pour me comporter comme une gamine capricieuse. Damien n'est en rien responsable des actes trop protecteurs de Maël, il n'a pas à en payer les conséquences.

Garée sur le petit parking devant son immeuble, je suis anxieuse. Toujours assise sur mon siège, je fixe la trotteuse de ma montre et m'intime l'ordre d'y aller dès qu'elle aura atteint le chiffre douze.

Chose que je n'exécute pas une première fois, ni une seconde fois et encore moins une troisième fois. Les minutes passent et ma détermination s'envole au même rythme que le temps qui passe.

Bon sang Romane, prends ton courage à deux mains et vas-y ! Que peut-il bien t'arriver ? Damien n'est pas méchant, il peut comprendre.

Comprendre quoi ? Que la fille avec qui il sort depuis bientôt deux mois en aime un autre ? Que si elle se refuse à lui, c'est parce que c'est un autre qu'elle a en tête ? Qu'elle s'était persuadée que comme le garçon en question n'était plus là, elle espérait finir par tomber amoureuse de celui qui partageait sa vie ?

Vu comme ça...

Bon Dieu, il va me haïr !

D'une claque mentale, j'oblige ma conscience à se taire. Peut-être que je peux arrondir les angles, ne pas lui donner l'exacte vérité. Oui, voilà, je vais juste me contenter de lui dire que j'aime beaucoup sa compagnie, mais que je ne suis pas amoureuse de lui. Et qu'il mérite quelqu'un qui se donnera corps et âme dans cette relation, parce que moi, j'en suis incapable.

Une grande inspiration plus tard, c'est pleine de détermination que je sors de ma voiture et me rends chez lui. Les mains moites et le cœur au bord des lèvres, je suis à plusieurs reprises obligée de déglutir pour avaler ma salive. À peine arrivée devant chez Damien, je frappe avant que le peu de courage que je possède ne parte en courant. Des pas résonnent dans l'appartement et quand le cliquetis de l'ouverture de la porte retentit, mon cœur s'emballe et l'air dans mes poumons se raréfie.

Je vais me sentir mal !

— Romane ? s'étonne Damien. Qu'est-ce que tu fais là ?

— Je... enfin, je...

Les mots restent coincés dans ma gorge et avec eux, une énorme boule d'angoisse. Les sourcils froncés, il ferme ses paupières quelques secondes avant de les rouvrir et de me donner l'autorisation d'entrer.

— Tu n'as pas répondu à mon message, finis-je par lâcher.

— Je ne savais pas quoi te dire, énonce-t-il en claquant la porte derrière moi.

Dos à lui, je puise au plus profond de moi pour me donner du courage.

— Je... je suis venue m'excuser de mon comportement de l'autre soir. Je... j'ai pas l'habitude de boire de l'alcool et je... j'ai pas réfléchi. Tu sais, mon frère, parce que c'est vraiment mon frère, j'ai pas menti. Ben, mon frère ne me laisse pas vivre ma vie et s'il est venu ce soir-là, c'était juste pour t'emmerder et t'obliger à sortir de ma vie. Tu vois, genre, te foutre la trouille et t'intimider. Il agit toujours comme ça, c'est pour cette raison que je ne présente jamais personne à ma famille, il est trop envahissant. Et Lucas, ben, lui, c'est pas mon frère, enfin, pas au sens littéral du terme, parce qu'il a vraiment été élevé avec nous, dans la même maison, il a même sa propre chambre. Ses parents ne sont jamais là et c'est mon père qui s'est occupé de lui depuis qu'il est petit. Donc, techniquement, c'est un peu mon frère, tu vois. Pour mon père, lui et Maël c'est pareil. Tous les trois on est ses enfants, tu comprends ? finis-je ma tirade à bout de souffle.

Mon cœur bat à cent à l'heure dans ma poitrine et mon pouls s'emballe. Bon sang, il faut que je me calme. Et rien que d'évoquer que Lucas comme un membre à part entière de ma famille me file la nausée. Pourtant, je sais pertinemment que nous n'avons aucun lien de sang et qu'avoir des sentiments pour lui n'est pas malsain.

— Et tu embrasses souvent ton soi-disant frère sur la bouche ?

Aïe, touchée ! Cette piqûre de rappel ne me plaît pas, pourtant, elle est plus que méritée.

— Hum hum..., m'éclaircis-je la gorge. En fait, je voulais juste prouver à mon frère que même l'une des personnes les plus importantes pour lui ne trouverait pas grâce à ses yeux pour moi et... je me suis servie de Lucas pour le lui prouver.

— Romane ? Regarde-moi !

Non, pas ça ! Face à lui, je suis moins sûre de moi. D'une, de pouvoir m'exprimer sans bégayer et de deux, d'être capable de lui cacher mes émotions. Et s'il me posait la seule question qu'il ne faut pas ? Je suis certaine qu'il se rendra compte que je mens et je ne peux décemment pas lui dire la vérité.

— S'il te plaît, insiste Damien en posant sa main sur mon épaule.

Résignée, je pousse un gros soupir avant de me retourner pour finir en face de lui. Ses yeux happent les miens et ce que j'y lis me questionne. Un mélange de compassion, mêler à... du fatalisme ?

— Bon, je vais aborder le sujet qui fâche puisque tu ne sembles pas disposer à entamer la discussion. Écoute Romane, il y a déjà quelque temps que je te lance des perches, que je tente de te tirer les vers du nez. Toi et moi, ça ne fonctionne pas. On ne se dispute jamais, c'est vrai, à côté de ça, on ne partage rien de particulier non plus. Nous n'avons pas les mêmes centres d'intérêt... Je peux te poser une question ?

— Oui, vas-y, débité-je à toute allure de peur qu'il s'arrête si je mets trop de temps à répondre.

Cette conversation prend une tournure inattendue. Serait-il possible que lui aussi ne se sente pas bien avec moi ? Si tel est le cas, il n'en a jamais rien montré. Du moins, je ne m'en suis pas rendu compte. Et j'avoue que pour le coup, ça m'arrangerait bien. S'il peut être à l'origine de notre rupture, je ne vais pas m'en plaindre. Dans tous les cas, j'espère que nous pourrons rester amis.

— Est-ce que tu ressens quelque chose pour moi ?

Gênée, je baisse les yeux sur mes pieds et fuis son regard. Qu'est-ce que je peux répondre à ça ? Impossible de lui dire que je l'apprécie, rien de plus.

— Laisse tomber, je pense que la réponse est évidente. En un peu plus de deux mois, nous n'avons pas été plus loin que l'étape du baiser. Non pas que j'ai l'habitude de me presser, mais quand même, deux mois, c'est long.

Un sourire se dessine sur mes lèvres. Il n'a pas tort. Difficile de le contredire. Ce n'est pas drôle, j'en ai conscience, pourtant, c'est plus fort que moi. Aucune idée du pourquoi du comment, mais les images de lui et moi qui se succèdent dans ma tête sont hilarantes. Nous sommes autant mal à l'aise l'un que l'autre. Entre nous, rien n'a jamais été naturel, alors j'imagine le fiasco que ce serait entre des draps. L'horreur !

Romane reprends toi, ce n'est pas le moment de te moquer. Je m'éclaircis la gorge, prends mon courage à deux mains et relève la tête. Il a déjà compris, autant que je saisisse l'opportunité qu'il m'offre. Il me suffit d'acquiescer, de lui donner raison, pas besoin de déblatérer de long discours.

— Je suis désolée, murmuré-je.

— Pas autant que moi, tu peux me croire. Je ne peux pas t'obliger à ressentir la même chose que moi. C'est comme ça, personne n'est responsable.

La déception que je lis dans son regard m'envoie des aiguilles en plein cœur. Merde, je me suis plantée sur toute la ligne. J'ai cru que nous étions sur la même longueur d'onde alors que pas du tout. Damien ressent vraiment un truc pour moi ! Et ça me conforte sur le fait qu'il vaut mieux tout cesser maintenant. Honteuse, j'ai envie de partir en courant, rentrer chez moi et me terrer dans mon lit, loin de tout. Chose que je ne ferai pas. Non, il mérite que je sois honnête envers lui.

— J'aime bien être en ta compagnie... comme avec un ami.
— J'avais bien compris.
— Tu... tu ne m'en veux pas trop ?
— T'en vouloir non. Tu n'y peux rien, les sentiments sont des choses qui ne se contrôlent pas.
— Alors... tu... tu crois que nous pourrions rester amis ?
— Peut-être un jour, pas tout de suite c'est certain.

Déçue, je baisse ma tête sur mes chaussures. C'est blessant, pourtant, je comprends sa réaction. Si Lucas me proposait la même chose, j'aurais une furieuse envie de lui arracher les yeux.

— C'est pas contre toi Romane, souffle-t-il en prenant mon menton entre ses doigts pour remonter mon visage vers lui. Laisse-moi du temps pour digérer tout ça. Je ne suis pas encore prêt à jouer le rôle du bon copain et à t'écouter t'épancher sur tes futures relations.

Mes futures relations ? La bonne blague. Je n'ai jamais réussi à avoir une vraie liaison sérieuse, suivie. À plusieurs reprises, je me suis sentie flattée qu'on s'intéresse à moi, ça s'arrête là. D'aussi loin que je me souvienne, Lucas a toujours été présent dans mon esprit. À chaque fois qu'un mec m'embrassait, c'est lui que j'imaginais à sa place. Et cette prise de conscience me coupe le souffle. Je ne suis pas amoureuse de Lucas, j'en suis carrément dingue et là, tout de suite, ça me fout une trouille bleue. Entre nous, rien ne sera possible, je le sais. Lucas n'a aucun intérêt, même minime envers moi, il me l'a bien fait comprendre hier soir. En plus, avec mon frère dans l'équation, c'est peine perdue. Bon Dieu, qu'est-ce que je vais devenir ? Des années que je tente de l'oublier, en vain. Il lui a juste fallu réapparaître pour que tout ce que je refoule depuis son départ remonte à la surface.

— Ne pleure pas s'il te plaît, je déteste que tu sois triste. Comprends-moi... j'ai besoin d'un peu de temps pour ne plus te voir comme aujourd'hui, pour accepter qu'entre nous, ça n'ira pas plus loin. À ce jour, c'est au-dessus de mes forces, termine Damien en me plaquant contre lui.

Mes larmes coulent sans que je sois en mesure de les arrêter. Damien caresse mon dos et son geste me provoque une sensation de malaise. Il s'inquiète pour moi alors que mes pleurs ne lui sont pas destinés.

Je suis une horrible personne !

Je dois sortir d'ici, j'ai besoin d'air et surtout d'être seule. Damien n'a pas à se sentir coupable d'une situation dont il n'est pas responsable. Je suis la seule fautive. La seule à blâmer. Je me retire du confort rassurant de ses bras et m'essuie les joues d'un revers de main.

— Je comprends et je ne t'en veux pas, hoqueté-je. Je... je vais y aller, j'ai des courses à faire et un 4X4 à réparer, poursuivis-je en reculant de quelques pas. Tu as mon numéro et quoi que tu décides, sache que j'ai apprécié nos moments, rajouté-je en me dirigeant vers la porte. Je... je suis désolée Damien, pour tout ça.

— Pas autant que moi, rétorque-t-il un air las sur son visage. Prends bien soin de toi Romane.

— Toi aussi, achevé-je en franchissant le seuil.

La porte fermée derrière moi, je dévale les escaliers en courant. Je n'ai pas le droit de me servir des gens de la sorte. Il faut que j'arrête de compenser ma solitude dans des relations qui sont de toute manière vouées à l'échec. Tant que je n'aurai pas réussi à sortir Lucas de ma tête et de mon cœur, je ne serai pas capable d'avancer.

CHAPITRE 9

UN JOUR, IL VA FALLOIR QUE TU PORTES TES COUILLES !

LUCAS

Putain ! Qu'est-ce qui m'a pris ? Son regard sur moi a déclenché un tel sentiment de fierté que je n'ai pas pu m'en empêcher. Et si la voiture derrière moi ne m'avait pas klaxonné, j'aurais pris une mauvaise décision. Avec mes conneries, je n'ai pas fermé l'œil de la nuit. Dans mon esprit, je me suis rejoué en boucle le contact rapide de ses lèvres sur les miennes. Et ce que j'ai ressenti n'avait rien à voir avec la soirée au bowling. Ce jour-là, elle m'a sauté dessus par provocation. Son baiser n'avait rien de doux. Alors qu'hier, elle y a mis une forme de tendresse qui m'a lacéré le cœur. Et encore, nous ne nous sommes qu'effleurés. Que serait-il advenu si par malheur, personne ne nous avait interrompus ? C'est une question à laquelle je n'ai aucune envie d'avoir de réponse. Ça ne doit jamais se reproduire. D'une part, mon meilleur pote ne me le pardonnerait pas. D'autre part, ma vie est bien trop compliquée pour que je fasse entrer une autre femme dans l'équation.

Alba me pourrit déjà l'existence avec son chantage et je ne sais toujours pas quoi décider. Tirer un trait sur la proposition de son père et c'est ma mort dans le milieu. Personne de normal ne dit non à un poste pareil, dans une écurie de cette envergure. Oui, mais voilà, accepter, c'est aussi tirer un trait sur ma vie future en l'épousant. Son père y voit un mariage de convenance, qui est bénéfique pour les deux parties, alors que moi, la seule chose qui m'obsède, c'est de me lier à quelqu'un qui ne me porte aucun intérêt. J'ai donc le choix entre la peste et le choléra ! Six mois, il m'a laissé six mois pour lui donner ma décision. Enfin, je dirai plutôt pour m'organiser ici et partir m'installer définitivement en Italie. Cet homme est persuadé qu'il m'offre l'opportunité du siècle, et que de ce fait, je ne refuserai pas. Le pire dans tout ça ? C'est que je réfléchis sérieusement à accepter. Je suis à deux doigts de renier tous mes principes pour ma carrière en épousant une femme qui me fout la gerbe.

La porte de l'entrée du garage claque et je relève la tête de la boîte de vitesses sur laquelle je traîne depuis au moins trois heures sans parvenir à avancer. Romane fonce droit sur moi sans même me regarder. Arrivée à ma hauteur, elle me contourne et s'arrête devant son 4X4 monté sur le pont. Du coin de l'œil, je l'observe à la dérobée et elle me paraît bien agacée. Pas besoin d'être devin pour savoir que c'est moi qui la mets dans cet état. J'attire Romane depuis longtemps, j'en ai conscience et je mentirai en disant que je suis indifférent à son charme. Néanmoins, entre nous, rien n'est possible et elle doit se le mettre en tête. Je ne peux pas perdre la seule famille que j'ai pour une histoire d'attirance qui ne nous mènera nulle part. Elle est jeune et c'est juste un béguin, j'en reste persuadé.

Elle souffle quand la clé à molette lui échappe des mains, elle grogne au moment où le boulon qu'elle veut serrer s'envole et elle tape du pied lorsqu'elle ne trouve pas ce qu'elle cherche. Plus je la mate, plus je la trouve sexy dans sa combinaison de mécanicien. Bon, je crois qu'il est temps que je mette les voiles. Ce projet est très important pour elle et ce n'est pas en traînant dans les parages que je risque de l'aider. Au contraire. Dans quelques jours, ça ira mieux, elle sera passée à autre chose et tout redeviendra comme avant entre nous.

Tu crois vraiment ce que t'avances ?

Non, en tout cas, de mon côté, il y a peu de chance que j'oublie tout ça aussi vite. Depuis mon retour, Romane déclenche chez moi des réactions incontrôlables que je suis incapable de m'expliquer, alors autant éviter de me retrouver seul en sa présence pendant un certain temps. Il y a de grande chance que son changement physique en soit la cause. Je vais finir par m'y habituer et elle redeviendra cette gamine agaçante que j'ai toujours vue. Oui, voilà, elle est là la réponse. Quand je me serai acclimaté, tout rentrera dans l'ordre. Content de cette explication, je range les outils et quitte le garage sans lui adresser le moindre mot. Après tout, elle ne m'a pas salué non plus en arrivant.

Allongé sur mon lit, je trouve le temps long. Mon objectif était de me reposer un peu avant de retourner au garage jusqu'à tard, histoire de ne pas croiser Romane. Sauf que le sommeil me fuit. Impossible de fermer l'œil sans que son visage n'apparaisse sous mes paupières. Ça me rend dingue ! Il est presque dix-neuf heures, mon pote ne devrait plus tarder à rentrer. Nous sommes samedi, nous pourrions sortir boire quelques bières.

Ça, c'est une excellente idée ! Rien de mieux qu'un tête-à-tête avec Maël pour me remettre les idées en place. Alors que je m'apprête à sortir de mon lit, la voix de mon ami résonne au rez-de-chaussée.

Tiens, quand on parle du loup !

Maintenant sur mes deux jambes, je me précipite vers ma porte dans le but qu'il cesse ses hurlements.

— Je suis là ! gueulé-je après avoir ouvert le battant de ma chambre. Ça va pas de crier comme ça !

Un peu paniqué à l'idée que quelque chose soit arrivé, je dévale les escaliers en courant et le trouve tout sourire dans le salon.

— Je peux savoir ce qui se passe ? le questionné-je.

— Rien, je te cherchais.

— Et c'est pour cette raison que tu gueules comme ça ?

— J'avais la flemme de monter à l'étage après être passé au garage et au bar. D'ailleurs, si tu répondais au téléphone, tu m'aurais épargné une perte de temps considérable.

Depuis que je suis rentré d'Italie, j'ai coupé la sonnerie de mon téléphone pour être tranquille. Alba n'arrête pas de me harceler d'appels et je n'ai aucune intention de lui répondre pour le moment. Quoi que je décide pour la suite, il n'a jamais été à l'ordre du jour de devenir son animal de compagnie. Hors de question que je rapplique quand elle me siffle.

— J'ai passé une mauvaise nuit, j'essayais de dormir un peu, me justifié-je.

— Viens dîner à la maison. Après quelques bières et un bon repas, tu ne penseras qu'à retrouver les bras de Morphée.

Si seulement il pouvait avoir raison. Sauf que je doute que ce soit de Morphée dont je rêve. Il y a bien plus appétissant qui gravite autour de moi.

Son plan n'est peut-être pas une si mauvaise idée que ça. Si j'arrive assez à m'abrutir, il est possible que j'arrive à me sortir Romane de l'esprit le temps de trouver le sommeil. Sauf, que si je dois me saouler à chaque fois que je pense à elle, je vais finir alcoolique avant la fin de l'année.

— Allez, bouge-toi, Violette et Romane nous attendent !

Misère. Pourquoi faut-il qu'elle soit présente ?

Parce que c'est sa sœur, abruti !

Pas faux. Par contre, je suis étonné qu'elle n'ait pas décliné. Cet après-midi, elle ne paraissait pas enchantée de me voir.

— Avant de rejoindre les filles, tu veux pas qu'on descende une ou deux bières ensemble ?

J'ai besoin de courage avant de me trouver en face d'elle. Une petite quantité d'alcool dans les veines devrait m'y aider.

— Ça aurait été avec plaisir, mais nous sommes attendus et déjà en retard. T'inquiète, on remet ça à plus tard !

Dépité, je lui emboîte le pas. Toute une soirée à devoir observer le bonheur de mon pote tout en ignorant la nana qui me fout la tête à l'envers. Pas sûr que mes nerfs y survivent. En plus, cette peste est bien capable de me pourrir la vie, rien que pour m'emmerder. Par contre, je suis certain d'une chose, c'est que ce qui a failli se produire entre nous restera notre secret. Romane a beau en vouloir à son frère de s'immiscer dans sa vie, jamais elle ne prendrait le risque de lui dire la vérité. Elle tient beaucoup trop à lui et à leur relation. Elle a dix-neuf ans, c'est fou que Maël soit incapable de lui lâcher la bride. Je sais que depuis qu'elle est née, il s'est donné pour mission de la protéger en créant une bulle autour d'elle. Sauf qu'un jour, tout ceci risque de lui éclater à la figure. Romane, avec son caractère de merde, finira sans doute par lui en vouloir de la surprotéger. Et s'il persiste à camper sur sa position, la cassure entre eux risque d'être irréversible. Il faudrait sans doute que je tente de le raisonner. D'un autre côté la voir accompagnée m'agace...

À mesure que nous approchons de chez mon pote, son pas se hâte et il finit par me laisser derrière lui. Quand j'arrive au niveau de la porte d'entrée, elle est grande ouverte et Maël a déjà disparu à l'intérieur.

Sympa l'accueil !

En pénétrant dans le salon, je me retrouve confronté à une petite foule qui m'observe avec de grands sourires sur les lèvres. Et il me faut un certain temps pour me souvenir des têtes présentes. Le temps que je percute, je me retrouve acculé par des tapes dans le dos, des « bons retours parmi nous », des « tu nous as manqué » et tout un tas d'autres marques d'affection. Du regard, je scrute la pièce, il n'y a aucune trace de Romane dans les parages. En le constatant, je ne saurais dire si ça m'ennuie ou me soulage. Tout comme je ne sais pas trop ce que je ressens en cet instant. Dans un sens, je suis content de tous les revoir. Dans un autre, je suis si fatigué que j'aurai préféré une petite soirée tranquille. En clair, moi qui suis toujours sûr de moi, depuis que j'ai remis les pieds dans ma ville natale, je doute sans cesse. Et je crains qu'Alba et son père en soient l'unique cause.

— Ça te fait plaisir, j'espère ? me questionne mon meilleur pote en me fourrant une bière fraîche dans les mains.

— Bien sûr, c'est quand même un peu bizarre de tous les revoir aujourd'hui, mens-je sans scrupule.

Les personnes importantes pour moi ne sont pas nombreuses et elles se comptent sur les doigts d'une main. Alors, je ne suis pas super enthousiaste à l'idée de parler de ma vie avec des gens dont je n'ai aucune nouvelle depuis mon départ. Et même avant ça, je participais à leurs soirées, c'est tout. Ils étaient juste de simples connaissances. Mis à part les filles avec qui je passais des moments intimes, personne ne me connaissait vraiment. Même pas elles, si je veux être honnête. Elles me courraient derrière et je leur offrais ce qu'elles attendaient de moi, rien d'autre. Aucune d'entre elles n'a jamais compté, elles ne me servaient juste qu'à combler mes hormones d'adolescent en ébullition.

D'une traite, j'avale le reste de ma bière. Si je veux survivre à cette soirée en montrant bonne figure, je vais devoir m'enivrer encore un peu. Sans plus de cérémonie, je m'empare d'une seconde que je vide presque de moitié en quelques gorgées.

— Vas-y doucement, sinon, dans moins d'une heure tu vas rouler sous la table, me réprimande Violette qui vient de se matérialiser devant moi.

— Où est Romane ? Je ne l'ai pas vue.

Les mots sont à peine sortis de ma bouche que je les regrette aussitôt. La copine de mon pote n'est sans doute pas la bonne personne à qui poser cette question. Le fait que Romane et moi soyons comme chien et chat est connu de tous et je n'ai aucune envie qu'elle se pose des questions.

— Elle n'a pas voulu venir. Je ne sais pas ce que tu lui as dit, mais elle est remontée contre toi.

Comme le connard que je suis, je ne peux réfréner un sourire d'étirer mes lèvres. La mettre en rogne c'est ce que je maîtrise le mieux. Et par-dessus tout, j'adore ça ! C'est quand sa paupière tressaute que je la trouve la plus belle. Décidément, ce n'est pas comme ça que j'arriverai à me la sortir de la tête.

— Tu sais Lucas, un jour, il va falloir que tu portes tes couilles et que tu assumes ce que tu ressens.

Étonné, je la fixe en relevant un sourcil. De quoi peut-elle bien parler ?

— Romane n'est plus une enfant. Elle est en droit de vivre sa vie comme elle l'entend et surtout, avec qui elle le souhaite.

— Je n'ai jamais dit le contraire, me défendis-je. C'est ton mec qui la couve comme si elle avait huit ans, pas moi.

— Ça, je ne le sais que trop bien. Des années que je m'échine à lui faire entendre raison, en vain. Mais là, je ne parle pas de ça. Là, je te parle de ce que toi, tu ressens pour elle, me surprend-elle en posant son index sur mon torse. De ce sentiment que tu refoules depuis si longtemps, qu'aujourd'hui, tu es convaincu qu'il n'existe pas.

Hébété, je l'observe sans répondre. Il est temps que j'arrête de boire parce que mon cerveau ne comprend rien à ce qu'elle tente de me dire. Depuis quand une bière et demie est capable de me tourner autant la tête ? En temps normal, je tiens l'alcool bien mieux que ça.

— Et ne me regarde pas comme ça ! proteste Violette, je sais ce que tu penses. Maël est ce qu'il est, mais ce n'est pas un monstre, il s'y fera. Tant que tu ne lui brises pas le cœur.

Elle m'envoie un clin d'œil, me pique ma bière et disparaît dans la foule. Il vient de se passer quoi là ? C'est moi ou la copine de mon pote vient d'insinuer que j'ai des sentiments amoureux pour Romane ? Cette fille est dingue !

OK, j'ai toujours ressenti un certain attachement pour cette chipie et je ne peux nier que son changement physique me donne des idées pas très catholiques. Par contre, jusqu'à dire que je suis amoureux d'elle, il y a un monde. L'amour, je doute de savoir ce que c'est. Ce que Romane m'inspire, c'est juste une envie primaire, dictée par mes hormones surchauffées. Depuis Alba, je n'ai eu aucune relation. Quand j'ai compris qu'elle se servait de moi pour parader en soirée, alors qu'elle s'envoyait en l'air avec des types peu recommandables, j'avoue que ma fierté en a pris un sacré coup. Me retrouver relégué au rang des gigolos n'est pas plaisant. Aussitôt, j'ai voulu la quitter et c'est là que son père est entré dans l'équation.

Je ne suis pas amoureux d'Alba, je ne l'ai jamais été. Cette relation était juste confortable et pratique. Pas de crise de jalousie, je pouvais sortir avec le staff autant qu'il me plaisait et elle ne voyait aucun inconvénient aux parties de jambes en l'air incongrues. C'est sans doute là que j'aurais dû me méfier. Aucune fille ne peut être aussi tolérante. Alba, encore moins. Elle profitait de mes absences pour se rendre chez son mec. Mec qui ne correspond en rien à l'image que son père a d'un bon parti pour sa fille. Tatoueur et tatoué, il est dans un clan de motards. Autant dire que ce très cher Massimo n'est pas prêt à la voir débarquer à une soirée mondaine au bras de ce type. Et c'est là qu'ils ont prévu que j'entre en action. Je joue le mari bien sous tous rapports et je ferme les yeux sur les infidélités d'Alba. Putain, rien que d'y penser j'ai envie de gerber.

— Au fait mec, notre plan de l'autre soir a marché ! m'interpelle Maël. T'as plus rien à boire ? Tiens.

Je saisis la bière qu'il me tend et le fixe sans répondre. Ils parlent tous chinois ce soir où c'est moi qui ne comprends rien ?

— Romane, tente-t-il de m'aiguiller. Elle a rompu avec… merde, comment il s'appelle déjà ?

— Damien ?

— Ouais, c'est ça ! Ben, c'est terminé et j'ai même pas eu besoin de le menacer. Comme quoi, il ne devait pas beaucoup tenir à elle, achève-t-il sûr de lui.

Partagé entre le soulagement et le désappointement, je ne sais pas trop sur quel pied danser. La voir en compagnie de ce type me hérissait les poils. À côté de ça, il serait temps que Maël comprenne que sa sœur n'est plus un bébé et qu'elle a le droit d'avoir une relation amoureuse. Si ça se trouve, j'ai mis son attitude sur mon comportement de la veille, alors qu'elle était peut-être juste malheureuse d'avoir rompu. Et à cette perspective, je ne sais pas trop ce que je ressens.

— Écoute mon pote, ta sœur est une grande fille maintenant. Tu crois pas qu'il faudrait la laisser prendre ses propres décisions ?

— Pour qu'on lui brise le cœur ? Sûrement pas. Ces types cherchent à profiter d'elle, je suis bien placé pour le savoir, je suis un mec. Elle n'est pas assez mûre pour affronter ça.

— Comment veux-tu qu'elle mûrisse si tu ne la laisses pas expérimenter ? Si tu ne lui fous pas la paix ?

— Dis donc, t'es de quel côté ?

— Ce n'est pas une question de prendre parti. Ce que j'essaie de te dire, c'est que ta sœur a besoin pour s'épanouir de commettre des erreurs.

— Bois un coup au lieu de raconter des conneries plus grosses que toi ! Romane est ma sœur et je suis le mieux placé pour savoir ce dont elle a besoin.

Au regard furibond qu'il me lance, je comprends que la discussion est close. Il est si obnubilé par la protection de Romane qu'il ne se rend pas compte à quel point il l'étouffe et qu'un jour ou l'autre, il risque de la perdre...

CHAPITRE 10

JE T'AI PIQUÉ TES BILLES QUAND NOUS ÉTIONS PETITS ?

Je les déteste tous ! Mon frère, Lucas, ma belle-sœur, tous à mettre dans le même panier ! Pas un pour rattraper l'autre ! Lucas qui m'ignore, alors que j'aurais mérité de plates excuses pour son comportement de la veille. Ensuite, mon frère qui me prend la tête avec sa soirée de merde et qui en plus se réjouit de ma séparation. Il a bien fallu que je trouve une excuse à mon comportement. Et la première chose qui me soit venue en tête, c'est ma rupture avec Damien, alors que je m'étais promis de garder ça pour moi. Malgré tout le ressentiment que j'ai envers son meilleur pote, je n'ai pas envie d'être une source de désaccord entre eux.

Bon Dieu, ce mec fait de ma vie un enfer et j'essaie encore de le protéger par tous les moyens ! Je suis un cas désespéré !

Et puis, il y a Violette... et ses conseils à la noix. Si aveuglée par son envie de me voir heureuse qu'elle imagine des choses qui n'existent pas. Lucas, amoureux de moi ! Alors, celle-là, c'est la meilleure. Il a envie de m'étrangler environ quinze fois par jour, mais il aurait des sentiments pour moi. Je ne sais pas ce que ma belle-sœur s'enfile comme drogue. Dans tous les cas, il va falloir qu'elle arrête.

Voilà comment je me retrouve vautrée sur le canapé du salon en train d'entamer la bouteille de whisky de mon père. À cause d'eux ! Pour oublier tout ce qui pollue mon esprit.

Le regard fixé sur la télévision, j'éclate de rire devant une émission de télé-réalité. Sérieux, si je n'avais pas un petit coup dans le nez, je serais démoralisée face à autant de stupidité. Comment les gens peuvent aimer observer des idiots, dont le peu de neurones dont ils disposent, ne se touchent pas ? C'est ça qui doit refléter la jeunesse actuelle ? Pas étonnant que des types comme mon frère existent.

Dur retour à la réalité !

En fait, il faut que je prenne le taureau par les cornes. Que je m'arme de courage et que j'affronte mes proches. Ras le bol d'être traitée comme une gamine écervelée. Marre que tout le monde prenne des décisions à ma place. Fatiguée d'être un pantin qui doit se comporter comme ils en ont envie. D'une traite, je m'enfile la dernière rasade de mon verre et me dresse sur mes jambes dans le seul but d'aller en découdre avec mon entourage. Mes jambes chancellent quelques secondes sous mon poids et cette sensation de flotter dans du coton ne me paraît pas du tout désagréable, au contraire. Un peu comme si on m'avait ôté un poids énorme des épaules. L'alcool vient de me donner le petit coup de pouce nécessaire pour les affronter. Il ne me reste plus qu'à me traîner chez mon frère et leur exprimer ma façon de penser. Rien de plus, rien de moins.

Dans l'entrée, j'enfile mes chaussures avant de sortir. La nuit a envahi l'espace et me procure un sentiment de toute-puissance. D'un pas plus ou moins rapide, j'effectue la distance qui me sépare de chez Maël.

Bon sang ! Depuis quand mon frangin habite aussi loin de la demeure familiale ? J'ai l'impression que plus j'avance, plus la distance augmente. Et puis, pourquoi j'ai la sensation de tourner en rond ? Un coup, le manoir des parents de Lucas se trouve à ma droite et la seconde d'après, il est à ma gauche.

Réfléchis Romane !

Je stoppe ma progression et tente de me souvenir comment quitter la propriété. Dans ma tête, c'est le bordel et il est rempli d'un brouillard épais. Peut-être que si j'essaie les yeux fermés. Ou d'un œil.

Au loin, un bruit attire mon attention et je me souviens que mon frère reçoit du monde ce soir. Le quartier est plutôt calme, le brouhaha ne peut venir que de chez lui. Alors, au lieu de me fier à ma vision qui semble défaillante, je m'oriente au bruit de la musique et des éclats de rire. Quand enfin j'arrive aux abords de chez lui, il n'y a pas âme qui vive à l'extérieur. Par contre, la porte d'entrée et les vitres sont grandes ouvertes.

Pas étonnant vu la chaleur !

Sérieux, nous sommes en Bretagne, c'est inhumain une canicule pareille. Des jours que nous n'avons pas vu une seule goutte de pluie, alors qu'en temps normal, il pleut au moins une fois par jour. Ici, on aperçoit le soleil plusieurs fois dans la même journée.

En passant le portail, je trébuche sur un truc et m'affale de tout mon long, la tête la première.

— Ben alors, Michel. Tu sais plus marcher ?

Cette voix… pourquoi est-ce qu'elle me déclenche toujours autant de frissons ? Je suis maudite ! Pourquoi faut-il que Lucas soit le témoin de ma maladresse ? Sérieux, qu'est-ce que je fais de mal pour manquer autant de chance ?

— Merde ! m'exclamé-je en tentant de me remettre sur mes pieds, sans succès.

Et puis, qu'est-ce qu'il fout dehors au lieu d'être en train de bécoter une blondasse ? C'est toujours comme ça qu'il agit en soirée. Incapable de me remettre droite, je m'agenouille et prends appui contre la murette.

— T'as bu ? me questionne Lucas qui se trouve maintenant accroupi devant moi.

— Bien vu Sherlock !

Après tout, il tombe bien. Si je suis venue ici, c'est bien pour régler mes comptes, alors, autant commencer par lui. Pourtant, maintenant qu'il se tient là, je perds tous mes moyens. Son odeur de bois de santal chatouille mes narines et ses yeux me font l'effet d'un cocktail explosif dans les veines. Du courage, il me faut du courage.

— Faut que j'te parle, commencé-je en le fixant du regard.

— Je suis tout ouïe.

— File moi un coup à boire d'abord, argué-je en lui piquant la bière qu'il tient dans ses mains.

Le goulot à mes lèvres, je laisse descendre le liquide frais dans ma gorge sèche. L'amertume sature mes papilles et les bulles chatouillent ma gorge.

— C'est infâme, grimacé-je en lui rendant son dû.

— Depuis quand t'es devenue une arsouille ?

— J'suis majeure et vaccinée, j'fais c'que j'veux ! lui balancé-je en m'essuyant la bouche d'un revers de main.

Pour qui il se prend avec ses airs supérieurs ? Je ne suis rien pour lui. Ni sa sœur ni sa copine, rien d'autre qu'un boulet qu'il traîne à sa cheville.

— Je suis d'accord avec ça, mais avoue que là, tu montres pas une grande preuve de maturité.

Suspicieuse, je le fixe en plissant les paupières. S'il croit réussir à m'endormir à coup de compliments, il se fourre le doigt dans l'œil et bien profond. Il a déjà tenté le coup hier. Je suis sans doute un peu alcoolisée — OK, beaucoup —, pas stupide.

— J'me comporte comme vous l'voulez, comme ça, vous pourrez me balancer votre morale à deux balles. Romane est une très vilaine fille. Elle n'est plus vierge et elle picole comme un puit sans fond. Regardez-la, cette pauvre petite, c'est n'importe quoi. Elle vient même d'être larguée par un gars adorable, c'est que ça doit pas tourner rond chez elle. Et blablabla... Et tu veux que j'te dise ? Ben, c'est à cause de vous tousssss si ce mec s'est tiré. Tout allait très bien et il a fallu que tu te pointes la fleur au fusil, avec mon frère en plus. Une pauvre putain de soirée et vous avez tout foutu en l'air. Comme ça. Juste en un claquement de doigts, débité-je tout en tentant de produire un bruit correct avec mon pouce et mon majeur, sans succès, là non plus.

Un petit sourire orne le coin des lèvres de Lucas. Il se fout de ma gueule. Cette soirée est un fiasco et je suis en train de me ridiculiser devant lui. En plus d'être bourrée, je suis pathétique.

— Pis arrête de me mater comme si j'étais une demeurée ! D'ailleurs qu'est-ce que tu fous là ? D'habitude, dans vos soirées, t'as toujours ta langue fourrée dans une bouche.

— Tu as une bien piètre opinion de moi, Romane, semble-t-il s'offusquer.

— Ouais, ben, j'ai l'opinion que tu renvoies ! T'es une girouette, qui sait pas c'qu'elle veut ! T'es toujours méchant et tout d'un coup tout mielleux.

— J'agis comme ça moi ?

À mesure qu'il me répond, il se rapproche. Si bien que nous ne sommes plus qu'à quelques centimètres l'un de l'autre. Son souffle balaie ma joue et me déclenche un frisson qui traverse toute ma colonne vertébrale. Dans mes veines, des bulles de plaisir éclatent, alors que je sais très bien qu'il ne faut pas. Lucas n'est pas pour moi, je l'ai appris l'autre soir. Il s'amuse avec moi et à chaque fois ça me lacère le cœur comme des milliers de petites entailles qui ne guériront jamais.

— Ne joue pas avec moi, murmuré-je.

Sans un mot, il s'éloigne et je peux reprendre mon souffle qui était bloqué dans ma poitrine. Je ne comprends pas pourquoi il s'acharne sur moi de la sorte. Qu'est-ce que j'ai bien pu lui infliger pour qu'il me déteste autant ?

— Pourquoi Lucas ? Pourquoi tu m'en veux comme ça ? Je t'ai piqué tes billes quand nous étions petits ? Je t'ai cassé tes jouets ? Explique-moi, parce que j'y comprends rien, bafouillé-je les larmes aux yeux.

Aucune envie de m'épancher devant lui, pourtant, mon canal lacrymal ne semble pas être disposé à m'obéir. Des perles salées se déversent sur mes joues sans que je sois capable de les arrêter. Super, il ne manquerait plus que j'ai l'alcool triste en plus. En fin de compte, l'idée de me donner du courage en picolant n'est pas la meilleure que j'aie eu ces derniers temps.

Je me rends compte que tout ce qui me traverse l'esprit depuis le retour de Lucas était des idées à la con ! L'embrasser, comme venir ici, c'est ridicule. Comme si lui exposer ce que je ressens allait y changer quelque chose. Comme si demain, au réveil, il allait prendre conscience qu'il n'est qu'un connard qui joue avec les gens. Lucas est comme ça, c'est son tempérament et il ne changera jamais. Depuis notre plus jeune âge, il n'a eu de cesse de me rabaisser, de se moquer.

Je dois avoir de sacrés penchants pour le masochisme pour m'être entichée d'un abruti pareil.

Bien décidée à me tirer d'ici avant que quelqu'un d'autre ne se rende compte de ma présence, je rampe jusqu'à la petite table de jardin, m'accroche à la chaise et tente de me hisser sur mes pieds. Mes bras sont lourds et mes jambes engourdies par la position que j'ai gardée trop longtemps.

— Je suis désolé, murmure sa voix grave derrière moi.

Non, il n'a pas le droit de me dire ça. Je refuse qu'encore une fois il m'utilise pour combler son ego démesuré. Je ne suis pas de taille à lutter contre lui, pas de taille à le laisser me briser un peu plus. Lucas est mon obsession et ma kryptonite. Avec lui dans les parages, je ne suis plus en mesure de réfléchir avec cohérence. Je sais tout ça. Pourtant, mes doigts se desserrent du pied en ferraille et je ne tente rien quand il me prend dans ses bras. La tête posée contre son torse, je me laisse bercer par les battements réguliers de son cœur et sa démarche. C'est une sensation grisante et enivrante. Un peu comme si, pour la première fois de ma vie, j'avais trouvé ma place.

LUCAS

Je n'aurais pas cru que mes blagues la blessaient à ce point. Pourtant, ce soir, je viens de prendre de plein fouet toute sa tristesse et sa rancœur. Romane n'est pas pour moi, je le sais. Cependant, je tiens à elle et je refuse d'être encore la cause de sa souffrance. Il serait sans doute mieux pour elle que j'accepte la proposition de Massimo. Que je parte loin et que je ne revienne jamais.

Mon regard se porte sur cette fille qui me chamboule et qui s'est endormie dans mes bras. Les yeux fermés, ses traits sont crispés et je sais que je suis le seul responsable de sa détresse.

— Tu n'es pas en cause Romane, ce n'est pas toi le problème, c'est moi, chuchoté-je contre ses cheveux.

Le seuil de l'entrée franchi, je referme la porte d'un coup de pied. Les muscles de mes bras sont en train de faiblir, Romane pèse son poids. Pourtant, je me refuse à l'abandonner sur le canapé. Elle sera bien mieux au fond de son lit. Une bouteille de whisky entamée traîne sur la table basse du salon avec pour seul accompagnement un verre. J'en connais une qui, demain matin, va regretter sa soirée. Le souffle court, je grimpe les marches qui conduisent aux chambres et m'arrête devant sa porte. C'est la deuxième fois depuis mon retour qu'elle se saoule et que je dois la coucher. Je ne lui apporte rien de bon.

La lumière allumée, j'entre, dépose Romane au centre de son lit et lui hôte ses chaussures. Mon regard balaie sa silhouette et mon cœur se serre. Elle est loin de ressembler à toutes ces filles des magazines. Ses hanches sont plus larges, ses cuisses plus rondes et sa poitrine bien plus volumineuse. Elle n'a rien en commun avec Alba. Romane est une bonne vivante, là où Alba, elle, avale une feuille de salade pour garder la ligne.

À côté de sa table de chevet, des mouchoirs usagés parsèment le sol. Elle semble avoir beaucoup pleuré ces derniers jours. Je devrais sortir, la laisser, pourtant, mes pieds restent bien ancrés sur le parquet. Sa chambre n'a pas changé, c'est la même que j'ai quittée il y a quatre ans de ça. La peinture des murs disparaît sous des tas de posters de ses groupes préférés et au-dessus de son bureau est accroché un pêle-mêle de photos. D'instinct, je m'y dirige.

Devant mes yeux s'étalent un tas de clichés de notre enfance. Nos sourires édentés, nos tenues improbables, chaque image me rappellent un souvenir heureux. Dans cette maison, avec eux, j'ai eu une enfance normale. Un éclat de rire m'échappe lorsque je tombe sur une photo d'Halloween. À cette époque nous devions avoir une petite dizaine d'années et nous avions décidé de sillonner le quartier pour récolter des bonbons. Sans demander l'avis de Juel nous avions utilisé des draps blancs pour nous confectionner des costumes de fantôme à l'aide de ciseaux ; Romane, en guise de mannequin de couture. Draps qui appartenaient à la mère de mon père de substitution, dernier souvenir de son passage sur terre. Autant dire qu'il nous a remonté les bretelles. Pourtant, ce cliché prouve bien qu'il en avait immortalisé le moment. Entre Maël et moi apparaît, au centre, la petite tête de Romane qui tentait de se frayer un chemin. Elle était toujours avec nous. D'aussi loin que je me souvienne, je n'ai pas une image de mon enfance où elle n'apparaît pas.

Je devrais prendre soin d'elle, l'épauler, être là pour l'aider dans sa quête d'indépendance contre son frère, pourtant, c'est tout le contraire. L'avoir vue avec ce mec m'a retourné l'estomac et a déclenché un sentiment de jalousie. Si encore c'était par instinct de protection, mais pas du tout. Je suis un putain d'égoïste. J'exècre la simple idée que quelqu'un d'autre que moi puisse poser ses mains sur elle. J'ai détesté chaque image qui s'est invitée dans mon esprit ce soir-là. J'ai jubilé d'observer la tête de son mec quand il a appris que Romane m'avait embrassé.

À ses côtés, j'ai compris à quel point mon comportement ambivalent envers elle la fait souffrir. À quel point ce qu'elle ressent pour moi va bien au-delà de tout ce que j'avais imaginé. Pire encore, à quel point ce que moi, j'éprouve pour Romane dépasse les limites autorisées. Elle n'a jamais été très douée pour cacher ses sentiments et ce soir, ce que j'ai vu dans ses yeux a empêché mon cœur de battre durant quelques secondes. Malgré toute l'envie qui m'anime, je suis incapable de lui offrir ce dont elle a besoin, je ne suis pas autorisé à lui dévoiler à quel point elle est importante pour moi.

Elle est mon interdit !

L'aimer, c'est prendre le risque que Maël me tourne le dos.

L'aimer, c'est tirer un trait sur la seule famille que je connaisse.

Même pour elle, il m'est impossible de jouer avec le feu. Perdre les seules vraies constantes de ma vie m'est tout simplement inenvisageable.

Je me déteste de ressentir tout ça pour elle. Et je me déteste encore plus d'être incapable de nous laisser une chance — de lui laisser une chance. C'est là, dans cette chambre que je prends conscience que mon cœur bat pour elle. Et ça fait mal – un mal de chien. Comment d'une relation entre frère et sœur on en est arrivé là ? Pire même, comment j'ai pu mettre aussi longtemps à m'en rendre compte ? J'ai cessé de considérer Romane comme une petite fille la veille de mon départ et durant toute mon absence, j'ai mis ça dans un coin de ma tête en prenant bien soin de ne plus y penser. Jusqu'à ce que je remette les pieds ici et que je me prenne son reflet en pleine tronche.

Mon regard se perd dans la contemplation de son corps allongé sur son drap. De ses formes attrayantes, à son visage angélique, en passant par son caractère bien trempé, tout chez elle fait écho à mon cœur. C'est bien ça, le problème. Si je reste ici, jamais je ne pourrai mettre de côté ce que je ressens. Et ma présence ne l'aidera pas non plus à aller de l'avant.

Si je n'étais pas revenu, si je ne m'étais pas imposé dans sa vie, elle serait sans doute encore avec ce Damien. Cette idée ne m'enchante pas, pourtant, je dois la prendre en considération. Romane mérite quelqu'un sur qui elle peut compter et je ne pourrai pas être cette personne.

Au bord de son lit, je m'assieds et caresse sa joue. À mesure que je promène mes doigts, son visage se détend et un sourire naît sur ses lèvres. J'apprécie de savoir que lorsqu'elle dort, je lui inspire autre chose que de la tristesse. Une irrépressible envie de découvrir ce que cachent ses vêtements s'empare de moi et j'ai un mal fou à la réfréner.

Il faut que je sorte d'ici !

Dans un lent mouvement — comme si je cherchais à prolonger le moment —, j'écarte ma main de sa peau. Pas assez vite, puisque Romane saisit mon poignet et m'attire vers elle en roulant sur le côté. Mon avant-bras entre ses deux seins, je suis pris au piège. Pour ne pas risquer de la réveiller, je tente de m'extirper de sa prise le plus doucement possible.

— Reste, soupire-t-elle.

Mon cœur rêve de mouler mon corps au sien, au moins une fois. Ma raison, elle, m'ordonne de filer avant de causer plus de dégâts.

Elle dort à poings fermés, elle est complètement torchée, aucune chance qu'elle se souvienne de quoi que ce soit. Il me suffit de disparaître avant son réveil et je serai le seul qui gardera le souvenir de cette nuit. Elle n'en souffrira pas... moi, par contre. Peu importe, j'aurai au moins ça à emporter dans mes bagages lorsque je partirai. Parce que je dois m'en aller pour la protéger. Romane ne s'en remettra jamais si son cocon familial doit exploser. Je refuse d'être la cause d'un tel drame dans sa vie.

Je gonfle mes poumons d'air, retire mes chaussures et me cale sous le drap, derrière elle. Les paupières closes, je fourre mon nez dans ses longs cheveux et m'enivre de son odeur florale. Je savoure le moment avec une grosse pointe d'amertume en constatant que l'on s'emboîte à la perfection. Comme si son corps avait été créé pour être pile à la forme du mien.

Je me gorge d'elle, je grave chaque sensation, chaque expression et chaque soupir dans ma mémoire. Pour que je n'oublie pas ce sentiment de bien-être que j'éprouve en cet instant.

CHAPITRE 11
À CE RYTHME-LÀ, IL AURA APERÇU MON ASSORTIMENT COMPLET DE CULOTTES DISNEY !

ROMANE

Presque deux mois que Lucas est rentré et une bonne semaine qu'il nous a appris qu'il repartait. Encore sous le coup de la nouvelle, je ne sais pas trop ce que je ressens. Depuis que je me suis réveillée le lendemain de ma cuite mémorable, il n'a plus jamais été le même et sans cesse, je m'interroge sur la raison qui l'a poussé à changer. De cette nuit, je n'ai aucun souvenir. À part une étrange sensation de bien-être absolu qui me colle encore à la peau. Ma mémoire s'arrête à moi, en train de boire sur le canapé du salon et reprend le lendemain aux alentours de midi. Entre les deux, c'est le noir absolu. Pourtant, il y a bien quelqu'un qui m'a mise au lit, je doute d'y être arrivée toute seule.

Lucas est devenu froid, distant et en même temps, il n'a plus eu une parole désagréable envers moi. Un truc m'échappe et je suis incapable de mettre le doigt dessus.

Allongée sur mon lit, je suis bercée par les coups de marteau sur la toiture. Maël est en pleine réparation d'une partie du toit avec mon père. Mon 4X4 est enfin opérationnel et j'attends qu'ils aient terminé pour aller l'essayer dans les bois ; sauf que le cœur n'y est pas. Savoir que dans moins d'une semaine, Lucas sera dans un avion pour l'Italie me fend le cœur. J'ai appris à me contenter de sa présence, sans en attendre davantage. Là, je ne pourrai plus l'observer à la dérobée ni m'enivrer de son odeur quand je le croise. Chaque jour, en ouvrant les yeux, j'essaie de me convaincre que je vais mieux, que mon cœur bat moins fort pour lui. Chaque jour est un échec. Au contraire, je pense même que mes sentiments s'amplifient avec le temps qui passe. Et cette façon qu'il a d'être avec moi, n'arrange rien. Je crois que je préférais encore, quand il se comportait comme un connard. Là, au moins, il m'offrait une raison de le détester, un peu. Parce que même si je le souhaitais de toutes mes forces, je serai incapable de le haïr en totalité.

Il fait partie de ma vie au même titre que mon frère et mon père !

Un cri strident suivi d'un hurlement résonne et me sort de ma torpeur. En panique, je saute sur mes deux pieds et me précipite vers la source de ce vacarme. Lorsque j'arrive dehors, je me fige. Mon frère, inerte, est allongé sur le sol dans une position qui me déclenche des frissons. Ma respiration se bloque dans ma poitrine et mon cœur bat si fort que j'ai peur qu'il explose. Autour de moi, l'agitation est à son comble et je suis incapable d'effectuer le moindre mouvement. Mon père est à genoux devant Maël pendant que Violette contacte les secours.

La vue de mon frère fracasse mon esprit et je perds tout sens de la réalité. Le monde cesse de tourner, le sol se dérobe sous mes pieds et je m'effondre dans des bras que j'ai la sensation de connaître. Un souvenir fugace traverse mon esprit. Une respiration, des mots tendres murmurés, une impression de bien-être et de réconfort m'envahissent. Je tente de m'y accrocher de toutes mes forces, mais aussitôt, c'est la réalité qui me rattrape. Mon frère qui ne bouge plus. Mon père qui au-dessus de lui tente de le réveiller. Violette toujours au téléphone. Et Lucas assit sur le sol qui me tient dans ses bras.

Non, pas ça ! C'est juste un cauchemar et je vais me réveiller. De toutes mes forces, je me débats. J'ai besoin de toucher Maël, besoin d'être certaine qu'il n'a pas froid, qu'il respire, qu'il est encore parmi nous. Il n'a pas le droit de m'abandonner ! Pas comme ça ! Pas, maintenant ! Jamais !

— Lâche-moi ! hurlé-je à pleins poumons.

Lucas n'accède pas à ma demande, au contraire, il resserre son emprise autour de mon corps. À force d'insultes, je finis par perdre l'usage de ma voix et mes forces me lâchent. Le brouillard m'envahit, je suis présente physiquement, mon esprit, lui, se referme dans une bulle et occulte tout ce qui l'entoure. La sirène des pompiers se transforme en chant d'oiseaux, l'agitation en un gracieux ballet et l'étreinte de Lucas en un cocon douillet. Les mains sur mes oreilles et les yeux fermés, je me balance en fredonnant « petit escargot ». Sous mes paupières apparaît le visage de mon frère qui me chante cette chanson tout en mimant les paroles avec ses doigts.

Je dois avoir environ cinq ans et lui neuf.

Je suis désolé...

Tu n'es pas en cause Romane, ce n'est pas toi le problème, c'est moi...

Dors, demain sera un autre jour...

Des mots, des sensations. Des souvenirs ou un tour de mon esprit ?

Aucune idée. Lorsque mes yeux s'ouvrent, ils tombent sur un plafond blanc que je ne reconnais pas. Désorientée, je me redresse et c'est là que je le vois. Lucas ! Assis sur une chaise et les yeux fermés à côté d'un lit sur lequel je suis allongée.

Un lit d'hôpital !

Tout me revient alors en mémoire... La chute de mon frère, ma panique. Où est-il ? Où est mon frère ? Affolée, je saute les deux pieds joints sur le sol. Les murs tanguent autour de moi, mes jambes flageolent sous mon poids. Pourtant, je dois le retrouver, savoir comment il va et m'assurer que mon père va bien. Les deux mains en appuient sur le matelas, je prends quelques secondes pour me stabiliser. Puis à pas de loup, le pied à perfusion dans une main, je me dirige vers la porte. Je n'ai pas le temps de l'atteindre qu'un bras me ceinture la taille.

— Tu comptes aller où comme ça ? me questionne Lucas.

— Putain, c'est quoi ton problème à la fin ? m'énervé-je

La voix éraillée, j'ai mal à la gorge d'avoir trop crié. Ma bouche est sèche et pâteuse. Il ne mérite sans doute pas ma colère, pourtant, en ce moment, j'ai besoin de la déverser et il est le seul que j'ai sous la main.

— Romane, respire et calme-toi, ton frère va bien.

Ses mots se fraient un chemin dans mon cerveau et s'y accrochent. Ils se répercutent dans chaque recoin de mon esprit et à mesure où je me les répète en boucle, mon corps se détend.

Il va bien...

Mon dos collé contre le torse de Lucas, je m'autorise à me laisser aller, une fois, rien qu'une fois contre lui. Je me nourris de sa chaleur et me gorge de son odeur. Les larmes s'échappent de mes yeux et coulent sur mes joues. Ses bras m'enveloppent, son souffle chatouille ma nuque et une impression de déjà-vu se répand dans mes veines.

Avachie dans le jardin de mon frère, je pleure. La musique est forte — trop forte —, pour ma tête d'alcoolo. Pourquoi est-ce que je n'arrête pas de brailler, devant Lucas en plus. Je veux qu'il arrête de me tourmenter, je veux qu'il cesse de jouer avec mon cœur.

— *Je suis désolé, murmure-t-il alors qu'il me décolle du sol.*

Dans ses bras, j'ai l'impression d'être aussi légère qu'une plume et je me sens à ma place...

— J'ai pris un coup sur la tête pour atterrir dans cette chambre ? le questionné-je dans un souffle tout en chassant les brides bizarres qui envahissent mon esprit.

— T'as fait une crise de panique, le médecin du Samu a dû t'injecter un calmant.

C'est donc pour ça que j'ai cette horrible sensation de planer, que je me sens toute molle et que mon esprit divague.

— Comment va Maël ?

— Une jambe cassée, le choc et la douleur l'ont fait tomber dans les pommes. Mis à part ça, il va bien et je suis certain qu'il est déjà en train de pourrir la vie du personnel médical.

Malgré la situation, je ne peux réfréner un sourire.

— On peut tous remercier Violette pour sa réactivité et sa connaissance des gestes de premiers secours. Est-ce que je peux te lâcher maintenant ? Tu ne vas pas courir dans les couloirs à moitié nue ?

À moitié... hein ? Qu'est-ce qu'il raconte ? Ma tête se baisse et mes yeux observent ma tenue. Bon Dieu ! Je suis vêtue d'une simple chemise d'hôpital. Presque à poil ! Dites-moi que je porte au moins mes sous-vêtements !

— Dis-moi que ce n'est pas toi qui m'as déshabillée et que je porte au moins des dessous.

— Rassure-toi, j'y suis pour rien. J'ai bien tenté de prendre quelques photos pour te mettre la honte, sauf que les infirmières m'ont foutu dehors. Elles m'ont quand même traité de pervers. Tu te rends compte, moi qui suis toujours si attentionné. Par contre, tout à l'heure, j'ai quand même pu apprécier la vue de ta superbe petite culotte de princesse. Dommage que tu ne m'aies pas laissé le temps de dégainer mon portable. Sinon, je l'aurais sans doute encadrée, je suis certain que ça aurait beaucoup amusé ton frère.

Partagée entre l'envie de rire et celle de me terrer dans un trou, je grimace, le feu aux joues tout en fouillant dans ma mémoire pour savoir ce que j'ai enfilé ce matin. Sauf que tout est flou et brumeux dans mon esprit. Tout ce qu'il me reste en tête, ce sont des images qui ne me disent rien et des brides de l'accident. Je n'ai aucune idée de ce qu'ils m'ont injecté, par contre, c'est sacrément efficace.

— Allez, fais pas la gueule ! Je plaisante. C'était juste pour détendre l'atmosphère. Mais tu ne sembles pas réceptive à mon humour, rajoute Lucas.

— Ton humour est à chier, lui rétorqué-je le sourire aux lèvres.

C'est bizarre de me retrouver là, seule, avec lui. Pourtant, je ne peux pas nier que son changement d'attitude est agréable. Les deux mois qui se sont écoulés ont été les plus difficiles que j'ai eu à affronter de toute ma vie. Cette distance qu'il a instaurée entre nous a été un crève-cœur monumental.

— C'est pas faux ! Ceci dit, tu dois quand même avouer que j'ai réussi à te tirer un sourire. Allez, je vais chercher un médecin pour qu'on sorte d'ici. En attendant, tu poses tes fesses sur le lit et tu attends.

Sans rechigner, je m'exécute.

— Ça va aller ? me questionne Lucas en se dirigeant vers la porte.

— Ouais, assuré-je.

Mon frère va bien, c'est tout ce qui compte.

— Je t'attendrai dans le couloir, ajoute-t-il en refermant derrière lui.

Pour passer le temps, je récupère mes vêtements qui sont entreposés dans une poche sous le lit et commence à enfiler mon pantalon en attendant qu'on me libère de l'aiguille fichée dans mon bras. Je remonte la chemise autour de ma taille et constate que je porte bien mon horrible culotte de princesse et que par déduction Lucas l'a bien aperçue.

Trop la honte !

Quand je sors de la chambre après avoir rencontré le médecin, je trouve Lucas appuyé avec nonchalance contre le mur. Et à son regard amusé, je sais qu'il est content de sa blague. En ce qui me concerne, je suis dépitée. Il va vraiment falloir que je fasse un tri dans mes dessous et que je me débarrasse de cette collection infâme. Parce qu'à ce rythme-là, il aura admiré mon assortiment complet des princesses Disney. Non pas que j'aie l'intention de m'exposer devant lui, mais ces derniers temps, il semble qu'il ait la fâcheuse tendance à me voir dans des tenues improbables. En tout cas, je suis contente que la distance qu'il avait instaurée s'efface. Et même si je sais très bien qu'entre nous rien n'est possible, je préfère qu'il me voie au lieu de m'ignorer. J'avais de plus en plus de mal à accepter son indifférence. Dans une semaine il sera loin et je n'ai aucune idée de quand je le reverrai. À cette pensée, mon cœur se serre. D'une claque mentale, je repousse les larmes qui menacent de couler. Il est temps que je me fasse une raison et que je me concentre sur ce qui est important. C'est-à-dire, l'état de santé de mon frère. Lucas a beau m'avoir dit qu'il va bien et qu'il est hors de danger, j'ai besoin de m'en assurer par moi-même.

Côte à côte, nous sortons des urgences après avoir rempli quelques papiers et je suis Lucas jusqu'au service de chirurgie.

— Il doit se faire opérer ? demandé-je.

— Ouais, fracture déplacée. Il passe au bloc dans la soirée. T'inquiète pas, c'est un truc de routine.

Et il me sort ça, comme ça, sans la moindre crainte ! De routine, de routine, il y en a quand même qui meurt tous les ans de la grippe ! Dans ma famille, on n'a jamais été hospitalisé et encore moins opéré. Décidément, je ne peux pas compter sur lui. Ce qui me confirme qu'il faut que je voie mon frère et que je m'assure qu'il va bien.

— C'est quoi le numéro de sa chambre ? demandé-je pressée de l'avoir sous les yeux.

— Désolé, impossible de le voir pour le moment. Nous devons tous patienter en salle d'attente.

Dépitée, j'emboîte la pas à Lucas et retrouve mon père et Violette. Assis chacun sur une chaise, ils patientent. Je sens que la soirée va être longue...

CHAPITRE 12

JE TE SERS UN CAFÉ ET UNE DOSE DE VALIUM ?

LUCAS

— Qui veut un café ? proposé-je.

J'ai besoin de m'éloigner et de m'aérer l'esprit. Observer Romane arpenter cette salle d'attente me fout les nerfs. Je n'ai qu'une envie, la charger sur mon épaule et la sortir d'ici pour qu'elle cesse de pleurer. Pourtant, tout allait très bien jusqu'à ce que le brancardier arrive et emmène Maël au bloc. Depuis, il n'y a pas moyen de la calmer. Elle sillonne la salle sans interruption et à chaque fois que quelqu'un pousse cette maudite porte, elle se rue dessus. Bon point pour nous, toute personne qui a tenté de pénétrer dans la pièce a fini par fuir. Du coup, il n'y a que nous quatre. Juel et Violette ont tout tenté pour qu'elle entende raison, sans succès. Avec son comportement, la seule chose qu'elle arrive à provoquer, c'est l'angoisse de tous.

— Je veux bien, soupire Violette.

— Moi aussi fils, grimace Juel qui suit Romane des yeux.

J'hésite à en proposer un à ma folle furieuse, parce que je doute que l'ajout de caféine lui soit bénéfique. Après un dernier regard dans sa direction, je décide que ce sera sans et m'avance vers la sortie.

— Tu vas où ? me questionne Romane, la voix chevrotante.

— Chercher du café. Et une dose de valium, ajouté-je tout bas.

— Non, tu restes ici ! Imagine qu'il se passe un truc, tu dois être là. On doit rester ensemble, soudé.

Voilà qu'elle recommence son délire !

Sa crise de panique de tout à l'heure, passe encore. Je sais à quel point Romane a un lien particulier avec son frère. Par contre, là, elle pousse un peu le bouchon.

— On lui redresse un os, il n'est pas en train de subir une opération à cœur ouvert. En plus, c'est une anesthésie locale, y'a pas de quoi en invoquer tous les Dieux, argué-je en me retournant pour lui faire face.

Je sais que je devrais la tempérer, la rassurer. Mais là, je n'en peux plus, je sature. Cette fille m'inspire autant de pensées cochonnes que d'envies de meurtre. D'une seconde à l'autre, je passe d'un furieux désir de l'embrasser, à un besoin irrépressible de lui tordre le cou.

— J'aimerais bien t'y voir ! Tout seul, dans le froid, sans personne pour te tenir la main ! Tu ferais moins le malin, achève-t-elle sa tirade, le menton tremblant et les yeux de nouveaux bordés de larmes.

Je. Vais. La. Tuer !

Je suis sérieux ! Que quelqu'un fasse quelque chose où je ne réponds plus de rien.

— Tout le monde se calme, intervient Violette. Romane, tu poses ton cul sur cette chaise et tu n'en bouges plus, sinon, je te passe moi-même par la fenêtre. Et toi, va nous chercher les cafés que tu nous as promis. Vous deux dans la même pièce, c'est plus possible. Sinon, je vous descends.

Sans répondre, je tourne les talons et file au rez-de-chaussée où se trouve le distributeur de boissons. Violette a raison sur un point, il est préférable que je m'éloigne de la source de mon agonie. Deux mois que je longe les murs. Deux mois que je l'évite, que je me tais, que je m'oblige à ne pas penser à elle. J'allais repartir, j'y étais presque. C'était sans compter sur ce malheureux accident et mon incapacité à l'abandonner.

Quand elle a atterri dans mes bras, je me suis shooté à son odeur, je me suis imprégné de sa chaleur et putain, que son contact m'avait manqué. En quelques secondes, mes efforts des deux derniers mois, envolés, partis en éclat. Et depuis, je n'ai qu'un désir, recommencer.

J'avais réussi à me faire une raison. Épouser Alba et accepter le contrat de Massimo. Sauf que maintenant, je ne suis plus sûr de rien. Pourtant, j'ai conscience qu'avec Romane, rien n'est possible, envisageable. Ma tête le sait, mon cœur, lui, n'en a rien à foutre. Il bat trop fort quand elle est proche. Il ralentit quand elle est loin. En clair, ce maudit organe agit comme bon lui semble, sans me demander mon avis.

Assis sur un banc à l'extérieur, j'allume une cigarette en espérant qu'un peu de nicotine fasse redescendre la pression que je ressens. Les paupières closes, je m'adosse et bascule la tête en arrière. La fraîcheur du vent de ce début du mois de septembre m'aide à baisser la température excessive de mon corps. Entre l'hôpital surchauffé et la présence de Romane, je suis au bord de l'implosion.

— Depuis quand tu t'es remis à fumer ?

La voix de Violette me sort de mes pensées. Je me redresse, ouvre les yeux et la trouve face à moi, les bras croisés sur sa poitrine.

— J'avais besoin de calmer mes nerfs. Toi aussi, t'as fini par fuir ?

— Non, j'ai vraiment besoin d'un café. Et Maël est remonté dans sa chambre.

Merde, depuis quand suis-je ici ?

— Comment va-t-il ?

— Fidèle à lui-même. Il se plaint et en profite pour faire tourner sa sœur en bourrique.

Un sourire se dessine sur mes lèvres en imaginant la scène. Petit, j'ai souvent jalousé leur relation. Avec le temps, j'ai appris à m'y faire et à obtenir une place de choix parmi eux.

— Tu comptes vraiment partir ? me questionne Violette.

Surpris, je fronce les sourcils. Où veut-elle en venir ?

— Je veux dire ; partir, comme ça, fuir ! insiste-t-elle.

— Fuir ? répété-je incrédule. Je ne fuis pas.

— Lucas, par pitié, ne me mens pas ! Pas à moi ! Je ne suis ni Romane, ni Maël. Au contraire d'eux, je ne suis ni aveuglée par le besoin de protection ni par mes sentiments. Alors, je te le redemande, comptes-tu vraiment partir ?

J'aurais aimé pouvoir lui offrir une réponse sincère, le souci, c'est que je n'en sais strictement rien. Elle m'aurait posé la même question il y a moins de vingt-quatre heures, j'aurais répondu oui, sans hésitation. Là, après avoir retrouvé le contact de Romane, je n'en ai plus envie, même si je suis convaincu que c'est la meilleure solution. Me faire à l'idée de ne plus l'avoir sous les yeux est autant une obligation, qu'un crève-cœur. Pour la survie de mon état mental, je n'ai pas le choix. Rester ici et la contempler sans pouvoir la toucher chaque jour qui passe, me rend cinglé. Si je persiste dans cette voie, je n'y survivrai pas.

— Oui, je vais rentrer en Italie, là où est ma place et là où m'attend un contrat en or, assuré-je.

Et une prison dorée, par la même occasion. Une grande maison, de belles voitures, un métier que j'adore, que demander de mieux ? Si seulement, je pouvais gommer Alba du paysage, je pourrais m'adapter à cette vie.

— Vous saviez tous dès le début que je ne resterai pas de toute façon, ajouté-je.

Après tout, je ne les ai pas pris en traître. Lorsque je suis rentré, il était déjà prévu que ce ne serait que pour une durée limitée.

— Arrête ton cinéma. Tu n'as jamais certifié que tu ne resterais pas. Tu as été évasif, rien de plus. Lucas, je pense te connaître depuis assez longtemps, pour savoir que tu es aussi attaché à cette région, qu'à ta famille d'adoption. Et que si tu pars, ce n'est pas pour de bonnes raisons. Avec tes diplômes et ton expérience, tu pourrais très bien monter un truc dans le coin, surtout avec le nombre de rallyes que l'on accueille. Et, avant que tu ajoutes quoi que ce soit, tu ne me feras pas croire que c'est pour l'argent. Alors, trouve autre chose.

— Je n'ai rien à te dire Violette. Tu te montes la tête, rien de plus. L'Italie est un beau pays et travailler pour Ferrari, un rêve. Sans compter toutes les femmes magnifiques que je vais côtoyer.

Ces dernières paroles me font l'effet d'une brûlure au vitriol. Cependant, je n'ai pas d'autre choix que de m'accrocher à ce honteux mensonge. J'ai toujours eu une réputation de coureur, autant que ça me serve.

— Je vais voir comment se porte notre malade et je rentre, la préviens-je en tournant les talons en direction de l'entrée.

— En effet, tout ça a l'air merveilleux, tu oublies quand même quelque chose, m'interpelle Violette.

Curieux, je me retourne et la scrute. Ses yeux pétillent de malice et le petit sourire en coin qui orne ses lèvres ne me dit rien qui vaille. D'un pas lent, elle me rejoint.

— Il te manquera la seule et unique femme que t'as jamais aimée, penses-y, achève-t-elle en pointant son index sur mon torse avant de disparaître derrière les portes coulissantes.

Ses mots criants de vérité me font l'effet d'une gifle et je dois m'asseoir pour ne pas perdre l'équilibre. En une toute petite fraction de seconde, Violette vient de me terrasser. Elle a prononcé exactement les mots que je refuse de m'avouer depuis mon retour. Oui, je suis bel et bien amoureux de Romane, là où elle se trompe, c'est que ça ne date pas d'il y a deux mois. Non, c'est beaucoup plus vieux que ça. J'ai commencé à la voir autrement un dimanche, au bord de la piscine... peu de temps avant de prendre l'avion. Quatre ans en arrière, j'ai fermé les yeux, cadenassé mon cœur à double tour et je me suis convaincu que ce n'était rien, que je ne ressentais rien. J'ai mis ça dans un coin de ma tête et tout a ressurgi lorsque je l'ai aperçue la tête sous un capot. Ce que j'avais enfoui, ce que j'avais repoussé, ce dont je ne voulais pas. Parce que je n'ai pas le droit de ressentir tout ça pour elle. Je devrais l'aimer comme une sœur et non pas la désirer comme une femme.

Putain ! Pourquoi a-t-il fallu que Violette prononce « les mots » ? Ceux auxquels je m'interdis de penser. Il ne me reste plus qu'à essayer d'occulter tout ça, le temps de monter voir comment se porte mon pote. Quand je serai seul, je pourrai y songer et surtout, tenter d'oublier.

La tête dans un étau et un poids sur les épaules, je remonte les trois étages qui me séparent de mes proches à la vitesse d'une limace. Je dois créer le vide dans mon esprit, m'ôter Romane et toutes les images indécentes qui me polluent le cerveau depuis que je l'ai rattrapée en début d'après-midi. J'y étais presque bordel ! Une toute petite semaine et je m'envolais loin d'elle. Ne plus l'avoir devant les yeux m'aurait aidé à passer à autre chose, exactement comme il y a quatre ans. Mais il a fallu que je la prenne dans mes bras, que son corps percute le mien, que sa chaleur m'envahisse, que son parfum me submerge. Pire encore que je prenne conscience à quel point ne pas la toucher m'était insupportable.

Figé devant la porte de la chambre de Maël, j'écoute le bruit étouffé de leur conversation. Des paroles, des rires. Les paupières closes, je prends une profonde inspiration. Il est temps d'entrer dans l'arène.

Lorsque je pénètre dans la pièce, ils sont tous là. Mon pote paraît à l'agonie devant une Romane qui ne semble plus savoir comment le satisfaire. Il ne changera jamais. Comme lui, j'ai toujours pris un grand plaisir à la rendre chèvre. Pourtant, ce soir, le voir abuser de sa gentillesse m'agace. Pour lui, elle est capable de tout endurer. D'un côté, je trouve leur lien très touchant. D'un autre, je voudrais qu'elle se réveille et qu'elle prenne enfin conscience qu'elle est en droit de vivre sa vie sans obtenir son consentement. Je dois avouer que l'autre soir au bowling, elle m'a surpris, même si je pense qu'en agissant de la sorte, c'était surtout pour se venger de moi.

— Ah quand même ! T'es allé les chercher où tes cafés ? me questionne Maël.

— Dans ton cul !

— Très amusant. T'as bouffé un clown ou c'est d'avoir eu peur pour moi qui t'as retourné le cerveau ?

— Aucun des deux. J'avais besoin de prendre un peu l'air. Tu sembles te porter comme un charme.

— Six semaines de plâtre, suivies de quelques mois de rééducation, je vais devenir dingue !

— Tu t'en remettras, ça aurait pu être bien pire.

Quand j'y repense, mon cœur se serre dans ma poitrine. Il aurait pu y rester ou finir sa vie dans un fauteuil roulant. Cette hypothèse me donne des sueurs froides et mon petit « problème » avec Romane me semble soudain, bien moins important. L'essentiel, c'est qu'il aille bien et qu'ils restent tous soudés — ensemble. Parmi eux, je ne suis qu'une pièce rapportée, je dois me plier aux règles, ne pas faire de vague, ne rien gâcher. Et si je décide de rester ici, un jour ou l'autre, je finirai par craquer. Je suis incapable d'avoir Romane devant les yeux chaque jour qui passe. À un moment, elle finira par rencontrer quelqu'un et je doute de pouvoir le supporter. Tout comme je refuse d'être celui qui fera voler en éclat cette famille. Maël va devoir accepter que sa sœur ait grandi et qu'elle soit devenue une adulte, mais je ne peux pas être celui qui le lui prouvera.

— Je m'en remettrai, c'est certain. En attendant, les prochains mois vont être compliqués et... j'ai un grand service à te demander.

Perdu dans mes pensées, je relève les yeux vers lui. Maël me fixe, très sérieux, et j'ai peur de ce qui, d'un instant à l'autre, va sortir de sa bouche. Je l'ai rarement vu aussi déterminé et j'ai peur de la suite.

— Vas-y, je t'écoute, lâché-je peu sûr de moi après quelques secondes de silence.

— Est-ce que vous pouvez nous laisser seuls ? demande-t-il au reste de la troupe.

Dubitatif, je fronce les sourcils. Qu'est-ce qu'il a dire qui nécessite que nous soyons seuls ?

— De toute façon, fils, il est tard et tu dois te reposer, déclare Juel. La journée a été longue pour tout le monde.

Violette s'approche de mon pote et il lui murmure quelques mots aux creux de l'oreille. Le regard de sa copine va de moi à Romane avant qu'elle n'acquiesce d'un signe de tête.

— Tout le monde dehors, déclare cette dernière embarquant avec elle Romane et Juel. Lucas, on t'attend dehors. Chéri, je passe demain, ajoute-t-elle en lui lançant un clin d'œil.

Qu'est-ce qu'ils mijotent tous les deux ? Putain ! J'espère que Violette ne lui a pas fait part de ses soupçons concernant Romane, sinon, je suis un homme mort !

CHAPITRE 13

SON CUL DEVANT MON NEZ, LE SUPPLICE ULTIME !

ROMANE

Vingt minutes que mon frère est enfermé avec Lucas dans sa chambre d'hôpital. Et autant de temps durant lequel, j'ai tenté de tirer les vers du nez à ma belle-sœur. Sans succès. Elle a beau nier, je suis certaine qu'elle sait quelque chose. Surtout vu la tête qu'elle tire. Le pire, c'est qu'en plus, elle jubile. De quoi ? Je n'en ai pas la moindre idée et ça me rend encore plus cinglée.

J'ai faim, je suis crevée, la seule chose que je veux, c'est rentrer et me plonger dans un bain. Cette journée a été forte en émotions et j'ai besoin de me retrouver seule, au calme. L'adrénaline qui m'aidait à tenir debout est en train de se dissiper, maintenant que j'ai la certitude que mon frère va bien. Cet idiot m'a tellement foutu la trouille que la prochaine fois que je le vois grimper sur un toit, je le pousse moi-même.

Assise sur une chaise dans la salle d'attente, où Violette m'a obligée à me poser, j'attends. Il paraît que je suis exaspérante à tourner en rond. Ce n'est pas de ma faute, quand je suis stressée, j'ai besoin de bouger, d'occuper mon corps pour canaliser mes pensées.

— Bon, ça va encore durer longtemps ? questionné-je ma belle-sœur alors que j'arrive à bout de patience.

— Non, ça ne devrait plus être très long.

— Bon Dieu, qu'est-ce qu'ils peuvent bien se raconter depuis presque une demi-heure. J'espère que vous ne me cachez rien de grave sur l'état de santé de mon frère. Sinon, je vous jure que je ferais de votre vie, à tous, un enfer ! m'agacé-je.

— C'est bon, on peut y aller ! Bouge, mon homme à un truc à te dire, débite-t-elle à toute allure en rangeant son téléphone dans sa poche.

Le temps que je percute ce qu'elle vient de m'annoncer, elle a déjà disparu. Aussitôt, je me dresse sur mes jambes et accours derrière elle.

— Attends-moi !

— Je croyais que t'étais pressée alors active-toi.

Violette pénètre dans la chambre, moi, sur ses talons. À l'intérieur, Maël a un grand sourire aux lèvres, ce qui a au moins le mérite de me rassurer sur le fait qu'on ne lui ait pas découvert une maladie incurable. Par contre Lucas, lui, tire une de ces tronches, que j'ai l'impression que c'est à lui qu'on vient d'annoncer un truc grave.

— Bon, Romane, comme tu dois t'en douter, je ne pourrai pas participer au rallye avec toi.

Ses mots s'arrêtent dans ma tête et je percute que je vais devoir tirer un trait sur mon rêve. Mon père n'a plus les compétences physiques pour assurer une semaine sous des températures caniculaires au milieu d'un désert. J'étais si obnubilée par la santé de Maël, que cette conséquence ne m'a pas traversé l'esprit. Voilà ce qui arrive quand on compte sur les autres. Si mon frère me laissait vivre ma vie comme je l'entends, j'aurais participé au Rallye des Gazelles, et ce contretemps ne serait pas arrivé. L'accident n'est pas de sa faute, pourtant, je lui en veux d'être aussi protecteur et de me pourrir l'existence à cause de ça.

— Mais j'ai trouvé une solution, ajoute Maël.

Surprise, je le fixe en fronçant les sourcils.

— J'ai eu le temps d'y réfléchir pendant qu'ils étaient en train de me charcuter la jambe et j'ai eu une illumination. Il n'y a que Lucas qui te connaisse aussi bien que moi et qui puisse me...

— Lucas ? le coupé-je effarée.

Il est vraiment en train de me proposer de partir toute une semaine avec son pote ? De passer mes jours et mes nuits avec lui ? Non, ce n'est pas possible, il ne peut pas me détester à ce point ! Ce serait comme me mettre devant un buffet à volonté et m'interdire de manger.

— Ben oui, qui d'autre ? Il est ton frère au même titre que moi, il saura t'épauler et t'aider dans les problèmes mécaniques.

Panique à bord. Non, je ne peux pas courir ce rallye avec lui. Il est ma tentation extrême. Tous les deux, seuls, pendant toute une semaine, je n'y survivrai pas. Et si je n'arrive pas à me concentrer comme il faut, nous allons droit à la catastrophe.

— D'une, il n'est pas mon frère et de deux, il repart dans une semaine, contré-je sa théorie fumeuse.

Non pas que je veuille voir Lucas repartir loin d'ici, cependant, je ne peux encore moins me laisser embarquer dans cette histoire. Sinon, on finira par s'entretuer. Je suis incapable d'oublier ce que je ressens pour lui et de me comporter comme s'il ne me mettait pas dans tous mes états. C'est déjà bien assez difficile alors que je ne l'ai pas sans arrêt sous les yeux, alors enfermée jour et nuit dans un espace clos avec lui, aucune chance que j'y parvienne.

— Tu joues sur les mots chouquette et Lucas a déjà accepté de rester, me rétorque-t-il un grand sourire aux lèvres.

Stupéfaite, je me tourne vers l'objet de ma contrariété, qui me fixe et paraît aussi heureux que moi de cette nouvelle. Ce qui me prouve bien qu'il n'a aucune envie de m'accompagner.

— Bon, je crois qu'il est temps de rentrer et de te laisser dormir, conclut Lucas en brisant le silence qui régnait dans la chambre. Et j'ai des choses à régler pour décaler mon retour.

Son corps se détache du mur sur lequel il était appuyé et il s'approche du lit de mon frère.

— Essaie de ne pas trop traumatiser le personnel soignant d'ici demain, poursuit Lucas en envoyant une tape sur l'épaule de Maël. À plus ! Les filles activez-vous, j'ai pas toute la nuit, ajoute-t-il en sortant.

Figée sur place, aucun son ne peut sortir de ma bouche à cause de cette grosse boule d'angoisse logée à l'intérieur. C'est un cauchemar. Je suis profondément endormie dans mon lit et toute cette journée n'est qu'un mauvais rêve. C'est mon imagination débordante qui m'envoie des images erronées. Voilà, c'est ça. Si je me pince, je vais me réveiller et je pourrais rire de mes propres délires.

— Aïe ! m'exclamé-je.

— Qu'est-ce qu'il t'arrive chouquette ? me questionne mon frère en fronçant les sourcils.

Toujours debout dans cette chambre d'hôpital, le peu d'espoir qu'il me restait vient de partir en fumée.

— Heu... rien, rien...

Ma phrase reste en suspens et je me liquéfie devant le regard inquisiteur de mon frangin. Heureusement pour moi, ses traits se détendent et il me sourit de toutes ses dents.

— Je suis content que tu puisses quand même réaliser ton rêve. Tu m'enverras des photos et tu me promets de me téléphoner tous les soirs pour me tenir au courant ! Même si je suis loin et si c'est par procuration, je ferai ce voyage avec toi, m'assure-t-il les yeux remplis de bienveillance.

Devant son visage aussi joyeux, toute envie de rébellion me quitte et je sais déjà que je vais accepter. Aucune envie de le décevoir, de le blesser. Il va falloir que je m'arme de courage pour affronter cette situation.

Lucas et moi, une semaine en plein milieu du désert, mon rêve est en train de se transformer en enfer...

LUCAS

À l'extérieur de l'hôpital, je tire sur ma clope comme un drogué en manque. Les nerfs à fleur de peau, je devais quitter cette chambre. Impossible de dire non à la demande de mon pote. Malgré tous mes contre-arguments, il ne m'a pas laissé le choix. Jouer la carte de la famille, c'est bas et mesquin, même de sa part.

« *Elle est comme ta sœur Lucas, tu dois faire ce rallye avec elle. C'est son rêve le plus cher.* »

Que répondre à ça ? Que les idées qui me traversent la tête ne sont pas celles que l'on a pour sa sœur ? Que ce que je ressens pour elle va bien au-delà ? Qu'il y a bien longtemps que je ne vois plus Romane comme telle ?

J'aurais pu, j'aurais dû !

Coincé dans son lit, il n'aurait pas pu me courir après. Ceci dit, un jour ou l'autre, il se débarrassera de son plâtre. Au moins, ça lui aurait laissé le temps de digérer tout ça et j'aurais moins l'impression de mentir sans arrêt. Cette situation me pèse encore plus que les sentiments que j'ai pour elle. Ça, je peux vivre avec, mais cette sensation de devoir jouer un rôle devant ceux que je considère comme ma famille écrase mon cœur de plus en plus.

Je suis ridicule ! À quoi ça sert de le mettre en colère alors que je m'apprête à lier ma vie à une autre. Et rien que cette perspective me donne envie de gerber.

Violette a raison sur un point, je pourrai très bien me servir de mes diplômes et de mon expérience pour m'installer ici et rester près de ceux qui me sont chers. Le problème, c'est encore et toujours cette brune volcanique qui martèle mon cœur et me retourne le cerveau. Rester ici, c'est signer mon arrêt de mort. Un jour ou l'autre, je ne pourrai plus me contrôler et je finirai inévitablement par lui sauter dessus. Et je n'ai aucun doute sur le fait, qu'elle ne se refusera pas à moi. J'ai déjà goûté à ses lèvres, alors si je goûte à sa peau, je ne m'en remettrai pas. J'y perdrai mon âme et ma famille.

Ma seule solution, c'est la fuite !

Sauf qu'avant de pouvoir prendre la poudre d'escampette, je vais devoir affronter toute une semaine seul avec elle. Je l'imagine déjà à peine couverte d'un top et d'un microshort. C'est le drame. Ma queue se tend dans mon pantalon. Une semaine complète à bander comme un âne alors qu'elle promènera sa poitrine et son cul devant mon nez, le supplice ultime. Être enfermé avec elle dans l'habitacle exigu de son 4X4, me prenant de plein fouet son odeur sucrée, la tentation suprême. Bref, je suis dans une merde noire. Et aucun moyen pour m'en sortir. Je pourrai continuer à me moquer d'elle, comme avant. Sauf que depuis ses aveux le soir de la fête chez son frère, je n'y arrive plus. Son regard rempli de désespoir m'a envoyé au tapis et je ne veux plus jamais observer autant de peine au fond de ses iris. Cette nuit-là, je n'ai pas fermé l'œil. J'ai mémorisé chacun de ses soupirs, chacun de ses traits. J'ai parcouru son épiderme du bout des doigts, espérant me souvenir de son grain de peau sous leurs pulpes. Sa douceur, ses irrégularités et les frissons que mon toucher déclenchait sur son passage. Sans même fermer les yeux, les images se succèdent dans ma tête.

Je suis mal barré !

Cette nuit-là, si j'avais su que j'allais devoir affronter une semaine, avec Romane, pour seule compagnie, j'aurais été m'enfermer dans ma chambre au lieu de la passer sous les draps, avec elle.

— On y va !

Appuyé contre la portière de sa voiture, je relève les yeux vers Violette qui se dirige vers moi, ma brunette sur ses talons. Le regard de cette dernière me fusille sur place. Sérieux, je suis en train de donner de ma personne pour qu'elle puisse réaliser son rêve et elle semble vouloir me crucifier sur la place publique. C'est le monde à l'envers. J'ai conscience que je l'attire, pourtant, je doute qu'elle ressente la même chose que moi... pour elle, je ne suis qu'un défi.

Romane grimpe à l'avant et je me faufile sur le siège arrière. Ça me va. Plus je mets de distance entre elle et moi, mieux c'est pour mon état mental et physique. Cette fille me rend dingue dans tous les sens du terme.

Dans les semaines à venir, je vais devoir fournir de nombreux efforts et apprendre à la côtoyer de plus en plus. Parce qu'en plus de devoir être son copilote au rallye, je dois aussi remplacer son frère dans les préparations du 4X4. Autant dire que je n'ai pas fini de morfler !

La tête appuyée contre la vitre, je ferme les paupières et prends une grande inspiration. Je suis un adulte responsable, je suis capable de mettre mon attirance pour elle de côté. Pendant quelques semaines, je vais serrer les dents et ensuite, je repartirai. Ni plus ni moins !

CHAPITRE 14

VENDRE MON ÂME AU DIABLE ET ELLE S'HABILLE BIEN EN PRADA !

LUCAS

Assis sur un transat au bord de la piscine, je repousse le moment. Juel est rentré, Romane passe la nuit chez son frère avec Violette. Il ne reste plus que moi et mes états d'âme. Mon portable en main, je l'observe sans arriver à franchir le pas. Des mois que je la fuis et que je ne lui donne aucune nouvelle. À part un bref SMS pour lui annoncer que j'acceptais leur proposition. Chose que j'aurais dû me résoudre à entreprendre bien avant, car depuis, c'est silence radio. À quoi je m'attendais ? La seule chose qui compte pour elle, c'est de garder la face devant son père, moi, elle s'en tape.

Tout ça pour une question d'argent et d'apparence. Alba ne travaille pas, elle n'a même jamais levé ne serait-ce que le petit doigt. Elle vit aux crochets de son père. Ce qui, pour elle, est une raison suffisante pour se plier à cette mascarade. Peu importe, tout ça, ce n'est pas mon problème. Je lui passe un coup de fil, lui annonce que mon retour va être décalé de quelques semaines et basta.

Putain, rien que de penser au son de sa voix, j'ai la gerbe. À chaque fois que je songe à elle, je me demande sans cesse ce qui a bien pu m'attirer chez cette fille. Elle est hautaine, condescendante, snob et la liste est non exhaustive.

Et puis, l'avoir au bout du fil, c'est un peu concrétiser la chose. Jusqu'à présent, dans ma tête, cet arrangement est à l'état d'hypothèse, rien n'est encore acté, même si j'ai donné ma réponse.

Je m'arme de tout mon courage et compose son numéro. Autant arracher le sparadrap d'un coup sec, c'est moins difficile. Il est à peine vingt-trois heures, elle ne devrait pas être encore sortie.

— Salut, mon chou, que me vaut l'honneur de ton appel ?

À l'évocation de ce surnom débile dont elle m'affuble, je grimace.

— Juste pour te prévenir que je ne rentrerai pas la semaine prochaine comme prévu.

Bref, concis, pas envie de lui déblatérer de long discours.

— Hum, papa a prévu une soirée pour l'annonce de nos fiançailles, pas sûre que ce contretemps lui plaise.

Déjà ? Bien entendu, personne n'a daigné prévenir le principal intéressé. Et je n'en suis même pas surpris. Est-ce que ça va être ça ma vie ? Me plier à leurs exigences ?

— Il s'en accommodera. Ma famille a encore besoin de moi.

— Qu'est-ce qui peut être plus important que ton entrée dans le grand monde ? Emploie quelqu'un, ce n'est pas difficile.

L'argent... pour eux, c'est la façon de tout régler. Pas pour moi.

— Hors de question. C'est ma famille, c'est à moi de gérer ça. Et si ça ne convient ni à toi ni à ton père, trouve-toi un autre gigolo.

— Un gigolo ? éclate-t-elle de rire. Cet arrangement est bon pour les deux parties. Tu n'as pas accepté par bonté d'âme.

C'est vrai. Pourtant, j'en viens à me demander si ce n'est pas trop cher payé pour une vengeance. Massimo est un homme droit, mais le non ne fait pas partie de son vocabulaire. De celui d'Alba non plus, d'ailleurs.

— Peut-être, il n'empêche que personne ne me dictera ma conduite. Ne compte pas sur moi pour être à votre disposition. Je veux garder le contrôle ainsi que mes priorités. Ma famille en est une. C'est à prendre ou à laisser, réfléchis-y bien avant mon retour, parce qu'ils passeront toujours avant le reste.

— Je te rappelle que tu as des obligations ici aussi et que tu vas devoir tenir des engagements envers nous.

— Vous avez bien plus besoin de moi, que moi, de vous.

— Que tu crois.

— Eh bien, si c'est si facile de me remplacer, vas-y, je t'en prie. Tu me rendrais même un grand service.

Elle m'agace. Je sais que je devrais me tenir à carreau, ne pas en rajouter. Sauf que c'est plus fort que moi. Alba m'inspire les pires choses quand ça la concerne. Je cherche l'affrontement, je l'avoue. Si elle pouvait mettre un terme à cette mascarade, d'un côté, je lui en serais sans doute reconnaissant.

Dans ma tête, mon envie de fuir Romane tout en rabattant le caquet de mon père se bat contre mon souhait de rester ici. Tout se mélange dans mon esprit, je suis totalement perdu. Mon cœur me dicte de m'installer dans ma région natale, ma raison, elle, m'intime de partir le plus loin possible.

— Arrête d'être condescendant. Tu sais que ce que te propose mon père est une offre que tu ne peux refuser pour de nombreuses raisons, d'après ce que j'ai saisi. Sinon, tu n'aurais jamais accepté.

Je m'apprête à signer un pacte avec le diable et je ne suis pas certain d'en avoir envie... cette fille ne pense qu'à elle et à la tenue de luxe qu'elle portera demain.

— Peu importe mes raisons, éludé-je. Je n'ai pas l'intention d'en discuter avec toi. Le contrat n'implique pas que j'ai des comptes à te rendre. Si je t'ai appelée, c'est juste par courtoisie.

— As-tu au moins une date précise à me donner ? Je veux bien plaider en ta faveur auprès de mon père, par contre, j'ai besoin de concret.

Plaider en ma faveur ? Si elle croit que je vais gober ça, elle se fourre le doigt dans l'œil.

— Alba s'il te plaît me prend pas pour un con. Tu te fous de ma date de retour. La seule chose qui t'intéresse c'est l'organisation de cette stupide présentation au média et la tenue que tu porteras.

— Ne dis donc pas de sottise. Nous avons vécu de bons moments...

— Lesquels ? Ceux où tu paradais à mon bras pendant qu'un autre te sautait ? Arrête de faire semblant. Moi ou un autre, tu t'en contrefiches, tant que ton image face au public tient la route et que tu continues de te trouver dans les petits papiers de ton père. Maintenant, si nous en avons fini avec les courtoisies, je vais te laisser à la petite sauterie à laquelle tu dois assister.

— Comment...

— Ton planning est aussi prévisible que toi, ma chérie. Bonne soirée et je te tiendrai au courant de ma date d'arrivée.

Sans attendre de réponse, je raccroche. J'en ai ma claque de tout ça. Elle arrive à me mettre hors de moi alors que des centaines de kilomètres nous éloignent. Je n'ose même pas imaginer ce que ça va donner lorsque nous serons sous le même toit.

CHAPITRE 15

LA MEILLEURE DÉFENSE, C'EST L'ATTAQUE !

ROMANE

— **C**houquette, tu tombes bien ! Tu peux me servir un café ?

La tête dans le cul à cause d'une nouvelle nuit agitée, je peine à ouvrir les yeux et déjà mon frère me sollicite alors que je n'ai pas encore fini de descendre les escaliers. Violette travaille, donc, pour des raisons pratiques, Maël s'est installé dans la maison familiale. Entre lui et Lucas, ma patience arrive à son terme. Tout en grognant, je me traîne jusqu'à la cuisine, m'empare de deux mugs dans le meuble haut et y verse le breuvage qui, je l'espère, va m'aider à tenir jusqu'à ce soir. Mes journées sont trop longues et mes nuits, trop courtes.

— T'as une sale tronche sœurette, semble s'inquiéter mon frère dont la voix vient de prendre un ton plus doucereux.

Assis dans son fauteuil roulant, il se tient dans l'embrasure de la porte, les sourcils froncés, le visage fermé.

— J'ai mal dormi, c'est tout, tenté-je de le rassurer en lui tendant sa tasse.

— C'est à cause de ce mec ? me questionne-t-il un brin gêné. Celui du bowling ? Tu y tenais vraiment ? Y'a quelque temps que tu sembles... absente.

Ma bouche s'ouvre et se ferme plusieurs fois sans qu'aucun son n'en sorte. Mon frère qui tente d'aborder ma situation amoureuse, c'est une première. D'habitude, il fout le bordel sans aucun remords.

— Franchement, ce type n'avait rien à foutre avec toi ! Il était trop...

— Trop quoi ? m'agacé-je en le fusillant du regard.

Pour lui, ils sont toujours trop ou pas assez. Il y a sans cesse un truc qui cloche ; leurs attitudes, leurs vêtements, leurs manières, leurs emplois.

— Trop propre sur lui ? se risque-t-il alors que je le contourne pour me rendre dans le salon.

Il m'énerve et je n'ai aucune envie de partir sur ce terrain-là avec lui. Nous allons finir par nous disputer, nos mots vont dépasser nos pensées et je n'en ai pas la force. De plus, je ne peux pas lui avouer ce qui me mine, ce qui me ronge de l'intérieur, ce qui est en train de me tuer à petit feu. Lui confier que c'est son pote qui est à l'origine de mon comportement est impossible. Alors, autant le laisser croire que c'est à cause de Damien que je suis au fond du trou.

Mes jambes me portent jusqu'à la baie vitrée où l'on a une vue imprenable sur toute la propriété. J'ai toujours adoré admirer la nature d'ici, quand elle change au rythme des saisons. Cet endroit est incroyable même s'il me rappelle chaque jour que je vis sur la propriété des parents de Lucas et que tous mes plus beaux souvenirs sont en sa présence.

Comment pourrais-je passer à autre chose ? Tout me ramène toujours à lui.

— Je suis désolé chouquette, murmure mon frère à mes côtés.

Ses mots se fraient un chemin dans mon esprit, sauf que je ne veux pas les entendre. S'il les prononce, c'est juste parce qu'il ne supporte pas de me voir malheureuse. En aucun cas, il ne regrette son attitude, j'en suis certaine. Tout comme je sais, qu'il n'en a même pas conscience. Maël est comme ça, ultra-protecteur. Et j'en ai assez ! Cette oppression que je ressens me fatigue. Je l'aime, malgré tout, avec lui, je ne suis pas libre de mes choix, de mes actes. Sous le couvert de m'éviter de souffrir, il ne se rend pas compte qu'il m'étouffe et que c'est lui qui me rend malheureuse.

Finalement, cette semaine loin de lui ne peut me procurer que du bien-être. Dommage que je doive la passer en compagnie de celui qui me tourne la tête et chavire le cœur.

— Laisse tomber, n'en parlons plus, chuchoté-je.

Maël m'attire sur ses genoux et je ne tente pas de lui échapper. Enfermée dans ses bras, je respire le parfum apaisant de mon frère. Il m'agace souvent, pourtant, j'ai besoin de lui dans ma vie. De sa présence, de son soutien. Dix-neuf ans et j'ai encore besoin des câlins de mon frangin. Je suis pathétique.

— Qu'est-ce qui se passe ici ?

La voix de Lucas résonne dans la pièce et mon cœur accélère de manière considérable. Lui et mon frère au même endroit alors que je viens juste d'ouvrir les yeux, c'est trop pour un réveil.

— Je vais à la douche, lâché-je en me relevant.

— Tu manges pas avec nous ? s'étonne Maël.

— J'ai du boulot, réponds-je en haussant les épaules. Et j'ai pas très faim.

Je viens de lui servir la meilleure excuse qui soit. Il me connaît par cœur et il sait que mon estomac reste fermé durant des heures le matin. Un baiser sur la joue de mon frère, je me presse ensuite vers les escaliers tout en envoyant un petit signe de la main à Lucas en guise de bonjour. Les larmes déjà au bord des yeux, je suis incapable d'ouvrir la bouche.

Je vais devoir me ressaisir ou quelqu'un finira par se poser des questions, pire avoir des soupçons. Il est temps d'arrêter de m'apitoyer sur mon sort et de sortir les crocs.

Ma meilleure défense a toujours été l'attaque !

LUCAS

Ce n'est pas la première fois que je trouve Romane dans les bras de son frère, mais là, je ne sais pas pourquoi, j'ai la conviction qu'il se trame quelque chose. Et qui d'autre que Maël est le mieux placé pour m'apporter toutes les réponses ? Personne !

— Qu'est-ce qu'elle a ? Elle n'a pas chié ce matin ? demandé-je avec style.

Mon pote ne se formalise pas de ma vulgarité, il en a l'habitude, surtout lorsque ça concerne sa sœur.

— Je crois qu'elle est amoureuse de ce type, me répond-il soucieux.

Figé derrière lui, je ne sais plus quoi répondre. Mon cœur bat fort dans ma poitrine, mon sang pulse dans mes oreilles. Romane ? Amoureuse de cet idiot ? J'en doute. Pourtant, la jalousie qui se déverse dans mes veines m'apprend qu'une part de moi frissonne à l'idée qu'il y ait un fond de vérité. Après tout, elle était apparemment avec lui depuis quelque temps. Des images de ce mec en train de la toucher, de l'embrasser se succèdent dans ma tête et me tirent une grimace. Je répugne cette simple idée.

— Pourquoi tu penses ça ?

Sa réponse risque de me foutre les nerfs à vif. Je suis un putain de masochiste. Le simple fait qu'on m'impose sa présence encore pour quelques mois, malmène déjà mon esprit, alors, pourquoi faut-il que je cherche à souffrir davantage ?

— Son comportement. Elle est fermée comme une huître. Elle... elle n'est plus joyeuse comme avant.

Il a vu juste, sauf que je pense qu'il se trompe sur toute la ligne quant à la raison. Son attitude a changé du tout au tout après que j'ai effleuré ses lèvres dans la dépanneuse de son père. Je suis le seul responsable. Je me suis tiré sans lui donner une explication sur mon comportement et sans un regard en arrière. C'est moi le connard, j'en suis certain. Et cette constatation me laisse le cul entre deux chaises. D'un côté, je suis soulagé qu'elle ne soit pas amoureuse de ce type et d'un autre, je culpabilise de la rendre malheureuse. Je la connais par cœur. Mon attitude envers elle, depuis ce soir-là, la blesse. Je la fuis pour me préserver, sauf qu'au bout d'un moment, il va bien me falloir l'affronter.

Ce rallye est important pour elle et en plus, si nous ne trouvons pas un terrain d'entente, nous risquons l'accident. L'enjeu est trop grand pour continuer sur cette lancée. Je vais devoir mettre de l'eau dans mon vin tout en essayant de protéger mon cœur. Et c'est là que le bât blesse. Je doute fort d'en être capable.

CHAPITRE 16

ILS T'ONT APPRIS QUOI DANS TON PAYS DE BIMBO ?

ROMANE

Dans l'habitacle du 4X4, je fixe les dernières protections qui consolident la carlingue. En cas de tonneau, c'est ce qui nous évitera de se retrouver écraser par la tôle. Cette dernière opération achève la préparation de mon véhicule et avec elle, l'approche du Rallye de la Mayenne. Une idée de mon frère pour voir comment nous nous en sortons avec Lucas. J'avoue que c'est un bon test, mais au vu du nombre de mots que nous échangeons ces derniers temps, cette histoire risque de virer à la catastrophe.

La clé à choc dans les mains, je m'apprête à resserrer les vis de l'arceau quand la tôle de la porte du garage claque dans mon dos. L'objet de tous mes fantasmes passe la porte avec un sac en papier dans les bras et... le sourire aux lèvres, en fonçant droit sur moi. Des semaines qu'il tire la gueule en ma présence et qu'il agit comme si je n'existais pas. Mon cœur s'emballe dans ma poitrine et je me demande à quelle sauce il va me dévorer. « Dévorer » n'est sans doute pas le terme adéquat, même si je ne suis pas contre.

D'une claque mentale, je m'oblige à me reprendre. Il faut que j'arrête de fantasmer sur lui. Entre nous, il ne se passera rien, je dois me fourrer ça dans le crâne.

À mesure qu'il approche, des fourmis de désir grignotent mes entrailles. Son regard semble être en lien direct avec mon intimité qui pulse entre mes cuisses. D'instinct, je serre mes jambes l'une contre l'autre dans l'espoir de contenir le feu qui m'irradie. Rien ne me calme et toutes mes bonnes résolutions fondent avec l'incendie qui ravage tout mon être.

Le sexe ne m'a jamais attirée plus que ça et les quelques aventures qui m'ont conduite entre les draps d'un homme, ne m'ont pas vraiment comblée. Soit, je suis frigide, soit, je ne suis pas encore tombée sur le bon spécimen. Dans tous les cas, c'est bien la première fois que je ressens un truc si intense pour quelqu'un. Et là, tout de suite, je me dis que son indifférence pour ma petite personne n'était peut-être pas une si mauvaise chose.

— Petit déjeuner ! s'exclame Lucas en agitant sous mon nez le sac en papier. J'espère que tu as faim, j'en ai pris pour un régiment.

Ma part démoniaque m'intime de l'envoyer chier, sauf que mon corps ne lui en laisse pas le temps. Sans en avoir reçu la permission, mon estomac se met à gargouiller sous les yeux rieurs de Lucas. Ce matin, j'étais si pressée de quitter la maison que je n'ai pas pris le temps d'emporter quoi que ce soit avec moi. L'odeur de ce que je soupçonne être des viennoiseries chatouille mes narines et excite mes glandes salivaires.

— Je crois que j'ai ma réponse, achève-t-il dans un rire alors que mon ventre crie de plus en plus fort. Lave-toi les mains, je vais préparer le café.

Sans attendre de réponse, il tourne les talons et grimpe les marches qui conduisent au bureau. Son changement d'attitude soudaine me laisse dans l'incompréhension la plus totale. Avec lui, je ne sais plus sur quel pied danser, ni quelle attitude adopter. La faim me tiraille l'estomac, alors je décide de mettre tout ça dans un coin de ma tête pour le moment.

Lorsque je pénètre dans la pièce, l'odeur du café emplit mes narines. Lucas a disposé deux tasses sur la table centrale et ouvert le sachet de viennoiseries. La bave aux lèvres, je me précipite sur un pain au chocolat énorme. Le dessus qui croustille et le cacao qui fond sur ma langue me font pousser un gémissement d'extase. Bon Dieu que c'est bon ! Les paupières closes, je me laisse tomber sur une chaise et savoure mon petit déjeuner. Quand j'arrive à la fin de ma dégustation, j'ouvre les paupières et tombe sur les yeux voilés de Lucas. Sa lèvre inférieure coincée entre ses dents, il m'observe. Son regard semble focaliser sur ma bouche alors que je passe ma langue sur mes libs pour en retirer les restes de chocolat. Une goutte de sueur perle sur sa tempe et ses mains sont accrochées avec fermeté au rebord de la table.

Serait-il possible que...

Pour en avoir le cœur net, je fourre un à un mes doigts dans ma bouche et les lèche avec je l'espère, le plus de sensualité possible. Sa pomme d'Adam monte et descend de manière anarchique ce qui me prouve qu'il a du mal à déglutir. J'ai l'impression que je lui donne un coup de chaud et... j'adore ça. Même si je me sens très troublée par son regard qui pèse sur moi.

Je n'ai pas pour habitude de tenter d'utiliser mes charmes, d'ailleurs lorsque je croise mon reflet dans le miroir, je me trouve plutôt insignifiante. Trop petite, trop ronde, je suis bourrée de complexes depuis que je suis gosse. Pourtant là, devant lui, je me sens désirée.

Les paroles de Violette me reviennent alors en mémoire. Elle est convaincue que Lucas en pince pour moi. Et si, elle avait raison ? Si vraiment, le mec de mes rêves avait au moins une toute petite attirance pour moi ? Alors, peut-être que je serais capable de le séduire.

Mais à quel prix ?

Est-ce que je suis disposée à risquer de voir voler en éclat ma relation ou celle de Lucas avec mon frère ? Je n'en suis pas certaine.

« *Il comprendra* ».

Violette n'a peut-être pas tort, après tout, elle le connaît par cœur. De toute façon, pour le moment, rien ne m'oblige à lui dire quoi que ce soit. Après tout, Lucas repart en Italie à la fin du rallye, alors... si j'arrive à voler quelques instants d'intimité avec lui, ça restera entre nous. Je doute que ce soit lui qui vende la mèche. Et puis... j'ai très envie de voir si je suis capable de le faire craquer.

— Tu manges pas ? le questionné-je alors que je m'empare d'une seconde viennoiserie.

Ses yeux qui étaient toujours fixés sur moi s'agitent soudain dans tous les sens et il semble ne plus savoir où les poser. À l'intérieur, je jubile, à l'extérieur, je tente de ne rien montrer.

— Heu... si, bien sûr, finit-il par lâcher en se concentrant sur l'étalage devant lui.

Lucas se racle la gorge, attrape un croissant et le fourre entre ses lèvres charnues. Je l'observe quelques secondes en silence avant de détourner le regard en plongeant mon nez dans ma tasse. Ma température corporelle est déjà bien assez haute sans en rajouter une couche.

Nous terminons notre petit déjeuner dans un silence de plomb et quand nous descendons enfin dans le garage, je prends une grande résolution.

Je vais tout tenter pour lui tourner la tête !

LUCAS

Putain. De. Bordel. De. Merde !

Elle se rend compte à quel point sa manière de manger est... excitante ? Oui, excitante, c'est bien le mot. Ses soupirs, ses gémissements et sa langue m'ont foutu dans tous mes états. Mon sang pulse dans mes oreilles et ma queue est beaucoup trop à l'étroit dans mon pantalon. Les prochaines semaines vont être un véritable carnage. Romane aura ma peau !

Et voilà que maintenant, elle balance son cul de droite à gauche juste devant mon nez alors que nous descendons au garage. Dans mon malheur, je suis heureux qu'elle porte une combinaison et non pas l'un de ses shorts totalement indécents.

— C'est moi où il règne une chaleur de dingue aujourd'hui ? Sérieux, ça va s'arrêter quand ? me questionne-t-elle tout en retirant le haut de sa tenue de travail, dévoilant ainsi sa poitrine.

Moulée dans un débardeur blanc qui laisse apparaître son soutien-gorge, les manches enroulées autour de sa taille, elle est... putain de bandante.

— Oh, je te cause, me ramène-t-elle sur terre en tapotant mon torse de son index.

— Heu... ouais, bégayé-je en fuyant son contact.

— T'es prêt à bosser ? insiste Romane en se rapprochant.

Son parfum de fruits et de vanille m'enivre, me défit. La tension entre nous vient encore de monter d'un cran, elle est palpable. L'air s'épaissit dans la pièce et se raréfie dans mes poumons.

— Heu... ouais, prononcé-je avec difficulté tant ma gorge est sèche.

— Bon, je resserre les boulons du harnais, toi, tu t'occupes de vérifier l'appoint des liquides et puis... ferme la bouche, tu vas gober une mouche !

Un grand sourire plaqué sur son visage, elle me tourne le dos, s'empare de la clé à choc et disparaît derrière le capot ouvert. Figé, les bras ballants, je cherche encore à comprendre ce qu'il vient de se passer — ce qui a changé. Romane a pris en assurance, en confiance. Que s'est-il produit entre ce matin où elle déprimait dans les bras de son frère et cet instant où elle vient de se transformer en femme fatale ? J'ai raté un truc ou...

— Bon Dieu, qu'est-ce que tu fous ? crie-t-elle à mes oreilles tout en me subtilisant le bidon de liquide de refroidissement.

— Hein ? Quoi ?

— T'allais verser du liquide de refroidissement dans le compartiment de l'huile moteur ! Ils t'ont appris quoi dans ton pays de bimbo ? À part draguer tout ce qui porte un string.

Hagard, je fixe le moteur et en effet, j'ai bien dévissé le mauvais bouchon. Cette fille me rend dingue, sa présence m'ôte tout sens des réalités. Mon regard croise le sien et l'éclair d'amusement qui brille au fond de ses yeux ne trompe pas.

Elle sait. Elle a compris, j'en suis certain !

Sous ses airs de jeune fille, Romane est un vrai démon. Dangereuse pour mon équilibre déjà précaire et encore plus, pour mon cœur. Elle a saisi que je ne suis pas insensible à ses charmes et elle en joue. Sauf que, ce qu'elle oublie, c'est que je peux être un adversaire redoutable.

— La chaleur sans doute, me reprends-je. T'as carrément raison, on étouffe aujourd'hui.

J'attrape le bas de mon tee-shirt et le remonte lentement sur mon torse nu, sous les pupilles dilatées de Romane. Sa lèvre inférieure se coince entre ses dents quand j'envoie valser le bout de tissus un peu plus loin. Cette bouche, putain, j'y planterais bien mes incisives. Face à face, nous nous jaugeons du regard. Aucun de nous ne bouge, ne prononce une seule parole. Seul le bruit de nos respirations haletantes rompt le silence qui nous entoure. Elle fera le premier pas, c'est elle qui va combler la distance qui nous sépare, je m'en fais la promesse. Je refuse d'être l'instigateur, sinon, je doute d'être capable de revenir en arrière. Si c'est elle, ma conscience s'en portera mieux. Le désir qui se déverse dans mes veines s'accroît de seconde en seconde.

Ses yeux se baladent sur moi sans honte, ses tétons poussent le tissu de son débardeur et ses cuisses se resserrent l'une contre l'autre. Je ne suis pas le seul à être dans tous mes états, Romane est tout aussi excitée que moi. Et j'avoue que je kiffe ça. Être conscient de l'effet que je lui procure gonfle mon ego d'orgueil. Comme attirée, elle avance un pas après l'autre. Elle comble la distance entre nous, l'air ailleurs. Coincée dans un monde qui n'appartient qu'à elle. Je veux qu'elle soit celle qui franchit la ligne rouge. J'en ai besoin pour conserver le peu d'intégrité qu'il me reste. Mais pas aujourd'hui, pas comme ça, pas ici.

Prenant mon courage à deux mains, je romps notre contact visuel et m'éloigne avant qu'elle me touche. Jouer avec elle, OK, par contre, je ne suis pas maso non plus.

— Je me sens déjà mieux, rompé-je enfin le silence qui nous entourait en m'emparant cette fois, du bon bidon. J'ai repris mes esprits, tu peux retourner à tes boulons. T'inquiète, je gère, terminé-je en lui lançant un clin d'œil.

La bouche grande ouverte, elle me fixe, déçue et moi, je suis ravi de constater que je suis encore capable de lui résister un minimum. Tant qu'elle gardera ses mains loin de moi, tout devrait bien se passer. Du moins, je l'espère. Avec son caractère incontrôlable, elle est capable de tout et moi, je suis beaucoup trop attiré par son corps pour y voir clair quand elle est trop proche ou qu'elle me touche.

Romane secoue sa tête de droite à gauche, un rictus plaqué sur ses lèvres et retourne vaquer à ses occupations sans un mot. Je crois qu'inconsciemment, nous venons de nous lancer un défi. À celui qui craquera le premier. Sauf que ce qu'elle ignore, c'est que je suis sûr de posséder bien plus d'expériences qu'elle dans le domaine.

Le bidon dans les mains, je m'attelle moi aussi à ma tâche. L'heure n'est plus à l'amusement. Le silence qui règne dans la pièce me dit que notre affrontement vient de débuter. Et à cette perspective, je ne sais pas trop si je suis excité ou bien terrorisé. Je glisse sur une pente dangereuse qui risque fort de me coûter cher, pourtant, je suis incapable de repartir en arrière ni de cesser ce qui vient de commencer.

CHAPITRE 17
PRENDS LE POUVOIR ET LAMINE-LE !

ROMANE

Vautrée sur mon lit, je cogite. Que va-t-il falloir que je fasse pour qu'il lâche prise ? Pour qu'enfin, il me saute dessus. D'habitude, je ne suis pas du genre à comprendre quand j'intéresse quelqu'un. Pourtant là, il faudrait être plus qu'aveugle. D'ailleurs, ce constat me fout la trouille. Si moi, je suis capable de m'en rendre compte, qu'en sera-t-il pour les autres ? Mon père, mon frère, Violette ?

Le prénom de ma belle-sœur s'arrête dans ma tête. Elle sait ! Vu tout ce qu'elle a tenté de me démontrer, il n'y a aucun doute. J'ai besoin de parler à quelqu'un, besoin de me confier et elle est la seule avec qui je peux en discuter. Je n'ai pas vraiment d'amis, de proches, encore moins. Et ce ne sont pas les quelques fréquentations qu'il m'arrive de côtoyer de temps à autre, qui pourront me venir en aide. Non, je n'ai qu'elle.

Jusqu'à présent, je vivais très bien avec cette solitude, aujourd'hui, elle me pèse. Avoir une meilleure amie avec qui je puisse m'épancher. Bref, les choses sont ce qu'elles sont, m'apitoyer ne m'aidera pas.

Bien décidée à demander conseil à Violette, je saute sur mes deux pieds et me précipite au rez-de-chaussée avant qu'elle n'arrive. Je sais qu'en débauchant et avant de rejoindre mon frère chez nous, elle passe automatiquement par chez elle, c'est donc là que je compte l'intercepter.

Dans le salon, mon frère est devant la télé, plongé dans un match de foot, c'est l'occasion ou jamais. Sur la pointe des pieds, je passe derrière lui et m'engouffre dans la cuisine avant de sortir par la porte de service. Ni vu ni connu ! Et je cours comme si j'avais le diable aux trousses.

— Attends ! m'écrié-je essoufflée alors que Violette est en train de refermer sa porte d'entrée.

— Romane ? s'étonne-t-elle. Qu'est-ce qui t'arrive ? On dirait que t'as vu un fantôme.

— C'est presque ça, bafouillé-je le cœur au bord des lèvres. On peut discuter seule à seule ?

— Bien sûr ! Allez, viens, entre.

Elle déverrouille la porte et me laisse pénétrer chez elle.

— Tu veux un café ? me propose-t-elle alors que je me laisse tomber sur son canapé.

Bon sang, j'ai couru quoi ? Trois cents mètres et je suis au bord de l'asphyxie.

— Un verre d'eau plutôt, soufflé-je la gorge sèche et les poumons en feu.

— Bon, raconte-moi ce qui t'amène, en courant en plus, me demande-t-elle le sourire aux lèvres en s'installant à mes côtés.

Je saisis le verre qu'elle me tend et l'avale d'une seule traite.

— OK, je crois que t'as raison, me lancé-je.

— À quel sujet ?

— Lucas. Je crois que je ne le laisse pas indifférent, tu vois. Je pense que... peut-être... il... pourrait me trouver... un peu à son goût, grimacé-je.

Mon Dieu, dit tout haut, tout ça semble tellement ridicule.

— Un peu ? éclate de rire Violette. Tu rigoles j'espère ? Il te bouffe du regard. Quand t'es pas dans une pièce, il cherche à savoir où te trouver et quand t'es là, il est tendu comme un string. Ouvre les yeux Romane, Lucas est raide dingue de toi.

Euh elle exagère. Je veux bien entendre qu'il a peut-être une petite attirance pour moi, de là à ce qu'il soit « raide dingue » il y a un hémisphère.

— Romane, me regarde pas comme ça ! Tout le monde le sait, tout le monde s'en est rendu compte. Il n'y a que vous qui ayez de la merde dans les yeux... et ton frère. Lui, de toute façon, je crois que c'est peine perdue. Quand ça te concerne, un troupeau d'éléphants roses pourrait danser la gigue devant ses yeux, qu'il ne verrait rien, ironise-t-elle dépitée.

— J'ai peur, Violette ?

— De quoi ?

— De la réaction de Maël, de celle de papa et du départ de Lucas. J'ai envie de tenter ma chance, d'essayer, mais je flippe à l'idée de m'attacher encore plus à lui et d'être encore plus malheureuse quand il repartira.

Voilà, elle est là, mon autre peur. Le voir partir. De n'être pour lui, qu'un petit interlude, une histoire sans importance.

— Alors, fais en sorte qu'il reste, me sort-elle comme si c'était la chose la plus logique du monde.

— Et comment je réalise ce tour de magie ?

— Tu le séduis, tu mets tout en œuvre pour qu'il ne puisse plus vivre sans toi. Comment crois-tu que je m'y suis prise avec ton frère ?

— Trop facile, Maël te mangeait déjà dans la main avant même que tu daignes le regarder.

— Tout comme Lucas mange dans la tienne depuis de nombreuses années.

— Comment ça ? m'étonné-je perdue.

— Tu te souviens de l'année où il est parti ?

Si je m'en souviens ? J'ai passé mon été à pleurer toutes les larmes de mon corps. Le cœur en miettes, je n'avais plus goût à rien. Aucune chance que j'oublie ça.

D'un signe de tête, je lui demande de continuer.

— Eh bien, quelque temps avant qu'il ne parte, il a changé. Le regard qu'il posait sur toi était différent. D'ailleurs, c'est cette année-là, que ton corps a commencé à se métamorphoser. Je m'en suis rendu compte et à mon avis, lui aussi. Il n'avait plus affaire à la petite

Romane, mais à la femme en devenir que tu étais. Et, je crois que c'est là que tout a commencé.

— Pourquoi ne m'a-t-il rien dit ? Je suis presque convaincue qu'il a toujours su que j'avais des sentiments pour lui.

— Pour la même raison que toi ; Maël. Ton frère est un mur entre vous. Si aucun de vous deux ne se décide à faire le premier pas, vous allez vous rater. Et si Lucas a décidé de repartir, c'est pour fuir cette attirance. Auparavant, il n'avait jamais évoqué l'envie de vivre ailleurs. Il a toujours été prévu qu'il revienne à la fin de ses études.

— Maël ne laissera pas passer ça. Pour lui, nous sommes des frère et sœur, il le répète sans cesse.

— Je ne dis pas que ce sera facile ni qu'il vous ouvrira grand les bras. Par contre, je suis certaine d'une chose, c'est qu'il vous aime tous les deux et qu'il serait incapable de vivre sans vous. Il finira par avaler la pilule.

— J'en sais rien Violette. Il est tellement... protecteur que je doute que qui conque trouve un jour grâce à ses yeux. Je ne comprends pas pourquoi il me protège autant.

— Il m'a parlé, une fois. Un soir où il avait trop bu. D'ailleurs, je doute qu'il s'en souvienne. Je crois que quand tu es née, ton père a passé une longue période de déprime. Et il s'est retrouvé un peu livré à lui-même avec toi. Ton père s'est toujours occupé de vous, mais il n'était pas particulièrement câlin, il ne vous racontait pas d'histoire et je pense que tu es devenue pour ton frère, une sorte de décharge émotionnelle. Tu étais un bébé et tu ne refusais jamais qu'il te prenne dans ses bras. Je pense qu'il a reporté sur toi toute l'affection dont il manquait.

Dépitée par les paroles de Violette, je baisse les yeux sur mes mains. Maël m'a tout donné, il s'est toujours occupé de moi, je ne peux pas le décevoir.

— Romane ? soupire ma belle-sœur en prenant mes mains dans les siennes. Tu ne dois pas prendre tes décisions en fonction de ton frère. Il n'a pas le droit de t'imposer ta façon de vivre. Si c'est Lucas que tu veux, donne-toi les moyens de l'obtenir. Maël s'y fera.

— Et si entre nous ça ne fonctionne pas ? Si on se rendait compte que l'on n'a rien à faire ensemble ? Ça pourrait détruire notre famille. Je refuse que Lucas ne soit plus le bienvenu chez nous à cause de moi.

— C'est un risque à courir Romane. Aucune histoire d'amour n'est gagnée d'avance.

— Je sais tout ça, mais là, y'a une dimension différente. Il n'y a pas que Lucas et moi qui soyons en jeu, il y a toute notre famille.

— Je sais, souffle-t-elle. Je comprends que cette notion te fasse peur. Écoute, pour le moment, personne n'a besoin d'être au courant. Je te propose déjà de le séduire. Chaque chose en son temps.

— Et je m'y prends comment ? Parce que, j'ai essayé aujourd'hui et j'ai pris un vent.

— Raconte, lâche Violette, soudain très intéressée.

Alors, je lui relate l'histoire, toute l'histoire sans omettre aucun détail. Au fur et à mesure que j'avance dans mon récit, ses yeux pétillent de malice et sa bouche s'incurve dans un rictus diabolique. C'est qu'elle me foutrait presque la trouille avec cette tête-là. Quand j'arrive à la fin, ma belle-sœur me fixe, les yeux dans le vague sans piper mot.

— Euh Violette ? Tu veux pas dire quelque chose, parce que là, tu fais peur, chuchoté-je.

— C'est trop mignon ! s'exclame-t-elle soudain si fort que j'en sursaute. Par contre, ma chérie, laisse-moi te dire que t'es pas très discrète, il a capté de suite ton manège... ceci dit, il semble disposé à jouer avec toi !

— Jouer avec moi ? Je comprends pas !

Elle m'a perdue. Mon cerveau bourdonne de toutes les informations qu'il reçoit depuis le début de notre conversation. Mes tempes me lancent, je vais me taper un sacré mal de crâne si ça continue.

— Pourquoi tu crois qu'il s'est foutu à moitié à poil ?

— Ben, parce qu'il avait chaud, réponds-je du tac au tac.

— C'est plus la canicule, Romane, ce sont vos hormones qui vous mettent en ébullition. Il a capté que tu voulais qu'il craque, il est juste rentré dans ton jeu et t'as pris à ton propre piège. Ce mec est malin, il te pousse à faire le premier pas.

Le pire, c'est que j'ai bien failli... S'il ne m'avait pas remis les pieds sur terre, je me serais sans doute jetée sur lui. C'est un peu comme si mon cerveau s'était déconnecté de mon corps. Je ne réfléchissais plus, j'étais juste guidée par mon instinct. La seule chose qui existait pour moi, c'était ce feu qui grandissait, brûlait mes entrailles et que je devais éteindre par tous les moyens.

— Tu vas résister. Tu vas le foutre dans tous ses états. Tu vas le pousser dans ses retranchements et c'est toi qui remporteras la partie.

OK, ben, ce n'est pas gagné. Sans qu'il me touche, j'étais déjà au bord de la combustion spontanée, alors s'il m'avait ne serait-ce qu'effleurée, je ne veux même pas imaginer de quoi j'aurais été capable. Ma belle-sœur est bien gentille, sauf que je n'ai aucune idée de comment réussir ce tour de force.

— Et je suppose que tu as un plan ? osé-je demander.

— Oh que oui ! Et crois-moi qu'il va ramper à tes pieds ! Il bavera à chaque fois que tu passeras devant lui. Tu vas tellement lui retourner le cerveau, qu'il n'aura plus qu'une obsession, c'est te mettre dans son lit. Sa trique sera si démentielle qu'il souffrira le martyre. Tu vas lui faire le truc des cinquante nuances, mais sans le Grey ! Dans sa tête, il n'aura plus que deux préoccupations, toi et ton cul. Tu vas prendre le pouvoir, le laminer et plus jamais il ne voudra repartir !

Elle termine sa tirade debout, le poing en l'air. Flippante ! Il n'y a pas d'autre mot pour la qualifier. C'est bien la première fois que j'observe Violette avec autant d'excitation. À croire qu'elle œuvre pour elle-même. Sous ses airs de fille douce et calme se cache une psychopathe !

— Je comprends mieux pourquoi tu arrives aussi bien à supporter mon frangin ! T'es aussi atteinte que lui, finis-je par éclater de rire devant ses yeux exorbités.

— Et tu n'as pas encore découvert le meilleur...

Le silence tombe dans la pièce. Bon Dieu, que va-t-elle encore m'inventer ? Tout à coup, je regrette d'être venue lui demander conseil. À ce rythme-là, elle va m'obliger à visionner des pornos. Stressée, j'attends la suite, qui pour le moment ne vient pas.

— C'est-à-dire ? murmuré-je en panique.

— Demain, on va faire du shopping !

Horreur ! Bon sang, je déteste ça ! Je crois que c'est la pire idée qu'elle ait eue depuis le début de cette conversation délirante.

— Je crois que je préfère encore le porno, bougonné-je pour moi-même.

— Plaît-il ? argue ma belle-sœur, les sourcils relevés.

Oups, je crois que j'ai parlé trop fort. Mon visage tente une grimace d'excuse, histoire qu'elle ne me force pas à répéter mes paroles.

— J'aime mieux ça ! jubile cette dernière un grand sourire plaqué sur son visage. Donc, on se retrouve demain à la galerie commerciale. Et c'est pas la peine de tirer cette tête, on n'attire pas les mouches avec du vinaigre !

C'est un cauchemar ! Sérieux, du shopping ! En plus, elle et moi nous n'avons pas du tout les mêmes goûts. Violette ressemble à une vraie fille. Talons, robes, maquillage, la panoplie complète. Quand moi, je suis short, jean, débardeur, gros pull et converse. Je jure que si elle me demande de me fringuer comme miss France pour bosser au garage, je lui arrache la tête !

— Allez, il est grand temps d'aller chez toi ! Mon bonhomme va finir par se demander ce que je fous.

La tête toujours en vrac, je la suis sans aucun acte de rébellion... il me reste la nuit pour accepter cette idée.

CHAPITRE 12

TA CHATTE EST SOIGNÉE ?

ROMANE

Assise au volant de ma voiture sur ma place de parking, j'observe tous ces gens se presser. Et rien que le monde présent me donne l'envie de retourner chez moi. Je suis une solitaire, je n'aime pas la foule et encore moins dans des endroits confinés. Et les galeries marchandes, c'est pire que tout. Dans un seul et même endroit, ça réunit toutes mes phobies. OK, phobie est peut-être un mot un peu fort, je n'en suis pas au stade où j'ai des crises de panique, juste quelques palpitations cardiaques.

Ouais, je vous entends déjà, sauf au bowling ou le cinéma, ce n'est pas du tout la même chose. Il n'y a pas des filles hystériques prêtent à vous sauter à la gorge, parce que vous avez osé toucher le top qu'elles convoitaient. Vous avez déjà fait les soldes ? Ben moi, une fois ! Une seule et unique fois, parce que soi-disant mon frère avait besoin de mon aide pour son rencard avec Violette. J'avais treize ans et cette expérience hante encore mes nuits. Entre celles qui se pavanaient pour obtenir l'attention de mon frangin, celles qui me foudroyaient du regard, parce qu'elles pensaient que nous étions en couple et les excitées de la pièce à dénicher ; j'ai failli mourir au moins dix fois en moins d'une heure. Je suis ressortie lessivée et je me suis promis de ne plus mettre les pieds dans ces endroits.

Vive internet et les achats en ligne !

Et voilà que je m'y trouve à nouveau pour assouvir le besoin de jouer à la poupée de ma belle-sœur. Bon Dieu, si j'avais su, j'aurais sapé mon frère avec un bermuda, des chaussettes remontées jusqu'au mollet, un marcel et des claquettes. Dans une tenue pareille, jamais Violette n'aurait craqué et ça m'aurait évité de me retrouver dans cette situation.

Je divague, le stress sans doute !

La sonnerie de mon téléphone me sort de mes élucubrations mentales. Violette ! Dix petites minutes de retard et elle me harcèle déjà. Ce n'est pas comme si je pouvais l'oublier, au vu du nombre de messages qu'elle m'a envoyé toute la journée.

— J'arrive, soufflé-je en décrochant.

— Ben, dépêche-toi, il est déjà tard et je veux avoir terminé à la fermeture.

— Euh… il est dix-sept heures trente, ça ferme à vingt heures, tu comptes quand même pas m'obliger à subir ta torture pendant plus de deux heures !

— Arrête de jouer les rabat-joie et ramène ton joli cul par ici.

Sans lui répondre, je raccroche et descends de mon véhicule. Joli cul ? Les fesses vers la vitre de ma voiture, je tourne la tête et l'observe. Tu parles, j'ai le cul aussi large que mes épaules. Une grimace plaquée sur mon visage, je prends mon courage à deux mains et me dirige à l'allure d'une tortue vers notre point de rendez-vous.

Et dire que je vais devoir payer pour cette torture !

Remontant l'allée bondée, je tente de me préparer psychologiquement à la suite. C'est bien beau toutes ces petites idées, mais je suis loin d'être certaine d'en être capable. Et je refuse de devenir quelqu'un d'autre pour arriver à mes fins. J'ai mon style et si ça ne plaît pas à Lucas, ben il est hors de question que je m'oblige à changer. Et ça, ma belle-sœur doit l'entendre.

Quand on parle au loup !

Les bras en l'air, Violette gigote dans tous les sens pour que je la repère. Comme s'il était possible de la rater. Elle n'est pas discrète pour un sou. Je ne sais pas ce qu'elle a bouffé, parce qu'elle me semble bien excitée.

— Ah quand même ! s'exclame-t-elle quand j'arrive à sa hauteur. Bon, j'ai pris un peu d'avance et mis quelques tenues de côté.

— Bon Dieu, t'es là depuis quand ? commencé-je à culpabiliser.

— J'étais à l'heure, moi, jeune fille, me réprimande-t-elle en tapant sur mon front de son index.

— Arrête, j'ai peur ! On dirait Maël.

— Sérieux ? semble-t-elle réfléchir avant de hausser les épaules au bout de quelques secondes. Ne lui dis surtout pas, ça lui ferait bien trop plaisir. Bon, allez, en route, on a du pain sur la planche.

Violette passe son bras sous le mien et m'entraîne vers l'allée centrale.

— Attends, la retiens-je pour mettre les choses au clair. Hors de question que tu me déguises. Je sais que je ne ressemble pas à toutes ces filles des magazines, mais je refuse de changer. Je veux bien tenter un petit effort, par contre, ne me demande pas de me transformer en quelque chose que je ne suis pas.

— Ah, grimace-t-elle. Donc, la séance chez le coiffeur et l'esthéticienne, c'est trop ?

Bouche bée, je la fixe sans bouger. Elle n'avait quand même pas l'intention d'aller jusque-là ?

— Rhô, c'est dommage. J'aurai bien rafraîchi ta coupe et quelques mèches blondes seraient pas mal aussi, s'extasie-t-elle en me tournant autour comme une mouche sur un bout de viande. Et la manucure serait plus que nécessaire. Avec de faux ongles, des biens longs pour pouvoir lui griffer le dos. Tes sourcils auraient aussi besoin d'une épilation, ils sont un peu trop fournis. Et tant que j'y pense, est-ce que ta chatte est soignée ?

— Ma quoi ? m'insurgé-je.

Mon Dieu, j'ai peur de comprendre ce qu'elle est en train de me demander. Violette jette un œil autour de nous et se penche vers mon oreille.

— Ta chatte, ton minou, ton jardin secret quoi ! Tu l'entretiens au moins ?

Elle est sérieuse ? À force de la fixer, je crois que mes yeux vont finir par sortir de leurs orbites. Mal à l'aise, je danse d'un pied sur l'autre sans trop savoir quoi faire de ma pauvre carcasse. OK, je n'ai pas l'habitude des conversations entre filles, ceci dit, je ne suis pas sûre que parler de ce qui se trouve entre mes cuisses soit courant. Un sourcil arqué, Violette me scrute comme si, elle cherchait à déterminer ce que peut bien camoufler mon pantalon. Les secondes s'égrènent et ma gêne ne cesse de croître. Soudain, ma belle-sœur se met à éclater de rire. Elle rit tellement que les larmes commencent à perler aux coins de ses yeux.

— La tête que tu tires, bafouille-t-elle à bout de souffle. Désolée, Romane, je m'excuse, mais c'était trop tentant.

Les paupières plissées, je la foudroie du regard. C'est qu'elle se croit drôle en plus, cette bourrique.

— Bon, plus sérieusement. Je ne veux pas te changer, je veux juste... comment dire ça. Je veux juste te sublimer ! Voilà, c'est ça ! Allez, viens, on a perdu assez de temps.

— La faute à qui, marmonné-je alors qu'elle m'entraîne derrière elle.

Violette se fraie un chemin si vite au milieu de la foule que je suis obligée de trottiner pour la suivre. Perchée sur ses talons, elle est plus à l'aise que moi dans ma paire de baskets. Je lui envie son aisance et sa décontraction en toute circonstance. À côté d'elle, je ne me sens pas à ma place.

La première fois que j'ai aperçu Violette, j'avais treize ans et je l'ai détestée. Elle représentait tout ce que j'exécrais. Belle, grande, féminine et une assurance à toute épreuve. Pour moi, elle faisait partie du cercle de ces filles qui ont tout dans leur physique et rien dans le ciboulot. Et je me suis lourdement trompée. Au-delà de sa plastique parfaite — on ne va pas se mentir —, Violette est d'une gentillesse imparable et possède une tête bien remplie. Après des études de commerce où elle est arrivée dans les premières de sa promo, aujourd'hui, elle dirige le département marketing d'une boîte réputée du coin. Pour moi, elle reste un modèle. Mis à part son humour qui est — disons-le est à chier —, c'est une personne qui a le cœur sur la main. Dès le début, elle m'a traitée comme une personne à part entière, prenant mon avis en considération. Sur la réserve pendant de nombreux mois, je ne lui ai pas facilité la tâche. Pourtant, elle n'a pas abandonné, au contraire, et elle a fini par gagner ma confiance.

Aujourd'hui, elle est la sœur que je n'ai jamais eue et la seule présence féminine autour de moi.

Je l'adore, il n'empêche que là, elle pousse un peu loin l'admiration que j'ai pour elle.

À la première boutique, j'ai pris mon mal en patience. À la seconde, je me contrôlais encore pas mal. À la troisième, je suis à deux doigts d'exploser. Des jupes, des robes, des talons. Tout ça, ce n'est pas moi. Qu'est-ce qu'elle n'a pas compris dans le fait que je refuse de me déguiser en une personne que je ne suis pas ?

Face au miroir dans la cabine d'essayage, je me scrute sous toutes les coutures. Bon Dieu, je ressemble à un saucisson dont le boyau est trop petit. Soit elle me voit bien plus fine que je ne le suis, soit elle cherche à ce que j'explose. Ce qui, je l'avoue, n'en est plus très loin. À force de m'habiller, de me déshabiller, je transpire comme une vache et ma patience arrive à son terme.

— Alors ? Ça donne quoi ? me demande Violette dont la tête vient de se faufiler à travers le rideau.

Mon regard rencontre le sien dans le miroir de plain-pied en face de moi et je relève les sourcils. Est-ce qu'elle est sérieuse ? Elle me pose vraiment la question ? D'un simple coup d'œil, elle devrait être capable de voir, que rien, absolument rien ne va dans ce bout de tissus.

— Mouais, OK, je pense qu'on peut trouver mieux, dit-elle avec une petite moue, qui si je n'étais pas aussi agacée pourrait me donner l'envie de rire.

Sauf que je n'ai plus la patience !

— NON, on arrête le massacre ! J'en ai ma claque ! m'énervé-je en tentant de retirer cette horreur. Jamais je n'aurais dû t'écouter. Cette virée shopping était une mauvaise idée, la pire que tu aies eue depuis longtemps. Si je dois arriver à séduire Lucas, ce sera avec mes propres atouts, pas parce que je me serai déguisée en une bimbo que je ne suis pas. Violette, franchement, regarde-moi. Tu me vois sortir dans la rue dans cette tenue ? On dirait la fille cachée de miss France et de Michou !

— La fille cachée de miss France et de Michou ? T'y vas fort là quand même, éclate de rire ma belle-sœur. D'une, je doute que miss France ait eu des atouts qui aurait pu plaire à Michou et de deux, cette petite robe n'est pas du tout de la bonne couleur. Son bleu n'est pas assez prononcé.

Je me joins à son rire et une partie de la pression que je ressentais s'échappe avec.

— Par contre, je te rejoins sur un point, reprend-elle plus sérieusement. Tu n'as pas besoin de ça pour séduire Lucas et je suis contente que tu t'en rendes compte. Nous n'avons plus rien à faire ici, rhabille-toi, on décampe !

Le rideau se referme aussi sec et je me retrouve seule, face à mon reflet. Violette m'a sciemment manipulée et je n'ai rien vu. Cette soi-disant virée entre filles, n'avait qu'un seul but, que j'ouvre les yeux. Des années que je me plains de mes rondeurs et qu'elle me serine que je suis parfaite.

Une fois la robe retirée, je me concentre sur mon physique. Pas très grande, mes cuisses sont plutôt rondes et mes hanches développées. Ma taille est fine et marquée, quant à mon ventre, il est assez plat. Par contre, ma poitrine est l'une des choses dont je suis la plus fière. Un bon quatre-vingt-quinze D, je trouve que c'est elle qui harmonise ma silhouette.

— Je tuerai père et mère pour réussir à prendre quelques kilos, déclare Violette, une pointe de jalousie dans la voix.

Surprise, je la scrute en fronçant les sourcils. Sa tête à nouveau passée à travers le rideau, ses yeux se baladent sur l'arrière de mon corps.

— Comment ça ? la questionné-je, déroutée.

— Ben, pour avoir un peu plus de ça (elle attrape ses seins à pleines mains), de ça (elle désigne mon fessier de l'index) et de ça (elle me claque les hanches). Tu n'as rien à envier à toutes ces filles des magazines. Au contraire, ce sont elles qui t'envient.

— Mais bien sûr, éclaté-je de rire. Tu crois que je ne vois pas les regards de dégoût qui pèsent sur moi quand nous allons à la piscine ou à la plage ? Tu crois que je n'entends pas les messes basses de ces filles au physique parfait ? Toute ma vie, j'ai été l'objet de moquerie sur mon corps. Il y a bien pire, j'en ai conscience, par contre, tu ne me feras pas croire que ces nanas m'envient.

— C'est toi qui y vois des regards de dégoût et c'est encore toi qui imagines ce qu'elles se racontent. Tu n'en sais rien, tu n'es pas dans leur tête. Alors OK, des pétasses qui croient ressembler à miss monde, y'en a à la pelle. Ceci dit, des filles bien foutues, qui se trouvent trop ou pas assez, y'en a encore plus. Tu ne corresponds pas à l'image que renvoient les magazines, c'est sûr. Par contre, tu es l'image du corps qui se rapproche le plus de la perfection chez un homme. Et c'est ça qui emmerde toutes ces nanas au corps de rêve.

Elle est cinglée, ma belle-sœur est complètement siphonnée.

— Tu ne me crois pas ? m'interroge-t-elle une pointe de défi dans ses yeux clairs.

Là, je flippe ! Son cerveau est même sur le point de se mettre à fumer tant elle paraît réfléchir. Qu'est-ce qu'elle va encore me sortir comme connerie ? Son regard me quitte et sa tête effectue un tour d'horizon autour d'elle. Qu'est-ce qu'elle cherche à la fin ? Mon esprit m'intime de me rhabiller et vite, alors que mon corps, lui, reste figé, tétanisé. Je ne sais pas pourquoi, mais je le sens mal.

— Monsieur, excusez-moi ! Oui, vous ! Pouvez-vous, s'il vous plaît, venir nous donner votre avis ? Ma belle-sœur, ici présente, a des doutes et nous aurions besoin d'un avis masculin.

Hein ? Quoi ? Elle n'est pas sérieuse, j'espère ! Elle ne va tout de même pas m'exposer à moitié à poil devant un homme ! Prise de panique, je me dépêche de fouiller dans le tas de fringues qui gît au sol à la recherche de mon jean et de mon débardeur.

— Violette, arrête tes conneries, paniqué-je en la voyant se décaler un peu sur le côté, alors que je mets enfin la main sur mon pantalon.

— Quoi ? me demande-t-elle étonnée. Si tu ne me crois pas, on va demander à un concerné, achève-t-elle en levant ses épaules.

— Je t'en prie, la supplié-je en tentant d'enfiler ce maudit jean qui me donne du fil à retordre.

Assise à même le sol, je me bats avec mon pantalon qui refuse de coopérer. Les mains tremblantes, je n'arrive à rien de correct. Le stress mêlé à la chaleur dépose des perles de sueurs sur mon front. L'adrénaline coule dans mes veines et se répand dans tout mon corps.

— Violette, s'il te plaît, ne m'oblige pas subir ça, m'agacé-je alors que la colère remplace la honte d'être vue dans cette tenue. C'est bon, j'ai compris, je suis un putain de canon et vous êtes toutes jalouses !

— Ben voilà ! Il ne te reste plus qu'à te le répéter chaque jour au saut du lit et d'ici quelques jours, tu en seras convaincue. Bon, active-toi, il nous reste une boutique à visiter.

— Quoi ? Non ! C'est bon, j'en ai ma claque !

— Désolée ma belle, là, y'a pas moyen, s'offusque-t-elle en pointant mes dessous de l'index. T'as passé l'âge des culottes en coton. Il te faut un truc qui lui fasse décrocher la mâchoire quand il te déshabillera.

Les yeux levés au ciel, je capitule. Pour le coup, elle n'a pas tort. Des années que je me contente des dessous qui remplissent mon armoire. Aucun intérêt d'investir pour plaire. À qui de toute façon ? Ma vie entière est consacrée à ma passion, à mon rêve, alors, à quoi bon. Aujourd'hui, c'est différent, je convoite un homme et j'ai l'espoir qu'il en pense autant à mon sujet. Et c'est le seul changement que j'ai envie d'opérer. Même si, je doute que sa mâchoire s'en décroche comme l'a suggéré Violette. Des nanas avec des dessous sexy, il a dû en mater des tas. Je ne vois pas pourquoi, les miens feraient une différence.

Parce que c'est toi, me souffle ma conscience.

J'aurai tout vu. Voilà que maintenant, je m'autopersuade.

Une fois rhabillée, la main sur le rideau, j'hésite. Est-ce que le mec que ma belle-sœur a interpellé est encore là ?

— Violette ? murmuré-je à travers le tissu.

— Quoi ? me répond-elle sur le même ton.

— Il est encore là ?

— Qui ? s'étonne-t-elle en ouvrant aussitôt le rideau.

D'instinct, je me recroqueville dans le fond de la cabine.

— Ben le mec !

Les sourcils froncés, elle me scrute. Soudain, ses yeux s'illuminent et elle jubile.

— Je vois pas ce qu'il y a de drôle, me renfrogné-je.

— Toi ! T'as vraiment cru que j'avais demandé au premier mec venu de te reluquer ? Je voulais juste te foutre la trouille et j'aurais jamais cru que ça marcherait aussi bien, explose-t-elle de rire.

— Je te déteste, rétorqué-je en lui envoyant le tas d'habits qu'elle m'a obligé à essayer pour rien.

— Arrête, tu m'adores ! Sans moi, ta vie serait triste. De plus, je suis ta meilleure arme pour te débarrasser de ton frère !

Elle marque un point, ce qui ne veut pas dire que je suis prête à l'admettre à voix haute. Au moins, lorsque Maël est concentré sur elle, il me fout la paix.

— Dépêches, il est déjà dix-neuf heures.

Et c'est comme ça que je me retrouve à déambuler dans une boutique de dessous féminin. Des rayons à perte de vue, aux couleurs allant de la plus basique à la plus extravagante. Tout comme les modèles. D'ailleurs, il y a certaines choses dont je ne comprends pas l'intérêt.

— T'as remarqué que moins il y a de tissu et plus c'est importable, plus c'est cher ? questionné-je Violette à mes côtés qui s'attarde sur un body. Sans rire, tu peux m'expliquer quel est l'intérêt de cette chose ?

Devant ses yeux, je brandis un ensemble prune, qui n'a d'ensemble que le nom. Le truc, c'est un enchevêtrement de lanières, qui se croisent et se recroisent sans aucune logique. Du moins, pour moi, ça n'en a pas. Comment peut-on enfiler un truc pareil ? Moi-même, je n'arrive pas à dissocier le devant du derrière.

— Laisse tomber, c'est pas pour toi. Ça, c'est pour des nanas dépourvues de ce qui est imposant chez toi, c'est-à-dire la poitrine. Ça s'appelle un subterfuge pour que monsieur ne se focalise pas sur les petits roploplos !

— Sur le reste non plus apparemment, grimacé-je en lui montrant le string auquel il manque le tissu pour cacher un minimum l'intimité. Autant être à poil au lieu de dépenser quatre-vingt-quinze euros dans un truc qui ne sert à rien. Elles sont en quoi leurs lanières ? En or massif ?

— Voilà, ça, ce sera parfait. Exactement ce qu'il te faut. C'est sexy, pas trop non plus.

J'examine l'ensemble qu'elle me tend et je dois admettre qu'il est pas mal. Noir, en dentelle, des baleines pour maintenir ma poitrine et un petit nœud entre les deux seins qui cache les crochets. Il s'attache donc devant, original. Au moins, avec ça, je n'aurai plus besoin de me contorsionner pour l'attacher. Le string qui l'accompagne est tout aussi élégant, il y a juste un petit problème.

— Je suis pas sûre d'être à l'aise là-dedans, soufflé-je en lui montrant la culotte.

— Pourquoi ? s'étonne-t-elle.

— Ben… j'en ai jamais porté, murmuré-je après avoir vérifié qu'il n'y avait personne aux alentours.

— T'es sérieuse ?

J'acquiesce en plaquant une moue désolée sur mon visage. J'avoue que ces bouts de tissus microscopiques ne m'attirent pas plus que ça. Sur les filles dans les magazines, je trouve ça plutôt joli, sur moi, j'ai plus de doute. En plus, j'ai peur que la ficelle entre les fesses me gêne plus qu'autre chose. Déjà que lorsque ma culotte bouge, ça m'agace, je n'imagine même pas toute la journée avec un truc dans le cul. C'est un coup à passer mon temps à ne penser qu'à ça.

— Toute ton éducation est à revoir jeune fille. On va y aller en douceur, tu verras. Regarde y'a plusieurs modèles. Tu vas donc prendre un soutif, un shorty, une culotte et le string. T'inquiète, tu prendras l'habitude, nous sommes toutes passées par-là. Allez hop, en cabine, m'intime-t-elle en me poussant vers le coin essayage, après m'avoir fourré deux autres ensembles en plus du premier dans les bras.

Et me voilà une nouvelle fois à moitié nue devant le miroir en face de moi. J'avoue que la matière est agréable à porter et que les soutien-gorge me font une poitrine d'enfer. Postée devant les ensembles, j'hésite. Lequel choisir ? Si je me fie à la couleur, le noir sans hésitation. Ça passe partout. Par contre, j'adore le côté décalé du blanc dont les lanières se croisent dans le dos. Le rouge, quant à lui, détonnerait carrément dans ma collection qui ne renferme que du blanc, du noir et du chair.

— Alors ? me questionne Violette qui encore une fois passe sa tête à travers le rideau.

Ça devient une manie chez elle. Y'a pas moyen d'avoir un peu d'intimité.

— Prends les tous, assure-t-elle comme si elle était capable de lire dans mes pensées.

— Désolée, j'ai pas les moyens de mettre autant dans des trucs que personne ne verra, soupiré-je.

Elle a parfois tendance à oublier que je vis sur le maigre salaire que je reçois pour mes quelques heures de boulot au garage de mon père. Papa nous a toujours transmis la valeur de l'argent et pour lui, il est inconcevable d'avoir tout ce qu'on désire sans contrepartie. Je suis déjà nourrie, logée et blanchie, ce qui est plutôt pas mal – d'après lui. Mon salaire ne me sert qu'aux quelques rares extra et sorties.

— Je te les offre, me sourit-elle. Considère ça comme ma participation au plan « il va ramper, baver et il va rester » mime-t-elle les guillemets avec ses doigts. Tu les gardes sur toi ou tu te décides à te changer ? ajoute-t-elle alors que je la fixe ne sachant pas quoi dire.

Ce n'est pas la première fois que Violette m'offre un cadeau, ceci dit, c'est quand même particulier de se faire acheter des dessous par sa belle-sœur.

— Arrête de cogiter, en plus si c'est moi qui paie, on aura aussi un peu l'impression que ton frère participe, s'esclaffe-t-elle.

Malgré-moi, je souris. Si Maël avait la moindre idée de ce qui se trame dans son dos, il en aurait à coup sûr des palpitations. Mon cœur se serre à cette pensée. Si un jour il découvre le pot aux roses, j'appréhende sa réaction. Violette a beau me répéter qu'il s'y fera, j'ai du mal à partager son avis. Maël a des tendances à l'excessivité et avec moi, encore plus. Je doute qu'il accueille la chose avec le sourire. Dans tous les cas, rien ne sert que je me monte la tête pour le moment. Il n'y a rien de fait. De plus, je suis loin d'être convaincue que cette histoire débouche sur quelque chose de concret. Parce que j'avoue avoir toujours autant de mal à me dire que Lucas serait susceptible de me succomber.

CHAPITRE 19

FERME LA BOUCHE, TU BAVES !

LUCAS

Pourquoi j'ai accepté ce barbecue à la piscine ? Ne plus jamais suivre les idées stupides de Violette. Plus d'une heure que je suis assis sur cette maudite chaise pour cacher mon érection, alors que les filles s'amusent dans l'eau. Romane n'en finit pas de plonger en mettant mon self-contrôle à rude épreuve.

— Tu veux toujours pas y aller ? s'étonne mon pote assis dans son fauteuil à l'autre bout de la table.

— Pas envie, marmonné-je.

En cet instant, je préférerais être aveugle que de subir la vision de Romane à moitié nue. Parce que ce maillot de bain est juste indécent. Depuis quand porte-t-elle des trucs aussi... riquiqui ? C'est vrai quoi ? Ce morceau de tissu ne cache rien ou plutôt, à peine le strict nécessaire. À chacun de ses pas, sa poitrine ballotte et j'ai du mal à me concentrer sur autre chose. Je suis obnubilé par ses seins et par les petits nœuds qui retiennent sa micro culotte. Je m'imagine les lui retirer avec les dents avant de pouvoir observer le peu que cache ce bas de maillot rouge.

Quand je suis parti il y a quatre ans, j'étais convaincu qu'à mon retour, cette attirance pour elle aurait disparu. Eh bien, je constate avec amertume que ce n'est pas le cas. C'est même encore pire ! Toutes les formes qu'elle a prises la subliment. Chaque courbe de son corps qui s'est accentué ne la rende que plus attirante encore. Putain, comme si ce n'était pas déjà assez difficile de l'observer déambuler dans ses débardeurs trop moulants, il faut qu'en plus, elle m'offre la vision de son corps presque nu en présence d'autres personnes. C'est un cauchemar pour ma retenue, une vision magnifique pour ma libido et une torture pour mon membre qui souffre le martyre enfermé dans mon short de bain.

— Ferme la bouche, tu baves !

La voix de Violette qui vient de se matérialiser à mes côtés me fait sursauter.

— Qu'est-ce que tu racontes ? m'indigné-je faussement.

Elle a raison !

— Il t'en reste encore un peu là, me sourit cette traîtresse en désignant le coin de ma bouche.

Lorsqu'elle m'a envoyé son SMS, la seule chose à laquelle j'ai pensé, c'est plaisir, alcool et rafraîchissement. Maintenant, je vois clair dans son jeu. Son but était juste de me foutre Romane devant les yeux. Je jure que si elle n'était pas la gonzesse de mon pote, je l'étranglerais sur le champ.

— Bon, vu que monsieur ne veut pas venir se tremper, je suggère qu'il s'occupe des grillades, hurle-t-elle. Ça risque d'être drôle avec la toile de tente que tu te payes, ajoute-t-elle à voix basse pour que je sois le seul à l'entendre.

Je. Vais. La. Tuer !

Contente d'elle, Violette commence à se lever de sa chaise, sauf que j'ai un tout autre projet pour elle. Sans qu'elle s'y attende, je la saisis par le poignet, la bascule sur mes cuisses et me lève. J'espère juste la tenir assez basse pour cacher la bosse dans mon short. Ma queue pousse contre sa hanche et ses yeux arrondis me confirment qu'elle le sent aussi bien que moi.

— Bien fait pour toi, ma cocotte ! La prochaine fois, tu y réfléchiras à deux fois avant de chercher à m'emmerder, soufflé-je à son oreille avant de sauter dans l'eau en l'emportant avec moi.

Dès que je suis immergé, je la relâche et prie pour que la fraîcheur de l'eau refroidisse mes ardeurs, sinon, je ne suis pas près de sortir.

Quand enfin, je me décide à remonter à la surface, je tombe nez à nez avec Romane. Un grand sourire plaqué sur ses lèvres charnues et recouvertes de gouttelettes d'eau, elle me nargue. Son regard pétille d'indécence et je comprends aussitôt qu'elle n'est pas dupe de l'effet qu'elle a sur moi.

Ce n'est pas une nouvelle, je l'ai compris l'autre jour au garage. La nouveauté, c'est ce désir pour elle qui ne cesse de croître. Elle s'est immiscée sous ma peau, dans mon sang, pire encore, plus profondément dans mon cœur.

Et ça, c'est un problème.

Romane est mon interdit. La drogue à laquelle je n'ai pas droit. La seule femme que je ne peux pas avoir. Pourtant, plus les jours passent et plus cette envie d'elle augmente. Elle grignote mes entrailles, se diffuse dans mon sang, court le long de ma colonne vertébrale, m'empoisonne l'esprit et finit inévitablement logée au fond de mon organe vital. Il bat pour elle d'une manière inconvenante. Elle est dans ma vie ce qui se rapproche le plus d'une sœur, je devrai me dégoûter de ressentir autre chose pour elle. Pourtant, ce n'est pas le cas. Je ne suis pas stupide. Aux yeux de la loi, je sais très bien que rien ne nous empêche d'être ensemble. Aux yeux de la déontologie, c'est autre chose. Nous avons été élevés dans la même maison. Elle est présente dans tous mes souvenirs d'enfance. J'en ai conscience, pourtant, je suis incapable de lutter, de me faire une raison, de prendre sur moi. J'ai besoin d'assouvir ce désir pour être certain que ce n'est pas que physique, qu'il y a bien une alchimie entre nous, autre chose que le caprice de satisfaire un besoin primaire.

La question est... est-ce que je suis prêt à courir le risque ?

Le risque de perdre ma famille... de la perdre elle !

Violette a raison sur un point, fuir ne m'aidera pas à passer à autre chose, à l'oublier. J'ai tenté il y a quatre ans, on voit le résultat. Ceci dit, je ne peux pas non plus nier cette peur qui me tenaille, ni la réaction de mon pote et de mon père de substitution.

— T'es qu'un abruti ! hurle Violette en s'extirpant de la piscine sous les rires de son mec.

— Tu l'as cherché ma chérie et tu l'as trouvé. Allez, viens, je vais te réchauffer.

Du coin de l'œil, je les observe. Heureux, amoureux. Puis je reviens sur Romane qui est toujours là, face à moi. Elle semble me narguer, me chercher.

Elle est là, à quelques centimètres de moi. Son corps frémissant, irradiant le mien de sa chaleur sans même me toucher. Je suis foutu, c'est clair. Pourquoi a-t-il fallu que je tombe amoureux de la seule fille qui me soit inaccessible ? Et me l'avouer n'apaise en rien la culpabilité qui me ronge.

Foutu karma !

J'ai besoin d'opérer un tri dans ma tête, réfléchir, peser le pour et le contre. Ne pas prendre de décision à la légère, ne pas agir sur un coup de tête. Sauf que mes neurones grillent tous, les uns après les autres à mesure que je l'observe, que je passe du temps avec elle.

Alba, son prénom résonne dans ma tête comme une épée de Damoclès. J'ai déjà donné mon accord pour cette mascarade et je suis un homme de parole. Il m'est impossible de revenir en arrière. Et dans tout ça, que va devenir Romane ? Je ne peux décemment pas lui en parler, elle tenterait de m'en dissuader, comme le reste de cette famille. Ils ne peuvent pas comprendre, pas se mettre à ma place. Et si je me laisse aller avec elle, que se passera-t-il après ? Quand je partirai et qu'elle restera.

J'ai entendu les arguments de Violette et je sais qu'elle a raison. Mais dans tout ça, qu'est-ce que moi, je deviens ? Mes ambitions, mes aspirations ? Dans ce projet complètement insensé, ce que j'aperçois, c'est un moyen de donner tort à mon paternel. De lui prouver qu'avec mon choix de carrière, je peux devenir quelqu'un d'important. Qu'il n'est pas nécessaire d'être derrière un bureau et jouer avec des millions pour avoir une situation, une réputation ! J'ai besoin d'aller jusqu'au bout.

Sans un mot, Romane passe près de moi. Si près que je peux sentir les effluves de monoï de sa crème solaire. Sa peau recouverte de gouttelettes d'eau brille avec le soleil. Une vision enchantée, magnifique, interdite. Du bout des doigts elle effleure mon ventre, mon flanc. À son contact tous les muscles de mon corps se raidissent, tressaillent. Qu'est-ce que je ne donnerais pas pour sentir encore une fois ses lèvres sur les miennes.

Du coin de l'œil, je remarque que mon pote nous tourne le dos et qu'il est occupé avec Violette. Mon cerveau vrille, ne pense pas aux conséquences possibles. La seule chose qui m'importe, c'est de soulager ce désir qui augmente à chaque seconde qui passe.

D'une main sur son poignet, je l'attire contre moi et avant qu'elle n'ouvre sa bouche, j'y dépose mes lèvres. Sans doute sous l'effet de la surprise, elle se crispe, puis se détend lorsque ma langue darde sur ses lippes. Un courant électrique me traverse de part en part quand sa langue vient à la rencontre de la mienne. Elles se goûtent, se jaugent, se disputent. C'est rapide, violent, terriblement excitant. Son bassin se colle contre moi et je suis incapable de lui cacher mon érection qui cogne contre son ventre. Romane est un danger pour ma santé mentale et un cocktail explosif pour ma libido. Je dois la repousser, l'éloigner avant que tout ça devienne hors de contrôle. Le désir brûle mon bas-ventre, irradie mes reins. La peur, elle, s'immisce dans mes veines, fourmille dans mes membres pour prendre le dessus. Je ne peux pas aller plus loin, trop de monde, trop de risque, trop la frousse de devenir dépendant de sa présence, de son goût, de son odeur.

Mes paupières se serrent l'une contre l'autre et d'un geste rageur, j'envoie valser Romane à l'autre bout de la piscine. Et dès que mes mains ne sont plus en contact avec son corps, je ressens le manque, le vide.

Perdu dans ma frustration, je n'écoute pas ce qu'elle dit, je n'entends pas les insultes qu'elle profère à tout va. Là, je dois tout d'abord penser à moi, me préserver. M'isoler cinq minutes, loin d'elle pour reprendre contenance.

Tous assis à table, nous dégustons les grillades que j'ai finies par cuire sous l'œil mauvais de Romane. Elle m'en veut sans doute de ne pas assumer. Elle est incapable de se mettre à ma place. Elle n'a rien à perdre, alors que moi si. Jamais son frère ne lui tournera le dos, il en est incapable et dans l'histoire, c'est moi qui aurais le rôle du méchant. Celui qui la séduit et qui lui fera sans conteste du mal. J'y perdrai tout ce que j'ai.

— Tiens, j'ai reçu le parcours pour le Rallye de la Mayenne, aborde Maël me sortant de mes pensées. Étudie bien le circuit. Tu dois être capable de le mémoriser. Il faut anticiper la moindre courbe, le moindre défaut de la route. Romane ne devra se concentrer que sur ta voix, tes indications. Plus vous serez préparés, plus votre parcours se passera sans embûche.

— OK.

— Je suis sérieux, Lucas, je te confie ma sœur, prends-en soin !

S'il avait connaissance de la façon dont j'ai envie de prendre soin de sa sœur, il s'en étoufferait avec sa chips.

— C'est bon, je gère, soufflé-je exaspéré.

Sauf, que je ne gère rien du tout et encore moins de me retrouver enfermé dans la carlingue avec elle.

— Sinon, pour le départ au Maroc en novembre, tout est OK. J'ai eu les organisateurs, tu es officiellement inscrit à ma place.

— OK.

D'une oreille distraite, j'écoute les conseils de mon pote, alors que mon regard se porte sur les deux filles qui discutent un peu plus loin. Romane rit, sourit et lorsque ses yeux happent les miens, ils me lancent des éclairs. Elle m'en veut, ça se confirme. Peut-être que c'est comme ça que je devrais agir avec elle. Peut-être que si je la blesse assez, elle n'essaiera pas d'aller plus loin. Sauf que je ne peux pas. L'autre soir, je me suis promis de ne plus jamais être celui qui mettrait de la tristesse dans ses yeux sombres. De la colère, oui, mais pas de la peine.

Discuter avec elle est sans doute le meilleur comportement à avoir. Cependant, si je me retrouve seul avec Romane, je ne suis pas certain de me contenir, surtout si elle me cherche. Et la détermination que je lis dans son regard me dit qu'elle est prête à tout.

Les prochaines semaines vont être terribles, j'en suis convaincu !

CHAPITRE 20

COMMENT GARDER MON SELF-CONTROL ?

ROMANE

Vider mon esprit. Oublier qu'une nouvelle fois, il m'a rejetée. Alors, OK, j'ai conscience que ce n'était ni le moment ni l'endroit pour nous adonner à ça. Pourtant, je lui en veux. J'ai envie de l'étrangler et de lui briser ce qu'il a entre les jambes.

En tout cas, Violette a eu raison de me convaincre de rajouter ce bikini aux sous-vêtements. L'effet escompté était là. Sauf, qu'encore une fois, tout ceci s'est terminé en douche froide — sans mauvais jeu de mots — pour moi. Encore une fois, il m'a jetée et s'est contenté de m'ignorer le reste de la soirée. J'ai conscience que s'il ne l'avait pas fait, ça aurait pu virer au drame, pourtant, je lui en veux quand même. Réaction complètement puérile de ma part, pourtant, je n'arrive pas à passer outre.

C'est donc pour calmer mes nerfs, que je suis partie rouler seule sur les pistes au volant de mon 4X4. Au petit matin, sans rien dire à personne, je me suis emparée des clefs et j'ai couru jusqu'au garage de mon père. Comme souvent, il était endormi sur le sofa du bureau.

Un peu plus de deux heures que je malmène mon bolide et j'ai toujours les nerfs à fleur de peau. Mon sang bout dans mes veines au même rythme que le moteur hurle à mes oreilles. En temps normal, la conduite m'apaise, m'aide à y voir plus clair, là, ce n'est pas le cas. Au contraire. Je pense au prochain Rallye de la Mayenne, puis à celui du Maroc. Et à chaque fois, Lucas s'invite dans mes pensées.

Comment faire autrement ?

Songer à ma passion, c'est automatiquement faire aussi allusion à lui. Tout ça à cause de ce maudit accident qui a cloué mon frère dans un plâtre pour de longues semaines. Et à sa stupide idée de nommer Lucas au poste de co-pilote à sa place.

Non pas que Lucas n'en soit pas capable, au contraire, j'ai toute confiance en lui sur ce point. Le souci vient de moi et de ma capacité à réussir à me contrôler pendant de longues heures. Entendre sa voix résonner dans mon casque. Prendre en pleine tronche les effluves de son parfum de bois de santal. Observer son profil du coin de l'œil. Autant de choses qui ne vont pas aider ma concentration. Et j'ai besoin de rester focaliser sur mes gestes et sur la route. Il en va de notre sécurité à tous les deux.

Je dois réussir à vider dans mon esprit, à ne penser qu'aux courbes de la route, au répondant de mon véhicule et à rien d'autre. Surtout pas, à lui...

Perdue dans mes pensées, ce n'est qu'au dernier moment que je repère un chien qui court sur le bord avant de me couper la route. Debout sur le frein, je perds le contrôle de mon 4X4 qui chasse de l'arrière. Heureusement que j'ai le réflexe de relâcher la pédale à plusieurs reprises. Je m'arrête à quelques mètres de la bête qui est figée devant moi.

C'était moins une !

Les mains tremblantes, je détache mon harnais de sécurité et m'extrais du véhicule. Mon cœur bat fort dans ma poitrine et l'adrénaline court dans mes veines.

— Flipper ! crie une voix au loin.

Le souffle court, je tente d'appâter l'animal qui semble tout aussi terrorisé que moi. Accroupie, je tends ma main vers lui.

— Flipper ? Je pense que c'est toi. Allez, viens.

Dans la poche de mon pantalon, je fouille à la recherche de quelque chose à lui donner. En général, j'ai toujours des trucs à manger qui traînent. J'adore grignoter à longueur de journée. C'est un truc à éviter, pourtant, c'est plus fort que moi. Stressée, heureuse ou déprimée, tous les sentiments sont une occasion pour moi de me délecter de nourriture. Rien dans mes poches. Il faut dire que ce matin, je suis partie si vite, que je n'ai rien emporté. Sans geste brusque, je me redresse, fouille dans la portière de ma voiture et tombe sur le reste d'un sachet de biscuits apéritifs. Les douceurs en main, je reviens vers l'animal. Assis sur son arrière-train, sa tête penchée sur le côté et les oreilles dressées sur la tête, il m'observe. À coup sûr, il a déjà senti l'odeur.

— Tiens Flipper, murmuré-je en lui présentant un gâteau.

Apeuré, il hésite. En même temps, je serais aussi craintive si on avait essayé de m'écraser. Finalement, au bout de quelques secondes, il se décide à approcher et s'empare de ce que je lui présente.

— L'appel de l'estomac est plus fort que tout, lui dis-je en le grattant entre ses deux oreilles.

— Flipper ! Enfin, te voilà ! Depuis quand tu pars en courant ? Mademoiselle, je suis vraiment désolée. Il n'agit pas comme ça d'habitude, s'excuse la vieille dame.

— C'est pas grave. Je suis tout aussi fautive, j'étais perdue dans mes pensées et je ne l'ai vu qu'au dernier moment. Tout est bien qui finit bien, assuré-je en donnant les derniers gâteaux à Flipper.

J'ai parfois tendance à oublier que les bois sont aussi un lieu de promenade pour les familles. Ça aurait pu tout aussi bien être un enfant qui aurait échappé à la surveillance de ses parents. J'ai été inconsciente et ça me ramène aux risques des rallyes. Tout a beau être sécurisé, personne n'est à l'abri d'un animal sauvage qui traverse. Alors, si je ne suis pas concentrée à 100 % sur la route, nous courrons à la catastrophe.

Il me faut à tout prix trouver un moyen de garder mon self-control en la présence de Lucas. Sauf, que je n'ai absolument aucune idée de comment y parvenir.

CHAPITRE 21

UNE PROMESSE QUI RISQUE DE M'ENFLAMMER ET DE M'ANÉANTIR !

LUCAS

On y est ! La première étape de mon calvaire. Et depuis que j'ai ouvert les yeux ce matin, je me remémore sans cesse le parcours dans mon esprit. Aucun virage ni aucune ligne droite n'a plus de secret pour moi. J'ai même poussé le vice jusqu'à effectuer le parcours en voiture, il y a quelques jours. J'ai mis toutes les chances de mon côté, il ne me reste plus qu'à oublier la présence de Romane et toutes les pensées salaces qui me traversent l'esprit quand elle est proche.

— Prêt ? me questionne Maël en m'offrant une grande tape dans le dos.

— À mourir parce que tu m'obliges à monter en voiture avec ta sœur ? J'ai écrit mon testament, alors je pense qu'on peut considérer que c'est bon.

— Arrête, tu l'as déjà vue à l'œuvre, tu sais donc qu'elle excelle dans ce domaine.

Étonné, je le fixe en relevant un sourcil. C'est bien la première fois qu'il la complimente en ma présence. D'habitude, il est plutôt dans la moquerie, même si je sais très bien qu'il n'en pense rien. Ça a toujours été un truc entre nous.

— Ceci dit, je suis content que ce soit toi qui t'y colles, finit-il par éclater de rire.

Je me disais aussi. Bon, quand il faut y aller. D'un pas décidé, je rejoins donc Romane qui est en grande conversation avec son père. Il lui prodigue sans doute les derniers conseils. Il faut dire que Juel est un ancien champion de rallye. Il a raccroché à la naissance de sa fille. Avec le décès prématuré de sa femme durant l'accouchement, il n'a sans doute pas eu d'autre choix. Seul avec deux enfants en bas âge et sans famille proche pour lui venir en aide, il a dû faire des concessions.

— Souffle un bon coup, tu es prête, lui assure Juel, les mains posées sur ses épaules. Tu t'es entraînée comme une acharnée et tu peux avoir confiance en Lucas, il ne te laissera pas tomber. Allez, montre à tous ces hommes que tu as ta place parmi eux et que dans tes veines coule le sang des Prigent !

Tête basse, Romane l'écoute et hoche la tête de temps à autre. Dans la voix et dans les mots que prononce son père, je ressens toute la fierté qu'il a pour elle. Une pointe de jalousie se loge dans mon cœur. C'est le genre de paroles d'encouragement que j'aurais aimé recevoir, un jour, de la part de mon géniteur. Quelque chose qui, je le sais, ne viendra jamais.

À quelques pas d'eux, j'hésite à m'approcher de peur de briser leur connexion. C'est dans des moments tels que celui-ci que je prends pleinement conscience que je ne suis qu'une pièce rapportée dans leur famille. Un élément qui est là, sans avoir vraiment sa place. Pourtant, jamais Juel ne m'a mis de côté, au contraire, il m'a toujours considéré comme un des leurs. Il m'a sans cesse inclus. Toutes ces contradictions viennent de moi, pas de lui. Les rares fois où je communique avec mon père, en quelques mots, il arrive à ce que la confiance que j'ai en moi vole en éclats. Et à chaque fois, j'ai besoin de temps pour me reconstruire.

— Fils, te voilà ! m'interpelle Juel en me sortant de mes pensées obscures. À vous de jouer les enfants, on compte sur vous !

Après nous avoir chacun embrassé, il s'éloigne retrouver Maël et Violette qui sont déjà postés derrière les rubalises. Nous voilà seuls, tous les deux. L'air entre nous s'épaissit et la gêne est palpable. D'une main tremblante, Romane ajuste son écouteur dans son oreille. J'en fais de même, contourne le véhicule et prends place sur le siège passager. Quand elle s'installe à mes côtés, l'air se raréfie dans l'habitacle. Nous ne pouvons pas démarrer la course dans cet état de stress, sinon, nous courrons droit à la catastrophe. Je dois lui parler, tenter de la rassurer, c'est juste le courage qui me manque. Et puis, pour lui dire quoi ? Que j'ai confiance en elle ? Qu'elle en est capable ? Avec son caractère de merde, tout ce que je vais gagner, c'est qu'elle m'envoie chier.

Nos casques enfilés, il ne reste plus que le bruit de nos respirations saccadées qui résonnent à nos oreilles, ainsi qu'un fond sonore du moteur qui tourne. Romane nous dirige vers la ligne de départ et patiemment, nous attendons notre tour. Nous sommes huitièmes au départ et avec sept minutes d'écart entre chaque voiture, le temps va être long. Sur le levier de vitesse, les doigts de Romane battent la cadence au même rythme que son pied qui se déchaîne près de la pédale d'accélérateur.

Elle me stresse !

L'air crépite, l'ambiance est électrique. D'un geste rageur, j'attrape sa main que je pose sur sa cuisse en appuyant fermement dessus.

— Stop, calme-toi ! Tu connais ce parcours par cœur. Tu as sillonné ces routes des dizaines de fois. Oublie que c'est une course, prends ça comme un entraînement.

— Facile à dire, s'agace-t-elle en me repoussant.

— J'en conviens, je suis désolé, mais je peux pas prendre ta place. Et n'oublie pas que si tu foires cette course, tu peux dire adieu à ton Rallye au Maroc. Si tu abîmes quoi que ce soit, nous n'aurons plus le temps de réparer. Nous décollons dans quinze jours, alors doucement, le but là, n'est pas de gagner, juste de tester le 4X4 en condition réelle.

— Super ! Tu m'aides beaucoup ! Merci ! grogne Romane en suivant la voiture devant elle.

Si je voulais apaiser la tension qui règne entre nous, ce n'est pas de cette façon que je vais y arriver. Je suis un abruti, doublé d'un connard. Pour ma défense, cette fille… cette fille me provoque tout un tas de sensations et de comportements que je n'arrive pas à contrôler. Et cette attirance sexuelle qu'il y a entre nous n'arrange rien. Mon désir pour elle me pousse à tout mettre en œuvre pour qu'elle craque. Ma raison, elle, m'intime l'ordre de ranger ma queue et de l'oublier le plus vite possible.

De toute façon, pour le moment, il n'est pas question de penser à ça. Ce qui importe là, c'est qu'elle se calme et qu'elle nous fasse franchir la ligne d'arrivée intacts, en vie. Rien à foutre d'arriver bon dernier, même si je sais que ça la blessera dans son amour propre. C'est sa première vraie course dans un rallye tel que celui-ci, personne ne lui en voudra. Nous sommes les prochains à nous lancer, c'est le moment de trouver les bons mots pour la rassurer.

— Romane, ça va être à nous, alors, détends-toi. Vide ton esprit et ne pense qu'au trajet et au son de ma voix. Tout le reste n'existe plus. OK ?

ROMANE

Que je ne pense plus à rien et que je me focalise sur le son de sa voix ? Il veut notre mort, ce n'est pas possible ! Je sais qu'il cherche juste à me détendre, sauf que ce n'est pas du tout la bonne méthode. La seule chose qui pourrait me calmer, c'est qu'il descende de cette voiture. Que son odeur arrête de me monter au cerveau et que sa voix cesse d'envahir ma tête. Ce mec est ancré dans mon cœur, je l'ai dans la peau et rien que cette proximité sans personne aux alentours me fout la chair de poule. La seule chose à laquelle je songe, c'est qu'il pose ses mains sur moi. Et ça, ce n'est pas bon pour ma concentration. Voilà tout ce que je devrais lui dire, si j'en avais le courage.

— OK, soufflé-je en enclenchant la première.

Allez, tu vas gérer comme un chef. Le parcours est assez court, je dois bien être capable de ne pas penser à lui durant quelques tours. Les yeux fermés, je prends une grande inspiration et pose ma main droite sur le levier de vitesse. Quand j'ouvre les paupières, je concentre mon regard sur le feu et j'attends qu'il passe au vert. La sonnerie qui prévient du changement de couleur s'intensifie. Je relâche le frein, prête à partir. Dans mes veines se déverse l'adrénaline qui se mélange au stress. Comme me l'a très bien dit mon père, le stress n'est pas mauvais tant qu'on arrive à le canaliser et à en tirer une force. Il aide à ne pas prendre de risques inconsidérés.

Et c'est parti ! J'embraie sur la seconde puis la troisième, sans jamais fixer le compteur de vitesse. Je dois faire corps avec ma voiture, l'écouter, la ressentir, ne me fier à rien d'autre.

— Trois cent cinquante mètres, virage à droite à trente-cinq degrés.

La première partie du parcours est plutôt simple. Aucune grosse difficulté avant plusieurs kilomètres. Néanmoins, je ne suis pas à l'abri d'un animal qui déboule de nulle part. L'expérience de l'autre jour m'a fichu la trouille de ma vie.

— Ligne droite sur huit cents mètres.

À mesure que les minutes défilent, j'arrive à me détendre un peu. Lucas a raison sur un point, cette route, je la parcours depuis toujours. Le moindre défaut de l'asphalte, le plus petit nid de poule, tout est répertorié dans ma tête. Dans un sens, je n'ai même pas besoin de lui pour me guider, j'y arriverai très bien toute seule.

— Bas-côté déformé sur la droite, dix mètres avant le prochain virage. Virage à gauche à vingt degrés.

J'assimile les informations que me donne Lucas au fur et à mesure et j'agis en conséquence sans me poser la moindre question. Et bon Dieu que c'est agréable d'arrêter de cogiter. En fin de compte, cette course que j'appréhendais tant aura été une bénédiction.

Sa voix qui continue de me donner des directives m'apaise et une grande partie du stress qui pesait sur mes épaules se dissipe. Du coin de l'œil, j'observe mon co-pilote. La tête penchée en avant, le regard posé sur le parcours, je le trouve très sexy. Pas une seule fois il ne relève son visage pour scruter la route et vérifier. Il me donne toute sa confiance. Et pour moi, ça n'a pas de prix. Le voir aussi détendu me procure une fierté qui soigne un peu mon ego blessé par ses rejets constants. Je ne suis pas stupide, je sais très bien que je l'attire. Nous avons tous les deux conscience de la tension sexuelle qui règne entre nous. Le truc, c'est de prendre la décision de passer le pas, avec tout ce que ça implique.

— Virage à gauche à trente-huit pour cent.

Prise dans mes pensées, je n'avais pas remarqué que nous approchions d'une courbe. Il faut que j'oublie le mec ultra sexy qui se tient à mes côtés et que je me focalise sur le parcours.

— Soixante-sept pour cent du premier tour effectué. Ligne droite, sur cent cinquante mètres, puis courbe légère de treize pour cent.

Les yeux rivés sur la route, j'inspire une grande bouffée d'air. La dernière partie est bien plus technique, j'ai besoin de toute ma concentration.

On enchaîne les virages, les courbes, les lignes droites. J'oscille entre accélérations, freinages et jusqu'à présent, tout se passe pour le mieux. L'avantage dans un rallye, c'est que chaque voiture est chronométrée et que c'est le meilleur temps qui détermine le classement.

— C'est la dernière partie Romane, garde ta concentration. Jusqu'à présent, tu as été parfaite.

Les compliments dans sa bouche sont si rares, que je m'y accroche comme à une bouée en pleine tempête. Mon cœur bat à tout rompre dans ma poitrine et l'adrénaline de la dernière partie de la course coule dans mes veines. En d'autres circonstances, j'aurais tant aimé pouvoir me jeter dans les bras de Lucas une fois la ligne d'arrivée franchie. Même sans connaître le résultat. Les émotions qui me traversent sont si fortes et je les retiens depuis si longtemps que j'ai une irrésistible envie de les lui exprimer. Dans ma tête, c'est le chaos, dans mon cœur, c'est l'apocalypse. Lucas est si contradictoire que j'ai souvent du mal à le suivre. Il peut passer de froid à chaud bouillant. De renfrogné à exalté. De souriant à fermé. Bref, son humeur est aussi changeante que la météo en Bretagne.

Et moi, dans tout ça, je m'y perds. D'aussi loin d'où remonte ma mémoire, Lucas a toujours été un peu de ce genre. Cependant, je trouve que depuis qu'il est rentré, son sourire est plus difficilement visible. Et Dieu sait que son sourire est craquant lorsqu'il laisse apparaître les fossettes sur ses joues. Même si avec cette barbe qui lui mange une partie du visage, elles sont plus dures à déterminer, moi, je sais qu'elles sont bien présentes.

— Virage à droite à cinquante-six pour cent.

Ses mots se fraient un chemin dans ma tête, mais je suis trop concentrée sur mes pensées pour les comprendre aussitôt.

— Putain ! Romane, freine !

Le hurlement de Lucas me ramène au moment présent. Celui où je fonce à toute allure sur un virage coriace. Le pied sur le frein, je dois pomper sur la pédale à plusieurs reprises pour ne pas bloquer les roues et finir dans le décor. Sauf qu'à la vitesse où je vois se dessiner le virage devant mes yeux, je perds de plus en plus espoir. On va se planter et avec ça, tous mes rêves du Rallye Gazelles and Mens vont partir en fumée. Le pire dans tout ça, c'est que toutes les craintes que j'avais sur le fait d'embarquer quelqu'un avec moi vont se réaliser. Je vais tuer Lucas et moi avec ! Malgré tout l'équipement qui consolide la carlingue du 4X4, l'impact risque d'être violent.

Dans ma vision périphérique, je vois Lucas qui se cramponne aux barres des arceaux. Je dois tout tenter pour le sauver, il m'est inconcevable qu'il lui arrive quelque chose par ma faute. Je ne me le pardonnerai jamais !

Je dois tenter le tout pour le tout. Toujours le pied sur la pédale du frein, je la relâche en entrant dans le virage. Putain, il est sec, celui-ci ! J'essaie de perdre de la vitesse à l'aide du frein moteur. Ma chance, c'est que la courbe se trouve dans une belle montée. Les acouphènes du stress rugissent à mes oreilles, mon sang bout dans mes veines. Ma peur tente de prendre le pas sur ma raison. Et si je me laisse dominer par celle-ci, la panique qui va s'en suivre risque de me faire perdre la raison. Je dois garder la tête froide et les idées claires.

Il ne se passe que quelques millièmes de secondes durant lesquelles, je tente de me souvenir de toutes les techniques de pilotage que j'ai acquises au fil des années, pourtant, le temps semble s'être ralenti. Les secondes s'étirent à l'infini et me paraissent des minutes. Les mains fermement accrochées au volant, je cherche à redresser mon véhicule à chaque fois qu'il effectue une embardée. À la sortie du virage, nous sommes toujours sur les quatre roues. Mon cœur bat si fort dans ma poitrine que j'ai la sensation qu'il va sortir de son emplacement. Et quand enfin, la voiture s'arrête sur le bas-côté, je suis à bout de souffle.

Des points noirs dansent devant mes yeux. La pression retombe et les larmes la remplacent. Elles dévalent mes joues sans que je ne puisse les arrêter. Peu importe, j'en ai besoin. J'ai besoin de me vider, d'évacuer toute cette tension que j'ai accumulée ces derniers mois.

Entre mon attirance pour Lucas, le rallye, l'accident de mon frère, tout ça, c'est trop pour moi, en si peu de temps. Toujours accrochée à mon volant, je le serre si fort que mes doigts commencent à s'engourdir. Ma tête bascule en avant et vient s'écraser entre mes bras. Secouée de sanglots incontrôlables, je me laisse aller.

Je pleure ma stupidité de m'être laissée envahir par mes pensées au lieu de me concentrer sur la route. Je pleure ma relation avec mon frère qui, je m'en rends de plus en plus compte, n'est pas saine. Je pleure cet amour qui jamais ne sera réciproque. En tout cas, pas comme je le souhaiterais. Et je pleure ma mère. Cette femme que je n'ai pas connue et qui n'a pas pu m'apprendre à gérer le fait d'être une fille au milieu de toute cette testostérone. Je n'ai eu aucun modèle féminin pour me construire. J'ai dû apprendre seule, avec ce que j'avais à ma disposition.

— Putain, Romane ! Où avais-tu la tête ? On aurait pu y rester ! s'écrit mon co-pilote.

Tout ça, c'est en partie de sa faute. Sa présence me déstabilise. Avec lui, je suis incapable de me concentrer comme il le faut. J'en ai marre de jouer au chat et à la souris. J'en ai marre qu'il me traite comme une moins que rien ! Et, je crois qu'il est temps que je lui fasse savoir. Qu'il comprenne une bonne fois pour toutes, que je ne suis pas disposée à le laisser me piétiner.

— Tu crois que je ne le sais pas ? Tu crois que j'ai voulu ça ? Bon sang, Lucas, remets-toi en question de temps en temps ! hurlé-je à mon tour en plantant mes prunelles dans les siennes. Tu crois que c'est facile pour moi de me concentrer alors que t'es si proche ? Tu crois que c'est simple d'oublier ta présence, ton odeur, ton charisme ? Quand t'es trop près, j'étouffe, quand t'es pas là, je suffoque ! Tu souffles le chaud, le froid. Un coup, tu me cours derrière, l'instant d'après, je n'existe plus ! J'en peux plus de cette situation. J'en peux plus de ton caractère de merde. J'en peux plus de tes changements d'humeur. Prends une décision une bonne fois pour toutes et arrête de me traiter comme une merde !

À bout de souffle, je regrette aussitôt mes paroles. Non pas que je ne les pense pas, mais j'ai peur de la suite. Que Lucas me rit au nez, qu'il se moque de moi comme il sait si bien le faire. Dans l'habitacle, l'air se raréfie. J'étouffe. Je dois sortir d'ici, m'éloigner de lui pour remettre de l'ordre dans ma tête. J'enclenche la première, pénètre sur un sentier pour nous mettre en sécurité et coupe le moteur. Les mains tremblantes, j'ôte mon harnais, mon casque et m'extrais de la voiture le plus vite possible. Mes pas incertains me portent un peu plus loin et je me laisse tomber sur le sol, les jambes pendantes dans le fossé. Je gorge mes poumons d'air et ferme les yeux.

Comment j'en suis arrivée là ? Comment j'ai pu laisser mon cœur s'enticher d'un abruti pareil ? Je ne mérite pas qu'il me traite de la sorte.

Soudain l'air autour de moi change. Il se charge d'un crépitement et d'une tension que je connais trop bien. Lucas s'installe derrière moi. Un bras contre mon ventre et le deuxième autour de mon buste, il me rapproche jusqu'à ce que mon dos soit collé à sa poitrine. L'espace d'un instant, je cherche à fuir, à m'éloigner. Il ne m'en laisse pas l'occasion et resserre sa prise.

Dans ses bras, je me sens à la fois mal à l'aise et à ma place. Dans mon ventre fourmillent des bulles de bien-être. Dans mon corps éclate une sensation étrange. C'est aussi déstabilisant que perturbant.

— Toi et moi, une semaine au Maroc pour assouvir ce qui nous bouffe depuis si longtemps. Pas de promesses d'avenir, pas de grand frère pour nous faire culpabiliser, pas de lien autre, que cette attirance qui nous lie. Une semaine juste toi et moi où nous ne serons plus Lucas et Romane qui avons grandi ensemble, juste deux adultes consentants, débite-t-il à toute allure.

Le regard perdu dans le vague, ses mots cheminent dans mon esprit. Je pourrai lui sauter au cou tellement je suis heureuse.

— Je suis incapable de t'offrir plus Romane, ma place n'est pas ici, alors, c'est tout ce que je peux te donner.

— D'accord, murmuré-je laissant le vent porter au loin le seul mot que j'ai réussi a prononcé.

Sa main qui jusqu'à présent reposait sur mon ventre vient longer ma mâchoire. Il emprisonne mon menton entre ses doigts, tourne mon visage vers lui et pose ses lèvres sur les miennes. Surprise, j'écarquille les yeux et ouvre la bouche. Lucas ne met pas longtemps à chercher ma langue avec la sienne. Son baiser a un goût de promesse. La promesse d'une suite qui risque de m'enflammer ou bien de m'anéantir.

CHAPITRE 22
LUCKY LUKE, CELUI QUI TIRE PLUS VITE QUE SON OMBRE !

ROMANE

Deux secondes, il m'a fallu moins de deux secondes pour accepter sa proposition. Maintenant, je panique. Le chercher pour qu'il succombe, espérer qu'à un moment où un autre, il se jette sur moi, est une chose. Savoir ce qu'il va se produire et quand, en est une autre.

Une semaine, sept jours sous le soleil du Maroc tous les deux, pour profiter et assouvir sans risque ce qui nous ronge depuis des mois. Faux ! Ce n'est pas sans risque. En ce qui me concerne, je joue mon cœur dans cette histoire. Et j'ai la frousse. J'ai peur que lorsqu'il repartira — parce qu'il repartira, il a été clair —, il emmène avec lui le reste de l'organe qui bat dans ma poitrine que j'ai réussi à préserver jusqu'à présent.

Pourtant, s'il me reposait encore une fois la question, je répondrais la même chose. Parce que je suis incapable de lui résister. Parce que j'en rêve depuis trop longtemps. Et quand je serai de nouveau seule, il me restera les souvenirs. Des images, des sensations qui n'appartiennent qu'à moi, qu'à nous.

Violette avait raison sur une quantité de choses, mais elle se trompe sur une. Lucas n'est pas raide dingue de moi, c'est impossible.

Pas alors qu'il m'a proposé ce deal sans aucune hésitation. Pas alors qu'il se tenait droit et sûr de lui derrière moi. Pour lui, je suis au pire, un défi à relever, au mieux, une envie à combler.

J'aurais dû me préserver et je ne l'ai pas fait. Au contraire, je viens de me jeter tête baissée dans un truc qui me dépasse déjà, alors que ça n'a pas encore commencé. Je l'ai dans la peau depuis trop longtemps pour dire non. Elle est là, la vérité. Malgré l'issue fatidique, je suis incapable de revenir sur ma décision.

Quand il finit par s'écarter, il me laisse à bout de souffle et pose son front contre le mien. Ses yeux sont fermés et sa respiration aussi difficile que la mienne.

— Allons-y avant que la cavalerie n'arrive, murmure-t-il avant de se relever.

C'est étrange comme en cet instant il me semble vulnérable. Bien loin de son comportement habituel. Peut-être qu'il s'en veut ou qu'il regrette sa proposition. À cette pensée, je ne sais pas trop comment réagir. Sous le coup de l'adrénaline, il a sans doute parlé trop vite. Notre relation n'est déjà pas facile, alors si en plus, on doit y rajouter de la gêne...

Debout sur mes pieds, je rejoins le 4X4 en tentant d'oublier l'homme à mes côtés. Sauf qu'il ne m'en laisse pas le temps. Sa main saisit mon poignet et il m'attire une nouvelle fois dans ses bras. Ça commence à devenir une habitude. Contre lui et avec sa carrure charpentée, je me sens toute petite. Les yeux fermés, je profite de ce contact qui m'apaise plus que de raison. Jusqu'à ce que des flashs envahissent mon esprit par intermittence.

Allongée dans mon lit sur le flanc, une présence réconfortante se tient dans mon dos. La chaleur qui s'en dégage me donne chaud, trop chaud. Collé à moi, son bras repose sur ma taille et son souffle chatouille mon cou. La partie rationnelle de mon cerveau me dit que quelque chose cloche, qu'il est impossible que quelqu'un soit, avec moi, entre mes draps. Pourtant, le bien-être que je ressens prend le dessus. Incapable d'ouvrir les yeux, je me laisse happer par le sommeil.

Je suis vraiment atteinte si mon imagination commence à me jouer des tours alors que je suis bien réveillée. C'est étrange, cette sensation me paraît si familière. Être ainsi collée à lui me semble du déjà vu, un peu comme si mon corps se rappelait d'une chose que ma tête a oubliée. C'est déstabilisant.

Perturbée, je me détache des bras de Lucas et recule de quelques pas.

— Allons-y, même si on a d'office perdu, autant passer la ligne d'arrivée, bafouillé-je sans le regarder.

— T'as raison, allez Michel, en route, se marre ce dernier en me claquant les fesses lorsque je passe à sa portée.

— Quoi ? T'as peur de pas pouvoir te retenir, LUCKY ?

J'insiste bien sur le surnom que je lui ai donné. Il le déteste, au même titre que je ne supporte pas celui dont il m'affuble.

Un jour, il a ramené une fille à la maison et ils sont restés enfermés moins de dix minutes dans sa chambre. Quand la nana en est sortie, elle râlait qu'elle n'avait jamais vu un mec dégainer aussi vite. J'avais onze ans et sur le coup, je n'ai pas compris. Au bout de quelques années, j'ai saisi et depuis, je le surnomme Lucky, comme Lucky Luke, celui qui tire plus vite que son ombre.

— Quand j'en aurai fini avec toi, crois-moi que tu ne prononceras plus ce surnom ridicule, susurre-t-il tout en se dirigeant droit sur moi.

C'est moi ou tout à coup, la température vient d'augmenter de manière exponentielle ? Mon cœur s'accélère dans ma poitrine à mesure où il se rapproche. Ses pupilles se dilatent et le petit sourire en coin qu'il me lance, me dit qu'il se doute de l'effet qu'il a sur moi. Reprends-toi Romane, ne le laisse pas te déstabiliser ! Hors de question que je lui offre la confirmation qu'il me rend folle. Je ne devrai pas le chercher, je le sais, pourtant, c'est plus fort que moi.

— Des paroles, comme toujours ! Prouve-le ! rétorqué-je d'une voix mal assurée.

Sans attendre, je me précipite dans la voiture, attache mon harnais, enfile mon casque et démarre le moteur. Face à lui, je perds tous mes moyens, alors, plus je mets de distance entre nous, moins je risque de me ridiculiser.

LUCAS

Prouve-le ! Prouve-le ! Je ravale les paroles désagréables qui me brûlent les lèvres. Ce n'est pas le moment que l'on se dispute. Romane me rend dingue ! Et je jure que lorsque l'on sera seul, je vais lui faire regretter tous les sarcasmes qui sortent de sa jolie bouche. Il me reste encore quinze jours à patienter, ça va être long et à la fois très court.

Dans quoi me suis-je encore embarqué ? Je viens de lui proposer que l'on s'envoie en l'air, sans promesse et sans attache. Comme si je n'allais plus jamais la revoir de ma vie. Même si je repars bientôt, je sais qu'un jour ou l'autre, nous serons de nouveau confrontés. Et le pire dans tout ça, c'est que j'ai peur de m'habituer à sa présence, à son contact. Dans mon idée, je voudrais arriver à me la sortir de la tête et quoi de mieux que d'assouvir le désir qui nous consume, pour y parvenir ? En temps normal, rien. Sauf qu'avec elle, je doute. À chaque fois que je la colle à moi, j'en veux plus. À chaque fois que je l'embrasse, j'ai envie de recommencer. Et ça, c'est nouveau pour moi.

En général, les femmes perdent tout leur attrait à partir du moment où le jeu de séduction est terminé. Pas avec Romane. Ceci dit, c'est peut-être aussi parce que nous ne sommes pas allés jusqu'au bout. Voilà, je pense qu'elle est là l'explication. Une fois que je l'aurai mise dans mon lit, j'irai mieux. Je me la sortirai de l'esprit et je pourrai reprendre le cours de ma vie.

Cette pensée bien ancrée dans ma tête, je la rejoins à bord du 4X4. Il est temps de rentrer.

La première partie du trajet de retour se passe dans le silence le plus complet. Chacun plongé dans nos pensées, il ne résonne autour de nous que le bruit du moteur. Concentrée sur la route, Romane est droite comme un i. Je donnerais n'importe quoi pour savoir ce qui lui trotte dans la tête.

— Ça va ? m'enquiers-je

Les yeux dans le vague, elle tourne la tête vers moi, étonnée, comme si elle était surprise de ma présence.

— Euh, ouais... je cherche juste ce que je vais pouvoir servir comme explication pour avoir raté cette course.

— La vérité, rien de plus. Personne ne t'en voudra.

— Je doute qu'ils apprécient si je leur dis que c'est ta présence qui m'a fait perdre ma concentration.

— Un point pour toi ! Dis-leur que c'est moi qui ai merdé, ça n'étonnera personne.

Romane me fixe, les yeux ronds comme des soucoupes, stupéfaite. Qu'est-ce que j'ai encore dit comme connerie ? Avec elle, je ne sais jamais comment me comporter. Qu'elle n'apprécie pas que je sois désagréable, ça, je comprends, par contre, parfois, je ne saisis pas certaines de ses réactions. Là, en l'occurrence, je suis perdu.

— Tu veux que je dise que tout est de ta faute ? s'étonne-t-elle.

— Pourquoi pas ?

— Parce que ce n'est pas vrai ! Parce que je suis la seule responsable ! Je refuse que tu subisses la colère de mon frère pour mon manque de concentration. Et puis… j'ai déjà bien assez de choses à cacher sans en rajouter.

Des choses à cacher ? Qu'est-ce qu'elle raconte ? Les yeux brillants, son regard oscille entre moi et la route. Et quand ses prunelles se fichent dans les miennes, je comprends. Devoir taire l'attirance qu'on a l'un pour l'autre lui est difficile. Je sais très bien ce qu'elle ressent. Je vis la même chose. Faire semblant de lui être indifférent, l'ignorer, ne pas porter les yeux sur elle pour la détailler quand elle apparaît quelque part est frustrant.

Ses mots résonnent dans ma tête, ils se diffusent et viennent se ficher dans mon cœur. Au-delà du fait de ne pas vouloir mentir, elle me protège et ça, c'est assez nouveau. Personne ne s'est jamais vraiment inquiété pour moi. Juel a joué son rôle, par contre, on ne peut pas dire qu'il soit très expressif quant aux compliments. Maël tout comme Romane peuvent en témoigner. Quant à mes géniteurs… je ne suis qu'une erreur sur leur course au pouvoir et à l'argent. Une pièce défectueuse qui a enrayé leur engrenage bien huilé. Et que Romane se préoccupe autant de ce que peuvent penser les gens de moi me touche plus que de raison. Je me rends compte à quel point du haut de ses dix-neuf printemps, elle est une femme bien plus mûre qu'elle ne le laisse paraître. Sous ses airs de gamine capricieuse, elle est l'une des personnes les plus altruistes qu'il m'ait été donné de voir.

— Arrête-toi ! exigé-je sous son regard interrogateur.

— Que ? Quoi ?

— Gare-toi dans un chemin, insisté-je.

Romane doit sans doute me prendre pour un dingue. Peu importe, j'ai besoin de la prendre dans mes bras, ne serait-ce que quelques instants. Obéissante, elle s'engage dans une allée en terre pendant que je retire mon harnais et mon casque. À l'instant où elle tire le frein à main, je détache ce qui la maintient au fond de son siège, vire ce qu'elle porte sur la tête, attrape son visage entre mes mains et scelle mes lèvres aux siennes. Dans un premier temps, Romane est figée, comme choquée. Mais au fur et à mesure où la pointe de ma langue titille ses lèvres, elle se détend et prend part à l'action. Pire même, elle mène la danse. Ses mains se fraient un chemin dans mes cheveux et elle tire dessus. Romane se déchaîne. Ses gémissements se meurent dans ma bouche et font échos aux miens. Sans jamais me lâcher, elle grimpe sur mes genoux. La chaleur qui règne dans l'habitacle devient étouffante et la tension sexuelle entre nous augmente. Je devrais la repousser, rompre le contact avant que ça ne dégénère. N'importe qui pourrait se pointer et nous voir. Sauf que la partie raisonnable de mon cerveau semble être partie en vacances. Il ne reste plus que cette envie d'elle qui monte crescendo. Mes doigts se faufilent sous son tee-shirt et partent à la rencontre de sa peau. Ils dévalent son dos, glissent sur ses flancs et terminent leur course sur sa poitrine affriolante. Putain ! Je rêve de les toucher depuis qu'elle m'est apparue sous le capot de son 4X4, le jour de mon retour. Je retrousse son haut et de la pulpe de mes doigts, je dégage un sein de sa prison de coton. Mon pouce effleure son téton dressé, Romane quitte mes lèvres et se cambre en arrière, m'offrant un accès direct à l'objet de ma convoitise. Il ne m'en faut pas plus pour me jeter dessus comme un assoiffé en plein désert. Ce que je suis d'ailleurs. Ma langue lèche, ma bouche suce et mes dents mordillent. Ses hanches oscillent au même rythme que je la déguste. Son entrejambe frotte contre mon sexe et si elle continue comme ça, je vais me vider comme un adolescent lors de son premier rencard. Sauf que je suis incapable de m'arrêter. Pas alors que ses gémissements se font de plus en plus forts, que ses doigts s'agrippent encore plus à ma tignasse. Je veux l'entendre crier, je veux qu'elle jouisse sans avoir eu besoin de la pénétrer. J'empoigne ses fesses et l'incite à accélérer ses mouvements. En cet instant, elle me dévoile un autre aspect de sa personnalité. Une facette que je ne connaissais pas. Loin de la Romane complexée, elle m'offre un spectacle à couper le souffle. La tête rejetée en arrière, elle se laisse aller sans se poser la moindre question. Sans la quitter une seule seconde des yeux, je continue d'infliger à sa poitrine une douce torture. Les doigts de Romane se crispent dans mes cheveux, sa bouche s'entrouvre et sa respiration se coupe au moment où un cri passe la frontière de ses lèvres. À bout de souffle, elle s'effondre, sa tête nichée dans mon cou.

Je me gorge de son parfum, de sa présence tout contre moi. Mes muscles se détendent, sa présence m'apaise. Je pourrai rester là, dans cette position pour l'éternité et cette constatation m'angoisse. Jamais je n'ai ressenti ça pour une femme. Un « ça » que je ne suis pas en mesure de définir.

Lentement, je reprends pied avec la réalité. Celle où nous sommes arrêtés sur un chemin de terre. La course doit être déjà terminée depuis un bon moment, vu le temps qu'on a perdu. Nous devons bouger d'ici avant que quelqu'un ne s'inquiète et vienne nous chercher. Il ne manquerait plus qu'une personne puisse apercevoir Romane à moitié dénudée. Hors de question, sinon, je lui arrache les yeux.

— Allez, on rentre, murmuré-je à son oreille.

Elle grogne et se tortille sur mon sexe qui est à la limite de la rupture. Je vais devoir prendre une douche pour relâcher la pression quand je rentre. Sans quoi, je risque de la culbuter plus vite que prévu. En douceur, je la repousse un peu et rajuste sa tenue. Remettre son soutien-gorge en place et descendre son tee-shirt, là où j'ai envie de tout l'inverse, c'est une torture. Cette fille me rend dingue et met mes nerfs à rude épreuve.

Tête baissée, Romane maltraite sa lèvre inférieure entre ses dents sans jamais me regarder. Envolée la confiance qu'elle possédait il y a quelques minutes à peine. La complexée est de retour. Et c'est bien dommage. Elle mérite de vivre épanouie, elle devrait être fière de ce qu'elle est, de ce qu'elle représente. Son physique est bien loin de tous les clichés qu'impose la société, pourtant, elle est l'illustration de ce que recherchent les hommes.

— Ça va ? la questionné-je.
— Euh... ouais, répond-elle, en reprenant sa place.

Je voudrais pouvoir être en mesure de la rassurer, lui exprimer que ce moment passé avec elle était génial. Mon cœur en a envie, ma tête, elle, refuse. Elle ne doit pas s'attacher à moi, pas plus qu'elle ne l'est déjà. Entre nous, rien ne sera possible, elle le sait aussi bien que moi. Notre attraction doit rester purement physique, elle ne doit pas tomber dans l'émotionnel. Moi, il est sans doute trop tard, mais je saurai gérer. Elle, je dois la préserver.

Le reste du trajet de retour s'effectue dans le plus grand silence. Et c'est soulagé que j'aperçois, enfin, la ligne d'arrivée. Vu le temps qu'on a perdu, nous allons être bon dernier. En ce qui me concerne, je m'en fiche. Je préfère mille fois les moments que nous venons de passer à une quelconque victoire. Ce qui n'est malheureusement pas le cas de mon meilleur pote, qui lorsque je descends du véhicule vient déjà à ma rencontre. Dans ses yeux brille l'éclat de la colère et c'est à moi qu'elle est destinée.

CHAPITRE 23

C'EST UNE NANA À BAISER, PAS À CONDUIRE À LA MAIRIE !

LUCAS

Le fauteuil de mon pote lancé à pleine vitesse, je me prépare à subir son interrogatoire. Sur ce coup-là, j'ai intérêt à être bon. Romane n'est pas encore sortie de la voiture, alors j'avance vers lui dans l'espoir de l'arrêter à bonne distance de sa sœur. Hors de question qu'elle mente pour moi, qu'elle endosse la responsabilité. Je suis incapable de lui offrir ce qu'elle désire, par contre, je peux la protéger d'un mensonge supplémentaire.

— Putain, qu'est-ce que vous avez foutu ? J'ai cru que vous étiez morts dans un fossé !

— C'est pas passé loin, mais ta sœur a géré comme une chef ! le rassuré-je.

— Qui a déconné ? me questionne Maël, les paupières plissées, suspicieux.

— Moi, j'étais pas assez concentré.

— T'es en train de me faire regretter de t'avoir donné ma confiance ! C'est la vie de ma sœur dont il est question ! Tu sais à quel point ton rôle est hyper important. Tu tiens vos vies entre tes mains, tu peux pas te permettre de rêvasser ou de ne pas être concentré !

Putain, Lucas, t'es bien placé pour savoir que le rôle de copilote est le plus important !

— Je sais, j'ai déconné.

— T'es bizarre depuis que t'es rentré. Y'a un truc qui cloche. J'ai besoin d'être sûr que tu es capable d'épauler Romane lors de ce rallye dans le désert. Être certain que tu ne la laisseras pas tomber. Dans le cas contraire, je préfère tout annuler ! Je ne prendrai pas le risque qu'il arrive quelque chose à ma sœur. Alors, si t'as un truc à dire, c'est le moment et surtout, sois convaincant.

Cette histoire avec Alba me bouffe l'esprit et il y a des semaines que j'hésite à me confier à mon meilleur ami. C'est peut-être le moment. Ça m'éviterait de mentir et de soulager ma conscience par la même occasion. Sans le savoir, Maël vient de me trouver une très bonne excuse. De plus, je n'aurai pas besoin de lui mentir.

— En effet, je dois te parler de quelque chose, mais pas ici.

— Ce soir à la maison. Violette a prévu de traîner Romane au spa. Il paraît qu'après une journée comme celle-ci, elle a besoin de se détendre. Vingt heures et ne sois pas en retard.

— Tout dépend si t'as assez d'alcool ou si je dois en ramener ? plaisanté-je, histoire de détendre l'atmosphère.

— Contente-toi de ramener tes fesses et d'être convaincant, je m'occupe du reste.

Il n'y a aucune trace de plaisanterie sur son visage. Quand il s'agit de sa sœur, tout le reste cesse d'exister, moi y compris. Et je ne peux pas lui en vouloir. Dans cette famille, je reste une pièce rapportée.

Entre Maël et moi, ça a toujours était simple. Nous ne nous sommes jamais épanchés sur nos sentiments. Le sérieux n'est que rarement de mise entre nous. Et j'ai besoin de mon meilleur ami aujourd'hui, pas de son côté fraternel et protecteur.

Le soir venu et après avoir subi les multiples conseils et recommandations de la part de Juel, c'est la tête prête à exploser que je me rends chez mon meilleur ami. Après le père, il va falloir que j'affronte le fils — le pire des deux, soit dit en passant. J'avoue que je suis plutôt content que mon pote ait réintégré son domicile. Les deux réunis, pas sûr que j'aurais survécu. Si Juel veille sur sa progéniture de loin, Maël, lui, n'hésite pas à protéger jalousement sa sœur. Beaucoup trop même. Pour le bien de tous — et surtout de Romane —, il serait temps qu'il prenne conscience qu'elle n'est plus une enfant. Mais qui suis-je pour lui faire la morale ? Personne ! Alors je me tais.

— C'est moi ! m'écrié-je en poussant la porte d'entrée.

Une délicieuse odeur de pizza chatouille mes narines et me rappelle que je n'ai presque rien avalé de la journée.

— Dans le salon ! Et rends-toi utile, ramène les bières du frigo, répond mon meilleur ami.

J'abandonne mes chaussures sur le paillasson et me rends directement dans la cuisine récupérer les précieuses Guinness ! Les meilleures bières que le monde n'ait jamais produit. Nous avons découvert leur goût lors d'un voyage en Irlande et depuis, il nous ait difficile de boire autre chose. Deux bouteilles entre les mains, je rejoins mon pote qui est allongé sur son divan. Sur la table basse à ses côtés trônent deux pizzas prédécoupées qui me paraissent appétissantes.

— Tout est déjà prêt ? m'étonné-je. Le handicap t'a rendu organisé ?

— Pas du tout, rétorque-t-il. C'est Violette qui s'est occupée de tout avant de partir. D'ailleurs, à quelques secondes près, tu aurais croisé les filles.

Dommage ! J'aurais bien pris un shoot de Romane.

Sérieux ?

Je déraille complet. Vivement ce séjour au Maroc. Cette fille est de plus en plus présente dans ma tête et sous ma peau. La seule chose que j'espère, c'est qu'après avoir partagé son lit, elle quitte mes pensées. Elle ne sortira pas de mon esprit complètement, j'en suis déjà persuadé. Mais si au moins que je pouvais vivre sans l'avoir sans arrêt dans le crâne.

Les bières décapsulées, j'en tends une à mon pote qui me scrute le regard inquiet.

— Alors, accouche, attaque-t-il en s'emparant du breuvage.

— Comme ça ? Directement ? Tu ne me laisses même pas le temps de m'asseoir ?

— T'es un grand garçon, tu sais quand même faire deux choses à la fois, ironise-t-il.

OK, j'ai saisi. Maël n'a pas l'intention de tourner autour du pot. Au contraire, ce soir, il va droit au but. Le souci, c'est... par où commencer ?

Je prends une grande lampée de bière et décide de moi aussi aller droit au but.

— Je vais me marier ! lâché-je.

— Que... quoi ?! s'étouffe-t-il en recrachant sa boisson par les narines.

Si ma situation n'était pas aussi délicate, je rirais de la scène qui se joue sous mes yeux.

— Avec qui, si c'est pas indiscret ?

Le regard larmoyant, il s'essuie les paupières avec une serviette en papier. Pas sûr qu'il soit prêt à entendre la suite.

— Alba !

Son visage se déforme sous l'effet de la surprise. Ouais, celle-ci, je suis convaincu qu'il ne l'a pas vu venir. Au moins, je pourrais me vanter d'avoir réussi à lui rabattre le caquet, au moins une fois dans ma vie.

— T'as complètement perdu l'esprit ! crie-t-il. Ne me dis pas que tu envisages sérieusement d'épouser cette demeurée ? Alors OK, niveau physique, elle ferait pâlir d'envie les plus belles filles, mais putain, elle a le QI d'une huître et tu sais aussi bien que moi qu'elle ne te sera jamais fidèle. Alba, c'est une nana à baiser, pas à conduire à la mairie !

Il a raison, sauf sur une chose. Alba est loin d'être la décérébrée qu'elle montre au monde entier. Au contraire, elle sait très bien pourquoi elle agit ainsi. J'ai mis du temps, mais j'ai fini par comprendre sa façon de procéder. Elle endort son adversaire en le laissant penser qu'elle est idiote et elle lui soutire des informations pour le compte de son père. Pas étonnant qu'il veuille à tout prix que cet arrangement fonctionne. Sa petite fille chérie, mariée, sera une indic encore meilleure contre ses adversaires. Qui se méfierait de cette femme au foyer délaissée par son mari qui bosse trop ? Pour le genre d'homme qu'elle convoite, elle est la proie idéale. Son statut marital l'empêchera de vouloir plus qu'une simple partie de jambes en l'air. Avec sa plastique parfaite, aucun de ces hommes d'affaires véreux ne pourra lui résister.

— J'ai pas le choix, soupiré-je d'embarras.

Mensonge ! On a toujours le choix. Sauf que ma vengeance passe aujourd'hui en priorité. Elle pense me tenir grâce à ce poste que je convoite. Pourtant, elle se trompe, je me fous de ce boulot. Si mon paternel n'était pas dans l'équitation, j'aurais envoyé chier le père en même temps que la fille. Tout ça, je le garde pour moi, il ne comprendrait pas ma décision, alors, je vais m'en tenir à la version officielle.

— Comment ça, pas le choix ? Tu l'as foutue en cloque ? Ne me dis pas que t'as engrossé cette pétasse !

— Non ! m'insurgé-je.

Et que Dieu m'en préserve. J'ai bien conscience qu'un jour ou l'autre Massimo souhaitera une descendance, mais je n'ai pas envie de me prendre la tête avec ça dans l'immédiat.

— Alors quoi ? Pourquoi tu n'as pas le choix Lucas ? Explique, parce que là, je vois pas du tout en quoi tu es obligé d'épouser cette dinde.

— Elle me fait chanter, murmuré-je. Soit, je l'épouse et j'obtiens le poste que je vise, soit, retour à la case départ.

— Et tu es prêt à remettre en cause toutes tes putains de valeurs pour un poste, aussi important soit-il ? Qu'est-ce que t'es devenu ? Le Lucas que je connais n'accepterait jamais cette situation ! s'emporte mon pote.

Dans son regard brille une lueur de colère. Mais ce qui est le plus douloureux, c'est l'éclat de dégoût qui brûle dans ses rétines. Ses reproches autant que cette vérité me percutent de plein fouet. Il a raison, pourtant, je refuse encore une fois de prouver à mon paternel que je ne vaux rien. Cette opportunité est pour moi, le moyen de montrer à mon géniteur que je suis capable de réussir sans lui et qu'il n'est pas nécessaire de bosser dans la finance pour avoir un nom. Par contre ça, je me garde bien de le lui confier. Ça ne regarde que moi et moi seul. Avec ce mariage, je vais être en mesure de remettre mon père à sa place et ça, c'est la meilleure des vengeances.

— Ma décision est prise, j'ai donné mon accord et je ne reviendrai pas dessus, assuré-je.

— T'as complètement perdu l'esprit, ma parole ! Tout ce que tu vas gagner dans cette histoire c'est qu'elle te refile une MST !

— C'est un mariage d'arrangement, je n'ai pas l'intention de coucher avec elle. Chacun mènera sa vie comme il l'entend.

— Alors, il est où son intérêt à elle dans toute cette histoire ?

— Sa réputation. Alba est connue pour ses frasques, ce que veut son père, c'est redorer son image. Ses actions lui portent préjudice.

— Parce que tu crois qu'elle va cesser ? Pour le peu que j'en ai vu, j'en doute.

— Elle n'a pas le choix. Elle est libre de faire ce qu'elle veut et avec qui elle le souhaite, tant qu'elle se cache et ne défraie pas les chroniques des magazines à scandales, débité-je en avalant le reste de ma bière.

— Et comment tu feras le jour où tu vas rencontrer quelqu'un avec qui t'as envie de construire ta vie ? Non, parce que c'est bien joli sur le papier, mais le jour où tu vas tomber amoureux, je doute que cette femme accepte cet arrangement.

Amoureux ? Je le suis déjà. Et comme je ne pourrai jamais obtenir celle que je désire, je ne suis pas prêt de me marier. Tout ce qui doit m'importer, c'est ma carrière et que mon père comprenne et admette une bonne fois pour toutes que je vaux quelque chose. Le reste... Soudain, mes pensées vont vers Romane. Pour elle, j'aurais pu envisager de me poser, un jour. Sauf que c'est impossible. Nous deux, c'est interdit, alors, je vais prendre tout ce que je peux d'elle durant cette semaine et garder ça dans un coin de ma tête. En fin de compte, cette opportunité va me permettre de m'éloigner d'elle et de passer à autre chose. Là non plus, je n'ai pas vraiment le choix.

— Tu m'écoutes ? m'interpelle Maël.

— Euh, tu disais ?

— Je te demandais si t'es sûr de toi ? Si t'as bien réfléchi, pesé le pour et le contre ? Accepter de lier ta vie à quelqu'un, surtout une connasse pareille, c'est pas rien.

Ce n'est pas de ses conseils dont j'ai besoin, juste de son soutien. Il ne peut pas comprendre ma décision, personne ne le peut. Enfin, si j'avais été complètement honnête avec lui, sans doute qu'il verrait les choses autrement. Sauf que je refuse de voir la pitié dans ses yeux.

— Certain, lâché-je. Et rassure-toi, ce qu'il s'est passé aujourd'hui ne se reproduira plus, tu as ma parole. Maintenant que ma décision est prise, je vais pouvoir me concentrer sur cette course.

Ce n'est pas vraiment un mensonge, pas l'exacte vérité non plus. Une fois qu'avec Romane nous aurons assouvi notre désir mutuel, nous serons bien plus aptes à nous concentrer sur le parcours. Tout se passera bien, j'en suis convaincu.

— Si tu le dis. J'espère juste que tu ne le regretteras pas !

Et moi donc...

Et là, je ne parle pas de Alba, mais bel et bien de Romane.

CHAPITRE 24

LA VÉRITÉ FAIT MAL !

ROMANE

C'est le moment, le jour avec un grand J. Celui que j'attends avec autant d'impatience que d'appréhension. Celui où tous les fantasmes que je nourris pour Lucas vont enfin se réaliser en même temps que ma participation à mon premier gros rallye.

Depuis le jour où nous nous sommes quittés après celui de la Mayenne, j'ai tout mis en œuvre pour l'éviter autant que possible. Après ce qu'il s'est passé entre nous, je n'ai aucune confiance en ma volonté.

Hier soir, mon père a tenu à tous nous réunir, et ce fut la soirée la plus longue et la plus difficile que j'ai eue à vivre. Installé à mes côtés, j'ai pris les effluves du parfum de Lucas en pleine tronche, sans parler de son genou qui régulièrement touchait le mien. J'ai passé mon temps à me demander si c'était intentionnel ou non. Dans tous les cas, quand enfin j'ai pu regagner ma chambre, j'étais dans un état pas possible. Mon sommeil en fût perturbé et ma nuit, beaucoup trop courte.

C'est pour cette raison que ce matin, en descendant les escaliers qui mènent au rez-de-chaussée, j'ai encore les yeux collés et que je suis d'une humeur de chien. En pénétrant dans la cuisine, je trouve tout le monde installé sur la petite table devant une montagne de viennoiseries.

J'ai une de ces dalles !

Sans prêter attention à qui que ce soit, je m'empare d'un pain au chocolat que j'imagine déjà fondre dans ma bouche. Mes papilles s'activent et produisent une quantité importante de salive prête à déborder de ma cavité buccale.

— Café ? me propose Violette.

Il n'est même pas six heures du matin, pourtant, mon frère et ma belle-sœur sont déjà prêts à partir. Parfois, je me demande s'il ne possède pas un passage secret pour accéder directement à cette maison de chez eux.

— Avec plaisir, soupiré-je.

— Souris frangine, dans moins de quatre heures, tu seras en partance pour réaliser ton rêve.

Il n'imagine pas à quel point ses paroles font sens à tout ce qui va se passer. Au-delà de participer à cette course, je vais aussi pouvoir assouvir mon désir pour Lucas. Ce truc qui me bouffe l'existence depuis de nombreuses années.

J'ai une trouille bleue !

De ne pas être à la hauteur de son expérience. De le décevoir, et par la même occasion, de ne pas être en mesure d'en profiter à fond. Je suis loin de ressembler à toutes les bimbos qui se sont pavanées à son bras. Quelle réaction va-t-il avoir lorsqu'il me verra complètement nue ? Pas sûre qu'il soit le genre de personne à s'envoyer en l'air dans le noir complet. Je ne suis pas fière de ce que je représente. Mes fesses sont trop grosses, mes cuisses trop larges et mes hanches trop développées. Je ne vois pas trop ce qui pourrait lui plaire chez moi, mise à part ma poitrine. Je n'ai pas une grande expérience, je ne suis pas née de la dernière pluie non plus. Je vois bien que les hommes ont plus de facilité à reluquer mon décolleté qu'à me fixer dans les yeux. Lucas, comme les autres. Notre interlude dans le 4X4 me l'a prouvé, c'est la première chose à laquelle il s'est attaqué.

Qu'en sera-t-il du reste ? Lorsque le moment d'enlever tous nos vêtements se présentera ? J'appréhende d'observer sa réaction. Lucas n'a pas eu la langue dans sa poche et je doute qu'il se retienne d'une quelconque réflexion par égard pour moi. Il ne l'a jamais fait, il n'y a aucune raison pour qu'il commence aujourd'hui.

— Avale ça avant de te rendormir définitivement.

Violette se matérialise devant mes yeux et me ramène au moment présent. Je m'empare du mug brûlant et plonge mon nez à l'intérieur pour masquer mon embarras. C'est fou, à chaque fois que je pense à Lucas, aussitôt, mes joues virent au cramoisi et en présence de ma famille, je déteste ça. J'ai peur que l'un d'eux ne se rende compte de quelque chose.

— C'est beaucoup trop tôt pour se lever, réponds-je enfin à mon frère qui me fixe toujours.

— Toi, avant dix heures, de toute façon, t'es bonne à rien. Au final, je suis bien content de ne pas être celui qui devra te sortir de ton lit chaque matin, se marre-t-il.

Tout dépend qui, et comment on me réveille !

Les mots me brûlent la bouche, mais je les étouffe avant de les prononcer. Maël est bien assez chiant, sans qu'en plus, je lui donne matière supplémentaire pour me chambrer. Alors, pour toute réponse, je grogne en m'affalant sur la chaise la plus éloignée de l'objet de ma convoitise. Pas la peine de me stresser davantage en ajoutant l'odeur du parfum de Lucas à son regard qui me transperce de part en part. Je peux, en ce moment même, sentir ce dernier me brûler la nuque.

J'appréhende de me retrouver seule avec lui, ceci dit au moins, je n'aurai plus cette pression permanente d'être prise en flagrant délit de reluquage par un membre de ma famille.

Une fois mon petit déjeuner avalé, je remonte aussitôt dans ma chambre afin de me mettre sous une douche bien chaude. Objectif : me détendre avant les deux heures de vol que je vais devoir passer aux côtés de celui qui représente mes fantasmes les plus inavoués. C'est quand même dingue, que ce mec soit capable de me foutre dans tous mes états. La fois où nous nous sommes retrouvés dans le 4X4, je me suis laissé guider par mes envies et mon instinct, ce qui n'était pas la meilleure idée que j'ai eue. N'importe qui aurait pu nous surprendre et j'aurais eu beaucoup de mal à expliquer ce que je faisais à cheval sur ses genoux. Et encore plus avec le tee-shirt retroussé au-dessus de la poitrine. Sérieux, je me demande encore ce qui m'est passé par la tête. Ce n'est pas dans mes habitudes de me comporter de la sorte. Avec un homme encore moins. Mais quand il s'agit de Lucas, je perds toutes notions de ce qui m'entoure. Que ce soit du lieu où je me trouve, des gens, de mon comportement. En sa présence, je deviens une personne que je ne reconnais pas. Un peu comme si, il avait la capacité de m'obliger à sortir de ma coquille.

Ma douche terminée, j'enfile un jogging et ma paire de baskets. Je n'ai jamais pris l'avion, par contre, j'ai écouté les retours des uns et des autres et s'il y a une chose que j'ai apprise, c'est qu'il faut privilégier le confort à l'apparence.

Lorsque j'ouvre la porte de ma chambre, je tombe nez à nez avec mon père et je sursaute.

— Je viens chercher ta valise, m'explique-t-il simplement, alors que je suis à deux doigts d'avoir une attaque cardiaque.

— Bon sang, papa ! Te pointe pas comme ça sans prévenir, surtout sans allumer la lumière.

Pour toute réponse, il hausse les épaules, s'empare de mon bagage et repart aussi vite qu'il est venu. Après avoir pris quelques secondes pour me remettre, je lui emboîte le pas.

Au rez-de-chaussée, tout le monde n'attend apparemment plus que moi. Comme toujours et malgré l'heure plus que matinale, chacun des membres de cette famille est prêt à nous accompagner. Toujours unis, quoi qu'il arrive. Quand je les observe et ça me confirme que je n'ai pas le droit de briser l'équilibre que nous avons. Notre histoire avec Lucas va devoir rester un secret quoi qu'en pense ma belle-sœur. Je sais que son attitude part d'un bon sentiment, néanmoins, je doute qu'elle soit bien consciente de tout ce qu'il y a en jeu dans cette histoire. Mon frère n'acceptera pas une quelconque relation entre moi et son meilleur pote. Pour lui, nous sommes une famille dont Lucas est un membre à part entière. Lien du sang ou non, tout ça ne rentre pas en considération dans son ressenti. Si un jour il apprend que Lucas a ne serait-ce que posé un doigt sur moi, il va devenir fou. Et ça, je m'y refuse. Je serai incapable de me passer de mon frère, tout comme je ne supporterai pas qu'il se brouille avec celui qu'il considère comme son frère.

Violette a beau tenter de me faire changer d'avis, je sais d'ores et déjà que quoi qu'il se passe entre nous, ça devra s'arrêter au moment où l'avion nous ramènera, dans très exactement sept jours. Que mon cœur parte avec lui ou non, l'issue est tout de même écrite. Peut-être que si j'arrive à ce que mon esprit l'imprègne, la chute sera moins rude.

Assise à l'avant, aux côtés de mon père, je me perds dans la contemplation de l'extérieur. Il fait nuit noire et j'observe les étoiles qui scintillent haut dans le ciel. Ici, en pleine campagne, aucune pollution visuelle qui nous empêche d'admirer le ciel et j'espère que lorsque je serai en plein désert au Maroc, ce sera encore plus beau. Les quelques personnes ayant déjà participé au Rallye Gazelles and Men et avec qui j'ai conversé m'ont toutes servi le même ressenti. Des paysages à couper le souffle et un ciel si clair, qu'il nous donne la sensation d'être au plus près des constellations. J'ai toujours eu une grande fascination pour l'espace. Se dire que nous sommes seuls au milieu de rien est à la fois flippant et intrigant.

— Tout va bien se passer t'en fais pas, chuchote mon père en posant sa main sur la mienne. Ne te préoccupe pas de ta place dans la course, profite du moment.

Là, c'est lui qu'il cherche à rassurer, pas moi. Je sais qu'il est à la fois fier que je suive ses traces, tout en ayant la frousse qu'il m'arrive quelque chose. Un rallye, quel qu'il soit n'est pas anodin et en plein désert encore plus. Les dunes de sable peuvent parfois réserver des surprises. Il m'a déjà briffée un paquet de fois là-dessus et j'ai conscience que le fiasco de celui de la Mayenne ne l'aide pas à l'apaiser. J'ai merdé, je le sais. Lucas en a pris l'entière responsabilité et je me sens un peu mal pour ça. Si je n'ai rien avoué, c'est parce que je sais très bien que mon frère aurait été capable de tout annuler, pensant que je n'étais pas prête. Alors que je le suis. Mon seul problème, c'est mon attirance pour *lui*. Elle est si grande que j'en perds toute notion des priorités. Quand il est là, je perds tout sens des réalités.

— Je vais essayer, soufflé-je.

Je n'ai pas les mots pour l'apaiser. Les démonstrations d'affection, avec mon père, ne sont pas habituelles. Il a toujours gardé un œil sur moi, de loin. Il a laissé son rôle de parent à mon frère. Je ne sais pas trop s'il a agi comme ça, parce que ça lui a permis de bosser énormément afin de nous offrir tout ce dont on avait besoin du côté matériel ou parce qu'il m'en veut. Après tout, je suis celle qui a tué sa femme à ma naissance. Si je n'avais pas existé, ma mère serait probablement encore en vie. Je lui ressemble beaucoup et je vois très bien la lueur de douleur dans les yeux de mon père à chaque fois qu'il pose le regard sur moi. J'aurais aimé qu'il me parle d'elle. Qu'il me dise quel genre de femme elle était. Dans mon esprit, je l'ai toujours imaginée gentille, douce et aimante, sauf que je n'en sais rien.

— Reste concentrée, écoute les indications de Lucas et surtout, revenez entiers, le reste n'a aucune importance.

Ça en a pour moi. Ce qu'il refuse de comprendre, c'est que pour ma part, le rallye, n'est pas juste une passion. Comme lui, je veux en faire mon métier. Des années que je le lui répète et qu'il ne m'écoute pas. Il m'a obligée à suivre un cursus qui n'est pas pour moi. Son but, m'enfermer dans son bureau et gérer les rendez-vous du garage, les commandes, les factures. Jusqu'à présent, je n'ai pas osé aller contre sa volonté, un jour ou l'autre, je n'aurai plus le choix. Si je suis la voie qu'il m'a tracée, je serai malheureuse. Je dois déjà mettre une croix sur l'amour de ma vie pour protéger ma famille, je refuse, en plus, de voir ma carrière me passer sous le nez. Ce serait trop pour moi. Voilà pourquoi, je mets autant d'espoir dans ce challenge. C'est ma chance. Celle qui peut-être me permettra de me démarquer. Mais pour ça, il faut aussi que je compose avec celui qui va me servir de co-pilote. Entre nous, c'est explosif. Cette attraction et ce jeu du chat et de la souris commencent à me rendre dingue.

— Je sais papa !

Ça m'agace qu'il ne me fasse pas confiance. Tous les hommes de ma vie tentent de me protéger et semblent ne pas voir que je ne suis plus une petite fille. J'ai dix-neuf ans, je suis une adulte et j'ai le droit de choisir par moi-même. Il serait temps que chacun d'entre eux en prenne conscience.

— Écoute Romane, je sais que je n'ai pas toujours endossé le rôle qui est le mien. Je sais aussi que je vous ai laissés vous débrouiller seuls depuis que vous êtes petits. Ton frère a plus une attitude de père que moi, mais...

Pendue à ses lèvres, j'attends la suite. J'adore mon père, cependant, il est rare qu'il prenne la parole pour déballer ce qu'il ressent.

— Nous sommes seuls tous les deux, alors je vais tenter de t'expliquer. Quand ta mère nous a quittés, j'ai perdu pied. Mon monde s'est écroulé. J'ai dû faire des choix. Je me suis lancé à corps perdu dans le travail pour oublier le manque que sa disparition a créé dans ma vie. À chaque fois que je posais les yeux sur toi, c'est elle que je voyais. Ça a été difficile pendant longtemps. Ton frère était jeune, pourtant il s'est occupé de toi, bien mieux que j'en étais capable à l'époque. Je sais qu'il a des tendances à te tyranniser, à être trop derrière toi, à trop te couver, mais c'est parce qu'il s'inquiète pour toi.

— Je sais tout ça, papa. Il n'empêche qu'au quotidien, c'est lourd à supporter. Et je suis désolée d'avoir tué maman et d'avoir détruit ta vie et celle de mon frère. Si je n'avais pas existé, tout aurait été différent, sangloté-je.

— Je t'interdis de dire ça ! s'emporte soudain mon père en tapant du poing sur le volant.

Figée, je le fixe sans réagir alors qu'il se gare sur le bas-côté. Ses traits sont déformés par la colère et je ne sais pas comment me comporter. C'est la première fois que je le vois dans une telle rage. Pour moi, mon père a toujours incarné la force tranquille et l'homme qui se tient, là, en face de moi, ce n'est pas lui. La peur s'insinue dans mes veines et me provoque un frisson qui traverse tout mon corps. Même si je sais tout au fond de moi, que jamais il ne pourrait lever la main sur moi, je reste tétanisée face à sa réaction. Et quand il se tourne vers moi, j'ai un mouvement de recul lorsqu'il s'empare de mes mains.

— La mort de ta mère a été une tragédie pour notre famille, mais tu n'en es pas responsable. Le seul coupable, c'est moi...

Stupéfaite, je le fixe les yeux ronds. Je ne vois pas pourquoi il serait en cause.

— Ce jour-là, je courrais un rallye, l'un de ceux qui sont si importants qu'il était impossible de le rater. Si j'avais su, si j'avais eu la moindre idée de ce qui allait se passer... quand je suis parti pour la course, ta mère se plaignait déjà de contractions... pour ton frère, ça avait été si long, que je pensais avoir plusieurs heures devant moi... ça n'a pas été le cas. Lorsque je suis rentré six heures plus tard, ta mère était inconsciente sur le canapé, ton frère couché dans ses bras.

Sa voix se brise sur ses derniers mots et me projette dans une spirale dont je ne veux pas.

— Les médecins n'ont rien pu faire pour elle, toi, ils ont réussi à te sauver in extremis.

Un frisson d'horreur me traverse le corps. Ma mère est morte pour une course ! Une putain de course de voiture ! Des années que je me flagelle d'avoir été la cause de tout ça alors que c'est lui le fautif. J'ai passé ma vie à mettre mon père sur un piédestal. Je me suis faire oublier, je ne lui ai jamais posé de problème majeur. Tout ça pour qu'il oublie que j'avais assassiné ma propre mère. Alors que c'est lui le responsable. Lui et lui seul !

Les larmes que j'aperçois dans ses yeux ne me procurent aucune peine, pire même, elles me dégoûtent. Je suis en colère contre lui. Je le hais d'avoir attendu dix-neuf ans pour me révéler la vérité sur le jour de ma naissance. S'il avait parlé plus tôt, peut-être que ma vie aurait été différente. Peut-être que j'aurais osé aller à l'encontre de mon frère. Peut-être que je me serais rebellée, émancipée. J'ai l'horrible sensation que ma vie toute entière n'est qu'une mascarade.

— NON, laisse-moi ! crié-je quand il tente de me prendre dans ses bras. Amène-moi à l'aéroport. Pour le moment, je n'ai pas envie de te parler, ni de te voir.

Trop en colère pour avoir une discussion normale, je préfère couper court et prendre le temps de digérer cette information. Dans l'état où je suis, je suis capable de dire des mots qui dépasseront le fond de ma pensée et je n'ai pas envie de quitter mon père sur des paroles que je regretterai.

Le nez contre la vitre, je me mure dans le silence le reste du trajet. J'ai conscience que ma réaction le rend malade, pourtant, je suis incapable de lui pardonner, pour le moment. Ça reste un accident, sauf qu'il me l'a caché durant toutes ces années et ça me brûle les entrailles. Toute mon existence n'est qu'un odieux mensonge. Une mascarade que j'ai du mal à digérer.

Lorsque mon père se gare enfin dans le parking de l'aéroport, je saute de la voiture sans attendre, ouvre le coffre et attrape mon bagage. Un peu plus loin, j'aperçois Lucas, Violette et mon frère qui nous attendent. Sans prendre la peine de les rejoindre, je file directement vers le comptoir d'enregistrement. J'ai besoin d'être seule, de réfléchir et surtout, de m'éloigner d'eux. Je n'ai aucune idée si Maël est au courant de cette histoire. Si comme moi, il n'est qu'un dommage collatéral de la passion dévorante de mon père ou s'il sait tout, et que lui aussi me ment depuis toujours. Dans tous les cas, ce n'est pas le moment de demander des explications à qui que ce soit. La seule chose que je veux, c'est monter dans cet avion et partir loin d'ici.

Dire que chacun de mes gestes, chacune de mes paroles et chacune de mes actions n'étaient que dans le but de préserver ma famille, de les rendre fiers de moi pour qu'ils oublient que mon arrivée avait tué ma mère. Tout ça pour me rendre compte que ce sont des conneries, ça me bouffe, ça m'oppresse. Cette semaine, je vais, pour la première fois, mener ma vie en ne pensant qu'à moi et à moi seule.

Au diable mon père et mon frère. Je vais tout tenter pour obtenir ce que je désire depuis des années, à savoir Lucas. Rien à foutre qu'il parte après. Rien à foutre d'y laisser les restes de mon cœur ou de mon amour propre. Pour une fois dans ma courte vie, je vais agir comme bon me semble. Cette semaine qui arrive, je vais la vivre comme-ci c'était la dernière. Comme-ci j'allais mourir en rentrant. Je dis adieu à ma conscience, à mon savoir-vivre et à tous ces complexes qui me bouffent l'existence.

Dès à présent, c'est une autre Romane qui va voir le jour...

CHAPITRE 25

JE VAIS TELLEMENT TE FAIRE CRIER QUE TU EN OUBLIERAS TON PRÉNOM !

LUCAS

Romane vient de passer comme une fusée devant nous, sans même s'arrêter à notre niveau.

Putain, quelle mouche l'a encore piquée ?

Cette fille me rend dingue ! Je ne sais pas ce qui lui a encore traversé l'esprit, par contre, qu'est-ce qu'elle peut être chiante, parfois. Sourcils froncés, mon pote paraît se poser la même question que moi et c'est sans attendre qu'il se rue à sa poursuite. À peine a-t-il disparu que Juel s'extrait de sa voiture. Les épaules voûtées et le visage tendu, il semble préoccupé. Lui non plus ne vient pas à notre rencontre, il se rend dans la même direction que Romane et son frère.

— Qu'est-ce qu'il leur arrive à tous ? me questionne Violette.

Sans répondre, je hausse les épaules, m'empare de ma valise et suis le mouvement. Je n'ai pas à me mêler de leurs histoires, même si je suis rongé par la curiosité. De toute façon, connaissant Romane, elle finira à un moment ou à un autre par cracher le morceau. Elle est comme ça. Elle garde, elle boue, et telle une cocotte-minute, ça finit toujours par exploser. Reste à savoir après qui elle en a exactement. Sans doute après son père vu la tête qu'il tire. Il est rare que ces deux-là s'en prennent l'un à l'autre. Peut-être a-t-il voulu lui donner un énième conseil. Ce qui connaissant le bonhomme ne serait pas étonnant. Ce qui me fait tiquer, c'est plutôt sa réaction à elle. En général, elle s'en prend à son frère, jamais à son père, même quand il est fautif. Je ne comprends pas cette espèce de dévouement qu'elle porte à Juel.

— Fous-moi la paix une fois dans ta vie, d'accord ! J'ai pas envie d'en parler, on verra ça à mon retour. Pour le moment, lâche-moi ! Merde à la fin ! s'énerve Romane en repoussant son frère.

— Oh, on se calme tous les deux ! s'interpose Violette. Je sais que vous êtes tous stressés par cette course, par contre, c'est pas la peine de vous étriper ! Tous les deux, vous êtes vraiment deux gamins !

— C'est elle, regarde la tronche qu'elle tire. On dirait qu'elle part au bagne, se défend Maël.

— Ouais, ben, si tu lui lâchais un peu la grappe aussi. Laisse-la respirer au lieu d'être sans cesse derrière elle.

— Putain de solidarité féminine, marmonne mon pote. Je vais regarder le tableau des départs, ça m'évitera de prononcer des paroles que je risque de regretter.

— Ouais, ben comme ça on est deux ! lui rétorque sa sœur.

Bordel, l'ambiance est tendue ce matin. Je ne sais pas ce qu'ils ont avalé au petit-déjeuner, mais ils sont en forme. Je sens que ces deux heures de vol vont être longues. Violette part rejoindre son mec et Romane nous tourne le dos. Il ne reste plus que Juel et moi.

— Ça va ? le questionné-je.

— Très bien, fils, on est tous un peu stressés, rien de plus, tente-t-il de me rassurer.

Sauf que je n'en crois rien. Pas avec la posture tendue qu'il affiche. Il s'est clairement passé quelque chose entre le père et la fille.

Pour le moment, je laisse courir. Ce n'est pas la peine d'envenimer la situation avant le départ. Ce qui me chagrine, c'est que Romane parte sur un non-dit, une mauvaise compréhension ou une dispute. Je la connais, ça risque de lui prendre la tête jusqu'à notre retour. Ce qui signifie qu'elle ne sera pas à cent pour cent avec moi pendant cette semaine. C'est égoïste, pourtant, je refuse que quoi que ce soit ne vienne parasiter mes plans. Je n'aurai sans doute plus jamais l'occasion de me retrouver seul avec elle.

— Hall B, guichet vingt-six et les enregistrements ont commencé.

La voix de mon pote me sort de mes pensées. Avec Romane, nous nous chargeons de nos bagages et tous se mettent en marche. Maël roule aux côtés de Violette, Juel à leur suite. Romane traîne en arrière juste devant moi. J'augmente ma foulée, me mets à sa hauteur et attrape sa main dans la mienne. Sans doute surprise, elle fixe quelques secondes nos mains jointes avant de serrer mes doigts dans les siens. Ce geste, en apparence anodin, me file le sourire et elle, paraît la détendre.

Juste avant d'arriver devant le comptoir, je la relâche. Pas par envie, plutôt par peur d'être surpris. À peine l'ai-je libérée que sa présence me manque déjà. Ce qui m'agace profondément. Je veux aller au bout de ce désir qui me ronge, de cette envie d'elle qui me bouffe. La question est, est-ce que je vais survivre quand je devrai repartir si déjà, je ressens le vide, alors qu'elle est juste à côté de moi. J'ai tenté de toutes mes forces de mettre cet aspect de côté. Aujourd'hui, je prends pleinement conscience de ce qui m'attend dans très exactement, sept jours.

— Bonjour, passeport et billet s'il vous plaît.

Je tends à l'hôtesse mes papiers et dépose mon bagage sur la balance.

— Vous pouvez vous rendre en zone d'embarquement. Bon voyage.

— Merci.

Je sors de la file et rejoins les autres qui patientent un peu plus loin.

— Bon, c'est là que nos chemins se séparent. Vieux, pas de connerie en mon absence, rigolé-je en offrant une tape dans le dos de mon pote.

— Aucun risque puisque t'emmènes la chieuse avec toi, rétorque-t-il en foudroyant Romane du regard.

Cette dernière lève les yeux au ciel en soufflant avant de prendre Violette dans ses bras.

— Si tu pouvais faire en sorte qu'à mon retour il soit moins con, murmure Romane à Violette.

— Je t'ai entendue, s'interpose Maël.

— C'était fait pour, figure-toi, jubile sa sœur.

— Maintenant, ça suffit tous les deux, exige Juel. Romane, viens avec moi.

Tête baissée, cette dernière s'éloigne avec son père.

— Y'a un truc qui cloche entre ces deux-là, déclare Violette pensive. Bon vol et montrez de quoi vous êtes capables, m'encourage-t-elle en me prenant dans ses bras.

— T'inquiète, on va gérer, la rassuré-je en lui rendant son étreinte.

— Déjà, évite de tuer ma sœur, ce sera déjà pas mal. Parce que même si elle est chiante, j'y tiens, nous interrompt Maël.

— Ça va, tu vas pas recommencer ! répond sa copine avant que j'aie le temps d'ouvrir la bouche. T'es lourd avec cette histoire à force, change de disque. Quinze jours que tu nous sers la même chose, je crois que Lucas a compris.

— Putain, t'as tes règles ou quoi ? lui rétorque Maël.

Je laisse les deux amoureux à leur dispute et fixe le père et la fille. Elle regarde ses pieds pendant que son paternel lui parle et il me semble apercevoir une larme rouler sur la joue de Romane avant qu'elle ne se jette dans les bras de Juel. Je préfère ça.

Après de longues embrassades et sur les derniers conseils de son frère — c'est plus fort que lui, il ne peut pas s'en empêcher —, nous passons enfin les contrôles de sécurité. Avec leurs conneries, nous ne sommes pas en avance. C'est donc au pas de course que nous gagnons notre porte d'embarquement.

À présent installés sur nos sièges, je peux enfin respirer. Sept jours, j'ai sept jours où je vais pouvoir me détendre et profiter de Romane sans cette boule de stress dans l'estomac.

— Tu as bien prévu de quoi te changer avant d'atterrir ? la questionné-je.

— Oui, papa !

— T'es en train de te foutre de ma gueule ?

— Qui ? Moi ? j'oserai pas !

Son regard pétille d'humour et je préfère ça à la tête d'enterrement qu'elle tirait tout à l'heure. La miss veut jouer ? Pas de problème. Ce qu'elle oublie, c'est que maintenant, plus rien ne va m'empêcher de lui fermer sa jolie bouche. Aucune crainte que quelqu'un de notre entourage nous surprenne et m'empêche de laisser libre cours à mes envies.

— Tu sais que maintenant, j'en ai plus rien à foutre qu'on nous voit. Alors, ne me cherche pas, sinon, je te traîne dans les toilettes, chuchoté-je à son oreille.

— Eh bien, je n'ai jamais pris l'avion, mais je suppose que l'espace ne doit pas être plus grand que les toilettes du TGV. Ce qui risque de nous poser un problème de taille, me provoque Romane.

Je crois qu'elle n'a pas conscience de ce que je suis prêt à endurer pour enfin me fondre en elle.

— Tu doutes de mes capacités ?

— Disons que dans mon souvenir, tu n'avais pas l'air d'en avoir beaucoup, Lucky !

Elle me cherche. Putain, que je déteste quand elle débite ce surnom ridicule. Dans ces moments-là, elle me donne autant envie de la noyer que de la culbuter pour lui prouver que je n'ai plus seize ans.

— Je vais tellement te faire crier que tu en oublieras jusqu'à ton prénom et je peux te garantir qu'après ça, tu ne prononceras plus ce mot, soufflé-je tout proche de ses lèvres.

La tension entre nous monte d'un cran. Ses joues sont rouges, ses pupilles dilatées et son regard oscille entre mes yeux et mes lèvres. L'air s'épaissit et j'en oublie l'endroit où nous sommes.

— Excusez-moi de vous déranger, mais mon siège est à côté de vous.

ROMANE

La voix d'un homme me sort de ma torpeur. Lucas s'écarte, un sourire ravageur sur les lèvres. Quant à moi, j'hésite entre l'envie d'étrangler l'importun et celle de le remercier. Le souffle encore court, j'ai besoin de quelques secondes pour comprendre que la personne souhaite qu'on bouge pour le laisser passer. Bon sang, ce mec me fout dans tous mes états. Il ne lui aura fallu que peu de temps pour arriver à me sortir de ma mauvaise humeur quant à la révélation de mon père.

Si j'ai accepté de lui pardonner aussi vite, c'est juste parce que je ne voulais pas partir en étant fâchée avec lui. Néanmoins, il m'a promis d'avoir une vraie conversation à mon retour et non pas, juste trois mots jetés entre deux portes. J'ai besoin de comprendre ; besoin de savoir pourquoi personne ne m'en a parlé.

Les jambes flageolantes, je m'extirpe de mon siège et dois me coller à Lucas, le temps que le mec s'installe. Bon Dieu, qu'est-ce que c'est étriqué un avion ! On n'a même pas de quoi se tourner sans sentir les effluves des autres passagers. Et l'odeur qui emplit mes narines n'est autre que celle de mon co-pilote.

Je vais tellement te faire crier que tu en oublieras jusqu'à ton prénom et je peux te garantir qu'après ça, tu ne prononceras plus ce mot.

Ses paroles résonnent dans ma tête comme une promesse que j'ai hâte de découvrir. Maintenant que je connais la vérité sur le décès de ma mère, c'est un peu comme si ma conscience s'était allégée. Comme si la crainte de perdre ma famille s'était apaisée. Non pas que je veuille les blesser, j'ai juste envie, pour la première fois de ma vie, d'agir en ne pensant qu'à moi et non plus par peur de les décevoir.

Après un temps qui m'a paru interminable, je regagne enfin ma place au moment où résonne autour de nous la voix du commandant de bord, qui nous demande d'attacher nos ceintures, en vue du décollage. L'avion se met à rouler sur le tarmac pendant que trois hôtesses nous font la démonstration en cas d'évacuation d'urgence. Elles sont toutes hyper synchros et me font penser à un ballet.

— Les issues de secours se trouvent à l'avant, au centre et à l'arrière de l'appareil, débite la voix préenregistrée.

— Dis, ils sont sérieux ? Ils pensent vraiment qu'en cas de soucis, ils vont sauver nos fesses en sautant de l'appareil ? demandé-je à Lucas, incrédule.

C'est vrai quoi, c'est débile leur truc. Quitte à mourir, autant que je reste assise tranquille, le résultat sera le même.

— C'est en cas d'amerrissage, se marre Lucas des larmes pleins les yeux à force de rire.

Ça y est, il m'agace ! Il faut toujours qu'il sorte sa science. Je vais lui rabattre son caquet, il ne va pas s'en remettre. Sans réfléchir plus longtemps, je me tourne vers lui, faufile ma main derrière sa nuque et colle mes lèvres sur les siennes. Passée la petite seconde de surprise, sa langue passe la barrière de mes dents et investit ma bouche. Une chaleur intense se loge dans mon bas ventre quand ses doigts s'agrippent à mon chignon approximatif à l'arrière de ma tête.

Je perds le contrôle. Complètement. Totalement. Si je pensais pouvoir maîtriser mon assaut, je me suis plantée en beauté. C'est lui qui prend les rênes et dirige. Dans ses bras, je ne suis plus qu'une poupée de chiffon et je m'abandonne à son bon vouloir. Quand il me touche, je perds tous sens des réalités et de ce qui m'entoure. Mon envie pour lui est si intense, qu'elle me grignote les entrailles, envahit tout mon être et fait battre mon cœur beaucoup trop fort. Si bien qu'il est prêt à s'échapper de ma poitrine.

Quand il me relâche, il me faut un moment pour reprendre pied dans la réalité. Celle où je suis dans un avion bondé et prêt à décoller. Après cette montée fulgurante de plaisir, c'est mon stress qui est à son paroxysme. Je ne suis pas une trouillarde, loin de là. Cependant, je n'ai encore jamais quitté le plancher des vaches et l'accélération de l'avion mêlée au bruit infernal est impressionnant. Agrippée fermement aux accoudoirs de mon siège, je suis en train de me repasser tout le film de ma vie. C'est la panique.

— Eh, Romane ! Détends-toi, murmure Lucas à mon oreille.

Sa main sur ma joue, il caresse tendrement ma pommette et me plonge dans un rêve éveillé. Les paupières closes, mon imagination me propulse dans un état bizarre, comme une sensation de déjà-vu.

Incapable d'ouvrir les yeux tant je suis fatiguée, je laisse les sensations que me procure son corps lové contre le mien m'envahir. Sa présence me rassure, m'apaise. Pourquoi a-t-il fallu que je boive autant avant de le rejoindre ? Dans l'état où je suis, il m'est impossible de profiter de lui comme je le voudrais. Il est là, son corps emboîté derrière le mien, une main posée sur mon ventre et son visage enfoui dans mon cou. Sa respiration me berce, son souffle me provoque des frissons de plaisir.

Une turbulence me ramène à l'instant présent. Celui où l'avion est en train de se redresser. Bon Dieu, c'est quoi ces pensées ? Ce n'est pas la première fois que j'ai de tels flashs lorsqu'il me touche. Le problème, c'est que je n'ai aucune idée d'où ça provient. Est-ce que j'ai vraiment vécu ces moments ? Ou bien c'est le fruit de mon imagination débordante ? Et puis, pourquoi à chaque fois que je reviens à la réalité, ces souvenirs s'évaporent aussi vite qu'ils sont apparus ?

— Ça va ? me questionne Lucas.

Mon regard croise le sien et dans ses prunelles danse de l'inquiétude.

— Ouais, c'est juste impressionnant, le rassuré-je en lui souriant.
— Tu vas t'y faire. La première fois c'est toujours un peu déstabilisant. Tu verras l'atterrissage, c'est encore pire, rigole-t-il.
— Si tu cherches à ce que je flippe pour le reste du vol, tu t'y prends comme il faut, me renfrogné-je dans mon siège.
— Je tente juste d'être honnête pour ne pas que tu sois surprise.

C'est quoi mon problème ? Je crie haut et fort à qui veut l'entendre que j'en ai marre que l'on me protège et je rembarre le seul qui me balance les choses telles qu'elles sont. En fin de compte, Lucas a sans doute raison, je suis une vraie girouette. Ceci dit, pour le coup, j'aurais préféré qu'il me laisse la surprise, ça m'aurait permis de me détendre un peu entre les deux. La tête tournée et penchée vers le hublot, j'observe les nuages qui défilent devant mes yeux. C'est dingue quand même d'être en mesure de pouvoir voler. Rencognée dans mon siège, je pousse un soupir quand je constate qu'au final, ça ne bouge pas tant que ça. Mis à part le bruit qui est assez fort, je ne peux pas dire que je sois secouée.

Un bip me sort de mes pensées et je constate que Lucas me fixe.

— Quoi ? demandé-je.
— Tu peux détacher ta ceinture et bouger si t'en as envie.
— Pour aller où ?
— Aux toilettes par exemple, me sourit-il.

Je vois très bien où il veut en venir, mais non, il a beau m'exciter comme personne avant lui, je refuse que notre première fois se passe dans des chiottes. J'ai quand même un minimum de dignité.

— Tu ne me sauteras pas dans les toilettes, même pas en rêve !
— C'était pas l'idée de base. Je te proposais d'aller te changer. Le vol est court, d'ici un peu plus d'une heure, il faudra te rattacher quand on amorcera la descente.

Mes joues me brûlent. Je dois sans doute être aussi rouge qu'un étalage de tomates bien mûres en plein été. Trop la honte. Un peu vexée, je dois bien l'avouer, je me dresse sur mes jambes, m'empare de mon sac à dos et tente de me faufiler par-dessus mon voisin. Le souci, c'est que je suis aussi souple qu'une tortue affalée sur le dos. Mes pieds se prennent dans la lanière de mon sac et je perds l'équilibre. Le sol se rapproche à vitesse grand V de mon visage. Par chance, des bras puissants me retiennent et m'évitent une chute mémorable. C'est comme ça que je me retrouve perchée sur les genoux de Lucas, mes fesses bien posées sur la protubérance entre ses cuisses. Un sourire naît sur mes lèvres lorsque je me dandine sur lui et que ses doigts se crispent sur ma taille alors qu'il tente sans doute de trouver une position qui pourrait le soulager.

— Un problème peut-être ? lui demandé-je joueuse.

— Aucun, si ce n'est que tu pèses un âne mort.

Piquée au vif, je lui jette un regard lourd de sens. Toi, mon coco, tu vas devoir ramer pour me foutre dans ton lit. Ce n'est pas possible d'être aussi con. S'il pense que c'est comme ça qu'il va arriver à m'avoir, il se fourre le doigt dans l'œil et bien profond.

Tu crois vraiment à ce que tu dis ?

Pas vraiment. Ceci dit, il n'est pas censé le savoir. Tout du moins, pas pour le moment. Il va voir de quel bois je me chauffe. Exit les complexes. Lucas va tellement baver qu'il va finir par me sauter dessus. Après tout, la dernière fois que je me suis retrouvée à cheval sur lui, il ne s'en est pas plaint. Tout ce qu'il cherche, c'est à me rendre dingue et je ne lui donnerai pas ce plaisir.

Déterminée à l'emmerder, je me décale un peu, pose ma main sur son entrejambe et pousse fort dessus pour m'aider à me redresser. La grimace qui déforme les traits de son visage et le couinement qui sort de sa bouche me confirment sa douleur. Bien fait ! Aussitôt, je me retire. Il ne faudrait pas non plus que j'abîme le matériel et qu'il ne soit plus en mesure de s'en servir. Je n'ai pas l'intention de me punir moi-même. Il y a bien trop longtemps que j'attends ça.

J'abandonne Lucas derrière moi et me dirige à la hâte vers les toilettes. Sait-on jamais de quoi il est capable. Je le connais assez pour savoir qu'il n'y a pas grand-chose qui l'arrête. Ce mec est si sûr de lui, qu'il n'hésitera pas à me rejoindre si l'envie lui en prend. Et comme, en ce qui me concerne, je doute de ma retenue, j'aime autant ne pas tenter le diable.

Une fois enfermée dans la micro-cabine, je reprends mon souffle et jette un œil sur ce qui m'entoure. C'est encore plus étroit que ce que j'avais imaginé. Il n'y a même pas de quoi se tourner sur soi-même. Je n'ai pas fini de me contorsionner. Finalement, après moult essais, je décide de m'asseoir sur la cuvette et fouille dans mon sac. Au choix, un legging avec un grand tee-shirt ou un short et un débardeur. Ce n'est pas la canicule dans l'avion, mais je devrais pouvoir survivre. J'enfile mon short et mon haut moulant avant de rajouter le tee-shirt que je noue autour de ma taille. Je ne vais pas tout lui offrir en même temps, je l'achèverai juste avant de descendre. Mon plan en tête, je m'extrais enfin — non sans mal – de la cabine qui pourrait finir par me rendre claustro.

Dans le couloir étroit qui me ramène à ma place, j'avise mon voisin qui me matte sans vergogne.

Vas-y profite bien de la vue, tu n'auras droit qu'à ça !

Arrivée à sa hauteur, ses yeux au niveau de mon ventre, j'ouvre le coffre au-dessus de nos têtes dans le but d'y fourrer mon sac. Sauf qu'avec ma taille de lilliputienne, la chose s'avère plus compliquée que prévu. Que cela ne tienne, j'ai plus d'un tour dans ma manche. Les genoux posés sur l'accoudoir de Lucas, je me retrouve en équilibre, mon entrejambe maintenant à sa portée. Avec ça, peu de chance qu'il arrive à calmer son érection. Fière d'avoir enfin réussi, je referme le coffre et enjambe mon voisin de face en m'appuyant sur le dossier de son siège, lui mettant le visage contre ma poitrine. Et je prends tout mon temps pour regagner ma place. OK, j'avoue que c'est aussi pour ne pas perdre l'équilibre et me taper la honte. Néanmoins, vu la tête que tire Lucas, je pense avoir réussi mon coup. Ses mains fermement accrochées aux accoudoirs et la respiration sifflante, je pense qu'il est mûr. Et je suis tentée d'ôter aussitôt mon tee-shirt pour l'achever. Ce que je m'empresse d'exécuter.

— Tiens, si tu veux bien le mettre dans ton sac, tout compte fait, je crève de chaud, l'interpellé-je en lui lançant mon vêtement au visage. À moins que tu ne préfères que je ressorte mon sac.

— Non, ça ira. Arrête de bouger, tu me files le tournis.

Tu m'étonnes ! Je n'ai pas une grande connaissance de la gent masculine, pourtant, je suis persuadée qu'il a du mal à se contenir. Lucas, je le connais depuis toujours et son regard fuyant me confirme qu'il n'est pas très à l'aise. Aussi surprenant que cela puisse paraître venant de lui, il ressemble à un petit lapin pris dans les phares d'une voiture. Il se racle la gorge avant de tirer d'une manière pas très discrète sur son jean. Soudain, je comprends. Il doit se sentir à l'étroit. Et c'est moi qui ai réussi à le mettre dans cet état. J'en suis hyper fière.

Le reste du vol se passe dans un silence religieux. J'ai beau gesticuler pour attirer son attention, il est mutique, le regard fixé dans le vide et il ne s'est même pas changé. La descente commence et le stress me gagne.

CHAPITRE 26

N'OUBLIE PAS QUE JE TIENS TA BRANCHE !

ROMANE

Bon Dieu, quelle horreur cet atterrissage, j'ai cru mourir au moins dix fois et aucune aide de la part de mon voisin. Il est resté figé, les yeux hagards.

Et dire que dans quelques jours je vais devoir remettre ça... je préfère ne pas y penser. La montée de stress a été si intense que je transpire comme un bœuf.

Lorsque je franchis le seuil de la carlingue, je suis étouffée par la vague de chaleur et l'humidité ambiante.

— Bon Dieu, quelle chaleur ! m'écrié-je déjà à bout de souffle alors que je n'ai descendu que trois marches.

— Bienvenue au Maroc ! Et encore, tu n'as pas encore goûté au désert, rigole mon co-pilote.

Tiens ! Il paraît avoir retrouvé toutes ses facultés.

— Je vais m'adapter, c'est juste que, contrairement à toi, j'ai pas passé les quatre dernières années à me dorer la pilule en Italie. Je viens de Bretagne, moi, monsieur ! rétorqué-je.

— Pour ton information, je ne me dorais pas la pilule, je travaillais.

Quand mes pieds foulent le tarmac, j'ai l'horrible sensation de prendre feu. La chaleur brûle le bitume, remonte et traverse la couche de plastique de mes tongs. Pourquoi devons-nous descendre de l'avion directement au lieu de passer par un tunnel et être accueillis par la climatisation de l'aéroport. Je les soupçonne de vouloir se débarrasser d'une partie des passagers.

Je sue comme un porc, je pue la mort. Et si je ne trouve pas une douche au plus vite, j'ai bien peur de m'asphyxier avec ma propre odeur. Ma transpiration court sur mon cou et dévale la pente entre mes seins avant de se loger sur l'élastique de ma culotte. À ce rythme-là, j'aurai perdu toute l'eau que contient mon corps avant de franchir les portes de l'aéroport. À mesure que j'avance, mes pas ralentissent et les autres passagers de l'avion finissent par tous me doubler.

— Allez Romane, encore un effort, on est presque arrivé, me presse Lucas dans mon dos.

Trois jours que je suis incapable de trouver le sommeil tant je suis excitée et angoissée par ce périple. Trois jours que je tiens debout à coup de caféine, alors avec la chaleur en plus... je vais clamser.

— J'en peux plus ! J'ai chaud, j'ai soif, j'ai faim et je sens plus mes jambes, débité-je à toute allure.

— On est à peine arrivé que tu me fais déjà chier ! Putain, je sens que cette semaine va être un véritable calvaire, s'agace mon compagnon de voyage.

Il s'incline devant moi, passe son bras à l'arrière de mes genoux et me dépose sur son épaule sans aucune délicatesse. C'est quoi cette nouvelle manie de me transporter. Il me prend pour un sac de patates ?

— Ça va pas bien dans ta tête ! hurlé-je le nez fourré dans son tee-shirt trempé. Lâche-moi, bon sang !

Mon sac sur le dos menace de passer au-dessus de ma tête et je le retiens in extremis en écartant les bras.

— Ferme là ou je te jette au sol et je te laisse là, exige l'homme de Cro-Magnon en claquant mon derrière de sa paume.

Ce qui a le mérite de me faire taire aussitôt. Le contact de sa main sur la peau presque nue de mes fesses électrise toutes mes terminaisons nerveuses. Un long frisson traverse mon corps et vient se loger directement dans mon intimité.

Ma peau nue ? Oups !

Pourquoi est-ce que j'ai enfilé un short si court ? À cause de mon besoin de me venger, je me retrouve les fesses à l'air en train de traverser le tarmac de l'aéroport de Marrakech.

— Lucas, t'es en train d'exposer mon cul à tous les passants, susurré-je de ma voix la plus douce.

Son pas ralenti, sans toutefois s'arrêter. Lui, il mijote un truc. Son bras qui jusqu'à présent enserrait mes genoux remonte jusqu'à mon derrière et d'un geste ferme il pose ses grandes mains dessus.

— Voilà, problème réglé, jubile-t-il en reprenant sa marche.

Deux de ses doigts se logent entre mes cuisses et me tirent un mouvement de surprise.

— Oh ! hoqueté-je.

— Un problème ? me questionne-t-il.

— Non, aucun, soupiré-je d'aise.

J'attends cette semaine depuis qu'il a parlé de cette proposition indécente et je compte bien profiter de chaque moment et de chaque caresse qu'il voudra bien m'offrir. Alors, s'il souhaite que ça démarre ici et maintenant, qu'il en soit ainsi. D'humeur joueuse et pour oublier ma position inconfortable — n'oublions pas que j'ai tout de même la tête en bas —, j'enroule mes bras autour de sa taille et ose poser ma paume sur son sexe.

Bon sang ! C'est dur là-dessous !

— Romane ?

— Oui.

— Qu'est-ce que tu fous ?

— Je m'accroche à ta branche. Elle me semble solide et puis... si l'envie te prenait de me jeter par-là, n'oublie pas ce que je tiens dans ma main.

— Je vais tâcher de m'en souvenir, se racle-t-il la gorge.

Je donnerais cher pour voir sa tête. C'est fou, comme je me sens audacieuse aujourd'hui. C'est bien la première fois que je suis aussi téméraire. Le feu me monte aux joues et je suis contente qu'il ne puisse pas m'observer. C'est dingue comme il arrive toujours à comprendre ce qui tourne dans mon esprit. Quand il plonge son regard dans le mien, c'est comme si je me retrouvais aussitôt à poil devant lui. Ce type, je l'ai dans la peau, pourtant, je ne dois pas oublier le deal. Cette semaine devra rester entre nous et surtout, nous ne devrons jamais en reparler. L'angoisse de l'après me tord les boyaux et je refoule ce sentiment au plus profond de mon être. Dans une semaine, j'aurai bien assez de temps pour pleurer sur mon sort. En attendant, je veux profiter de tout ce qu'il voudra bien me donner.

Lorsque Lucas franchit enfin les portes automatiques, un courant d'air frais remonte le long de mes jambes.

— La clim, soupiré-je de bonheur. Je suis au paradis.

— Bon, tu me lâches ? demande Lucas qui se penche en avant et tente de me remettre debout.

— Pas envie, pouffé-je.

— Romane, gronde-t-il. Je te conseille de me lâcher si tu ne veux pas que je te mette une fessée au beau milieu de tous ces gens.

Il est sérieux ? Comment savoir avec lui ? Dans le doute, je relâche ma prise et glisse le long de son torse. Mes pieds à peine sur le sol, je suis prise d'un vertige. Ma tête tourne, des étoiles dansent devant mes yeux et une bouffée de chaleur m'envahit. Avant de perdre l'équilibre, je m'accroche au tee-shirt de Lucas de toutes mes forces.

— Ça va ? s'inquiète-t-il en posant ses mains sur ma taille.

Ses doigts fermement ancrés sur mes hanches, la chaleur de sa peau irradie la mienne. Je ne sais pas si c'est de savoir ce qui va inévitablement se passer entre nous durant notre séjour, mais son contact me semble différent. Non pas qu'il me touche souvent, cependant, ce n'est pas la première fois qu'il pose ses mains sur moi.

— Ouais, je crois que j'ai gardé trop longtemps la tête en bas.

D'un geste ferme, il me rapproche encore un peu de lui. Ma poitrine s'écrase sur son torse dur et je relève les yeux vers son visage. Dans son regard brille un éclat de luxure puis se voile de doute. Prêt à s'écarter, je refuse de le laisser partir. Cette semaine, il est à moi, il m'appartient tout entier et je compte bien en profiter. Sans y réfléchir plus longtemps, je saisis sa nuque, monte sur la pointe des pieds et pose enfin mes lèvres sur les siennes.

Figé, il enfonce un peu plus ses doigts dans ma chair tendre. De la pointe de ma langue, je viens titiller ses lèvres dans l'espoir qu'il m'ouvre l'entrée de sa bouche. Lorsque je perds tout espoir et que je commence à me reculer, il empoigne mes cheveux dans son poing et me ramène à mon point de départ, tout contre lui. Nos dents se cognent, nos langues s'affrontent et dans mon bas ventre c'est un feu d'artifice. Son baiser n'a rien de doux ni de tendre et ça me convient très bien. C'est le tempérament de Lucas, et moi, je ne suis pas une fille fragile. Ma peau se couvre de chair de poule, le désir logé entre mes jambes remonte et se dépose dans mon cœur. Mes jambes ont du mal à me porter et je dois m'agripper davantage à lui pour ne pas m'écrouler sur le sol.

Quand il se retire, je ressens déjà un manque et le froid se répand dans mes veines. À bout de souffle, les yeux dans les yeux, j'attends sa réaction. Ses pupilles à la tendance claire sont dilatées et tirent vers le sombre. Lucas saisit ma main dans la sienne, entrelace nos doigts et me tire derrière lui. D'un pas rapide — trop rapide —, il me traîne jusqu'à la zone pour récupérer nos bagages. Il ne dit rien, ne prononce pas un mot, pourtant, je peux entendre les rouages de son cerveau s'agiter. Et je prie. Je prie de toutes mes forces pour qu'il ne change pas d'avis, pour qu'il ne me rejette pas — encore une fois. Des semaines que nous nous tournons autour. Des semaines que nous jouons au chat et à la souris. Aujourd'hui, j'en ai assez. Aujourd'hui, j'ai besoin de combler ce désir qui me consume de l'intérieur.

Ma prise se resserre sur ses doigts, je m'accroche à lui comme à une bouée de sauvetage. Il tourne la tête sur mon visage, me rend l'étreinte de ma main et esquisse un petit sourire en coin. Dans son regard brille un éclat de détermination que je ne lui avais jamais vu et là, je sais. Je sais qu'il ne reculera pas, qu'il ne fera pas machine arrière.

Sans me lâcher, il récupère son sac à dos, ma valise et m'entraîne vers l'extérieur. Sa peau contre la mienne m'électrise. Mon stress monte au même rythme que ma libido qui ne cesse d'augmenter ces dernières semaines. Je ne suis plus qu'une boule de nerfs, de désirs et d'envies.

À peine avons-nous franchi la porte automatique que la nouvelle vague de chaleur me tombe dessus encore plus forte que la première. Comment font les gens pour vivre ici ? Surtout avec leurs djellabas qui leur couvrent le corps entier. Et encore, pour les femmes c'est pire. Pas toutes, mais bon nombre d'entre elles portent un foulard qui masque leurs cheveux. Encore heureux que la tenue ne soit pas obligatoire, sinon, je pense que je serais déjà tombée dans les pommes.

— Active, la navette est là, ordonne Lucas en me traînant derrière lui.

Est-ce qu'il se rend compte que lorsqu'il fait un pas, je dois en exécuter trois ? Ses enjambées sont si grandes qu'il m'oblige à trottiner et je n'en ai plus la force. Je suis morte, fatiguée, éreintée et j'ai une de ces soifs, que je pourrais avaler l'océan entier et les poissons avec.

Devant nous se dresse un bus noir avec écrit en blanc et en gros « Rallye Gazelles and Mens », c'est sûr, on ne peut pas le louper.

— Il était temps, nous allions partir ! semble utile de nous préciser le chauffeur qui a l'air aimable comme une porte de prison.

Lucas balance nos bagages dans la soute et m'entraîne à l'intérieur du véhicule où la clim souffle à fond les ballons. Passer du chaud au froid en un temps si court et aussi souvent, je vais choper la mort. Sans nous laisser le temps de trouver une place et de nous installer, le chauffeur prend déjà la route. Et en plus, il conduit comme un manche. Il use du klaxon à la place du clignotant et manque de percuter des voitures en s'engageant sans regarder.

— Il va nous tuer cet abruti, grogné-je en m'affalant enfin sur un siège. J'espère que le trajet ne sera pas long.

— Environ trois minutes, débite Lucas.

— Comment tu sais ça toi ?

— Contrairement à toi, j'ai pris connaissance des informations contenues dans la brochure. Arrivée à midi, transfert de l'aéroport à l'hôtel (environ trois minutes), déjeuner en chambre et repos avant le dîner à dix-huit heures trente. Départ demain à quatre heures sur le site du début de la course.

— Quatre heures ? Du matin ? le questionné-je effarée.

— Oui, Romane ! Quatre heures du matin. Départ de la course à dix heures.

Rhô, bon sang ! Mentalement, je réfléchis à l'heure à laquelle je vais devoir me coucher pour espérer être en forme à une heure aussi matinale. Il me faut huit à dix heures de sommeil par nuit, ce qui signifie que...

— De toute façon, ne compte pas dormir beaucoup. Vu comment tu m'as chauffé, t'es pas prête de fermer les yeux.

— Je sais fermer une porte à clef espèce de vicieux, lui rétorqué-je.

— Ça va être difficile vu qu'on a qu'une seule chambre, me sourit-il content de lui.

— T'es en train de me dire que nous avons une chambre pour deux ? Non, impossible ! Je te crois pas. Mon frère n'aurait pas permis un truc pareil.

Je connais Maël encore mieux que moi-même et jamais, au grand jamais il ne laisserait Lucas partager mon lit. Ou alors, il lui aurait tranché les mains d'abord.

— Il n'a pas eu le choix, c'était ça ou annuler ta participation. Je te rappelle qu'à l'origine, c'est lui qui devait être là et pas moi. Il a bien tenté d'obtenir une chambre supplémentaire, sauf que c'était trop tard, tout était complet. Et ça aussi, c'était sur les papiers.

Note à moi-même, m'intéresser un peu plus à l'aspect technique la prochaine fois.

Je vais passer toutes mes nuits dans le même lit que mon fantasme ambulant. Non pas que ça me dérange. Le truc, c'est que je risque fort de m'y habituer. À moins bien sûr, qu'il ne ronfle comme un camion, auquel cas... je n'aurai plus qu'à l'étouffer avec un oreiller.

Plongée dans mes pensées peuplées de gémissements, de corps nus et de cris bestiaux, je me laisse guider par mon co-pilote qui récupère nos bagages, puis la carte magnétique de la chambre. Dans le couloir qui nous mène à l'ascenseur, mon regard s'attarde sur la décoration orientale. Le sol tout en marbre est recouvert de grands tapis qui étouffent nos pas et le bruit de ma valise que Lucas traîne sur le sol. Chaque entrée en forme d'arrondi est ornée de sculptures et de dorures. C'est la classe. Pas étonnant que le prix du séjour coûte un bras. Des années que j'économise le moindre centime et je suis contente d'enfin toucher mon rêve du doigt. Ce qui me peine, c'est que mon frère et mon père qui m'ont tant aidée ne puissent pas en profiter.

Lorsque nous pénétrons à l'intérieur de l'ascenseur, je décide qu'après avoir enfin pris une bonne douche, je vais partir explorer mon palace d'une nuit. Jusqu'à ce que je tombe sur le regard sombre de Lucas. Les pupilles dilatées, il me détaille de la tête aux pieds. Sous ses yeux, une vague de frissons envahit mon corps tout entier. Devant lui, je me sens soudain toute petite et tente de me ratatiner dans un coin. Plus je recule, plus il avance et bientôt, il m'écrase de sa prestance, de son aura, de son charisme.

Une chaleur intense prend naissance dans mon ventre et se propage dans tout mon être. La température intérieure de l'ascenseur augmente et je suis à deux doigt de me liquéfier à ses pieds. Un petit sourire prend naissance sur ses lèvres et je comprends aussitôt qu'il sait très bien l'effet qu'il a sur moi. Je ne craquerai pas, je refuse de me jeter à son cou. À être celle qui fera le premier pas. Hors de question de lui offrir ce plaisir, pas après qu'il m'est laissée en plan. Tous les signaux dans ma tête sont en alerte, alors que mon corps — ce traître — est attiré par lui. Par contre, je peux tenter de l'obliger à craquer. J'ai envie de lui. Envie de sa peau contre la mienne. Envie de connaître enfin le bonheur de me retrouver dans ses bras. Je refuse juste, d'en être l'instigatrice. Celle qui se met à genoux et qui quémande. Celle qui se prosterne devant lui.

Mes yeux plongent dans les siens. Il se rapproche, mais je ne baisse pas le regard. Une lutte silencieuse s'engage entre nous et à mesure où sa chaleur m'envahit, ma retenue se disloque. Mon self-control se dissipe. Mon sang pulse à mes oreilles, ma bouche s'assèche. Et quand enfin son torse s'écrase contre ma poitrine et me coince dans l'angle, je suis à un cheveu de le supplier qu'il me fasse sienne. Peu importe l'issue. Peu importe si j'en perds la raison. Là, en cet instant, j'ai la sensation d'étouffer et que lui seul est en mesure de m'apporter l'oxygène qu'il me manque.

Le tintement qui annonce l'arrivée à notre étage résonne et nous sort de notre bulle. À la fois soulagée et frustrée, je pousse un long soupir sans bouger. Je ne fuirai pas. Ma tête bourdonne, mon corps bouillonne. Pourtant, je n'amorce aucun mouvement. Je me contente de fixer l'homme qui est en face de moi.

— On bouge, murmure-t-il à mon oreille.

Nos bagages en main, il sort de mon champ de vision et je reprends mon souffle, tout en tentant de calmer les battements anarchiques de mon cœur. Si je le suis, j'ai peur de ne jamais être capable de me relever et si je le fuis, je le regretterai toute ma vie. Dans tous les cas, je n'ai pas d'autre choix que de l'affronter. Ce n'est pas comme si j'avais une autre alternative ; genre, une chambre pour moi toute seule. Et puis, en ai-je envie ? Non, c'est une certitude, et ce, malgré le cri d'alarme qui résonne dans ma tête. J'attends ça depuis trop longtemps, je ne me dégonflerai pas maintenant. Pas après avoir autant prié, espéré. Pas après avoir autant pleuré.

Je m'extirpe enfin de la cabine et l'aperçois disparaître à l'angle du couloir. D'une démarche incertaine, j'avance à sa suite. Durant le court trajet, je tente de me persuader qu'une fille comme moi, gauche, inexpérimentée et bourrée de complexes est capable de contenter un homme comme lui. Il a dû voir défiler dans son lit, bien plus de nanas que je n'ai croisé de personne dans toute ma vie. Mon cœur, ce traître, se remet à battre la chamade dans ma poitrine. J'ai peur qu'il n'aime pas mon reflet et qu'il me fasse du mal avec ses paroles souvent acerbes.

Devant la porte entrouverte, je jette un œil à l'intérieur et ne vois personne. Je m'avance dans l'entrée et je suis éblouie par autant de luxe. Face à moi un immense salon est posé devant une baie vitrée, qui me donne la sensation d'être à l'extérieur. Je m'apprête à poursuivre quand une main encercle mon poignet, me tire en arrière et me colle contre la porte qui claque sous l'impact.

— Fini de jouer, souffle Lucas le regard enfiévré en fixant mes poignets au-dessus de ma tête.

Coincée entre son corps brûlant, la porte fraîche et sous l'effet de surprise, je ne trouve rien à répondre. Ses lèvres se ruent sur les miennes, ma peau s'embrase, mon esprit m'abandonne. Ma bouche s'ouvre à la recherche d'oxygène et c'est sa langue en profite pour passer la barrière de mes dents. Je me nourris de son odeur, de sa présence, de la peau de ses mains sur mes poignets. Ses mains que je désire partout ailleurs. Les yeux grands ouverts, je grave dans ma mémoire l'instant pour ne jamais oublier. Pour me remémorer cet instant lorsqu'il partira. Son regard capte mes pupilles quand il pose son front contre le mien.

— C'est ta dernière chance de dire non. Après, il n'y aura aucun retour en arrière possible, me prévient-il.

Je n'ai pas la moindre idée à quoi il fait allusion et je n'ai aucune envie d'y réfléchir maintenant. C'est lui qui a ouvert la boîte de pandore. Lui qui a commencé. Je n'ai donc plus à me retenir, à jouer les indifférentes. D'un coup sec, je me libère de sa prise, passe mes bras autour de son cou et me jette sur lui. Non, je ne reculerai pas. Pas après tout ce temps, cette attente. Plus rien n'a d'importance à part ce désir qui naît au creux de mes reins et que lui seul est en mesure d'apaiser. Contre lui, j'oublie que je suis la sœur de son meilleur pote. Dans ses bras, j'occulte qu'il est un membre de ma famille. Sous ses doigts, je me débarrasse de qui je suis.

Mes vêtements s'envolent les uns après les autres et les siens suivent le même chemin. Dans son regard, je suis à ma place, sous ses mains, je vis, enfin. Il empoigne mes fesses, me soulève et m'épingle contre le mur de l'entrée. Nos gestes sont vifs, désordonnés, ils traduisent toute l'urgence que nous ressentons. Mes jambes autour de sa taille, je n'attends qu'une seule chose. Fusionnée avec lui. Je tire sur ses cheveux, il mord mon épaule. Je lui griffe le dos, il grignote mon sein. Entre nous, ça a toujours été un rapport de force, une lutte sans fin, une constante opposition et ça se ressent dans nos ébats. Chacun lutte pour dominer, pour gagner.

— Prends-moi et ne te retiens pas, le provoqué-je.

Dans ses yeux une bataille se joue et je le supplie de cesser de lutter. Je veux qu'il s'abandonne et qu'il arrête de penser à la suite. Je veux être son égal au moins une fois dans ma vie.

D'un coup de hanche bien placé, il m'offre enfin ce que je désire. Son sexe pénètre le mien avec une lenteur qui me rend dingue et une précision qui me transperce. Mon cerveau court-circuite quand enfin, il me remplit tout entière. Notre étreinte n'a rien de doux, de romantique, non, elle est brutale, bestiale, à l'image de notre relation. Pourtant, je ne me suis jamais sentie aussi considérée qu'en cet instant. En m'offrant ce que je lui demande, il me prouve sa confiance et que je suis assez grande pour prendre mes décisions seule.

Sa bouche dévore ma peau et nos corps claquent l'un contre l'autre dans une symphonie qui me propulse dans une sphère inconnue. Je grimpe. M'envole. Si haut que la chute risque d'être terrible. Dans un grognement proche d'un animal sauvage, Lucas m'envoie directement dans les étoiles. Dans un monde dont je refuse de revenir.

Le souffle court et les muscles tétanisés, je tente de reprendre pied. Sauf qu'il ne m'en laisse pas l'occasion. Sans attendre, il se laisse tomber sur le sol à même la moquette moelleuse et m'entraîne avec lui. Sa tête disparaît entre mes cuisses, ses mains s'agrippent à mes hanches pour m'empêcher de bouger. Je donne tout pour lui échapper, mais il me maintient bien en place jusqu'à ce que ma résistance lâche prise. Avant lui, je n'avais jamais laissé qui que ce soit aller jusque « là » dans cette partie de mon intimité. Trop mal à l'aise à l'idée d'être vulnérable.

Ses doigts me fouillent, écartent mes chairs et sa langue s'active sur cette zone si sensible que j'en frissonne. Pourtant, ainsi exposée, mise à nue, je suis incapable de me détendre et de profiter de ses caresses. Ma pudeur et mes complexes prennent le dessus. Ils me submergent, me tirent vers le fond. Je ne m'expose pas nue et les quelques relations sexuelles que j'ai eues, ce sont toujours passées dans le noir, à l'abri des regards. Là, la lumière vive me rappelle à quel point mon corps sans protection me dérange. À l'abri, enfermée dans mes fringues, je m'accepte. Une fois la carapace enlevée, c'est tout autre chose. Ma peau d'orange, mes vergetures, mes hanches larges, toutes mes imperfections me sautent aux yeux.

D'une main, je tente de repousser Lucas tout en fouillant la pièce du regard, à la recherche de quoi me couvrir. À tâtons, je finis par tomber sur son tee-shirt que je m'empresse de coller sur moi.

— Qu'est-ce que tu fous ? me questionne-t-il en remontant.

Au-dessus de moi, il se frotte contre mon corps moite. Ses cheveux en vrac, il est beau à en crever. En appui sur ses avant-bras de part et d'autre de ma tête, il me scrute ; plonge son regard dans le mien à la recherche d'une réponse.

— Je... je... j'ai besoin d'une douche, bafouillé-je en fuyant ses iris.

— D'une douche ? Très bien, allons donc visiter la douche, me propose-t-il.

La panique m'envahit. Ma gorge se serre jusqu'à m'empêcher de respirer. Et quand il tente de se redresser, je m'accroche à lui comme une moule à son rocher.

— J'ai toujours su que t'étais bipolaire, se marre-t-il en recommençant à butiner la peau de mon cou.

Il est doué. Trop doué. Tellement doué. Je dois me reprendre et trouver une parade.

— Stop, je vais à la douche. Tourne-toi le temps que...

— Le temps que quoi ? me questionne-t-il en me fixant, les sourcils dressés.

— Je veux pas que tu me regardes, m'agacé-je.

Il me scrute, plisse ses paupières. Sa petite ride entre ses yeux se creuse et m'apprend qu'il est en train de réfléchir. Il fait toujours ça.

— Tu veux que je ferme tous les stores pour continuer ?

Une onde de soulagement me submerge. Il comprend. Il accepte.

— Oui, s'il te plaît.

Je m'apprête à me saisir de son tee-shirt au moment où il se dégagera, sauf que sa réaction n'est pas du tout celle à laquelle je m'attendais.

— Non ! assène-t-il.

— Comment ça non ? bégayé-je.

— Je ne te ferai pas l'amour dans le noir. Je veux te voir. Te voir tout entière. Admirer les poils de ta peau se dresser sur mon passage. Regarder ton visage changer quand tu prends ton pied. Observer ta poitrine se soulever au rythme de ta respiration et tes tétons pointer vers l'avant parce que tu es excitée. Et tu sais pourquoi ?

Dans l'incapacité de prononcer une seule parole, je lui signifie de la tête que non, je n'en ai aucune idée.

— Parce que t'es belle Romane ! T'as des formes capables de faire bander un impuissant. Des seins à faire renier ses vœux à un prêtre. Des hanches que je rêve d'agripper pour te faire crier. T'es un putain de canon et tu ne t'en rends même pas compte !

Ses mots se fraient un chemin dans mon cerveau et mon cœur se gonfle un peu plus d'amour pour lui. Sans me laisser le temps de réfléchir, il se redresse, saisit le tee-shirt qui ne recouvre maintenant plus grand-chose et l'envoie valser à l'autre bout de la pièce. Là, où je ne suis plus en mesure de le récupérer. Ses mains s'agrippent à mes poignets et écartent mes bras.

— J'aime ce que je vois et je ne veux plus que tu sois gênée devant moi. C'est clair ? déclare-t-il intransigeant.

À genoux entre mes cuisses, son sexe fièrement dressé contre son ventre et ses pupilles remplies de désir me font rendre les armes. J'abandonne la lutte. Mes muscles se détendent à mesure où je lui signifie d'un mouvement de tête que oui, j'ai saisi. L'instant d'après, il empoigne mes hanches et pose mes fesses sur ses cuisses et son sexe à l'orée du mien.

— Donne-moi tes mains.

J'obéis et d'un seul geste, il me tire en avant m'arrachant un cri de surprise. Cri qui finit étouffer entre ses lèvres et qui se mue en gémissement quand il me pénètre pour la seconde fois. La position n'est pas très confortable, mais je l'oublie vite quand Lucas commence à se mouvoir en moi. C'est lent, doux, à l'exact opposé de notre affrontement dans l'entrée.

— Je vais passer ma semaine à te prouver que tu n'as pas à avoir honte, susurre-t-il à mon oreille.

Je ne réponds pas, je m'abandonne simplement, parce que j'ai envie de le croire. Je le laisse mener la danse, tenir les rênes et me démontrer que non, il ne mérite plus son surnom de Lucky. Et que moi, peut-être que je ne suis pas si horrible que ça à regarder.

Par contre ça, je ne suis pas prête à lui avouer.

CHAPITRE 27

T'AS UN SÉRIEUX PROBLÈME, FAUT VRAIMENT PENSER À CONSULTER !

LUCAS

Game over !

J'ai joué, j'ai perdu ! C'est moi qui ai craqué le premier.

Enfermé dans la salle de bain depuis que j'ai quitté le fourreau étroit de Romane, je n'ose plus retourner dans la chambre. Je l'ai baisée, contre le mur de l'entrée, sur la moquette du salon et enfin, dans le lit. Possédé, je n'ai pas pu m'arrêter. Plus elle gémissait, plus j'en voulais, plus elle criait mon nom, plus il m'en fallait. Le goût de son plaisir encore sur mes lèvres, son odeur encore présente sur ma peau, j'en veux encore. Encore plus, toujours plus.

— T'en as pour longtemps ? Parce que j'ai grave envie de faire pipi !

Sa voix derrière le battant me tire un sourire. Elle ne paraît ni en colère ni blessée. Pourtant, moi, je m'en veux de m'être tiré, sans un regard pour elle, alors qu'elle venait juste de m'offrir la meilleure partie de jambe en l'air de toute ma vie, en mettant de côté ses putains de complexes à la con. Si elle pouvait se regarder comme moi je la vois, elle se rendrait compte à quel point elle est bandante, désirable et qu'elle me rend insatiable. Pourtant, en bon connard que je suis, à peine mes esprits retrouvés, j'ai fui son contact. Trop peur de dire un truc qui pourrait lui montrer ce que je ressens pour elle. Son corps est un appel à la débauche. Sa peau une addiction. Et son goût, une putain de drogue.

— Lucas, s'il te plaît, me supplie-t-elle.

Je dois l'affronter, je n'ai pas d'autre choix. Les paupières closes, je prends une grande inspiration et me dirige à pas lent vers la porte qui nous sépare. La main sur la poignée, je repousse l'hésitation qui me tiraille et me compose mon visage habituel. Celui qui dit très clairement que je m'en fous. Elle ne doit pas savoir, jamais. Par contre, elle mérite de se sentir bien dans sa peau, alors je vais tenir ma promesse. Celle de lui prouver que ses défauts ne se trouvent que dans son imagination.

— Je t'en prie miss chiante, la provoqué-je en ouvrant la porte.
— Abruti, souffle-t-elle en me croisant.
— Merci du compliment, Michel.

Les yeux levés au ciel, elle me claque la porte au nez et comme un con, je souris. J'adore la mettre hors d'elle et c'est une chose que je ne compte pas changer. On baise ensemble, rien de plus, je dois me le fourrer dans la tête.

Dans la cuisine dont dispose la suite, je me prépare un café. Le soleil est encore bien haut dans le ciel, mais au vu de mes dernières nuits agitées, j'ai besoin d'un grand coup de fouet. Quand j'en sors pour aller prendre l'air sur le balcon, je tombe nez à nez avec Romane qui revient de la douche. Lorsque j'ai entendu l'eau couler, il m'a fallu faire appel à toute ma volonté pour ne pas aller la rejoindre. Et l'imaginer m'a suffi pour me retrouver — encore une fois — avec une trique d'enfer, malgré nos ébats d'il y a peu. Vêtue d'un simple tee-shirt qui lui tombe au milieu des cuisses, elle est le diable incarné.

— Merci, c'est gentil d'y avoir pensé, me susurre-t-elle en s'emparant de ma tasse avant de filer vers le balcon.

Ses cheveux mouillés lui tombent dans le dos et ont détrempé le bas de mon tee-shirt me laissant par transparence, une vue imprenable sur ses fesses nues.

Elle n'a pas de culotte !

Cette fille me tue. Comment peut-elle être aussi à l'aise à peine couverte, alors qu'elle panique sans rien ? Je ne comprendrai jamais rien aux femmes.

Après m'être servi un autre café — que je compte bien conserver cette fois —, je la rejoins à l'extérieur. La vue est splendide. Si belle que je reste quelques secondes figé. Romane en appui sur la balustrade, le cul en arrière, se dandine d'un pied sur l'autre, ce qui me déclenche une furieuse envie de la culbuter à nouveau.

Mec, t'as un sérieux problème, faut vraiment penser à consulter !

Si j'avais l'espoir fou, qu'en la mettant enfin dans mon lit, elle me sortirait de la tête, je me suis planté en beauté. Depuis que j'y ai goûté, c'est encore pire. Je suis attiré par son corps et ses formes comme un psychopathe en manque de chair fraîche.

À pas de loup, je la rejoins en abandonnant ma tasse sur la table basse du salon. Je colle mon bassin contre son cul ferme, pose une main sur la rambarde autour d'elle, la seconde sur la peau nue de sa jambe et je remonte entre ses cuisses jusqu'à son intimité déjà prête. C'est chaud, c'est doux et trempé. Romane pose sa tête contre mon torse quand j'insère une phalange dans son antre. Les paupières closes, elle s'agrippe un peu plus fort à la barre de fer devant elle alors que je me lance dans un va-et-vient rapide. Putain, qu'est-ce que je ne donnerai pas pour pouvoir m'accroupir entre ses cuisses et la goûter encore. Cependant, je m'abstiens. Je n'oublie pas que nous sommes dehors, sur un balcon et que n'importe qui peut nous surprendre. Je vais juste me contenter de lui donner du plaisir, jusqu'à ce qu'elle ne puisse plus tenir debout.

— Vicieux, souffle-t-elle en plaquant son derrière contre mon érection.

— Nympho, la provoqué-je tout en balançant mon bassin pour la coller un peu plus contre moi.

Elle rit. J'adore son rire. Ceci dit, pas autant que les gémissements qu'elle pousse quand elle approche de la jouissance. Et à observer les traits de son visage, elle n'en est pas loin. Sa lèvre inférieure entre ses dents, elle croque dedans pour se retenir. Ma langue passe dessus jusqu'à ce qu'elle se relâche. Ma bouche sur la sienne, je l'embrasse comme un perdu, un affamé, un damné. J'absorbe son souffle, lui offre le mien. J'avale ses cris et retiens son corps qui commence à trembler. Dans mes veines, brûle un feu incandescent.

Plus Romane vibre autour de mes doigts profondément enfoncés en elle, plus mon cœur s'emballe. Les yeux ouverts, je me surprends à prendre plus de plaisir à l'observer jouir qu'à me satisfaire moi-même. La vue de son visage crispé, de ses phalanges qui blanchissent à force de s'accrocher à la rambarde, me fout dans un état de bien-être peu connu. Et quand enfin, elle lâche prise, que tous ses muscles tendus se décontractent et qu'elle s'effondre dans mes bras, mon cœur explose de joie. Savoir qu'elle me porte assez de confiance pour se laisser aller me remplit d'un bonheur inédit et cette fois, je ne fuis pas. Au contraire, je la serre un peu plus fort dans mes bras et lui offre le temps nécessaire pour revenir à la réalité.

— Je crois qu'avant toi, je n'avais jamais pris mon pied, murmure-t-elle en plongeant ses yeux dans les miens.

Surpris, je la fixe sans rien trouver à dire. Est-ce qu'elle plaisante ?

Quand elle se rend compte de ce qui vient de sortir de sa bouche, ses joues prennent une jolie teinte rosée et ses lèvres se pincent. Un côté de moi a envie de rire, de l'observer aussi gênée, l'autre, ressens une putain de fierté d'avoir été le premier. Quoi qu'il se passe, elle ne m'oubliera pas et cette pensée suffit à me donner le sourire. Sourire, que bien entendu, elle interprète mal. Ses yeux me foudroient et elle se dégage illico presto de mes bras.

— Ouais, c'est ça, marre-toi ! me crache-t-elle en tentant de prendre la poudre d'escampette.

Sauf que je ne lui en laisse pas l'occasion. Ma main s'enroule autour de son poignet et je l'enveloppe contre mon torse, là où est sa place. Du moins, jusqu'à la fin de cette parenthèse.

Je repousse cette pensée le plus loin possible et cherche quoi lui dire. Un truc pour que sa colère redescende, sans pour autant lui en dire trop.

— Lâche-moi, s'agace ma tigresse.

— Pas avant que tu m'aies écouté, espèce de gamine capricieuse.

Mauvaise pioche. Au vu du regard qu'elle me lance, j'aurais dû m'abstenir. Ceci dit, elle est chiante, il est grand temps qu'elle en prenne conscience.

— Romane, excuse-moi de te dire que ta déclaration était plutôt surprenante. Par contre, je suis flatté et j'ai maintenant une preuve que le surnom ridicule dont tu m'affubles n'a plus lieu d'être. Donc, la prochaine fois que tu le prononceras, je te promets de te filer une fessée.

— C'est un défi ? me provoque l'insolente.

— Une promesse ! rétorqué-je en lorgnant sur sa lèvre qu'elle malmène entre ses dents.

Il faut vraiment qu'elle cesse cette habitude. À chaque fois, j'ai une irrésistible envie de la croquer à sa place. Ses paupières se plissent, un petit rictus prend place sur ses lèvres charnues. Cette tête de fouine, je la connais. Elle me prépare quelque chose. Alors, avant qu'elle n'ouvre la bouche, je fais la seule chose qui me vient à l'esprit, je la rembarre.

— Et sinon, c'est vrai, tu n'avais jamais joui ? Sérieux Romane ? Tu ne t'es envoyée en l'air qu'avec des puceaux ?

Ma réplique la stoppe en plein vol. De ses deux mains sur mon torse, elle me repousse.

— Connard ! m'envoie-t-elle en me foudroyant de ses pupilles noires.

— Frustrée ! répliqué-je sérieux.

Elle quitte la terrasse en me maudissant sur plusieurs générations. Je l'observe se précipiter dans la chambre, juste vêtue de mon tee-shirt, le sourire aux lèvres. Son caractère de cochon m'excite comme un fou. C'est plus fort que moi, j'ai ce besoin incessant de la foutre hors d'elle. Quand elle est en pétard contre moi, je la trouve très sexy.

Si j'en avais la possibilité, je passerais ma vie à la mater dans mes fringues. Il faut bien avouer qu'elles lui vont beaucoup mieux qu'à moi.

ROMANE

Qu'est-ce qui m'a pris de lui sortir un truc pareil ? Prise dans un état second, je n'ai pas réussi à tenir ma langue. Pourtant, je connais Lucas et je sais très bien qu'il ne rate pas une occasion de se foutre de ma gueule. Et il n'a pas besoin que j'apporte encore plus d'eau à son moulin de conneries. Il est bien assez désagréable comme ça. Dans la chambre, je claque la porte et m'adosse dessus. Devant moi s'étend le lit king size dont les draps sont froissés et les oreillers par terre. Dans mon esprit défilent toutes les images de notre arrivée dans cette suite. J'étais sincère. Jamais je n'avais ressenti autant de plaisir. Jusqu'à présent, pour moi, le sexe n'était pas un truc qui m'enchantait beaucoup. C'était plutôt une continuité logique au couple. Une sorte de devoir, d'obligation. Avec lui, j'ai compris pourquoi certaines personnes en font tout un plat. C'était merveilleux, magnifique, magique. Je crois que dans ses bras, je pourrais rester enfermée dans cette chambre jusqu'à la fin de mon existence. Si seulement, il pouvait avoir un peu plus de considération pour moi. S'il pouvait arrêter de se foutre de ma gueule. Voire carrément se taire !

Dans le salon, quand j'ai voulu me cacher, les mots qu'il a prononcés m'ont touchée en plein cœur. Tout au fond de moi, j'ai eu l'espoir que peut-être, il ressentait quelque chose. Je lui ai offert ma confiance. Je l'ai laissé me voir, m'observer sous toutes les coutures dans le plus simple appareil et dans ses yeux, je n'ai vu que de l'envie, du désir. Comment un mec peut-il passer d'une telle douceur à un comportement d'abruti en si peu de temps ? Ça me dépasse.

Il a été attentif, à l'écoute de la plus petite de mes réactions jusqu'à découvrir ce qui me faisait vibrer, décoller. Avec lui, je me suis laissé aller comme avec personne auparavant. Et ça m'agace. Ça m'énerve de constater que pour lui, je ne suis rien d'autre qu'une conquête de plus. De toute façon, à quoi je m'attendais ? Lucas est un homme à femmes et ce n'est sans doute pas pour rien qu'il arrive à avoir autant de succès. Il sait quoi dire et comment agir pour aller au bout de ce qu'il désire.

Il ne me reste plus qu'à me barricader pour profiter de lui jusqu'à la fin du séjour. Il a déjà mon cœur, il est hors de question que je lui offre mon âme en plus.

Comment me comporter maintenant ? C'est bien beau de vouloir, encore faut-il y parvenir. Et devant lui, mes bonnes résolutions ont tendance à fondre comme neige au soleil. Que me conseillerait Violette ? J'hésite à lui passer un coup de fil, à lui demander conseil.

Mon portable à la main, je cours m'enfermer dans la salle de bain. Il est hors de question que Lucas me surprenne ou m'entende. Assise sur les toilettes, j'envoie un message à Violette pour savoir si elle est disponible et j'en profite pour rassurer mon père et mon frère en les informant que nous sommes bien arrivés et que je les appelle plus tard. J'ai encore le cerveau trop embrumé pour avoir une conversation correcte avec eux. Mon cœur bat toujours à cent à l'heure de ma dernière entrevue avec Lucas. Quant à mes jambes, je n'en parle même pas. J'ai l'impression d'avoir subi une séance intensive de sport. Mon corps est très endolori par endroit et je ne sais même pas comment je vais pouvoir affronter la soirée qui m'attend. Et je n'ose pas penser à mon état demain matin. Il serait préférable que j'avale un antalgique, histoire de ne pas ressembler à RoboCop pour l'ouverture du rallye.

Mon téléphone vibre sur le rebord du lavabo, laissant apparaître le prénom de ma belle-sœur. Trop pressée, je décroche sans attendre.

— Allo, murmuré-je.
— Salut ! Alors comment c'est le Maroc ?
— Chaud !
— Chaud, chaud ou chaud moite ? se marre-t-elle.
— Chaud dans tous les sens du terme.
— NON ! Déjà ? Hé ben, vous n'avez pas perdu de temps ! Alors, c'était comment ? Il est à la hauteur de sa réputation ? me hurle-t-elle aux oreilles.

L'entendre évoquer les nombreuses conquêtes de Lucas me file la nausée.

— Chut, arrête de crier ! m'exclamé-je.
— Pourquoi ? Y'a personne, je suis toute seule. Et puis, pourquoi tu chuchotes ?
— Parce qu'il est dans la pièce à côté, je me suis enfermée dans la salle de bain.
— Ah, t'es donc toujours avec lui. Intéressant !
— J'ai pas le choix, figure-toi. Nous n'avons qu'une chambre. Maël n'en avait pris qu'une et impossible d'en avoir une autre, l'hôtel est complet.
— J'en connais une qui va rentrer en vrac, explose de rire ma belle-sœur. Ceci dit, c'est le meilleur moyen pour te rendre indispensable.
— En vrac, y'a des chances, pour le reste y'a longtemps que j'ai cessé de croire au père Noël.

Violette a toujours cette idée dans la tête. Elle reste persuadée que Lucas pourrait annuler son retour en Italie pour moi. Elle se leurre.

Je ne suis qu'une parenthèse, une passade dans sa vie et il me le rabâche à chaque fois qu'il en a l'occasion.

— Qu'est-ce qu'il t'a encore fait ?

— Comme d'hab, il est gentil, prévenant et l'instant d'après, il m'envoie une réflexion.

— Il a la frousse.

Cette fois, c'est moi qui rigole. Lucas, la frousse, aucune chance, et de moi encore moins. Il n'a peur de rien ni de personne.

— Arrête de rire, je suis très sérieuse. Il n'y a que toi pour ne pas te rendre compte de la manière qu'il a de te regarder...

— Ouais, moi et mon frère, je sais, tu l'as déjà dit, la coupé-je.

Je n'ai pas envie qu'elle me resserve encore une fois le même refrain. Je sais ce qu'elle pense et je ne suis pas d'accord avec elle.

— Écoute Romane, tu peux croire ce que tu veux, mais je sais que j'ai raison. Ton frère était un peu comme ça aussi. Il a fallu que je le pousse dans ses retranchements et que je le mette devant le fait accompli. Sans ça, on aurait passé notre vie à se tourner autour.

— Tu peux pas comparer, m'exclamé-je. Vous aviez quinze ans, Lucas est un adulte...

— Un adulte avec la capacité émotionnelle d'un môme. Lucas ne l'avouera pas, mais le fait d'avoir été mis de côté par ses parents ne l'a pas aidé à se construire au niveau sentimental. Il n'a jamais eu quelqu'un de sérieux dans sa vie, aucune vraie relation.

— Il n'en a sans doute pas eu envie.

— Ou bien, il pense que la seule qu'il veut ne lui est pas accessible.

— Violette, arrête avec ça, marmonné-je au bord des larmes. Ne m'incite pas à y croire. Je... c'est déjà assez dur pour moi.

Il repartira, j'en ai l'intime conviction et je n'ai pas besoin que ma belle-sœur me retourne le cerveau. Je préfère me mettre dans la tête qu'il va vivre sa vie loin de moi, plutôt que de me retrouver le cœur encore plus en miettes.

— Tu l'aimes ? me questionne-t-elle de but en blanc.

Droit au but, comme toujours. Cette fille n'est pas du genre à tourner autour du pot durant une éternité. J'aime ce trait de caractère, sauf, lorsque j'en suis la cible.

— Tu le sais très bien, murmuré-je, comme si le prononcer trop fort pouvait me provoquer encore plus de douleur.

— Alors, bats-toi ! Pour toi, pour lui, pour vous ! Prouve-lui qu'il a assez d'importance pour toi. Qu'il se trompe en pensant qu'il ne compte pas vraiment pour quelqu'un. Romane, soupire-t-elle, Lucas est comme un enfant. Il n'a manqué de rien dans votre famille, pourtant, je pense qu'il n'a jamais vraiment trouvé sa place parmi vous. Ses parents l'ont laissé entre les mains d'inconnus par choix, pas par obligation. Tu imagines ce que ce doit être pour un gosse ?

Ses mots font leur chemin dans ma tête. Et j'avoue que je n'avais pas envisagé les choses sous cet angle. Pour moi, Lucas est une partie intégrante de ma famille. Il en est un membre à part entière et si je m'imagine à sa place, j'avoue que je ne sais pas très bien comment je l'aurais vécu. Savoir que ses parents mènent leur vie en le laissant derrière eux, doit lui laisser un goût amer dans la bouche.

— Romane ?

— Oui, pardon, je suis là.

— Lucas est un handicapé des sentiments et encore plus de l'amour. Montre-lui qu'il est digne de représenter quelque chose pour toi. Mais surtout, ne change pas, reste celle que tu es. C'est ta personnalité qui l'attire en premier. Ton côté rebelle, un peu garçon manqué. Le fait que tu ne te laisses pas manipuler, que tu lui tiennes tête.

— Bon sang, comment tu peux savoir tout ça ?

— Je le côtoie depuis très longtemps et j'ai un regard différent du tien, rigole-t-elle. J'ai vu comment il se comporte avec les filles. Elles lui tombent toutes dans les bras et ce n'est pas ce qu'il cherche ou ce qu'il veut avec toi. Je suis certaine que pour lui, tu es différente parce que justement, tu ne le traites pas comme un objet de plaisir ou un trophée à exposer.

— J'entends tout ce que tu me dis, pourtant, je dois aussi me protéger. Parce que s'il décide de partir, j'ai pas envie de recommencer à pleurer pendant des semaines comme la dernière fois.

Je n'avais que quatorze ans et je n'ai jamais eu aussi mal de toute ma vie. Quand il est parti, j'ai cru mourir. Il a emporté une partie de mon cœur avec lui et je ne veux plus revivre un truc pareil. C'est bien trop douloureux.

— Je sais et je comprends. Ce qui me rend folle, c'est de voir à quel point vous tenez l'un à l'autre et de ne rien pouvoir faire pour vous aider. Parfois, j'ai envie de claquer ton frère pour être aussi fermé.

— Il n'est pas responsable de tout non plus.

— Je sais, mais avoue quand même qu'il ne vous aide pas beaucoup. S'il était moins protecteur avec toi, peut-être que Lucas serait déjà plus enclin à ouvrir son cœur. Il mérite des coups de pied au cul, s'emballe-t-elle.

Je ris. Parce que son enthousiasme et son soutien me font du bien. Et surtout, parce qu'elle croit bien plus que moi à toute cette histoire. Le truc, c'est que je ne suis pas sûre d'avoir les épaules pour me laisser aller. Si j'ose avouer à Lucas ce que je ressens, j'ai la frousse de me prendre un mur.

— Pour une fois, je suis d'accord avec toi, acquiescé-je. Par rapport à mon frère.

— Je peux savoir ce que tu fous là-dedans depuis tout ce temps. Tu déposes ton bilan de l'année ?

La voix de Lucas me surprend et je laisse échapper mon portable au sol. Bon sang, il m'a foutu une de ces trouilles.

— Charmante réflexion, explose de rire Violette, lorsque je récupère mon téléphone. Allez ma belle, je te laisse et surtout, profite, bisous !

Et elle raccroche sans me laisser le temps de répondre.

— Romane, t'es tombée dans le trou ? insiste-t-il. Je te rappelle que nous devons être en bas dans quinze minutes.

Quinze minutes ? Sérieux ? Depuis quand je suis planquée dans cette salle de bain ? Je ne relève pas ces dernières paroles. Aucun intérêt de toute façon. À la place, je sors en l'ignorant, me dirige vers ma valise et décide d'enfiler la robe que Violette a absolument tenu à m'acheter, le temps que Lucas, lui, s'enferme dans la salle de bain pour prendre sa douche.

Je ne lui donnerai sans doute pas l'envie de rester, par contre, je peux au moins essayer de lui filer quelques regrets...

CHAPITRE 28
SI TU LISAIS LES BROCHURES !

LUCAS

Lorsque je sors de la salle de bain moins de sept minutes plus tard, je retrouve Romane assise sur notre lit en train d'enfiler une paire de ballerines. Elle porte une petite robe blanche à bretelles, qui met sa poitrine en valeur. Ses cheveux maintenant secs tombent en cascade sur ses épaules, elle est magnifique.

— Trois minutes et c'est bon, déclare-t-elle en s'engouffrant à ma place.

J'espère qu'elle n'est pas partie se foutre une couche de maquillage sur le visage. Je déteste les pots de peinture. En général, après une bonne séance de sexe, on se demande si la nana est la même. Et quand elle revient presque aussitôt, je suis ravi de constater que rien n'a changé. À part une légère odeur de parfum. Romane n'a pas besoin d'artifice pour être attirante, mais j'avoue que cette petite robe lui va à merveille. Cintrée au niveau de la taille avec un décolleté à la poitrine, elle part en évasé sur ses hanches et s'arrête au milieu de ses cuisses rondes. La couleur blanche accentue la teinte brune de ses cheveux. Sexy, il n'y a pas d'autres mots. Ce soir, elle a décidé de mettre ma patience à rude épreuve. Elle n'a aucune idée du pouvoir d'attraction qu'elle a sur moi.

— On y va ? me questionne-t-elle alors que je suis toujours figé dans l'embrasure de la porte.

— Après toi, lui proposé-je en m'inclinant.

— Hum, non, je crois que je préfère t'avoir devant moi.

Je me retiens de justesse de lui exposer ce qui me traverse l'esprit. Elle nue, à quatre pattes devant moi, mes mains fermement accrochées à ses hanches. Au lieu de ça, je me place à ses côtés et lui tends mon bras.

— Alors, allons-y ensemble, proposé-je en souriant.

Ses yeux me fixent quelques secondes avant d'osciller entre mon regard et mes lèvres.

Romane, Romane, ne me mate pas de la sorte, sinon, jamais nous ne sortirons de cette chambre !

Heureusement, elle se reprend et crochète sa main autour de mon bras. La chaleur de son corps se répercute dans le mien. J'aime bien cette proximité avec elle. Dans l'ascenseur qui nous conduit au rez-de-chaussée l'air se charge d'électricité, comme souvent lorsque nous nous retrouvons dans la même pièce. Une fois en bas, je suis les panneaux qui indiquent la direction de l'équipe du rallye. En arrivant, j'étais trop obnubilé par la brune à mes côtés et je n'ai pas jeté un œil à la décoration. Cet hôtel est superbe. Le sol du hall est recouvert de marbre clair où le soleil se réverbère. Quant au couloir qui nous conduit vers notre destination, ce sont d'immenses tapis orientaux qui étouffent nos pas. On ne peut pas envisager plus typique. Tout comme dans les étages, les portes sont arrondies et décorées d'un tas de moulures finement sculptées. C'est impressionnant de savoir-faire.

Au grand détriment de mes géniteurs, j'ai toujours été attiré par les activités manuelles. Mes yeux se portent partout où ils peuvent et j'enregistre le plus petit détail dans ma mémoire. Que ce soit les traits de Romane, tout comme la décoration.

— Waouh ! s'extasie-t-elle lorsque nous pénétrons dans la salle qui rassemble les autres concurrents.

Ses pupilles brillent d'admiration. Tout comme moi, elle cherche à découvrir tout ce qui se présente devant elle. Dans cette pièce, le marbre recouvre tout, du sol au plafond. Le luxe est omniprésent. Les participants, ainsi que les équipes techniques et encadrantes, se mélangent dans un brouhaha qui me fait aussitôt regretter le calme de notre chambre. C'est le genre de rassemblement dont je ne suis pas friand, pourtant, j'ai appris à m'adapter. Pas d'autre choix quand on bosse dans une écurie aussi réputée que Ferrari. Encore moins, quand on s'affiche au bras de la fille unique du patron. Mes pensées s'égarent vers Alba et notre accord. D'ici quelques mois, fini ma tranquillité. En l'épousant, je vais me retrouver sous le feu des projecteurs. Je vais devoir l'annoncer à Romane. Hors de question qu'elle l'apprenne par la presse, je veux lui expliquer pourquoi. Par contre, je n'ai encore aucune idée de si je lui sers la même chose qu'à son frère ou si je lui dévoile l'entière vérité.

Putain, je suis ridicule !

J'en ai conscience, pourtant, je suis bien décidé à aller au bout de ma démarche. Montrer à mon père que je n'ai pas besoin de lui pour avoir un nom, une réputation. Qu'il regrette de m'avoir traité comme un moins que rien toute ma vie. Je veux observer ses yeux me détester. Parce que je sais pertinemment que quoi que je fasse, il ne sera jamais fier de moi. À partir du moment où j'ai refusé de marcher dans ses traces, il m'a rayé de son existence. Non pas que j'avais beaucoup d'importance auparavant, mais au moins, il tentait de jouer le jeu.

Quant à ma mère… ah, ma mère. Fille de Satan, elle m'a engendré sans en avoir le désir. Un accident. Une erreur dans leur parcours parfait. Le caillou qui a enrayé l'engrange. Et depuis que j'ai ouvert les yeux, elle me fait payer de lui avoir distendu la peau et tous les autres désagréments liés à sa grossesse. Je suis intimement persuadé que si mes parents n'avaient pas eu une telle notoriété, ils m'auraient abandonné dans une poubelle.

Bientôt, mon visage prendra plus de place que les leurs dans les magazines. Bientôt ma célébrité dépassera allègrement la leur. Et tant pis si pour en arriver là, je dois supporter cette peste d'Alba.

Mon regard se porte sur Romane dont les yeux étincellent de bonheur. Cette fille trouve toujours un bon côté aux choses. Elle est la joie de vivre incarnée. Son physique n'a rien de commun avec celui de ma future femme, pourtant, Alba ne lui arrive pas à la cheville. Tout l'intéresse, l'extasie, la passionne, là où la fille à papa est blasée de tout ce qui l'entoure.

D'un côté, je suis chanceux d'avoir été élevé dans cette famille. Dans le cas contraire, je serais sans doute le même que cette femme que j'exècre. Vil, inintéressant et sans scrupule.

Dans d'autres circonstances, peut-être qu'avec Romane nous aurions pu être heureux...

— Bonsoir messieurs dames, votre nom s'il vous plaît.

— Romane Prigent et Lucas...

— Lucas, son co-pilote, la coupé-je.

Aucune envie d'être la cible des paparazzis. Quand mon nom est prononcé, la plupart du temps, le regard des gens change. Et je refuse d'entraîner Romane là-dedans. Pas alors que je suis incapable de me retenir de la toucher en public. Elle ne se retrouvera pas en première page d'un journal à scandale.

— Mademoiselle Prigent, c'est un honneur de vous avoir parmi nous. Votre père était une légende. Le meilleur qui soit.

Plus l'homme en face de nous la couvre de compliments, plus ma belle se renferme. Parfois, j'ai tendance à oublier qu'elle aussi a un nom difficile à porter. Comment obtenir une place et le respect pour son talent, quand toutes les portes s'ouvrent rien qu'en prononçant votre nom ? Elle et moi, ne sommes pas si différents que ça, finalement.

— Si vous voulez bien nous excuser, m'adressé-je à l'homme en face de nous ? Il nous reste encore quelques personnes à saluer.

— Oui, bien sûr. Je vous en prie.

J'envoie un signe de tête et pose ma main dans le bas des reins de Romane avant de me pencher à son oreille.

— Viens, je t'enlève.

Du coin de l'œil, elle m'observe et se demande sans doute ce que je lui prépare. Ce soir, je n'ai pas envie de me prendre la tête avec elle. Ce soir, je veux lui offrir une soirée magique et pour ça, j'ai ma petite idée.

Il y a quelques avantages à lire les brochures.

ROMANE

Lucas me conduit à l'extérieur et je reste méfiante.

— Surtout, tu ne parles à personne et tu ne bouges pas d'ici, je reviens, me murmure-t-il en m'abandonnant sous un palmier à l'abri des regards.

Bon sang, qu'est-ce qu'il mijote encore ?

Avec lui, je m'attends à tout. Au pire, comme au meilleur. Quand il est dans les parages, j'ai un mal fou à me détendre. Ce mec est ma kryptonite. Je n'arrive pas à m'empêcher de l'approcher et à chaque fois, je m'y brûle.

Postée à l'endroit exact où il m'a laissée, je commence à trouver le temps long. J'espère que ce n'est pas encore une de ses plaisanteries stupides. Il est capable de n'importe quoi, même me laisser ici toute la nuit. Pourquoi a-t-il fallu que ce soit de lui que je tombe amoureuse ? Ma vie aurait été bien plus simple si j'avais réussi à offrir une place à Damien.

— Viens, suis-moi, m'ordonne Lucas en passant à toute allure devant moi les bras chargés.

Ses grandes jambes m'obligent à trotter derrière lui et dans le sable, je me fatigue vite.

— Doucement, j'arrive pas à te suivre haleté-je.

— Tu manques d'exercices physiques, se marre-t-il sans ralentir.

En même temps, après cet après-midi, je suis morte. Le moindre muscle de mon corps me rappelle à l'ordre à chacun de mes mouvements. Il a raison, je manque de pratique autant dans le sport que dans l'intimité et ça m'énerve. Ça m'agace qu'il puisse lire en moi aussi facilement, alors que moi, j'ai toujours un mal fou à savoir ce qui lui trotte dans la tête. Ce mec est le plus fermé et le plus associable qu'il m'ait été donné de connaître. Non pas que je sois super à l'aise en société, mais au moins, j'essaie. Alors que lui, si ça ne lui convient pas, il n'hésite pas à se tirer. À combien d'anniversaires donnés en son honneur, il est parti au bout de quelques minutes ? Plusieurs.

— Lucas, tu m'emmènes où ? le questionné-je à bout de souffle.

J'ai faim, j'ai soif et à chaque pas que j'effectue, je me dis que jamais je ne serai en mesure d'exécuter le trajet inverse.

— Arrête de râler, nous sommes presque arrivés, se contente-t-il de répondre.

Il a pris pas mal d'avance et je l'aperçois dans la pénombre disparaître derrière une forêt de bananiers. Méfiante, je ralentis ma course et m'arrête juste devant. Bon sang, à quoi joue-t-il ? J'hésite. Mon corps me pousse à le rejoindre, ma tête m'ordonne de rentrer. Pourquoi faut-il qu'il soit tellement lui ? Trop beau, trop sûr de lui, trop fier, alors que moi, je suis tout l'inverse. Je doute sans cesse. On ne peut pas trouver plus opposés que nous deux. Et pourtant, il n'y a que lui que je désire et encore plus, depuis que j'ai goûté à ses caresses et à ses baisers.

— Qu'est-ce que tu fous ? me fait sursauter sa voix qui résonne à quelques centimètres de moi. Allez, viens !

J'observe la main qu'il me tend avec autant d'appréhension. Campée sur mes pieds, c'est lui qui efface l'espace qu'il reste entre nous. Ses bras s'enroulent autour de ma taille et il m'attire tout contre lui. Cette proximité échauffe mes sens, emballe mon cœur et me tourne la tête. Son souffle chaud s'échoue dans mon cou et ses lèvres titillent le lobe de mon oreille. Pourquoi est-ce qu'il arrive à me mettre dans tous mes états, juste en m'effleurant ?

— Pas de coup fourré, pas de moquerie, pas de dispute, chuchote-t-il avant de s'emparer de ma bouche.

Aussitôt, je lui offre l'accès. Sans réticence.

Sa langue s'invite, titille la mienne. C'est doux, tendre, bien loin de l'animosité qui s'est emparée de nous un peu plus tôt dans la journée. Quand il s'écarte, il me laisse pantelante et à bout de souffle.

— Ferme les yeux, me demande-t-il doucement.

J'obéis et le laisse me guider à travers le feuillage humide. Mes pieds s'enfoncent, mes chaussures se remplissent de sable. Bercées par le bruit de l'océan, mes narines se saturent de l'air marin. Posté derrière moi, ses mains sur ma taille, Lucas m'entraîne sur le sol. Assise entre ses cuisses, je laisse ma tête se reposer sur son torse. Son odeur se mélange à l'humidité et à l'iode, me donnant le sentiment d'être à la maison.

— Ouvre les yeux et regarde le ciel.

Devant-moi se déroule un spectacle auquel je ne m'attendais pas. Les constellations se dessinent devant mon regard ébahi et il ne faut que quelques secondes pour contempler le ballet d'étoiles filantes. Une danse époustouflante se déroule devant mes yeux grands ouverts. C'est magnifique, majestueux. Jamais je n'avais assisté à un tel spectacle. Il est déjà rare d'en apercevoir une, alors plusieurs, ça relève du miracle.

Les bras de Lucas entourent mes épaules et je pose mes mains sur ses avant-bras. Je m'accroche à lui en espérant prolonger ce moment le plus longtemps possible. En temps normal, à part des vacheries, nous ne partageons pas grand-chose. Et là, je découvre un autre aspect de sa personnalité.

— Regarde là, me montre-t-il du doigt. Tu vois la Grande Ourse ?
— Oui, m'extasié-je.

La valse des étoiles filantes a cessé, laissant place à un ciel noir, constellé de points lumineux. Sous nos yeux se dessinent des étoiles dont je ne connais pas le nom. Je ne suis pas une experte, j'apprécie juste le spectacle. Et encore plus en compagnie de Lucas. Mon regard quitte l'espace et observe les environs. Nous sommes installés sur une plage qui ressemble beaucoup à une crique.

— Comment as-tu déniché cet endroit ? lui demandé-je, curieuse en plongeant mes yeux dans les siens.
— J'ai lu la brochure, me sourit-il de toutes ses dents avant d'embrasser le bout de mon nez.

Ce geste, en apparence anodin, accentue les battements de mon cœur.

— Et le ballet d'étoiles filantes était aussi dans la brochure ? rigolé-je.
— Non, ça, c'est un coup de chance.
— Pour une fois que la chance me sourit, déclaré-je pensive.
— Tu veux manger un truc ? J'ai piqué tout un tas de choses à grignoter sur le buffet.

Alors c'est ça qu'il avait dans les mains quand il est passé devant moi, comme s'il avait le feu aux fesses.

— Rebel !
— Je m'en serais voulu de t'avoir obligé à quitter la fête sans te nourrir. Je te connais, l'estomac vide, tu es ingérable.

— Moi ? Ingérable ? On en parle de toi ? rétorqué-je en tournant une nouvelle fois mon visage vers le sien.

— Moi, je suis l'ange incarné.

J'éclate de rire. Si lui est un ange, moi, je suis une sainte. Plus je ris et plus le poids qui pesait sur mes épaules se dissipe. Entre les révélations de mon père, mon attirance pour Lucas qui semble réciproque et ma peur de la suite, ça me détend. Incapable de m'arrêter, je suis prise de tremblements et des larmes perlent aux coins de mes yeux. Entre nous l'ambiance est légère, pourtant quelque chose me taraude. Un élément qui envahit ma tête et qui ne veut plus me lâcher.

— Nous n'avons pas mis de préservatif, lâché-je dans un souffle.

— Je suis clean ! m'assure-t-il en plongeant son regard dans le mien. Je me suis toujours protégé et mon boulot nous oblige à des tests sanguins tous les six mois. Les derniers résultats étaient juste avant mon retour. Je n'ai eu personne depuis plusieurs mois, tu as été la seule.

Dans un sens, sa révélation me rassure et me plaît. Me rendre compte qu'il ne passait pas son temps à culbuter tout ce qui se présentait devant lui est agréable. Il pourrait très bien me raconter des cracs, pourtant, je le crois. Lucas a beaucoup de défauts, le mensonge, par contre, n'est pas un trait de son caractère.

— Je me suis aussi toujours protégée, lui confié-je.

Et puis, vu le peu de relations que j'ai eues... la dernière en date remonte à si longtemps que je ne m'en souviens même plus.

— Voilà qui est parfait, parce que je n'ai pas envie de mettre de barrière entre nous.

D'un mouvement rapide, Lucas me renverse et se retrouve au-dessus de moi, ce qui me coupe la chique.

Entre nous, l'air s'épaissit, l'ambiance change. Dans ses pupilles brille un éclat de désir et dans mon ventre une chaleur envahit mes reins. C'est dingue ce qu'il est capable de me provoquer comme sentiments différents en quelques secondes à peine. Tout à coup, je me sens audacieuse. J'ai envie d'oublier mon cerveau et de laisser mon cœur parler. Ma tête se relève et pour la première fois, je me lance la première. J'écrase mes lèvres sur les siennes. Mes bras passent autour de son cou, mes doigts se perdent dans sa tignasse trop longue et je l'attire tout contre moi. Son corps pèse sur le mien de tout son poids et je ressens un bien-être nouveau. Il me recouvre, me protège. À mesure que ma langue part à la conquête de la sienne, je sens son membre grossir contre mon ventre. J'en veux plus. Le désir se répand dans mes veines, irradie mon corps, me brûle les entrailles.

Ses mains se faufilent sous ma robe et partent à la rencontre de mon sous-vêtement. Il empoigne mes fesses, se bascule sur le côté et je me retrouve à califourchon sur son sexe qui pulse contre mon intimité. Lucas se redresse, attrape ma robe et la passe au-dessus de ma tête. Aussitôt, j'envoie valser son tee-shirt. Ma poitrine à peine recouverte d'une fine couche de dentelle s'écrase contre son torse brûlant. Mes seins durcissent et mes tétons se dressent si fort qu'ils en deviennent douloureux. Cette position me rappelle notre entrevue dans la voiture lors du Rallye de la Mayenne et avec elle, toute la frustration que j'ai ressentie de ne pas avoir été au bout remonte à la surface. Ce soir, ça n'arrivera pas. À regret, je quitte ses lèvres, me décale un peu et pars à l'assaut de son jean. Sous son regard fiévreux, je prends de l'assurance. Mes doigts s'attaquent à son bouton, puis à sa braguette. De mes mains sur son torse, je le force à s'allonger, m'agrippe à son pantalon et le glisse sur ses jambes en même temps que son caleçon. Sa hampe dure et épaisse se dresse contre son ventre. Je n'ai jamais trouvé beaucoup d'attrait pour le sexe masculin, pourtant, le sien, m'attire plus que de raison.

J'hésite. Et si je ne savais pas m'y prendre ? S'il n'appréciait pas. Ou si moi, ça me dégoûtait. Aux prises avec toutes mes interrogations, je reste figée sur place. Incapable d'agir. De me décider.

— Tu n'es pas obligée, me rassure Lucas, qui, après s'être redressé, se trouve maintenant juste devant moi. Je ne te forcerai jamais à faire quelque chose dont tu n'as pas envie. Viens par là.

Il m'attrape sous les aisselles et me hisse sur ses cuisses avant d'enrouler ses bras autour de mon corps. Nu comme un vers, il ne ressent aucune gêne. Alors que moi, maintenant que mon excitation est retombée, je me rends compte que n'importe qui pourrait nous surprendre. Et rien que l'idée me donne des frissons. À côté de ça, lovée contre lui, je pourrais y rester pour l'éternité. Dans ses bras qui me rassurent, m'apaisent.

— Rentrons. Il est tard.

Sans me lâcher, il récupère ma robe et m'aide à l'enfiler. Maintenant recouverte de ma protection, je me sens mieux. Mon cœur reprend un rythme régulier et mes yeux se délectent du corps parfait de Lucas. Seulement éclairée par les étoiles, la faible lumière se reflète sur ses muscles qui roulent sous sa peau à chacun de ses mouvements. Comment un mec gaulé de la sorte, peut avoir un quelconque intérêt pour une fille comme moi ?

— Le spectacle est à ton goût ? Il te reste un peu de bave, là, se marre mon compagnon en passant son doigt sur mes lèvres.

Prise en flagrant délit, je détourne le regard, remets mes chaussures et me dresse sur mes jambes pendant qu'il termine de se vêtir.

— Tiens, prends ça, me demande-t-il en me tendant une assiette qui contient des petits fours. Ce serait dommage de gâcher. Dépêche, j'ai faim.

Ses lèvres se posent sur mon front et je fonds encore un peu plus pour lui. Pour ce mec qui est en apparence froid, alors qu'il se révèle tout le contraire. Ce type qui adore me titiller, m'agacer, me rendre dingue, mais qui sait aussi être tendre, patient. Une sorte de docteur Jekill et mister Hyde. Comme moi, il a une facette qu'il montre et une autre qu'il cache.

En fin de compte, nous ne sommes pas si différents l'un de l'autre.

CHAPITRE 29
LA BELLE AU BOIS RONFLANT !

ROMANE

Une porte qui grince, des chuchotements, une odeur alléchante.

Dans mon esprit brumeux se matérialise Lucas nu, vêtu d'un tablier riquiqui laissant apparaître son fessier sculpté. Il s'agite dans la cuisine et me prépare un petit déjeuner gargantuesque.

J'ai faim !

De nourriture et de lui. Ses fesses s'agitent sous mon nez et me provoquent une irrésistible envie de croquer dedans. Ce mec est un régal pour les yeux. Un aphrodisiaque pour mes sens. Il exacerbe ma libido déjà au taquet.

Perchée sur mon tabouret, il m'attire.

Un courant d'air se répand sur mon épiderme, je frissonne et gémis de plaisir quant au spectacle qui se joue devant moi. Ses muscles roulent sous sa peau alors qu'il s'échine à cuisiner pour moi. Jamais un homme n'avait fait un truc pareil. S'il continue comme ça, je vais me liquéfier sur mon siège.

Une sensation étrange m'envahit. Le malaise inonde ma poitrine, comprime mon cœur et m'empêche de respirer correctement. Quelque chose ne tourne pas rond. Mes yeux balaient l'espace à la recherche de ce qui cloche. L'endroit où je me trouve est bizarre, inconnu. Derrière moi, un brouhaha de tous les diables résonne.

Nous ne sommes pas seuls.

Je me retourne et l'ambiance change. La cuisine se transforme en salle de réception pleine à craquer. Tous les regards convergent vers moi, me scrutent, m'examinent sous toutes les coutures. Les messes basses vont bon train, les rires fusent. Mes yeux se baissent sur mon corps et là, c'est le drame. Je suis nue, complètement à poil. La honte prend possession de mon être, de mon âme. Il faut que je sorte d'ici, que je me cache.

— Tu viens, j'ai faim, me chuchote Lucas maintenant à mes côtés.

Bloquée sur mon tabouret, je suis incapable de bouger. Quelque chose me retient et m'empêche d'avancer.

Réveille-toi, réveille-toi...

Cette voix.

Réveille-toi, tu ronfles et tu baves...

Mes yeux s'ouvrent. Le cœur au bord des lèvres, il me faut quelques instants pour comprendre que ce n'était qu'un mauvais rêve.

— Debout la belle au bois ronflant, se marre Lucas penché au-dessus de mon visage. Le petit déjeuner est servi.

Je soupire. Autant d'agacement que de soulagement. Ce n'était qu'un cauchemar.

— Pour ton information, je ne ronfle pas, répliqué-je en tentant de me redresser.

Autour de moi, le drap me retient. Enroulée à l'intérieur, j'ai de grandes difficultés à m'en défaire.

— Une vraie locomotive, insiste-t-il un grand sourire plaqué sur les lèvres. J'ai bien failli t'étouffer avec mon cousin pour trouver le sommeil. Active, dans moins d'une heure, le bus part avec ou sans nous.

Mes paupières papillonnent. À l'extérieur, le soleil ne s'est pas encore levé. La nuit a été courte. Trop courte et je suis grognon. Entre ce rêve étrange et mon manque de sommeil, la journée risque d'être longue. Trop longue. Je rassemble mes pensées et percute enfin. Aujourd'hui, c'est le démarrage de la course. La fatigue me quitte aussitôt, par contre, mes muscles me rappellent à l'ordre au moindre mouvement.

J'ai mal partout !

Lucas déambule autour de moi et rassemble nos affaires. Bon Dieu, il me filerait presque le tournis à s'agiter autant, si tôt le matin.

— Je ne ronfle pas ! reviens-je à la charge.

Il me fixe, sourit, sort de la chambre et en revient quelques minutes plus tard avec un mug fumant, qu'il dépose entre mes mains.

— Avale ça. Ton temps de réaction est à chier. Je préconise une bonne tasse de café et une douche. Froide la douche, histoire de te remettre d'aplomb.

Comment fait-il pour être aussi frais et dispo à une heure si matinale ? D'ailleurs…

— Quelle heure est-il ? demandé-je.

— L'heure que la belle au bois ronflant bouge ses jolies fesses, si elle ne veut pas que je la jette moi-même sous la douche, rétorque-t-il en recommençant son manège.

Jolies fesses ? Il est sérieux ?

— Si dans dix minutes, tu n'es pas attablée devant ton petit déjeuner, je te charge sur mon épaule et te jette dans ce bus, quelle que soit ta tenue, renchérit-il.

D'un coup d'œil rapide, je regarde sous le drap et constate que je ne porte qu'une simple culotte. Il n'oserait pas, quand même. Si ?

— Je n'hésiterai pas Romane. Si tu en doutes, c'est bien mal me connaître, me prévient-il le visage très sérieux.

Lucas aurait-il le don de lire dans mes pensées ? Ça m'énerve d'être aussi transparente face à lui.

— Neuf minutes !

— Tyran ! m'exaspéré-je en cherchant de quoi me couvrir avant de sortir du lit.

Faute de vêtement, j'embarque le drap avec moi. La tête haute, je passe devant mon co-pilote, qui apparemment a décidé de faire de ma vie un enfer dès le réveil.

Je ne suis pas du matin !

Dans le bus qui nous conduit au départ de l'étape du jour, je somnole. La tête appuyée contre la vitre de l'autocar, j'observe le lever de soleil sans vraiment le voir. Lucas, lui, est en grande conversation avec une fille, sans doute bien roulée. Probablement une autre concurrente. Cette pétasse rit et minaude à chaque fois que mon co-pilote ouvre la bouche. Pas besoin de les regarder pour le savoir. Je connais ce genre de nana. Plus encore, je sais très bien l'effet qu'il provoque sur la gent féminine. Devant lui, elles font ressortir leurs atouts, tout en perdant le peu de neurones dont elle dispose. Qu'elle tente sa chance est une chose, le pire, c'est qu'il soit réceptif à son manège alors que je me trouve juste sur le siège à côté de lui. Ce mec n'a pas le moindre respect pour moi.

OK, nous ne nous sommes rien promis, à part une semaine de bon temps. Mais bon Dieu, qu'il se permette de la draguer devant moi, me fout en rage. La prochaine fois qu'il se baladera la queue à l'air, j'y mets les dents. Ça lui passera l'envie d'essayer de la tremper ailleurs. Quand je pense que je l'ai laissé me voir nue et fourrer sa tête entre mes jambes. Pire encore, me faire l'amour sans protection. J'étais tellement obnubilée par le fait, qu'enfin, j'allais toucher du doigt mon rêve le plus cher, que je n'ai pas réfléchi une seule seconde aux conséquences. Je lui ai donné ma confiance pleine et aveugle.

— Tu cours le rallye avec ta petite sœur ? lui demande-t-elle.

Mon niveau de patience vient d'atteindre ses limites. Sa voix me hérisse les poils du cul. Si ça continue, je vais finir par l'étouffer pour qu'elle se taise. Elle va vite découvrir de quoi je suis capable.

— Pas du tout, avec ma fiancée ! rétorque-t-il alors que je m'apprêtais à sauter à la gorge de cette sangsue.

Les yeux maintenant grands ouverts, je me fige sur mon siège. Il vient bien de me présenter comme sa fiancée ? Je n'ai pas rêvé ? Dans ma poitrine mon cœur s'emballe et mes pensées partent dans tous les sens.

Prends ça dans les dents, bimbo de pacotille !

— Oh, s'étonne la nana. Eh bien, elle n'a pas besoin de savoir ce qu'il se passe entre nous. Je serai muette comme une carpe, ajoute-t-elle à voix basse.

J'HALLUCINE !

Je rêve où elle est en train de lui proposer de coucher avec lui en toute discrétion ? Il y en a qui n'ont vraiment peur de rien. Cette fois, c'est la goutte qui vient de faire déborder le vase. Avec le plus grand calme, je me retourne enfin vers eux et scanne en vitesse son physique. Brune, plutôt grande, un corps à l'apparence parfaite, si ce ne sont ses seins, qui ne n'ont rien de naturels. Ils sont si gros qu'elle pourrait étouffer n'importe qui avec. Exactement le genre de corps qui attire Lucas. Ce qui m'amène encore une fois à me demander ce qu'il peut bien me trouver. À part notre couleur de cheveux, nous sommes en totale opposition.

— En quelle langue doit-il te dire qu'il n'est pas intéressé ? débité-je.

Elle me fixe, les yeux ronds comme des billes. À première vue, elle paraît surprise, sauf que je décèle une pointe de défi dans ses iris bleus.

— Recommence à draguer mon mec et je t'étouffe avec ton silicone et crève les pneus de ta bagnole avant le départ de la course. Suis-je claire ? rajouté-je avant qu'elle n'ait le temps d'ouvrir la bouche.

Rencognée dans mon fauteuil, j'observe d'un œil distrait l'extérieur. Je déteste ce genre de fille qui n'hésite pas à chauffer des mecs déjà pris. Comme s'il n'y avait pas assez de célibataires sur cette terre.

Lucas n'est pas ton mec, me souffle ma conscience. Ça, je le sais. Ceci dit, c'est lui qui m'a présentée comme sa fiancée, je ne lui ai rien demandé. Et c'est à cet instant que miss gros nichons aurait dû abandonner. Agir sans savoir est une chose, insister en connaissance de cause en est une autre.

— Jalouse ! affirme Lucas au creux de mon oreille.

— Play boy !

Ouais, je suis jalouse, j'en crève même. Mais plutôt mourir que de lui avouer la vérité. D'une, ça lui ferait bien trop plaisir et de deux, j'ai un minimum d'amour propre. Lui confirmer que ça me provoque quelque chose, reviendrait au même que d'écrire « je t'aime » en lettre néon sur mon front.

— Menteuse !

— Présomptueux, répliqué-je en le fixant droit dans les yeux.

Erreur fatale ! Je n'aurais pas dû. Plonger dans ses yeux, c'est me mettre à nue, lui ouvrir un accès direct à mon âme et perdre ma raison par la même occasion. Sa main se faufile sur ma nuque et il m'attire à lui pour un baiser passionné. La discussion est close et je m'abandonne sous ses lèvres.

C'est un soleil de plomb qui nous accueille au départ de l'étape d'aujourd'hui. Le jour est à peine levé et la chaleur est déjà étouffante. Mon Dieu, je n'ose pas imaginer ce que ça va donner sur les coups de midi. La transpiration ruisselle déjà dans mon dos alors que je viens à peine de marcher cent mètres pour retrouver mon 4X4.

D'un œil critique, je le scrute sous toutes les coutures pour vérifier qu'il n'a pas été abîmé lors du transport. Il a embarqué à bord d'un ferry au port de Brest une semaine avant nous et depuis, j'avoue que je ne dors pas tranquille. Ce véhicule m'a coûté une coquette somme et il m'a fallu de nombreuses heures de travail pour lui redonner son éclat. Avec l'aide de mon frère, nous avons travaillé sans relâche. J'ai une petite pensée nostalgique pour lui qui aurait dû faire partie de cette aventure avec moi. Sur le moment, quand il a refusé que je participe au Rallye des Gazelles et qu'il m'a proposé de courir celui des Gazelles en Mens avec lui, j'ai vu rouge. Sauf que, sans lui, je n'en serais pas là aujourd'hui. Il a comblé mes lacunes sur le plan mécanique, m'a épaulée à chaque fois que je perdais espoir et m'a soutenue lorsque la fatigue me donnait envie de tout envoyer balader. Lui n'a jamais failli. D'un côté, j'aurais aimé qu'il soit là pour voir tout ça et d'un autre, je suis soulagée de pouvoir enfin, prendre l'air loin de lui. Notre relation n'est pas facile, elle est même plutôt conflictuelle. Mais depuis les révélations de mon père, je ne peux m'empêcher d'y voir une explication. J'y ai beaucoup réfléchi et je doute qu'il soit au courant de la véritable histoire de la mort de maman. Après tout, il n'était qu'un enfant au moment du drame.

— Tu rêvasses, atteste Lucas qui vient de se matérialiser à mes côtés sans que je ne le voie arriver.

— Pas du tout, me défendé-je.

— Tu mens très mal Romane. Tu es souvent dans la lune depuis que nous sommes arrivés à l'aéroport hier. Que s'est-il passé avec ton père ?

Prise au dépourvu, je le fixe en fronçant les sourcils.

— Ne fais pas l'innocente. Quand vous êtes partis, tout allait très bien. À votre arrivée, tu étais en colère et Juel paraissait triste. Sans compter le reste de votre comportement au hall des départs. Je sais que nous n'avons jamais été très proches pour les confidences, sache quand même, que si tu as besoin, je suis là pour t'écouter.

J'en reste sans voix. Depuis quand Lucas saisit aussi bien mes changements d'humeur ? Plus je passe du temps avec lui et plus je me rends compte qu'il est plutôt attentif à son entourage. Moi qui l'ai toujours pris pour un égoïste imbu de lui-même, il semblerait que je me sois trompée. Enfin, je sais que d'une certaine manière et à sa façon, il tient à nous. Au point d'être aussi attentif à notre comportement, je ne l'aurais pas imaginé. Et cette prise de conscience accélère les battements de mon cœur. Cependant, je n'ai aucune envie de parler de ça maintenant. Ce n'est ni le lieu ni le moment. Par contre, plus tard, peut-être. Après tout, Lucas fait partie de la famille et peut-être qu'il pourra me donner un avis éclairé sur la question.

— Nous avons une course à préparer, conclus-je pour clore le sujet.

— Comme tu voudras. Je m'occupe de vérifier les niveaux d'huile et de faire le plein. Toi, tu vas chercher le compas, la boussole et la carte du parcours au stand. On se retrouve dans quinze minutes, débite-t-il en me tendant son portable, le visage inexpressif.

Devant sa mine vexée, je m'en veux aussitôt. Des gargouillis de stress me grignotent l'estomac et l'amertume envahit mes papilles. Il vient de me tendre la main et je l'ai sciemment repoussé. J'aurais pu lui expliquer, au lieu de passer à autre chose sans répondre. Je ne suis pas une sentimentale. Dans ma famille on ne dit pas ce que l'on ressent. D'ailleurs, on ne le montre pas non plus, on garde tout pour nous. Et Lucas n'est pas en reste, il a le même trait de caractère.

— OK, lâché-je simplement en me dirigeant vers la tente.

En cet instant, ma mère me manque. Je ne l'ai pas connue et pourtant, je ressens son absence au fond de ma poitrine. Est-ce que les choses auraient été différentes si elle avait été là ? Peut-être m'aurait-elle appris comment dire « je t'aime ». Comment gérer ce sentiment que je ressens pour Lucas pour la première fois de ma vie ? J'aime mon frère et mon père, même si je ne leur ai jamais dit, mais ce qui brûle au fond de mes entrailles pour Lucas est différent. Si elle avait été là, peut-être serions-nous plus équilibrés dans nos relations familiales. Peut-être que mon frère ne me protégerait pas comme un père. Peut-être qu'avec Lucas tout aurait pu être différent.

Bon sang, que je déteste quand Violette arrive à ce que le doute plane dans mon esprit. Je ne l'avouerais pas devant elle, pourtant, je garde l'espoir secret que peut-être, après cette semaine passée ensemble, Lucas décide de rester. Même si je doute fort que mon frère approuve. Et encore plus que l'un de nous ait le courage de tout lui avouer sur ce qu'il s'est passé ici. Cependant, au moins, il serait présent à mes côtés et non pas à des centaines de kilomètres. Là où il me serait impossible de l'observer, de le croiser, d'entendre le son de sa voix, de sentir son odeur.

Lorsque je prends place dans la file d'attente, je repousse tout ça dans un coin de ma tête et me promets de tout tenter pour essayer de m'ouvrir un peu plus avec Lucas. En attendant, je dois me préparer à cette course. J'ai attendu ça toute ma vie et je refuse de laisser mes états d'âme me parasiter.

Tout comme le Rallye des Gazelles, le Gazelles and Mens fonctionne à l'identique. Nous avons un point de départ et un point d'arrivée. Au milieu des deux, c'est à nous de déterminer notre trajet, à l'ancienne. Les GPS et autres moyens technologiques sont formellement interdits. D'ailleurs, nous devons aussi tous laisser nos téléphones portables ; ils nous seront rendus à chaque fin d'étape. Personne ne connaît d'avance le point d'arrivée pour éviter toute tricherie en amont.

L'angoisse monte, je suis autant impatiente que tétanisée.

CHAPITRE 30
AUJOURD'HUI, ON TÂTE LE TERRAIN !

LUCAS

La tête sous le capot, je rumine.

Pourquoi diable lui ai-je posé cette question ? Leurs histoires de famille ne me regardent pas. Entre le fait de l'avoir présentée à l'autre glue comme ma fiancée et maintenant cette question qui n'a pas lieu d'être, je déraille. Mes actions commencent à être dictées par mon cœur et ça, je ne peux pas me le permettre. Être ici, loin de chez nous et seuls dans cette ambiance doit me monter à la tête. Malgré tout ce que je ressens pour Romane, je n'ai pas le droit de me laisser aller. Ma décision est prise, à la fin de cette semaine, je m'envole pour l'Italie.

Je ne veux pas lui donner de faux espoirs.

J'ai déjà plus que déconné en lui proposant cette parenthèse le temps du rallye, je ne dois pas aller plus loin dans mon délire. Ne pas lui laisser l'opportunité de s'attacher à moi encore plus. Romane a droit à quelqu'un qui pourra l'épauler et lui offrir la vie qu'elle mérite. Et je ne suis pas cette personne.

Prêt à partir, je consulte ma montre et me rends compte qu'il y a presque trente minutes que Romane est partie. Le départ est prévu dans moins d'une heure et nous devons encore procéder à l'élaboration du parcours.

Putain, qu'est-ce qu'elle fabrique ?

Un coup d'œil vers la tente qui abrite la distribution du matériel, je constate que la file est encore longue. Alors, pour prendre mon mal en patience, je m'installe derrière le siège conducteur et démarre le moteur. Le ronronnement s'élève aussitôt. J'avoue que Maël et Romane ont effectué un énorme travail sur ce tas de ferraille. La première fois que mon pote m'a montré les clichés du véhicule, je n'étais pas très confiant. Ce n'était qu'une carcasse en très mauvais état avec un moteur à l'agonie. Sur ce coup-là, j'avoue que le frère et la sœur m'ont épaté. Romane est une acharnée, elle se donne les moyens d'aller au bout de ce qu'elle entreprend. Un trait de caractère qui force le respect.

— Tu sais que ce n'est pas ta place ? me questionne Romane qui vient de se matérialiser devant la porte du côté conducteur.

Mes iris croisent les siens et son apparition déclenche dans mon esprit tout un tas d'images interdites au moins de dix-huit ans. Avec ses cheveux en fouillis remontés au-dessus de sa tête dans un chignon flou, son débardeur blanc qui épouse chaque courbe de son corps voluptueux et la transpiration qui dévale son cou pour finir entre ses deux seins, elle est plus sexy que jamais. Et dire qu'elle ne se rend même pas compte de son pouvoir de séduction.

— Je vérifiais qu'il tournait correctement. Tu as tout ce qu'il faut ? la questionné-je en détournant les yeux et en coupant le moteur.

— Ouaip. Par contre, là, je te laisse gérer, j'y connais que dalle, s'excuse-t-elle en me tendant le matériel que j'attends.

J'éclate de rire devant sa mine désabusée. Romane est une manuelle. Depuis toute petite, elle dispense de l'art avec ses mains. Sa tête par contre, ce n'est pas la même chanson. Souvent perdue dans ses pensées, elle s'égare et a du mal à se concentrer. Pour enregistrer un truc, il faut qu'elle manipule, qu'elle touche. La théorie n'est pas sa discipline de prédilection.

— T'inquiète, j'en fais mon affaire.

Sur ce coup-là, ma formation va me rendre un immense service. Si au début, je trouvais cet apprentissage ridicule, en cet instant, je suis content de l'avoir suivi.

Sur le capot du 4X4, je déplie la carte et prends connaissance de notre point d'arrivée.

— Bon, notre destination se trouve au sud. Je programme quelques points d'étape et on reprendra les calculs sur la route en fonction des difficultés. Le problème du désert, c'est qu'on ne peut pas déterminer à l'avance la présence des dunes. Elles changent chaque jour en fonction du vent. Enfin, elles sont toujours présentes, c'est surtout leur taille qui varie considérablement, rajouté-je devant le regard étonné de Romane. Nous devrons en contourner certaines.

— Ce qui veut dire que la direction que l'on décide de prendre maintenant ne sera pas forcément celle que nous emprunterons ?

— Exactement et c'est là que la boussole nous sera utile.

— Pour retrouver notre chemin ?

— C'est ça. Ceci dit, il n'y a pas grand risque, chaque véhicule est équipé d'une géolocalisation au cas où. Dis donc, tu ne t'es pas beaucoup renseignée à ce que je constate.

— Ben non, c'est Maël qui a effectué la formation obligatoire de navigation, conclut-elle en haussant les épaules. Et comme il a paru sûr de toi, je ne m'en suis pas inquiétée.

Je la fixe avec un sourire en coin. Elle ne l'avouera pas, pourtant, je suis certain qu'elle a confiance en moi.

— Quoi ? me questionne Romane en apercevant ma mine réjouie.

— Rien, assuré-je en reprenant l'élaboration du parcours.

Septique, elle me scrute, sans rien dire. Par contre, elle s'intéresse à ce que je calcule. Romane me pose des questions, me demande comment je suis certain de mes résultats et comment je vais m'y prendre si nous devons changer d'itinéraire en cours de route.

— Franchement, ce serait un miracle de ne pas avoir à reprendre les données. Ici, il règne une chaleur à crever la journée, par contre, la nuit, le vent souffle fort et il n'est pas rare de descendre vers zéro degré.

— Ouais, ça, je sais, d'ailleurs, je me suis toujours demandé comment il est possible d'avoir de si grandes variations.

— Pas le temps de me lancer dans l'explication, mais si vraiment ça t'intéresse, je te promets de te montrer une prochaine fois, proposé-je en repliant la carte avec soin.

Le sourire qu'elle m'envoie me réchauffe de l'intérieur. Je me surprends à aimer discuter avec elle. Romane sait se montrer réceptive quand on aborde des sujets qui tournent autour de sa passion. Les maths ne sont pas son fort, par contre, si ça a un rapport avec les rallyes, alors là, elle le voit d'un autre œil.

— Prête ? lui demandé-je.

— Plus que jamais, même si je suis stressée.

— Aujourd'hui, on tâte le terrain. Tu vas te familiariser avec l'environnement. La conduite sur sable est déstabilisante au départ. Mais, je suis certain que tu vas t'en sortir comme une chef ! Dans tous les cas ce n'est pas une course de rapidité, juste de distance parcourue, donc no stress, finis-je mon laïus en lui envoyant un clin d'œil. Allez en piste, ajouté-je en lui déposant un baiser sur les lèvres.

Surprise, Romane passe son pouce dessus, le regard dans le vague avant de se reprendre aussitôt. Pour elle, tout ça semble encore bizarre, alors que pour moi, c'est aussi naturel que de saluer quelqu'un. C'est étonnant comme certaines choses deviennent très vite une habitude.

Une habitude qu'il va me falloir perdre au plus vite !

Chacun de notre côté, nous enfilons nos casques et nos systèmes de communication.

— Bon Dieu, ça devrait être interdit une chaleur pareille, souffle Romane en s'installant derrière le volant.

— C'est la partie la plus difficile ; t'acclimater. Tu vas finir par t'y habituer.

— Franchement, j'ai des doutes. L'air est si sec que j'ai la sensation que mes poumons sont en train de prendre feu.

— Alors ça, rien à voir avec la chaleur. C'est juste ma présence qui te rend toute chose, la taquiné-je avec un haussement de sourcils.

Ses yeux roulent dans leurs orbites avant qu'elle ne les lève vers le ciel tout en enclenchant la première.

— Allez, droit devant ! m'exclamé-je.

Le sourire qui inonde son visage vaut toutes les réponses du monde. Romane est en train de toucher son rêve du bout des doigts et je suis heureux d'en être le témoin.

Ma brunette roule au pas dans le campement et grimpe une petite dune avant de se stopper en haut. Devant nous s'étend le sable à perte de vue.

— Seigneur, c'est quand même super impressionnant, murmure-t-elle.

La nature et le monde sont remplis de choses surprenantes. Je n'ai pas encore eu l'occasion de beaucoup voyager, mais c'est l'un de mes grands projets d'avenir. Parcourir le globe à la découverte d'endroits particuliers, de peuples méconnus, de traditions ancestrales, bien loin des lieux touristiques.

Quant à Romane, c'est la première fois qu'elle quitte sa Bretagne natale. Juel n'est pas un homme à prendre des congés. Son garage est toujours ouvert, il n'a jamais emmené ses enfants en vacances. Les seuls jours où il daignait fermer, c'était lors de nos anniversaires. Nous passions la journée ensemble à courir les magasins jusqu'à ce que chacun tombe sur le cadeau idéal pour le roi de la fête avant de rentrer pour le dîner où il conviait nos copains d'école. Romane et Maël ont toujours adoré ces moments, moi, un peu moins. À chaque fois, ça ravivait la douleur de l'abandon de mes propres parents. Pas une seule fois ils ne sont rentrés pour moi. La seule chose à laquelle j'avais droit, c'était une enveloppe qui venait d'un des quatre coins du monde avec à l'intérieur, un gros chèque. Argent qui est placé sur un compte et que je n'ai pas dépensé depuis ma majorité. Avec le temps, j'ai accumulé une sacrée somme que je garde encore jalousement. Comme un souvenir amer.

— J'ai du mal à déterminer la hauteur et à savoir si l'obstacle est franchissable, hésite Romane devant un amas de sable.

— Je suis là pour ça, tenté-je de la rassurer. Là, je suis convaincu que ça passe, par contre, si tu ne le sens pas, on peut aussi la contourner.

— Et rajouter de la distance ? Hors de question. Si tu dis que c'est bon...

— Romane, la coupé-je. Tu dois avoir confiance en toi. On est une équipe. Je ne suis là que pour t'orienter, c'est à toi qu'appartient la décision finale. Si tu as des doutes, tu risques de paniquer et c'est là que la probabilité de l'accident augmente.

— OK, je tente, assure Romane déterminée. Certains vallons des pistes forestières que je parcours chez nous sont plus hauts que ça. Il n'y a pas de raison.

D'un signe de tête, je lui démontre que je suis d'accord avec elle. Son regard planté droit devant, elle recule un peu pour prendre de l'élan.

— Tu sais quoi faire dans ce genre de situation ?

— Ouais, grimper en biais pour éviter de se retourner vers l'arrière.

— Parfait, allons-y.

Les sourcils froncés, Romane enclenche la première et commence sa progression. Concentrée sur l'obstacle devant elle, elle prend son temps, étudie le terrain, cogite. Et c'est très bizarre. En temps normal, Romane agit à l'instinct. Réfléchir n'est pas sa plus grande qualité. J'aime beaucoup découvrir cette nouvelle facette de sa personnalité.

Mon cœur s'emballe et je dois détourner les yeux. Plus je passe de temps avec elle, plus elle s'immisce partout dans mon cœur. Quoi que je fasse, toutes mes pensées sont sans cesse tournées vers elle et je prends une claque en pleine gueule. Cette fille, je l'ai dans la peau depuis ce fameux jour à la piscine il y a quatre ans. Quand j'ai découvert qu'elle n'était plus une enfant, mais bien une femme en devenir. À peine vingt-quatre heures que nous sommes partis et déjà, je n'envisage plus de me séparer d'elle. Je savais que ce séjour n'était pas une bonne idée. Partir va être bien plus difficile et douloureux que ce que j'avais envisagé.

Avoir goûté à sa peau a augmenté mon envie de la toucher. Discuter, rire et l'enquiquiner a amplifié mon besoin de tout partager avec elle.

Je suis dans la merde, dans une merde noire !

Le regard planté droit devant, je me concentre sur le parcours. Autant mettre mes états d'âme et mes sentiments de côté, ce n'est ni le lieu ni le moment d'encombrer mon cerveau avec ça. Là, tout ce qui compte, c'est de finir cette étape sans dommage en essayant de ne pas prendre trop de retard. Arriver au bout et terminer avec le matériel intact est l'objectif.

Romane rêve de gagner, je le sais très bien, sauf qu'en toute honnêteté, il y a peu de chance. D'une, c'est sa première participation et de deux, elle n'a aucune connaissance du terrain. Moi, je me suis renseigné un minimum, mais je suis aussi novice qu'elle. La seule chose que je peux lui apporter, c'est la théorie que j'ai assimilée ces dernières semaines. Maël m'a fait promettre de ne prendre aucun risque inconsidéré et je compte bien m'y tenir.

CHAPITRE 31

J'AI PEUR DE TE TUER...

ROMANE

Cette première journée a été riche en émotions. Ces paysages identiques tout en étant si différents. Lucas avait raison, rouler dans le sable est complètement à part de toutes les surfaces sur lesquelles j'ai déjà pilotées. Moi qui pensais que nos terres sablonneuses m'auraient préparée, je me suis trompée. Ici, le sable est volatil, il bouge sans cesse. J'ai pris beaucoup de plaisir, mais demain, je dois faire beaucoup mieux. Nous ne sommes pas derniers, ceci dit, nous sommes loin d'être en tête en ce début de course et moi, ce que je souhaite, c'est finir vainqueur de cette édition.

À plusieurs reprises, Lucas pensait que la dune était franchissable. J'étais loin d'en être convaincue, alors, j'ai renoncé en augmentant la distance parcourue de nombreux kilomètres. À chaque fois, la peur prenait possession de mon corps et m'empêchait de suivre les conseils de mon co-pilote. Si j'avais été seule, je sais que tout aurait été différent. Ce n'est pas pour rien qu'à l'origine, je voulais courir le Rallye des Gazelles. Avoir un proche dans le même véhicule que moi change la donne. Avec un inconnu, je n'aurais pas cette peur qui tenaille mon estomac. En cas de mauvaise décision, je pourrais tuer Lucas et rien que cette idée m'est inimaginable.

Malgré les aveux de mon père concernant ma naissance, je sais que quelque part, je reste responsable du décès de ma mère. Si elle n'avait pas été enceinte de moi, elle serait encore là aujourd'hui.

Toutefois, je suis en train de toucher mon rêve du doigt et je refuse de tout foutre en l'air par peur. Il faut que je me ressaisisse, que je contrôle cette angoisse qui me fait perdre mes moyens. J'en suis capable. J'ai travaillé dur pour en arriver ici aujourd'hui. Je me suis battue pour prouver mes compétences et être regardée autrement que comme la fille de Juel Prigent. Gagner cette course d'orientation me permettrait d'obtenir une certaine légitimité dans le milieu.

— Tu comptes passer la soirée ici ?

Du coin de l'œil, j'observe Lucas s'asseoir à mes côtés. J'ai fui la foule et je me suis réfugiée un peu à l'écart.

— Pourquoi pas ? Au moins, ça m'évite d'être épiée comme si je n'avais pas ma place dans ce rallye.

Entre les regards des autres concurrents qui pensent que je suis arrivée ici avec des passe-droits et les journalistes qui cherchent à me brosser dans le sens du poil pour obtenir des informations sur mon père, j'ai l'horrible sensation de n'être qu'un pantin.

— Affronte-les au lieu de fuir.

— Facile à dire pour toi ! m'agacé-je.

— Tu crois que je ne sais pas ce que tu ressens ? me questionne-t-il en redressant un sourcil.

Bien sûr que si, il le sait. Quelle conne je suis ! Bien entendu qu'il comprend ce que je ressens. Lui aussi à un nom qui a tendance à intéresser les autres. Ses parents sont des rois de la finance de renommée mondiale.

— Je suis désolée, m'excusé-je. J'ai souvent tendance à oublier qui tu es et surtout d'où tu viens.

— Je viens du même endroit que toi. J'ai reçu exactement la même éducation que toi. Par contre, au contraire de toi, mon nom de famille n'est que de la poudre aux yeux.

Lucas n'évoque jamais ses parents. Pour moi, il est une partie intégrante de ma famille et j'occulte la plupart du temps qu'il en a une autre quelque part. Je n'ai jamais compris pourquoi ils avaient confié son éducation à mon père. À la maison, personne n'en parle. Pour moi, Lucas était là où était sa place, parmi nous. Les rares fois où les propriétaires daignaient se montrer dans leur demeure, Lucas disparaissait, ce qui m'indique qu'il ne les porte pas beaucoup en estime. En même temps, qui pourrait l'en blâmer. Ces gens sont à mes yeux des monstres. Comment peut-on abandonner son propre enfant à un parfait inconnu ?

— Que s'est-il passé aujourd'hui ? me demande-t-il.

Les sourcils froncés, je le scrute sans comprendre de quoi il parle.

— Quand nous sommes partis, tu semblais sûre de toi. Tu as d'ailleurs passé le premier obstacle sans encombre. Alors, pourquoi tu t'es dégonflée par la suite ? insiste Lucas une lueur inquiète dans le regard.

Pourquoi suis-je aussi transparente à ses yeux ? Mon cœur bat plus fort dans ma poitrine de constater qu'il s'intéresse assez à moi, pour se rendre compte de ce genre de chose. Et d'un autre côté, ça m'agace de voir que je suis incapable de lui cacher quoi que ce soit.

Lucas a toujours eu une place importante dans ma vie et depuis son retour, c'est encore pire. Le revoir a réveillé tous les sentiments que j'avais occultés depuis de nombreuses années. Et là, il me donne l'occasion de lui parler de ce qui pèse sur mon cœur comme une chape de plomb. Pas sûre que ça change quoi que ce soit. Pourtant, j'ai envie de me confier à lui. Mais comment arriver à lui exprimer cette peur qui m'oppresse sans lui dévoiler exactement ce que je ressens pour lui ?

— J'appréhende l'accident... je crois.

— Conduire sur le sable est déstabilisant. Tu vas finir par prendre tes marques.

— C'est pas ça le problème, murmuré-je en remuant sur mes fesses et fuyant son regard, mal à l'aise.

— Raconte, je pourrais peut-être t'aider.

Ça, j'en doute.

— J'ai peur de te tuer, débité-je en haussant les épaules, comme pour m'excuser.

— De me tuer ? répète-t-il surpris.

— Enfin, pas toi en particulier. Ça aurait été Maël, j'aurais eu la même réaction. C'est pour ça que je voulais courir le Rallye des

Gazelles. J'aurais été en binôme avec une fille que j'aurais appris à connaître, mais qui n'aurait pas été de ma famille. Je ne dis pas que je n'aurais pas eu quelques appréhensions, mais je suis certaine que je n'aurais pas cette frousse qui me bouffe de l'intérieur. J'ai... j'ai tué ma mère... et... et j'ai peur de recommencer et de perdre encore quelqu'un qui m'est cher par ma faute.

— Qu'est-ce que tu racontes comme conneries ? me sermonne Lucas en fronçant exagérément les sourcils.

— Ce ne sont pas des conneries. J'ai tué ma mère. Avec l'aide de mon père, pourtant, je suis en partie responsable. Lui de par sa négligence, moi, de par ma présence.

— Ce qui est arrivé à ta mère est triste, cependant, tu n'en es en rien la cause.

— Bien sûr que si. Si je n'avais pas existé, ma mère serait encore vivante ! m'emporté-je soudain.

Il ne se rend pas compte du poids qui oppresse mon cœur. Que la douleur est parfois si insupportable que j'ai la sensation de couler ! Que le manque de sa présence agrandit le trou béant dans ma poitrine à chaque fois que je pense à elle !

Mon regard croise celui de Lucas. Dans ses yeux brillent l'incompréhension et une douleur qui me remue au plus profond de mon âme.

— OK, donc, si on part de ce principe, je suis aussi responsable du fait que mes parents m'aient abandonné derrière eux. Si je n'avais pas existé, il n'aurait pas eu cette décision à prendre.

Figée devant lui, mes larmes menacent de couler. La souffrance qui émane de tous les pores de sa peau se répercute sur moi comme un boulet de canon. La traînée de poudre de ses ressentiments s'immisce dans mes veines et se loge dans mon cœur. C'est bien la première fois que je vois Lucas aussi désemparé.

Je baisse la tête et fixe le sable sur lequel je suis assise. Soutenir son regard est trop dur. Sa douleur fait écho à la mienne, c'est insupportable. En fin de compte, nous ne sommes pas si différents l'un de l'autre. Nos blessures se ressemblent. Tous deux liés par l'abandon.

— Romane, regarde-moi, s'il te plaît, me supplie-t-il des trémolos dans la voix.

Pour affronter ses yeux, je dois aller chercher tout le courage dont je dispose. Je me fais violence et tente de me composer un visage serein. Je me déteste déjà assez d'avoir ravivé ses propres démons sans en plus en rajouter une couche. Un long soupir m'échappe quand je me confronte à ses prunelles.

— Nous ne sommes pas responsables du choix des autres. La seule chose dont tu peux te blâmer ce sont tes propres décisions. Tes parents ont choisi de te concevoir, tout comme les miens ont choisi de me garder. Le reste n'est qu'un concours de circonstances.

Le problème, c'est que si je suis son raisonnement, cela voudrait dire que mon père détient toute la responsabilité de ce drame et ça, je ne suis pas sûre d'être en mesure de l'accepter. Une part de moi lui en veut d'avoir fait passer sa grande passion avant ma mère, une autre, comprend. C'est le genre de décision que j'aurais pu moi-même prendre.

— Le jour de ma naissance, mon père a abandonné ma mère pour aller concourir, alors qu'elle avait des contractions. Quand il est rentré, elle était inconsciente sur le canapé, Maël endormi à ses côtés. C'est ça qu'il m'a avoué le jour où nous avons pris l'avion. C'est pour cette raison que je me suis emportée contre lui.

Les mots sont sortis tout seuls de ma bouche sans que j'en aie vraiment conscience. Je n'aurais peut-être pas dû. Je n'ai pas envie que Lucas regarde mon père de manière différente. Nous avons beau avoir vécu ensemble presque toute notre vie sous le même toit, c'est mon histoire, pas la sienne.

Pourtant, maintenant que j'ai mon front appuyé sur mes genoux pour fuir son regard, je me sens soulagée. Rien que d'avoir partagé ça avec quelqu'un me permet de respirer un peu mieux. Depuis que mon père m'a avoué cette vérité, quelque chose en moi a changé. Ce rêve qui jusqu'à présent me tenait tant à cœur a un goût différent dans ma bouche.

Le goût de la rancœur…

LUCAS

Recroquevillée sur elle-même, Romane me paraît vulnérable. Encore bien plus qu'à l'accoutumée. Elle a toujours dégagé une certaine forme de fragilité. Là, avec sa tête enfoncée entre ses jambes, elle ne m'a jamais semblé aussi ébranlée. La seule chose dont j'ai envie, c'est de la prendre dans mes bras pour tenter de lui ôter toute la souffrance qu'elle ressent. Je sais qu'il ne faut pas. Qu'à chaque fois que je me laisse aller à ces sentiments qui grandissent en moi, je me perds un peu plus. Et que la séparation qui se profile à la fin de cette parenthèse enchantée sera encore plus dure à supporter. Je devrais me protéger tout en la sauvegardant, sauf que j'en suis incapable. M'éloigner d'elle alors qu'elle est si triste m'est insupportable.

Je comprends son ressenti, néanmoins, je ne le partage pas. Elle doit prendre conscience qu'elle n'a aucune responsabilité dans le décès de sa mère, tout comme son père. Si ce jour-là, il a pris la décision de tenir ses engagements, c'est qu'il devait être persuadé d'en avoir le temps. À son retour, Romane va devoir prendre son courage à deux mains et discuter avec Juel.

Pour elle.
Pour lui.
Pour eux.

Ils sont les personnes qui, pour moi, ressemblent le plus à une famille. Ils ont toujours été unis et je refuse qu'un simple coup du sort vienne gâcher ce qu'ils ont créé toute leur vie.

Sans y réfléchir plus longtemps, je me décale et m'installe derrière elle. Mes bras l'enserrent aussi fort que je le peux et je pose mon menton sur son épaule. Son odeur s'infiltre dans mes narines et comme toujours, mon cœur se met à battre un peu plus vite. Si seulement la vie pouvait nous offrir une chance. Malheureusement, les évènements et la situation font que rien ne sera possible entre nous. Dommage, parce qu'elle est la seule qui pourrait me donner l'envie de changer d'avis. La seule qui serait susceptible de me faire renoncer à mon projet. L'unique raison qui puisse me donner envie de rentrer chez moi et d'y poser mes valises. Seulement voilà, tout nous l'interdit. Que ce soit le lien qui nous unit depuis que nous sommes gosses, tout comme l'instinct trop protecteur de son frère — mon meilleur pote. Et je n'ai pas les épaules pour affronter une querelle qui se terminera — sans aucun doute — par une cassure irréversible. Je ne peux pas me le permettre, tout comme Romane. Nous sommes bien trop attachés à cette famille, aussi dysfonctionnelle soit-elle.

Quelqu'un pourrait nous surprendre. J'en ai conscience. Est-ce que j'en ai quelque chose à foutre ? En cet instant, absolument pas. Est-ce que je devrais m'en préoccuper ? Assurément. Pourtant, là, dans l'immédiat, la seule chose que j'ai en tête c'est le désir de prendre toute la douleur qu'elle ressent pour tenter de la soulager.

— Je te le répète, tu n'es pas responsable. Ton père non plus, murmuré-je à son oreille.

Elle tressaille et se crispe dans mes bras. Je sais très exactement ce qu'elle pense, ce qu'elle ressent. J'avais les mêmes sentiments envers mes géniteurs avant de comprendre que je n'y étais pour rien dans leur rejet. Et que seules ma force et ma détermination seraient en mesure de les contrer, pour qu'ils regrettent et pour leur prouver que sans leur aide, je peux être quelqu'un.

— Parce que si l'on part de ce principe, ta mère aussi l'était, continué-je tout en la retenant alors qu'elle tente de m'échapper. Elle aurait pu insister auprès de ton père, elle aurait pu le convaincre que le moment était venu, qu'elle n'était pas en mesure d'attendre. Sauf qu'avec des si, on referait le monde et on recréerait l'histoire. Et tu sais aussi bien que moi que c'est impossible. Personne n'est fautif, personne n'est à blâmer, à part les non-dits et la malchance.

Son corps se tend, se contracte. Je ressens tous ses muscles qui se tétanisent. Mais je ne lui offre aucune possibilité de fuir, de se renfermer sur elle-même. Au contraire, je la serre un peu plus fort contre moi et j'absorbe son mal-être. Les minutes s'égrènent, le temps se fige et au fur et à mesure, Romane se détend, se relâche.

— Et si on rentrait, j'ai faim, murmure-t-elle.

Sa voix se perd dans la brise et j'hésite un instant. Elle cherche à changer de sujet, je le sens et je ne sais pas s'il faut que je poursuive dans son sens ou que j'insiste.

— Merci, ajoute-t-elle en tournant son visage vers moi.

Dans ses prunelles brillent une certaine souffrance et une dose de réconfort. Alors, je me tais. Je n'ajoute rien. À la place, je pose mes lèvres sur les siennes. Juste comme ça. Par envie. Par besoin. Un peu pour elle, mais surtout, beaucoup pour moi.

CHAPITRE 32

TROIS MOTS À NE SURTOUT PAS PRONONCER !

ROMANE

Je tourne et vire dans le lit sans arriver à trouver le sommeil. Lucas, quant à lui, est endormi. Mes yeux se perdent sur la peau nue de son torse éclairé par les rayons de la lune.

Magnifique.

Bien trop canon pour le salut de mon âme. Ce mec sera ma perte. Il est bien trop imprégné dans mon cœur pour m'en sortir sans dommage. Je vais souffrir, pourtant, je ne me vois pas être ailleurs qu'avec lui et en profiter jusqu'au dernier moment.

Ce soir, il m'a forcé à réfléchir, à penser différemment. Je ne sais pas encore si je crois en ce qu'il m'a dit, mais en tout cas, ses mots se sont frayé un chemin dans mon esprit. Il a été parfait. À l'écoute. Attentif. Comme jamais auparavant. Et je suis ressortie de cette conversation plus légère.

La suite de la soirée, nous l'avons passée au milieu des autres. Je me suis efforcée de mettre en œuvre ses conseils. Je n'ai pas baissé les yeux devant les regards hautains, je n'ai pas courbé l'échine face aux journalistes. Je me suis contentée de discuter avec des personnes qui m'ont semblé bienveillantes. Lucas est resté en retrait, sans être trop loin pour pouvoir garder un œil sur moi. J'ai senti le poids de son regard sur ma nuque toute la soirée. Une attention qui m'a soulagée et m'a remplie de joie. Parce que maintenant, j'ai la certitude que je compte pour lui. De quelle manière, je n'en sais trop rien, néanmoins, j'ai une place plus importante que je ne le pensais dans sa vie ! Et, quelle qu'elle soit, je vais devoir m'en contenter.

J'avoue que j'appréhende ce deuxième jour de compétition. Cette peur que je ressens, je n'aurais pas cru qu'elle en viendrait à me paralyser à ce point. Les paroles de Lucas tournent en boucle dans ma tête. Elles se diffusent, se répandent et m'apaisent un peu. Sauf que cette trouille qu'il lui arrive quelque chose subsiste.

— J'entends les rouages de ton cerveau jusqu'ici.

Le timbre rauque de Lucas me sort de mes pensées.

— Désolée de t'avoir réveillé, m'excusé-je. Je vais aller dans le salon pour te laisser dormir.

De mes pieds, je repousse le drap qui me recouvre et tente de me lever. C'est ce que j'aurais dû faire dès le début au lieu de l'empêcher de se reposer. Ses doigts s'enroulent autour de mon poignet et il m'oblige à me rallonger. Un genou entre mes jambes, il me surplombe, me domine.

— T'abrutir devant la télé ne t'aidera pas à trouver le sommeil. En plus, tu ne comprendras rien au programme.

— J'ai Netflix sur mon téléphone, le contré-je.

— Un documentaire sur les psychopathes ? Un film d'horreur ? Pas sûr non plus de l'efficacité.

Comment est-ce qu'il connaît mes programmes de prédilection ?

Son nez hume la peau fine derrière mon oreille, puis sa langue traverse mon cou et je perds le fil de ma réflexion.

— Sinon, j'ai un autre moyen bien plus efficace pour te fatiguer, susurre-t-il.

— Qui est ? couiné-je lorsque ses dents se plantent dans mon lobe.

Je sais très bien où il veut en venir et ça me convient. Surtout qu'hier soir, il n'a rien tenté. Il s'est contenté de me prendre dans ses bras avant de sombrer. Et j'avoue que j'en ai été frustrée. Tout chez lui est un appel à la débauche, à la luxure et je me surprends à avoir envie de sexe à n'importe quel moment de la journée. Mon regard a juste besoin de croiser le sien pour que la chaleur du désir se répande dans mes veines.

Ce mec a fait de moi une nympho !

Ses mains se faufilent sous mon débardeur et il me le retire avant que j'aie eu le temps de dire « ouf ». Maintenant assis sur ses talons à mes côtés, il ne se gêne pas pour me reluquer et aussi étonnant que cela puisse paraître, ça ne me dérange plus. Il n'y a aucune once de dégoût ou de jugement dans ses yeux. Juste un vif désir qui me donne la chair de poule. La vue de son torse sculpté et de son membre dressé, emprisonné dans le seul vêtement qu'il porte, me donne envie de le goûter. À chaque étreinte j'y pense, pourtant, à chaque fois, je renonce. Par peur de ne pas savoir m'y prendre ou de ne pas aimer. Malgré tout, je veux essayer, avec lui. Il est le seul à me provoquer cette envie et j'ai besoin de passer outre mes appréhensions. Si je n'arrive pas à exécuter une chose aussi naturelle, comment je pourrais passer au-dessus de mes peurs les plus profondes ? La comparaison est sans doute exagérée, pourtant, c'est de cette façon que je le vois.

Redressée sur mes coudes, je pose mes lèvres sous son nombril. Là où démarre la ligne de poils qui se termine sous son caleçon. Contre mes libs sa peau frémit, ce qui me donne le sourire. Je dépose des baisers et continue ma progression vers le bas. Lorsque mes doigts s'agrippent au morceau de tissu qui le recouvre, ses mains saisissent mes poignets. Surprise, je relève les yeux vers lui. Dans ses pupilles brille un éclat de lubricité ce qui accentue mon incompréhension.

— Tu... tu n'es pas obligée de faire ça, bafouille-t-il.

— Je ne me sens pas obliger, j'en ai envie, lui assuré-je.

Et encore plus maintenant que je le vois déglutir avec quelques difficultés. Me rendre compte que c'est moi qui le mets dans cet état me donne des ailes. Comprendre que malgré ma position d'infériorité devant lui, c'est moi qui ai tout le pouvoir m'enhardit. Mon regard toujours plongé dans le sien, je baisse son caleçon. Les paupières de Lucas se ferment et il rejette la tête en arrière. Je fixe maintenant son membre dressé devant mes yeux et je me demande comment je vais pouvoir le mettre dans ma bouche sans m'étouffer. Sa taille est quand même très imposante.

De la pointe de ma langue, je lèche le bout. Son odeur musquée emplit mes narines et je trouve sa peau douce et soyeuse. Avec la plus grande précaution, j'englobe son sexe de mes lèvres et entame un lent va-et-vient. Lucas soupire et j'ai l'impression que sa queue enfle encore. C'est perturbant. Sa main s'enroule à la base de son sexe et il me donne le rythme. Mes lèvres collées à ses doigts, je suis le mouvement qu'il me donne. Entre mes cuisses prend naissance une chaleur intense qui remonte et se diffuse dans mes reins. Un peu comme si, mon corps prenait autant de plaisir à lui en donner qu'à en recevoir. J'adore le sentiment que ça me procure et je veux aller encore plus loin. Maintenant que j'ai compris comment m'y prendre, je chasse sa main d'une petite tape et prends sa place sous son regard incrédule. Moi aussi j'en suis capable.

Avec fermeté, je le pousse de façon à ce qu'il s'allonge et me place entre ses jambes sous ses yeux surpris. Et je reprends où j'en étais. Une main bien enroulée à la base de son sexe et le reste dans ma bouche. Plus il soupire, plus je m'acharne dessus.

Dans mon ventre, c'est un tsunami de sensations. Dans mes veines, c'est une déferlante d'émotions. La confiance me gagne, le plaisir m'envahit. Un torrent d'excitation gagne mon cœur, je relâche la prise de mes doigts et n'utilise plus que mes lèvres et ma langue. Les muscles de ses cuisses sur lesquels je suis appuyée se crispent. Lucas empoigne mes cheveux et me tire en arrière. Merde, est-ce que j'ai fait quelque chose de mal ? Un truc désagréable ?

— Arrête ça tout de suite, je n'ai pas envie de finir dans ta bouche, souffle-t-il la respiration saccadée.

Comment ça finir dans ma bouche ? Finir quoi ?

— Oh, lâché-je avec une grimace quand je comprends à quoi il fait référence.

Et j'avoue que je n'en ai pas trop envie non plus.

— Oui oh, se marre-t-il devant ma tête.

Il peut bien se moquer de moi autant qu'il le souhaite, ça ne m'atteint pas. Pas alors que le désir pulse entre mes cuisses et qu'il est le seul capable d'éteindre l'incendie qui est en train de me ravager. D'un geste rapide, je me débarrasse de ma culotte et me hisse sur ses cuisses. Mes jambes de part et d'autre de ses hanches, je me soulève et dirige son sexe à l'entrée du mien. Quand les premiers centimètres me remplissent, je ne peux retenir un soupir, suivi d'un gémissement quand il disparaît en entier à l'intérieur de mon corps.

— Bon Dieu ! m'extasié-je quand ses mains s'agrippent à mes hanches. C'est... c'est...

Je suis à court de mots pour exprimer ce que je ressens. Il me remplit tellement, que j'ai la sensation d'être écartelée. Non pas que ce soit désagréable, au contraire, c'est juste différent. Me voilà dans une position que je n'ai jamais osé tenter. Parce que je suis exposée, mise à nue. Positionnée au-dessus de lui, il a tout le loisir de m'examiner sous toutes les coutures. Sans bouger, je m'imprègne du bien-être qui me saisit, de la chaleur de ses mains sur moi, du plaisir que la fusion de nos corps me procure. Accroché à mes hanches, Lucas m'aide à me soulever. La plénitude que je ressens est vite remplacée par un besoin plus primaire, plus viscéral. Mon bassin s'active en rythme avec le sien. Nos mouvements s'accordent. Une danse lascive s'entame.

Autour de moi, plus rien n'existe. À part ce moment de communion que nous partageons. Semblable aux autres et en même temps tellement plus intense. Nos peaux se parlent, se comprennent. Nos yeux s'arriment, s'expriment. Nos mains s'égarent, se perdent. Nos bouches se trouvent, communiquent.

Dans cette union, je dépose tous les sentiments que je ressens, tout l'amour que j'éprouve.

Face à moi, Lucas se redresse, glisse une main entre nous et vient titiller cet endroit de mon anatomie si sensible. Dans mon corps c'est une explosion. Dans ma tête, mes idées s'entremêlent, se bousculent, s'entrechoquent.

Ses gestes.

Ses attentions.

Son dévouement.

Notre plaisir.

Tout ça se répand en moi comme une vague d'une puissance infinie. Un raz-de-marée prêt à tout ravager sur son passage. Mon corps vibre, mon cœur explose et des larmes s'accumulent aux coins de mes yeux.

De bien-être.

De jouissance.

De bonheur.

Sa poitrine écrasée contre la mienne, je sens son cœur battre son tempo.

Rapide.

Anarchique.

Le rythme de nos cœurs s'accorde, bat la même mesure, suit le même mouvement. Pressés l'un contre l'autre, nos membres enchevêtrés, nous ne formons plus qu'un. Cette communion, cette perfection entre nous me fait basculer dans un monde où je n'avais encore jamais mis les pieds. Un monde d'espoir, pour lui, pour moi, pour nous.

Le moment parfait.

Ce sentiment que je ressens, ces mots qui se bousculent dans ma tête et qui tentent de forcer la barrière de mes lèvres. Ma bouche s'ouvre, mes yeux plongent dans les siens.

— Je...

Dans son regard se bousculent des émotions contradictoires. Une peur dont je n'arrive pas à déterminer la cause. Sa main saisit ma nuque, ses lèvres se posent sur les miennes et je ravale mes paroles.

Le moment est passé, la magie envolée.

Il ne reste plus que nos corps en sueur pressés l'un contre l'autre et cette fatigue soudaine qui s'abat sur mes épaules. Mes paupières se ferment et dans mon esprit flottent ces trois petits mots que j'ai failli prononcer.

Je t'aime...

CHAPITRE 33

REMONTE DANS LE CLASSEMENT ET JE TE PROMETS UNE NUIT QUE TU N'ES PAS PRÊTE D'OUBLIER !

ROMANE

Remontée comme un coucou, aujourd'hui, je suis au top de ma forme. Quand j'ai ouvert les yeux ce matin, j'ai eu comme une révélation. En ce deuxième jour de compétition, j'ai bien l'intention de prouver à tous que j'ai ma place dans ce rallye.

Et encore plus de me le prouver à moi-même.

À mes côtés, Lucas est préoccupé. Sans doute appréhende-t-il ma conduite, mes peurs. Je me dois de lui montrer qu'il a eu raison de me secouer, de me forcer à regarder la vérité en face, de m'obliger à sortir de ma coquille. Au fond de moi, j'ai encore cette appréhension, mais elle est moins forte, moins présente. En me réveillant ce matin, elle ne m'oppressait pas la poitrine, elle ne me coupait pas le souffle. Non, elle n'était qu'une vague présence.

Cette nuit, entre nous c'était magique. Et quelque chose a changé. Je ne sais pas trop quoi, pourtant, je le ressens. Un truc nouveau qui me remue de l'intérieur. Une chose puissante qui me donne envie de me dépasser, de me battre. Pas pour rendre mon frère heureux, pas pour marcher sur les traces de mon père, pas pour que ma mère soit fière ou qu'elle me pardonne. Juste pour moi, pour une fois. Et peut-être aussi un peu pour lui. Cet homme qui, sans le savoir, vient de me donner la force de me dépasser.

— Prête ? me questionne Lucas en me tendant mon casque.
— Plus que jamais, assuré-je.

Posté en face de moi, nos doigts se frôlent lorsque je m'empare de mon équipement. La frustration m'envahit. Parce qu'en l'instant présent, je voudrais pouvoir lui montrer à quel point je suis reconnaissante de tout ce qu'il a mis en œuvre pour moi. Même s'il n'en a pas conscience, Lucas vient de m'aider à franchir une étape dans ma vie. Celui du pardon. Pardonner à mon père d'avoir laissé ma mère sur le point d'accoucher. Pardonner à ma mère de ne pas l'avoir retenu. Et surtout, me pardonner moi-même d'avoir vu le jour en lui ôtant la vie. Une petite partie de moi se sentira toujours un peu responsable, un peu coupable. Néanmoins, le poids qui oppressait ma poitrine depuis toujours me paraît aujourd'hui plus facile à porter.

Et ça, c'est à Lucas que je le dois !

Le seul qui m'ait ouvert les yeux. Le seul qui n'ait jamais pris de pincettes avec moi. Le seul qui me traite comme une adulte. Et là, devant moi, alors que ses yeux me fixent avec intensité, je voudrais pouvoir le remercier. Me pendre à son cou, lui exprimer tout ce que je ressens et lui démontrer que malgré tout ce qu'il croit, c'est quelqu'un de bien. Sauf que nous ne sommes pas seuls et que je crève de trouille qu'il me rejette. Mon père, mon frère, notre famille, sont autant de choses qui nous séparent et nous empêchent d'être ensemble. Parce que je ne suis pas folle, je sais ce que j'ai ressenti cette nuit. Je manque sans doute d'expérience en amour, pourtant, une telle connexion ne peut pas être simulée, inventée. Les yeux sont le reflet de l'âme et ce que son regard m'a raconté durant notre étreinte vaut bien plus que n'importe quel mot qu'il aurait pu prononcer. Par contre, je ne suis pas certaine qu'il soit encore prêt à l'admettre.

Le mettre là, tout de suite devant le fait accompli, pourrait le forcer à reculer et je refuse d'en prendre le risque. De jouer avec le feu. Il nous reste encore plusieurs jours et je vais tout mettre en œuvre pour qu'il se rende compte que rien n'est infranchissable.

Les mots de Violette résonnent en moi comme une vérité criante. Il tient à moi, j'en suis aujourd'hui convaincue. À côté de ça, je pense aussi avoir saisi de quoi il a peur. Tout comme moi, sa plus grande crainte c'est de perdre la famille qui lui a ouvert les bras. Et là, je suis incapable de prévoir la réaction de mon frère. J'espère juste que si un jour les choses entre nous deviennent sérieuses, il saura faire la part des choses.

Déjà, si je pouvais convaincre Lucas de rester avec nous, de ne pas repartir en Italie, ce serait merveilleux. Pour le reste, il faudra du temps, de la patience et surtout, que mon frère comprenne que je ne suis ni sa fille, ni sa compagne et que je suis assez grande pour mener ma vie comme je l'entends. Et aimer qui je veux en est une partie intégrante.

Le soleil est haut dans le ciel et la chaleur étouffante. Mon estomac crie famine, il ne doit pas être loin de midi, voire même peut-être un peu plus.

— On s'arrête, j'ai faim, quémandé-je en lançant à mon co-pilote un regard de chien battu.

— Bientôt. Nous sommes presque à mi-parcours.

— Pfff, me renfrogné-je.

Avec lui, c'est toujours la même chose. Il ne veut pas se poser avant d'être à mi-chemin. En ce qui me concerne, je ne vois pas trop ce que ça change. Et encore, aujourd'hui, nous ne sommes pas au milieu de l'après-midi, ce qui était le cas hier. Je suis contente d'avoir été meilleure que la veille.

— Sérieux, Lucas, je crève la dalle !

— Tu crèves toujours la dalle, se marre-t-il.

Ce n'est pas faux. Ceci dit, pour ma défense, la concentration et mes nuits avec lui me font perdre pas mal de calories. J'ai besoin d'énergie.

— Après manger, on a tous un coup de barre, donc moins de concentration, m'explique-t-il. Plus on avance et moins de chemin il nous restera à parcourir. Donc moins de risque d'inattention.

Il a raison, ce n'est pas pour autant que je suis prête à l'admettre devant lui.

— Celle-ci, elle est costaud, m'interpelle Lucas alors que j'étais perdue entre mes pensées et mon estomac qui gronde. Il va falloir la contourner.

— Montre la carte, demandé-je en arrêtant le 4X4 bien avant d'amorcer la montée de la dune.

— Nous sommes là, m'apprend-il.

Et le milieu de parcours est juste après cet énorme tas de sable. J'avise la hauteur et pèse le pour et le contre. Au-delà d'arriver plus vite au point de notre déjeuner, j'y vois aussi une occasion de rattraper une partie de mon retard accumulé. Jusqu'à présent, il n'y a eu aucune difficulté sur notre parcours, ce qui signifie que ce doit être à peu près la même chose pour les autres. Cette dune est peut-être ma seule chance de gagner du temps aujourd'hui.

— Tu penses que c'est jouable de la gravir ?

Lucas me fixe et fronce les sourcils.

— Tu as si faim que ça ?

— Non, éclaté-je de rire. Enfin, si, j'ai faim, mais ça n'a rien à voir. Je me dis juste que c'est l'occasion de rattraper une partie des kilomètres perdus.

— Tu t'en sens capable ? me questionne-t-il.

— Ça, j'en sais rien du tout.

— OK. Quand tu regardes en face de toi, est-ce que tu as confiance ? Est-ce que tu as une idée de la manière dont tu comptes t'y prendre ?

Le regard fixé sur l'horizon, je me remémore tout ce que j'ai appris par mon père au fil des années.

La certitude est la clé de tout, le doute, lui, pousse à la faute.

J'ai déjà grimpé plus haut, sauf qu'ici, l'élément différent qu'il faut que je prenne en considération, c'est l'instabilité du sol. Le plus gros risque reste la glissade. Là, le sable est très volatile.

Je peux le faire. Mieux, je vais le faire.

— Ouais, j'ai confiance et je sais très exactement comment m'y prendre, assuré-je avec un grand sourire plaqué sur mes lèvres.

— Alors, allons-y ! De l'autre côté se trouve ton déjeuner.

— C'est ta façon de me motiver ? le questionné-je curieuse.

— Si j'avais voulu te motiver, je t'aurais plutôt dit qu'en franchissant cette dune sans encombre, c'est toi qui me serviras de repas.

Les yeux et la bouche grands ouverts, je le fixe incrédule.

— Mais comme j'aime bien augmenter ta tension... je vais te dire ça ; si tu arrives à remonter dans le classement, je te promets une nuit que tu n'es pas prête d'oublier.

Son sourire s'agrandit, ses sourcils vont et viennent de haut en bas et son regard se balade sur toute la surface de mon corps. Sur chaque parcelle de mon épiderme où ses yeux se posent, une chaleur intense se répand, jusqu'à se loger à la jonction de mes cuisses.

— Prétentieux, marmonné-je en me raclant la gorge.

— Réaliste, parade-t-il.

Dans l'habitacle, la chaleur est de plus en plus étouffante. Dans mes veines éclatent des bulles de désir et mon ventre se tord déjà de l'attente.

Bon, ce n'est pas le moment de me laisser envahir par ma libido débordante. Là, je dois me concentrer. Et Lucas ne m'y aide pas. Il vient de me fourrer tout un tas d'images obscènes dans la tête. Alors que je devrais penser plan, vitesse, angle et inclinaison, les seules choses qui me viennent à l'esprit, c'est nu, position, toucher et sexe.

Les paupières closes, je prends une grande inspiration, chasse tous les éléments perturbants de mon esprit et enclenche la première.

— Je vais le faire, je vais y arriver et tu sais pourquoi ? questionné-je Lucas sans le regarder.

— Parce que je suis irrésistible, plaisante-t-il.

— Non, parce que j'en suis capable. Parce que j'ai été formée par le meilleur et surtout, parce que je suis une putain de conductrice ! assuré-je plus sûre de moi que je ne l'ai jamais été de toute mon existence.

Mon regard planté droit devant, je me concentre sur les bruits qui m'entourent, sur le comportement de mon 4X4 et sur ma trajectoire. La seule autre chose que je laisse pénétrer dans mon esprit, c'est la voix de Lucas qui est en train de m'apporter de précieuses indications et cette phrase que je me répète sans cesse.

Tu vas y arriver...

LUCAS

J'ai déconné, j'avoue. Je n'aurais pas dû partir sur ces insinuations graveleuses à ce moment-là. Pour ma défense, tout chez cette fille me rend dingue. Rester enfermé dans cette bagnole et prendre les effluves de son parfum en pleine tronche ne m'aide pas à penser à autre chose. Pendant les longues secondes durant lesquelles nous nous sommes toisés de haut en bas, j'ai bien failli lui sauter dessus. Heureusement qu'elle a détourné les yeux et depuis, je suis en totale admiration devant la concentration dont elle fait preuve. Ce n'est plus son corps ni son parfum qui m'excite, c'est sa volonté et sa détermination.

Romane est ce genre de personne qui arrive à vous surprendre, qui se remet en question et qui surmonte ses appréhensions. Hier encore, elle était terrorisée et aujourd'hui, elle est une autre. Plus forte, plus sûre d'elle, plus en confiance. Et je me plais à imaginer que peut-être, j'y suis un peu pour quelque chose. Que notre conversation de la veille n'a pas été vaine. Qu'elle m'a écouté ! Qu'elle m'a entendu !

Concentrée sur ses actions et sur mes indications, rien ne semble être en mesure de la sortir de son état. Et à mes yeux, en cet instant, elle n'a jamais été aussi belle.

Romane s'est immiscée dans ma vie, sous ma peau, dans ma tête sans que j'en aie conscience. Et maintenant qu'elle a pris une place très importante dans mon cœur, je ne sais pas comment je vais réussir à partir. Rien que de songer à la laisser derrière moi, mon estomac proteste, se révulse.

J'éprouve pour elle tout ce qui m'est interdit et je ne sais pas du tout comment gérer, cette situation, qui m'est inédite.

CHAPITRE 34

DE JOIE, DE PEUR, D'ENVIE, D'AMOUR !

LUCAS

L'image de sa joie et de son corps pressé contre le mien gravée dans mes rétines, j'ai un mal fou à me contenir. Nous avons franchi la ligne d'arrivée de la deuxième étape il y a quelques secondes à peine et la seule chose que j'ai en tête c'est de m'isoler avec elle. Aucune envie de la partager avec les quelques journalistes qui couvrent l'événement et encore moins avec tous ces mecs qui la reluquent sans vergogne.

Elle est à moi !

Cette vérité me frappe de plein fouet, elle me déstabilise, m'ébranle. Et je prends conscience que jamais je ne pourrai supporter de l'observer dans les bras d'un autre. Pas alors que je suis incapable d'oublier son goût sur ma langue, la vision de son corps nu dans mon esprit, le son de sa jouissance dans mes oreilles.

Autour de nous c'est l'effervescence. Romane a réalisé un exploit aujourd'hui, en remontant pour se hisser à la troisième place du classement. Elle est l'héroïne du jour. Celle à qui tous les organisateurs veulent dire un mot. Celle que tous les journalistes veulent immortaliser. Celle qui est convoitée, admirée. Et je suis fier d'elle. Tellement fier qu'elle ait réussi à dépasser sa peur, ses appréhensions, ses angoisses. Pas une seule fois, elle n'a douté depuis qu'elle a passé cette dune. Pas une seule fois, elle n'a reculé. Peu importe le résultat final de ce rallye, aujourd'hui, elle vient de démontrer à tous qu'elle est la digne héritière du nom qu'elle porte. Qu'elle est bien la fille de son père ! C'est son moment à elle.

Alors, je m'éloigne un peu, je la laisse profiter de ce bonheur qui se lit sur son visage. Avec beaucoup de difficultés, je relâche ses doigts entremêlés aux miens et je recule de quelques pas. À peine l'ai-je libérée, je ressens aussitôt le froid et le manque de son contact.

Comment en suis-je arrivé là ? Comment j'ai pu me laisser prendre au piège ? Depuis quand je suis plus réceptif à ce que veut mon cœur plutôt que d'écouter ma raison ? En quelques jours à peine, Romane a fait de moi quelqu'un de différent. Elle m'a transformé en guimauve avec des cœurs à la place des yeux. J'aime et je déteste cette sensation que je ressens. Et encore plus les idées qui se succèdent dans ma tête. Cette envie irrépressible que j'ai de tout envoyer balader pour la garder contre moi.

J'en veux plus !

Plus d'elle.

Plus de nous.

Plus de corps à corps endiablés, plus de promenades au clair de lune.

Elle pour toujours.

La petite voix dans ma tête me souffle que c'est une mauvaise idée, que je risque de tout perdre, qui me dit qu'elle et moi c'est impossible est de plus en plus discrète. Elle prend moins d'espace, retentit moins. À la place, rugit cette pensée de me battre pour elle. De crier haut et fort ce que j'éprouve. De lui montrer que nous deux, ce n'est pas une simple escapade de quelques jours. Qu'entre nous, c'était écrit depuis que je l'ai vue apparaître dans son maillot au bord de la piscine, mais que j'étais trop jeune et trop stupide pour comprendre ce qui a explosé dans ma poitrine à ce moment-là.

Aujourd'hui, je sais !

Je sais ce que je ressens et ce que je veux. Reste à savoir comment m'y prendre.

En retrait, je l'observe donner quelques poignées de main, envoyer quelques sourires, échanger quelques paroles. Jusqu'à ce que son regard se perde autour d'elle. Ses yeux fouillent la foule. Je me demande ce qu'elle peut bien rechercher avec une telle intensité. Jusqu'à ce que ses prunelles croisent les miennes et s'y accrochent. Jusqu'à ce que je prenne conscience que c'est moi qu'elle espérait trouver. Le sourire qu'elle me renvoie fait écho au soulagement qui danse dans ses iris. Et dans mon cœur c'est l'explosion.

De joie.

De peur.

D'envie.

D'amour.

Sans me quitter des yeux, Romane s'excuse auprès de l'assemblée et fonce droit sur moi. Déterminée, elle fend la foule avec une aisance nouvelle. Une attitude jamais vue. Une fierté qu'elle ne cherche pas à cacher. Elle a changé. Ces quelques jours l'ont transformée. Elle dégage la force, la détermination. L'animation autour de nous s'efface, je ne vois plus qu'elle. Ses cheveux qui se balancent au rythme de ses pas. Sa poitrine qui pointe droit dans ma direction. Son regard perçant, son but, sa conviction.

Elle me rend fou.

Si bien que lorsqu'elle se jette dans mes bras, rien d'autre à part le contact de son corps contre le mien n'a d'importance. Je me fiche d'être pris en photo et de finir en première page des magazines. Je me contrefous que l'on soit surpris, démasqué. Que quelqu'un comprenne que ce qui nous lie va bien au-delà d'une relation professionnelle. La seule chose qui compte c'est elle, c'est nous. Et cette attirance qui nous prend aux tripes.

Son corps plaqué contre le mien, sa tête nichée dans mon cou. Elle est là sa place. Contre moi, dans mes bras. Son soupir qui s'étouffe sur ma peau révèle son soulagement, son lâcher-prise.

J'ai besoin d'elle.

Tout de suite.

Sans attendre.

Je ne sais pas encore de quelle façon, je sais juste que je suis incapable de patienter, que je n'ai pas envie de la partager pour le moment. Dans un état second, je me détache de son corps chaud, j'attrape sa main dans la mienne et nous dirige vers notre chambre pour la nuit. Je n'entends plus les cris autour de nous. Je ne vois pas l'équipe encadrante qui cherche à récupérer sa star du jour. Je fais abstraction des regards surpris. La seule chose qui compte, c'est de créer une bulle autour de nous.

À partir de ce soir, pas d'hôtel de luxe, pas de chambre tout confort. Juste un baraquement de fortune pour nous protéger de la nuit froide et du sable. Notre point d'étape se situe dans un village en plein désert. À l'approche de notre campement pour la nuit, je ne prête aucune attention aux personnes qui nous entourent. Notre chambre se dévoile enfin. Je la pousse à l'intérieur, referme la porte d'un coup de pied et plaque Romane contre moi.

L'adrénaline coule dans mes veines. L'excitation du moment pulse dans mes reins. Une frénésie jamais ressentie auparavant s'empare de moi. Nos bouches s'aimantent l'une à l'autre dans un mouvement qui traduit toute l'urgence qui nous anime. Nos mains s'agrippent et retirent nos vêtements par des gestes aussi désordonnés que déterminés. Cette étreinte est différente. Elle est plus sauvage, plus animale, plus brutale. Dans mon caleçon, ma queue pulse et gonfle à mesure où mes doigts parcourent le corps de Romane. Et quand ils se fraient enfin un chemin entre ses cuisses, je suis à deux doigts d'exploser dans mon sous-vêtement. Je ne pourrai pas plus la désirer qu'en cet instant.

— Lucas.

J'étouffe son murmure entre mes lèvres, pendant que deux de mes phalanges trouvent le chemin de son antre. C'est chaud, humide et tellement serré que je bande à en exploser ma braguette. C'est déjà bien assez douloureux comme ça. Un peu plus et j'en perdrai la raison.

Romane libère mon sexe et je gémis quand elle l'empoigne dans sa paume et sert. Elle suce mes lèvres et je ne peux m'empêcher de l'imaginer en train d'exécuter la même chose sur une autre partie de mon anatomie. Cette idée se fixe dans mon esprit, l'envahit et je dois en appeler à toute ma concentration pour la chasser de ma tête. Pourtant les sensations que j'ai ressenties lors de sa pipe sont greffées dans chaque parcelle de mon anatomie.

Pour couper court à ce désir, je la soulève et l'incite à nouer ses jambes autour de ma taille. Son dos contre la porte, j'écrase ses seins gonflés contre ma poitrine pour la tenir en équilibre. Mon gland à l'entrée de son fourreau étroit, j'ai conscience de toute la chaleur qu'elle dégage. Ses pupilles happent les miennes, s'y accrochent et ce que j'y lis me stupéfait. La pointe de ma bite pressée contre sa fente brûlante, j'hésite. Sa bouche s'entrouvre, elle est sur le point de dire quelque chose. La peur des mots qu'elle pourrait prononcer me paralyse.

— Je...

Romane s'interrompt quand je l'oblige à descendre un peu pour pouvoir la pénétrer. Mon corps est électrisé par le contact de sa chatte brûlante et serrée.

Je suis tétanisé, muet, consumé.

Putain !

Son gémissement, son cou qui apparaît alors qu'elle rejette la tête en arrière et ses doigts qui s'enfoncent dans mes épaules sont autant d'éléments qui me vrillent le cerveau. Sans rien effectuer de particulier, cette fille s'est emparée de mon cœur sans me demander mon avis. Elle m'a volé mon organe vital et le tient maintenant entre ses mains. Et j'ai une trouille bleue de ce qu'elle pourrait en faire.

Et quand je commence à bouger, cette réalité n'a jamais été aussi évidente.

Il n'y a aucune douceur dans notre étreinte. Un désir pur, brut mêlé à une faim insatiable. Et pourtant, je n'ai jamais été plus conscient de mon cœur qui bat qu'en cet instant.

Je dois lui parler...

Je dois le lui dire...

Mais pas maintenant. Pas avant de lui avoir montré avec des gestes.

Ses ongles griffent ma peau, ses dents se plantent dans ma clavicule, ses talons poussent sur mes fesses et m'incitent à aller plus loin.

Plus vite.

Plus fort.

Je dois faire un effort surhumain de contrôle pour tenir, pour la conduire à l'orgasme.

— Lucas.

Son souffle est court, sa chatte se contracte.

— LUCAS !

Elle crie mon nom alors que ses doigts se referment plus fort sur mes épaules. Elle cogne ses hanches contre les miennes et je sens son orgasme se pointer. Ses muscles se compriment autour de ma queue, mon corps vibre sous son emprise. La façon dont ses muscles bougent autour de moi. La façon dont sa moiteur ruisselle sur mon pubis. Je ressens tout.

Et putain, ça suffit pour que je lâche prise.

Pour être honnête, je ne suis pas certain d'avoir été en mesure de lui résister davantage. Parce que je ne tenais qu'à un fil et il vient de céder.

Mes pensées s'égarent, des étoiles dansent devant mes yeux. Je ne peux que me concentrer sur la déferlante de sensations si intenses, que c'en est douloureux. Et la seule façon de calmer la brûlure qui irradie mes reins, c'est de jouir.

Pour elle.

Grâce à elle.

D'effectuer encore deux ou trois allers-retours avant de m'abîmer dans l'instant.

En elle.

La dernière idée qui traverse mon cerveau embrumé par le plaisir intense que j'éprouve c'est ça. L'amour que j'éprouve pour elle. Je comprends enfin ces sentiments. Je les accepte. Il ne me reste plus qu'à trouver une solution à notre situation. Un compromis. Un concept qui puisse ravir et être compris de tous. Parce qu'en cet instant, je sais que je ne serai pas capable de l'abandonner pour retourner à ma vie et le pire, c'est que je n'en ai aucune envie.

Et ça me fiche une trouille bleue !

CHAPITRE 35

IL EST FIANCÉ ET IL VA SE MARIER !

LUCAS

Je m'apprête à sortir du petit coin salle de bain quand un coup est donné à la porte. Il y a moins de dix minutes que j'ai commandé le petit déjeuner, ils sont rapides. Si le confort du campement est plus spartiate que l'hôtel, le service, quant à lui, est plutôt efficace. Au pas de course, je rejoins l'entrée au plus vite pour éviter que le serveur ne réveille Romane. Pas de chambre séparée ici, juste un rideau qui sépare le coin nuit, du coin toilette et elle est allongée à seulement quelques pas.

J'ai passé une partie de la nuit à cogiter et j'ai décidé de lui dire ce que j'éprouve. Après tout, nous sommes majeurs et avons le droit de vivre comme bon nous semble. Même si j'appréhende beaucoup la réaction de son frère, je suis certain qu'il l'aime et qu'il serait incapable de couper les ponts avec elle. Avec moi, par contre, c'est une autre histoire. Pourtant, je dois tenter le coup. Même si je me prends un mur et que le risque est grand, je me dois d'essayer.

Devant la porte, je me poste de façon à ce que personne ne puisse apercevoir Romane qui dort encore à moitié nue, le drap juste posé sur la naissance de ses fesses. J'ouvre le battant et me fige lorsque je constate que l'homme derrière la porte n'est pas celui auquel je m'attendais. Le regard sombre, les poings serrés le long du corps, il se tient bien droit face à moi, malgré le plâtre qu'il porte toujours. Dans ses pupilles brillent une rage que je ne lui avais jamais vue auparavant et je sais instantanément que la confrontation ne va pas bien se dérouler.

Putain, qu'est-ce qu'il fout là ?

Mon premier instinct me pousse à créer un barrage pour l'empêcher de pénétrer dans les lieux. Trouver sa sœur nue dans mon lit ne l'aidera pas à m'écouter. En revanche, ce que je n'avais pas prévu, c'est qu'il balance ses béquilles et que son poing s'abatte sur mon visage avec une telle intensité que j'en perds l'équilibre. Propulsé au centre de la pièce, je porte ma main sur ma mâchoire douloureuse.

— Où est-elle ? hurle Maël en me foudroyant du regard.

— Je vais t'expliquer, le coupé-je en reprenant ma place face à lui.

Il ne doit pas l'apercevoir dans cette tenue, il ne doit pas avoir confirmation de ce qu'il soupçonne de cette manière.

Ses mains agrippent mes épaules, me repousse et sa paume vient se plaquer contre ma gorge. Dans ses prunelles brillent la colère, la haine, la douleur et l'incompréhension. Son poing cogne une nouvelle fois ma mâchoire. Un craquement résonne, la violence de l'impact me sonne et j'aperçois quelques étoiles danser dans mon champ de vision. Je refuse de me battre avec lui. Je dois trouver un moyen pour qu'il se calme, qu'il m'écoute.

— S'il te plaît, laisse-moi t'expliquer, grimacé-je.

— M'expliquer ? M'expliquer ? Tu veux m'expliquer comment tu t'y es pris pour foutre ma sœur dans ton lit ? Tu veux me raconter comment tu l'as séduite ? Pas la peine, je les connais tes méthodes. Je les connais par cœur. Tu prends, tu baises et tu jettes. Rien de plus, rien de moins. Une seule, il n'y en avait qu'une qui t'était interdite, mais non, c'est plus fort que toi ! Tu dois te taper tout ce qui bouge, tout ce qui dispose d'un vagin et d'une paire de seins. Eh bien félicitations, tu viens d'ériger ma sœur au même niveau que toutes les salopes qui ont écarté les cuisses pour toi avant elle !

Je bous, j'enrage.

Dans mes veines c'est un torrent de violence qui se déverse. Sous ma peau, c'est un tsunami de haine qui s'empare de chaque fibre de mon corps. Il m'est inconcevable qu'il puisse tenir de tels propos sur

Romane. Qu'il m'en veille est une chose, qu'il insulte sa sœur en est une autre. Elle ne mérite pas ça.

Dans un regain d'énergie, je bouscule mon pote de toujours et je frappe. Si fort que mes mains en sont douloureuses. À chaque fois que mon corps rencontre le sien, mon cœur se fissure, se déchire. À chaque coup que je lui envoie et que je reçois, mon âme se fend, éclate en morceaux. Sauf que je suis incapable de m'arrêter. Incompréhension, frustration et rancœur sont autant de choses qui alimentent mes actes, mes attaques, mes esquives.

— Ça suffit, maintenant !

La voix de Romane me sort lentement de ma torpeur. Droite au pied du lit, enroulée dans le drap, elle nous toise les larmes aux yeux. Dans son regard se succède tout un tas d'émotions diverses. Le corps tendu et ses poings fermés sur le morceau de tissu qui la recouvre, elle tremble.

— Arrêtez ça ! Vous vous comportez comme des animaux, sanglote-t-elle.

— Celle-là, c'est la meilleure, rigole Maël. Tu écartes les cuisses comme une chienne en chaleur et c'est moi l'animal ! Jamais j'aurais cru que tu puisses tomber si bas. J'en ai vu défiler des abrutis, mais là, chapeau, tu as dégoté le haut de la pile.

Ses mots résonnent autour de nous. Les épaules de Romane s'affaissent à mesure où elle comprend tout ce que vient d'insinuer son frère. Blessée par ses propos, elle prend néanmoins sur elle et ne réponds pas. En ce qui me concerne, je suis incapable de ne pas réagir. Je suis certain qu'il ne pense pas ce qui vient de sortir de sa bouche, pourtant, il doit prendre conscience que ses paroles vont trop loin.

De colère, je l'empoigne par le col de son tee-shirt et l'épingle contre la toile tendue de notre abri.

— Excuse-toi ! lui intimé-je en lui lançant un regard méchant que j'espère convaincant.

— Que je m'excuse ? Pour lui dire la vérité ? Pour lui montrer que grâce à toi, elle est aujourd'hui devenue un numéro sur une liste ? Dans tes rêves connard, tonne-t-il en me repoussant de toutes ses forces.

L'un en face de l'autre, nous nous scrutons, cherchant à trouver la faille. Un sourire diabolique ourle les lèvres de mon meilleur ami et je sais d'ores et déjà ce qui va me tomber dessus.

— Et oui, Romane. Au moment où tu as accepté de partager son lit, tu es devenue sa maîtresse. Ouvre bien tes oreilles, petite sœur. Lucas, ici présent, s'est juste foutu de ta gueule. Il est fiancé et il va se marier.

Mes yeux rencontrent ceux de Romane et j'y lis toutes les questions qui lui traversent l'esprit. Je devrais dire quelque chose, tenter de me défendre, de lui expliquer que tout ceci n'est qu'une mascarade. Au lieu de ça, mes pieds restent plantés dans le sol et refusent de bouger. Une boule d'angoisse obstrue ma gorge et m'interdit de prononcer une parole. Dans son regard se succèdent la colère, l'incompréhension, la peur, la douleur. Tous ces sentiments se répercutent dans mon cœur comme autant de lames tranchantes. Ses iris ont perdu leurs belles brillances habituelles et ils sont maintenant voilés d'une stupeur et d'une incompréhension qui me prend aux tripes. Ce que me renvoie Romane en cet instant n'est qu'une ombre de dépit et un abattement qui fait voler en éclat tous mes désirs.

Elle ne mérite pas ça ! Elle ne mérite pas ce déferlement de haine que lui adresse son frère, et tout ça, à cause de moi. Car même s'il agit comme un connard pour que tous les prétendants de Romane s'enfuient à toutes jambes, je prends conscience qu'en ce qui me concerne, je suis la pire offense que sa sœur puisse lui imposer. Moi, celui qu'il considère comme son frère. Moi, celui qui a vu grandir Romane. Moi, qui suis un membre à part entière de leur famille. Enfin, c'était, parce que le regard qu'il me porte ne me laisse rien présager de bon pour l'avenir. Il ne me pardonnera pas d'avoir touché sa sœur. Et ça, j'aurais dû le comprendre dès le début.

— Dis-moi que c'est faux, bafouille Romane des larmes pleins les yeux.

L'espoir contenu dans sa voix me vrille l'estomac. Quoi lui dire ? Je ne peux décemment pas lui mentir et puis ça reste ma parole contre celle de son frère. Cet être si cher à son cœur, que ses mots en sont devenus des paroles d'évangile à ses yeux. Elle ne comprendrait pas ma démarche. Comment le pourrait-elle ? Toute sa vie, elle a été entourée d'amour... quand moi, tout ce que m'ont donné mes parents n'était que brimades. J'ai déjà tout perdu, mais je veux qu'elle connaisse les sentiments que j'éprouve pour elle.

— Je... je suis désolé, murmuré-je. Je voulais t'en parler, t'expliquer pourquoi... ce... ce n'est pas ce que tu crois. Je t'aime Romane et ce, depuis la veille de mon départ quand nous avons passé une partie de la journée à la piscine il y a quatre ans. Ce jour-là, quelque chose a changé.

Las, je relâche la tension dans mes épaules. Quelque part, je suis soulagé d'avoir enfin réussi à lui exprimer ce que je ressens. Même si je ne suis pas certain de ce que j'avance. L'amour, je n'y ai jamais été confronté. Alors, comment être certain que ce qui se bouscule dans mon cœur en soit la cause ? Comment être sûr que ce n'est pas l'endroit, l'ambiance ou l'adrénaline de la course qui m'envoie de fausses informations ?

Parce que je le sais.

Parce que je le sens.

Parce que l'amour, je l'ai connu dans cette famille qui m'a accueilli les bras ouverts.

De quelques pas, je m'avance dans sa direction. Elle tressaille, recule. La distance qu'elle m'impose m'envoie une décharge et mon palpitant cesse de battre durant un temps qui me semble indéfini.

— Ne t'approche pas. Ne me touche pas. Ne me touche plus.

Dans ses yeux brille une douleur qui percute mon cœur. Le lacère. L'empêche de fonctionner correctement.

— Putain, c'est pas possible ! Regardez-vous bon sang !

La voix de Violette nous surprend tous. Son entrée fracassante souffle un vent de terreur derrière elle. Cette fille est une vraie « madame j'ordonne » quand elle s'y met. D'un coup d'œil, elle semble tenter de se forger une opinion sur la situation.

— Toi, tu vas commencer par t'asseoir et fissa, exige-t-elle de son compagnon. Franchement, qu'est-ce qui t'as pris de nous fausser compagnie et de venir ici tout seul ? Tu cherches quoi à la fin ? À garder ton plâtre pendant des mois. Tu me fatigues Maël, tu le sais ça ? Je ne supporte plus ton comportement envers ta sœur ! Et si j'ai accepté de t'accompagner, c'était justement pour éviter d'assister à ce spectacle. Alors, je te préviens et c'est la dernière fois que je te le dis. Laisse Romane tranquille ! Et toi, me fusille-t-elle du regard, tu vas t'habiller et après, on va avoir une petite conversation tous ensemble. Fiancé, putain ! Tu t'es fiancé avec cette espèce de poupée gonflable qui a le QI d'une huître. T'es stupide ou t'es débile ?

Maël effectue un mouvement vers moi, sauf que c'était sans compter sur la rapidité de sa copine.

— Je te préviens, si tu t'avises de recommencer tes conneries, je te plante ici et tu vas pouvoir t'accrocher pour que je revienne ! Frapper ton meilleur pote, t'en as d'autres des idées aussi connes ? Putain de mec stupide, débile, macho et égocentrique !

Violette finit sa tirade à bout de souffle, le regard encore acéré et ce, jusqu'à ce qu'elle le pose sur Romane. Toujours debout au pied du lit, ses larmes coulent sur ses joues sans discontinuer. Elle me fixe sans cligner une seule fois des paupières. Dans ses yeux court une colère intense. C'est terminé, je n'ai plus aucun espoir qu'elle me laisse m'expliquer.

J'aurais dû lui révéler la vérité bien avant. J'aurais dû lui confier l'histoire de mes fiançailles. Pire, j'aurais dû avoir l'honnêteté de lui parler de ce que j'éprouve. Maintenant, c'est trop tard. Toute cette histoire vient de m'éclater à la figure. J'ai perdu sa confiance, j'ai perdu mon frère de cœur, je me suis perdu moi-même. Mon père avait raison, je suis un moins que rien qui ne réussira jamais sa vie.

Désespéré.

Désemparé.

Blessé.

Pas l'ombre d'un regret dans les yeux de Maël. Une douleur aiguë dans ceux de Romane. J'ai tout perdu. À contrecœur, je me détourne de la fille aux pupilles noires qui a permis à mon cœur de battre et tombe sur le regard de Juel. Surpris, je recule de quelques pas. Si le patriarche s'est déplacé, c'est encore pire que tout ce que j'avais imaginé. Cet homme ne quitte jamais l'enceinte de son garage. Les paupières closes, je tente de repousser tous ces sentiments qui affluent de toute part dans ma tête. M'échapper, la laisser m'oublier est ma dernière option.

— Je vous attends au réfectoire.

D'un mouvement brusque, je m'empare de mon sac déjà prêt qui gît sur le sol, m'habille et quitte les lieux sans un regard en arrière.

Sauf que je ne m'arrête pas comme prévu. À la place, je rejoins la navette qui vient de déposer la famille de Romane.

Dans l'avion qui me ramène en Italie, j'ai le cœur au bord des lèvres. Après avoir vu toute la douleur dans les yeux de Romane, je n'ai pas réfléchi et j'ai pris le premier vol pour Bologne. Encore une fois, j'ai fui. Pourtant, j'ai tenté de lutter contre son frère, de m'expliquer auprès d'elle. Sans succès. Le coquard que j'arbore sur mon œil droit et la douleur à la mâchoire me rappellent encore la violence de notre altercation.

Je n'ai pas supporté qu'il la traite aussi mal, qu'il la mette plus bas que terre. Au fur et à mesure qu'il a prononcé ses insanités, j'ai observé Romane se recroqueviller sur elle-même, jusqu'à ce qu'il lui inflige le coup de grâce, en dévoilant mon secret. Le regard qu'elle a posé sur moi m'a anéanti et son mouvement de recul face à moi, m'a achevé. Je n'ai jamais voulu que ça se passe comme ça, pourtant, il n'y avait aucune autre issue possible. J'en avais conscience avant même de me laisser porter par mes sentiments.

C'était couru d'avance. Maël n'aurait pas accepté notre idylle.

Loin de ce qui nous empêchait d'être ensemble, dans ces lieux paradisiaques, sous ce soleil, notre complicité m'a retourné la tête. Durant quelques jours, je me voyais poursuivre notre liaison, rester chez moi, envisager la suggestion de Violette. J'ai même à plusieurs reprises été à deux doigts d'avouer à Romane ce que je ressentais pour elle. Je n'en ai pas eu le courage, jusqu'à ce que son frère s'en mêle et là, j'ai tout balancé. Dans ses yeux, j'ai aperçu tout le mépris qu'elle me portait. Bien fait pour ma gueule. J'aurais dû être honnête avec elle bien avant, lui parler de cette histoire, lui dire que je l'aimais et que j'avais déjà renoncé à repartir.

Maintenant c'est trop tard. J'ai perdu toute sa confiance.

CHAPITRE 36
LA DISCRÉTION N'EST PAS TON FORT !

LUCAS

Deux jours que je suis arrivé en Italie et que je tourne comme un lion en cage dans cet hôtel miteux. Mon portable devant les yeux, je ne sais pas comment me comporter. Des dizaines d'appels en absence, des dizaines de messages de Violette, rien venant d'*elle*.

La seule personne que j'ai envie de voir, de serrer dans mes bras n'a pas essayé de me contacter.

À quoi tu t'attendais du con ?

Tu t'es tiré en la laissant derrière toi, sans un regard, sans une parole.

Entre nous tout est allé vite – trop vite. En quelques jours à peine, nous sommes passés de presque frère et sœur à amoureux transis. Nous avons usé et abusé de nos corps à corps sans vraiment discuter, à part de la famille.

Quatre ans sans se voir.

On ne se connaît pas.

On ne se connaît plus.

Pourtant, Romane est ancrée aussi profondément dans ma chair que cette haine que je voue à mes géniteurs. Sauf qu'en ce qui la concerne, elle mérite que je me batte. Que je lui prouve qu'elle est importante — la plus importante à mes yeux.

Nous n'avons rien fait dans le bon ordre. On a appris à connaître nos corps avant de connaître nos âmes. Entre nous, le feu était trop vif et on a fini par se brûler. Au lieu de lui exprimer mes sentiments, j'aurais dû les lui prouver. Les paroles s'envolent, les actes, eux, restent.

Maintenant, c'est peut-être trop tard.

Elle doit me détester pour ce que je lui ai caché. Pour mon manque d'honnêteté, de combativité.

Je suis un idiot, doublé d'un abruti. J'ai laissé filer la seule fille qui ait eu de l'importance pour moi.

Pathétique.

Je l'ai abandonnée à la rage de son frère et à l'incompréhension de son père.

Comment rattraper le coup ? Comment m'y prendre pour qu'elle me pardonne ? Pour qu'elle me laisse une chance de lui expliquer. Pour lui prouver que je ne suis pas le lâche qu'elle pense.

Deux jours que le sommeil me fuit, que mes pensées s'entrechoquent, que je ne trouve aucune solution à mon problème.

J'ai besoin d'aide.

Et la seule qui soit en mesure de me soutenir dans ma quête c'est Violette...

Mais avant, je vais devoir affronter Massimo pour lui apprendre que j'ai changé d'avis.

Huit heures du matin, encore une fois, ma nuit fut courte – trop courte. Posté devant l'entrée des bureaux du directeur de Ferrari, j'hésite. Je pourrai fuir, rentrer chez moi sans aucune explication. Sauf que ça ferait de moi un lâche et si je veux pouvoir prouver à Romane que je n'en suis pas un, je vais devoir aller au bout de ma décision. Tirer un trait sur mon envie de combattre mon père, de le prendre à son propre jeu. Plus j'y pense et plus je me rends compte qu'il interfère dans ma vie bien plus que je ne le voudrais. Avec cette vengeance, je lui donne une importance qu'il ne mérite pas. La seule qui est digne d'intérêt se trouve à des centaines de kilomètres d'ici. Et je l'ai blessée. Peu importe ce qui se passera dans l'avenir, je vais mettre tout en œuvre pour qu'elle me pardonne, même si pour ça, je dois ramer, ramper, la supplier.

D'un pas décidé, je pénètre dans le hall. Tout respire le luxe et la décadence. Comment j'ai pu me convaincre que je désirais tout ça ? Ce n'est pas moi. Ce ne sont pas les valeurs que m'a enseignées Juel.

— Bonjour, je voudrais voir Massimo Rossi s'il vous plaît.

— Il vous attend ? me demande l'hôtesse de l'accueil après avoir pris quelques instants pour me scruter.

— Non, dites-lui simplement que Lucas Fontaine désire le voir.

— Je sais très bien qui vous êtes, monsieur Fontaine. Veuillez patienter, je vais voir avec sa secrétaire.

La nouvelle du mariage a déjà dû faire le tour de l'entreprise. Ils n'ont même pas daigné attendre mon retour. Peu importe, comme toujours, Alba a mis la charrue avant les bœufs, à elle de se démerder pour la suite. En ce qui me concerne, je suis là par respect pour son père. Pour la chance qu'il m'a donnée il y a quatre ans. La raison de ma présence aujourd'hui ne va pas lui plaire. Tant pis, j'aurai au moins ma conscience pour moi. C'est la seule chose qui m'importe.

— Monsieur Rossi va vous recevoir, m'interpelle-t-elle. Prenez l'ascenseur, cinquième étage.

— Merci.

La démarche lourde, je me décide à emprunter les escaliers. Un peu d'exercice physique m'aidera peut-être à effectuer le tri dans mon esprit, à trouver les bons mots. Je ne peux pas être totalement honnête avec lui, il ne comprendrait pas. Pour un homme comme Massimo, la notion d'amour n'est rien. Seuls la famille et le travail comptent. C'est pour ça que je m'apprête à lui servir la seule chose qu'il est en mesure d'entendre, de concevoir.

Au cinquième, je suis accueilli par la copie de la femme en bas. Grande, brune, svelte à forte poitrine. Perchée sur des talons si haut que je me demande comment elle est capable d'effectuer un seul pas sans se tordre une cheville. Même Alba ne porte pas des échasses pareilles aux pieds. Le luxe, les belles femmes, voilà la marque de fabrique de cet homme. Tout comme mon père. Ces deux hommes sont de la même trempe, du même bois. Ils sont dans les apparences et règnent sur leur empire d'une main de fer, peu importe qui ils doivent écraser au passage. Tout ce que j'exècre. Cependant, je n'ai pas envie de me le mettre à dos. Mon but est de cesser cette mascarade, pas de gagner un ennemi. Je sais trop bien qu'il pourrait me pourrir l'existence, même à l'autre bout de la planète. Par contre, j'ai un avantage non négligeable. Mon nom de famille n'a aucun lien avec celui de Romane. Au pire, il s'en prendra à mon père et cette simple idée suffit à me rendre le sourire que j'ai perdu depuis des jours.

— Monsieur vous attend, m'annonce la femme en tournant les talons.

Derrière elle, je suis sans broncher. Elle s'arrête devant une porte en bois clair, frappe deux coups, puis l'ouvre avant de s'effacer. Devant moi s'étend une baie vitrée qui offre une vue imprenable sur la ville de Maranello. Dos à nous, Massimo contemple le panorama, il domine son petit monde sans avoir besoin de sortir. J'avance et m'arrête presque au centre de la pièce quand la porte se referme derrière moi. Son bureau est plus grand que la chambre d'hôtel dans laquelle je loge. La table qui renferme son espace de travail doit avoisiner la taille de mon lit. Sur la gauche, un bar que je devine en acajou renferme tout un tas de bouteilles d'alcool diverses et variées, rangées derrière une vitre transparente. Sur la droite, c'est un salon composé d'un canapé trois places et de deux fauteuils qui meublent l'espace. Tout est dans la démesure, à l'image de l'homme qui dirige.

— Lucas, tu as enfin décidé de rentrer. Ton attitude n'est pas digne du rôle que tu t'apprêtes à tenir. Tes obligations sont-elles terminées ?

Sur cette dernière question, il se retourne. Les yeux plissés, il me scrute. Dans son regard règne de l'animosité.

— Si je me présente devant vous aujourd'hui, c'est pour vous dire que je renonce à votre proposition. Je vous remercie pour la chance que vous m'avez offerte. Je n'aurais pas pu espérer mieux en matière de formation. Mais je dois rentrer chez moi. Ma famille a besoin de moi là-bas.

— Lucas, j'ai une question à te poser.

— Je vous écoute, dis-je sur la défensive.

— Est-ce que par hasard, tu me prendrais pour un imbécile ?

Surpris, je le fixe sans répondre. Dans sa main, il tient un journal qu'il agite devant lui.

— Crois-tu que je ne sais pas ce qu'il se passe ? Que je n'ai pas gardé un œil sur toi pendant ton absence ? Nous avions un accord. Mais apparemment, la discrétion n'est pas ton fort. Page cinquante-six, ajoute-t-il en balançant le papier sur son bureau entre nous.

Prudent, je m'en empare et cherche aussitôt l'endroit qu'il vient de m'indiquer. Sous mes yeux apparaît une photo de Romane et moi en train de nous embrasser avec en légende : « La fille du glorieux pilote de rallye Juel Prigent s'apprête à fêter sa remontée dans le classement avec le fils du célèbre homme d'affaires Patrick Fontaine ». Je parcours rapidement le texte et certains mots me filent l'envie de gerber. « Y aura-t-il un mariage d'intérêt ou assisterons-nous à un conte de fées » ?

Bande de chacals !

Cette photo a été prise la veille de l'arrivée de son frère. Le jour où mon désir et ma fierté pour elle étaient si grands que le risque qu'un photographe nous immortalise m'était égal. Maintenant, il connaît son nom, il sait qui elle est.

— Tu crois que je t'ai choisi par hasard ? Je savais très exactement qui tu étais avant que tu n'intègres ma société. C'est ton nom qui t'a ouvert ma porte, pas ton talent. Des comme toi, il en existe des dizaines au mètre carré. Tout comme ma fille, la seule chose qui fait de vous des êtres intéressants, c'est la famille de laquelle vous êtes issus.

Ses mots pénètrent mon esprit, ils se répandent dans mon corps comme une brûlure au vitriol. Acide, dévastateur. Comment j'ai pu être aussi stupide ? Comment j'ai pu croire que j'étais arrivé là, grâce à moi et à moi seul ? J'exècre le nom que je porte presque autant que mes géniteurs eux-mêmes.

— Je suis donc certain que vous n'aurez aucun mal à me trouver un remplaçant pour votre fille. Je suis sûr qu'un homme comme vous a prévu un plan B, une autre option. Comme mon père, vous ne laissez personne vous prendre au dépourvu. Vous décidez, contrôlez, exigez.

Les mots sortent, acides, tranchants. Rien à foutre. Cet homme m'a manipulé, il s'est servi de moi dans le but d'utiliser mon nom. Il ne mérite pas le respect que j'avais pour lui ni les excuses que je viens de lui formuler.

Massimo me surprend en éclatant de rire. Déstabilisé, je glisse le journal dans la poche arrière de mon jean et recule de quelques pas.

— En effet, je n'ai pas pour habitude de glisser toutes mes billes dans le même panier. En ce moment même, ma fille approche un jeune homme de bonne famille, bien sous tous rapports. Un peu idiot, mais plus facilement manipulable. Au contraire de toi. Je dois avouer que tu as du cran mon garçon. Rares sont ceux qui me tiennent tête. J'aurais dû m'en rendre compte lors de notre première rencontre. Je t'ai sous-estimé, c'était une erreur.

Plus je l'écoute parler, plus j'ai pitié d'Alba. Mon père est loin d'être un saint, ceci dit, au moins, il me fout la paix. Massimo utilise sa fille comme un objet, une chose qui sert ses intérêts et j'ai beau n'avoir aucun sentiment avec elle, je ressens de la tristesse pour ce qu'elle vit. Se rend-elle compte de tout ça ? Je n'en ai pas la moindre idée.

— Nous en avons donc terminé, conclu-je prêt à filer d'ici au plus vite.

— Je pourrais te menacer de briser la société de ton père, mais quelque chose me dit que ça te ferait bien trop plaisir. À la place, je vais te donner un conseil. N'essaie pas de revenir dans le secteur du sport automobile. Ne tente pas d'être embauché dans une société concurrente. Tu vas être traîné dans la boue et tu ne démentiras rien de tout ce qui va être insinué sur toi.

Un petit sourire sadique se dessine sur ses lèvres lorsqu'il se tait. Je ne comprends ce qu'il tente de m'expliquer. Pourtant, je m'en tape. Il peut raconter ce qu'il veut sur mon compte, ça me passe au-dessus de la tête. La seule chose qui a de l'importance c'est que je me libère de cet engagement.

— Tu te doutes bien que je vais me servir de ta petite incartade pour que ma fille passe pour une victime. Après tout, vos fiançailles ont été annoncées et ta tromperie ne pose aucun doute. Tu comprendras donc que je n'ai pas d'autre choix.

L'enfoiré jubile. Je me fous complètement de passer pour un mec infidèle, cette histoire sera oubliée à la prochaine frasque d'une star du showbiz. C'est comme ça dans ce milieu. Dans tout ça, la seule chose qui me donne envie de lui foutre mon poing dans la gueule, c'est que Romane y soit mêlée. Qu'elle passe pour celle qui vient de détruire un couple. Le torchon qui a publié notre image est italien, il y a de grande chance que tout ceci ne dépasse pas la frontière du pays et Romane ne lit pas la presse à scandale. Pourtant, j'ai peur de sa réaction, si elle vient à avoir vent de cette histoire. Je me dois de tout lui raconter, tout lui expliquer avant que quelqu'un d'autre ne le fasse à ma place. S'il y a bien une chose que j'ai apprise, c'est que plus jamais je ne lui cacherai quoi que ce soit. La dernière fois m'a servi de leçon. Et je ne veux plus voir le regard qu'elle m'a lancé ce matin-là. Cette tristesse dûe à ma trahison.

— Faites ce que vous voulez. Et je n'ai pas l'intention de revenir dans le circuit de luxe. La seule chose à laquelle j'aspire, c'est une vie tranquille loin de tout ça.

— Je savais que tu serais raisonnable, je n'en attendais pas moins de toi. Maintenant que les choses sont claires, tu peux disposer. J'ai un communiqué de presse à préparer.

— Je suppose que si je vous demande de ne pas mêler à cette histoire la femme sur la photo, vous n'accepterez pas.

— Elle y est déjà mêlée que tu le veilles ou non. C'est une chose à laquelle tu aurais dû réfléchir avant de l'exposer aux yeux de tous. Elle en subira les conséquences autant que toi. Tout ceci n'est pas mon problème, termine-t-il en balayant ma demande d'un geste de la main.

Je n'ajoute rien. De toute façon, à quoi bon ? Ce que je ressens est le cadet des soucis de cet homme. Quand j'aurai franchi la porte de son bureau, je serai relégué au rang du passé. Il se fiche de ma vie tant que je ne viens pas empiéter sur ses plates-bandes. Ça me convient. Qu'il m'oublie me va très bien. Je tourne les talons et quitte le bâtiment.

À l'extérieur, j'emplis mes poumons d'air et me débarrasse de l'oppression que je ressentais dans ce bureau. C'est drôle, je sais que je vais être traité comme de la vermine et pourtant, je m'en tape. Pour la première fois de mon existence, je sais que j'ai agi comme il le fallait. Que la décision que j'ai prise était la bonne ! Que la voie que je vais emprunter est exactement celle que je veux ! Et ça, ça n'a pas de prix. Mes parents peuvent bien mener la vie qu'ils veulent, je m'en fiche et je me rends compte qu'en refusant la proposition de Massimo, je viens aussi de me libérer de cette vengeance qui me bouffait la vie. Je me sens plus léger, plus vivant que jamais.

Mais avant de retrouver Romane, il me reste une dernière chose à accomplir pour être totalement en paix avec mes nouvelles résolutions.

CHAPITRE 37

IL RÈGNE SUR SON EMPIRE, COMME DIEU SUR SES APÔTRES !

LUCAS

Aéroport Roissy Charles de Gaulle. Mon train n'est qu'en fin d'après-midi, il me reste assez de temps pour aller régler mon dernier problème. Mon bagage en main, je saute dans le premier taxi disponible.

— À la défense, s'il vous plaît.

Sans me répondre, le chauffeur s'insère dans la circulation difficile. Paris et ses bouchons. Quelle que soit l'heure, se frayer un chemin dans les rues s'apparente à un parcours du combattant. J'aurais pu prendre le métro, le trajet aurait été plus court. Cependant, je n'ai aucune envie de me retrouver collé-serré avec tout un tas d'inconnus dont les odeurs corporelles sont déjà douteuses en début de journée.

— Une adresse plus précise ? me questionne le vieil homme.

— Laissez-moi à l'entrée du quartier, je ferai le reste à pied.

J'ai besoin de réfléchir aux mots que je vais employer. Je ne dois pas oublier à qui je vais m'adresser. Un homme froid, sournois, calculateur, qui n'hésitera pas à me démontrer que comme toujours, mes décisions sont les mauvaises. Jusqu'à présent, j'acquiesçais, je courbais l'échine et je m'employais à continuer ma vie comme je l'entendais, le laissant croire qu'un jour, je reviendrai dans le droit chemin. Cette fois, je vais au front. Aujourd'hui, je ne baisserai pas la tête devant lui.

Le front appuyé contre la vitre, je regarde le paysage défiler devant mes yeux. Je hais cette ville. Trop de monde, trop de bruit, trop de pierres, pas assez de ciel bleu, de verdure, d'odeur iodée. Sur les trottoirs, les gens se pressent sans lever les yeux. Obnubilés par leur destination, aucun d'eux ne prend le temps d'admirer ce qui les entoure. Non, en fait, ce sont les Parisiens que je déteste. À l'image de mes géniteurs, ils sont individualistes. Rien ne compte à part leur projet et leurs petites personnes.

Stoppé depuis une bonne dizaine de minutes dans une ruelle, ma patience s'étiole au rythme de mes battements de cœur qui, eux, prennent en intensité. J'étouffe, je suffoque. L'air se raréfie dans l'habitacle. Ma destination n'est plus très loin et l'envie d'en finir au plus vite, prend de plus en plus d'ampleur. Mon sang s'échauffe dans mes veines, l'impatience irradie le bas de mes reins. Un coup d'œil rapide au compteur et je sors quelques billets de mon portefeuille.

— Merci pour la balade, débité-je en les déposant sur le siège passager.

Sans attendre, je m'extirpe du véhicule, mon sac à la main et je rejoins le trottoir. Au loin, je distingue déjà les bâtiments. De hautes tours ultras modernes, posées en plein milieu ou de riches industriels peuvent jouir de leur supériorité en admirant le petit peuple du bas. Un mini New York au centre d'une vieille ville. Mes jambes me portent, mes pas s'enchaînent. Je me fonds dans la masse des gens pressés avec un seul but ; régler mes comptes. Déterminé, j'arrive enfin au bas de la tour. Les bureaux de mon père occupent le dernier étage d'un immeuble au trente-sixième niveau. Le gratte-ciel le plus haut de France. Une situation qui a un coût, mais il fallait au moins ça pour un homme tel que lui.

Au pied de l'immeuble, je ne réfléchis pas — ne réfléchis plus. Je m'engouffre dans le hall où la hauteur sous plafond pourrait donner le vertige. Sauf que pour moi, la seule chose qui m'ébranle c'est de me confronter à cet homme que je déteste. Pourtant, je dois le faire. M'obliger à le regarder droit dans les yeux quand je vais lui annoncer que tout ça, il peut se le mettre bien profond. Je n'en veux pas. Jamais.

Le vigile m'observe, l'hôtesse d'accueil me scrute. Avec mon jean et mon sweat, je suis une tâche au milieu des costumes trois-pièces et des robes de créateur. Les apparences, encore, toujours. Sans me démonter ni me presser, j'avance vers cette femme coincée dans son bocal. Debout devant le comptoir, ses yeux me détaillent de haut en bas avant de s'arrêter sur mon visage.

— Vous désirez ? me questionne-t-elle un air de dégoût sur les lèvres.

— Je viens voir monsieur Fontaine.

Un de sourcils se dresse sous l'effet de surprise. Je sais très exactement ce qu'elle va m'annoncer. Je ne lui en laisse pas le temps et lui balance par-dessous la vitre qui nous sépare ma pièce d'identité. Son regard oscille entre moi et le lien de parenté évident qu'elle a sous les yeux. Un coin de sa bouche tressaute, elle hésite.

— Une minute, s'il vous plaît.

La séparation s'abaisse et elle décroche son téléphone. Encore une fois, je suis dépendant du bon vouloir de mon père. De son envie de savoir ce que je viens foutre ici, du temps qu'il est prêt à m'accorder. L'hôtesse me jette des coups d'œil, ses lèvres se pincent à intervalle régulier, comme si elle était ennuyée. Dans ma poitrine, mon cœur s'emballe. Le doute s'installe. Le grand Patrick Fontaine n'a sans doute pas une minute à accorder à sa progéniture, surtout sans avoir pris rendez-vous au préalable. Pour lui, je reste une erreur qui s'accroche comme un vieux chewing-gum à sa chaussure de luxe.

Qu'il se tranquillise, aujourd'hui, je viens mettre fin à ses vingt-quatre ans de calvaire !

— Trente-sixième...

— Merci, je connais le chemin, rétorqué-je en récupérant mes papiers qu'elle me tend.

Dans l'ascenseur, mes paupières se ferment et je pense à Romane. Je m'accroche à son sourire, me remémore la chaleur de nos étreintes. J'y puise la force dont j'ai besoin. C'est drôle comme à chaque fois que je me confronte à mon père, je redeviens un gamin. Celui qui n'a jamais reçu la moindre marque d'affection, le moindre compliment. Le raté, l'erreur dans leur parcours parfait. Le parasite qu'ils n'ont pas hésité à mettre hors de leur vue. Dans mon malheur, j'ai tout de même eu une chance folle. J'ai grandi dans une famille qui m'a offert une place parmi elle. J'aurais pu passer ma vie dans un internat qui m'aurait formaté à devenir comme mon père. La seule bonne décision de toute la vie de mon géniteur en ce qui me concerne.

La cabine s'arrête et les portes s'ouvrent sur un grand couloir. Rien n'a changé, tout est à la même place. Plus de dix ans que je n'ai pas mis les pieds ici, pourtant, ce souvenir reste gravé dans ma mémoire. Tout comme ses paroles qui, telles un poison m'ont pourri l'existence. Comment se construire, quand à douze ans à peine, son propre père nous traite comme un moins que rien ? Pourtant, je suis là aujourd'hui. À croire que son acharnement pour me détruire psychologiquement n'a pas bien porté ses fruits. Et ça, c'est au Prigent que je le dois. C'est grâce à eux que j'ai réussi à garder la tête hors de l'eau, que je me suis construit. Un amour souvent maladroit, un amour quand même. Une étincelle qui a fait en sorte que mon cœur ne finisse pas aussi atrophié que celui de mes parents. Cette famille avec qui, aujourd'hui, je suis en froid et qui me donne l'envie de me battre. Pour la retrouver elle, pour nous réunir. Peu importe le temps que ça prendra. Je ne suis pas prêt à abandonner. Pas maintenant que ma décision est prise.

La secrétaire de mon père m'accueille d'un air ennuyé. Sans doute qu'il va lui falloir reprendre tout son emploi du temps de la journée. Encore une fois, je suis le caillou qui enraie l'engrenage bien huilé. À croire que je suis né dans cet unique but. Si la situation n'était pas aussi dramatique, je pourrais en rire. Aucun fils ne devrait avoir à choisir entre sa vie et sa famille. Pourtant, c'est exactement ce que je m'apprête à faire. Et je choisis d'écouter mon cœur.

— Votre père n'a que quelques minutes à vous accorder, juge-t-elle bon de me préciser.

— Je ne comptais pas m'éterniser, rétorqué-je.

Me retrouver dans la même pièce que lui m'ait assez difficile, aucun risque que j'abuse de son temps précieux. Elle frappe deux coups, ouvre la porte sans attendre de réponse et s'efface pour me laisser entrer. Cette fois, je ne peux réprimer un sourire en constatant qu'elle procède de la même manière que la secrétaire de Massimo. Y a-t-il des écoles qui enseignent ça aux sous-fifres des milliardaires ? À peine me suis-je fait cette réflexion que mes yeux tombent sur le maître des lieux.

Droit.

Froid.

Hostile.

Sa prestance cherche à m'écraser sous son poids, pourtant, je ne lui en laisse pas la possibilité. Fier comme un paon, je carre les épaules, redresse le menton et ancre mon regard dans le sien. Comme toujours, je le dérange. Ma présence l'ennuie. S'il savait à quel point cette constatation est réciproque, il en avalerait sa cravate. Durant quelques secondes, il me toise, m'évalue, mais ne laisse rien paraître de son état d'esprit. En toute circonstance, cet homme garde la maîtrise de ses émotions. Voilà un trait de caractère que j'ai hérité de lui. Une raison de plus de vouloir changer.

— Que me vaut ta visite ? Tu n'es pas en train de parader au bras de ta bimbo millionnaire ?

Bien sûr qu'il est au courant. Patrick Fontaine se tient informé des faits et gestes de son fils unique. Toujours avoir un œil sur son ennemi, garder une longueur d'avance pour le terrasser au moment où il s'y attendra le moins. Ce qui risque de le surprendre, c'est qu'aujourd'hui, il n'a plus aucun pouvoir sur moi. Par contre, le contraire est valable.

— Non, comme tu peux le constater. Et rassure-toi, tu n'assisteras pas à un mariage.

— Dommage. Au moins, tu m'aurais servi à quelque chose pour une fois. Néanmoins, après tes exploits dans le désert Marocain, je ne suis pas étonné. La fille du jardinier. Vingt-quatre ans et tu ne sais toujours pas contrôler tes pulsions. Ce n'est pas la discrétion qui t'étouffe. Bref, que veux-tu ?

En effet, il vaut mieux qu'il change de sujet. S'il avait de mauvaises paroles envers Romane, Dieu sait ce que je serais capable de lui faire subir.

— T'annoncer que tout s'arrête aujourd'hui !

Étonné, il me fixe sans se départir de sa stature de toute-puissance.

— Je m'installe en Bretagne et je compte ouvrir mon propre garage, enchaîné-je.

Son rire explose, se répercute sur les murs et emplit toute la pièce. D'aussi loin que je me souvienne, je ne l'ai jamais entendu s'esclaffer de la sorte. Et ça me déclenche quelque chose que je ne suis pas capable de nommer avec précision. Un mélange de plaisir, de frustration, de colère et de dégoût. Tout ça à la fois.

— Tu ne crois pas que je vais te laisser faire après les sommes que j'ai dépensées pour que tu aies une éducation digne de ce nom.

— Tu n'as pourtant pas le choix. J'ai vingt-quatre ans. Tu n'as aucun droit de regard sur ma vie. Ton pognon ne te place pas au-dessus des lois.

— C'est un fait. Cependant, « mon pognon » comme tu le dis si bien peut me permettre de foutre un père et sa fille à la rue.

Prévisible ! Cet homme me pense si stupide qu'il croit me tenir. Sauf, que je le connais bien mieux qu'il ne le pense. J'ai été l'objet de ses menaces toute ma vie, je les connais par cœur ses techniques. Et elles ne m'intimident plus !

— Tu pourrais, mais tu n'en feras rien.

— Je ne vois pas comment tu comptes m'en empêcher.

— Peut-être parce que j'ai en ma possession des documents que tu ne souhaites pas voir paraître au grand jour. Je suis certain que la répression des fraudes serait ravie de connaître comment tu as bâti ta fortune. C'est fou ce qu'un petit carnet noir avec les noms des plus grands truands de la planète peut être évocateur. Surtout avec des sommes et des dates inscrites en face.

Durant une seconde, son visage blêmit. Mais en grand homme qu'il est, il retrouve aussitôt toute sa contenance. Trop tard, j'ai vu.

— Comment ? me questionne-t-il.

— Ta demeure est accessible et tu m'as laissé bien assez d'années pour trouver la combinaison de ton coffre. Seize ans exactement !

À la base, cette histoire de coffre était un défi. Quand on a huit ans et que ses propres parents vous abandonnent aux mains d'inconnus, les questions fusent. Plusieurs fois, j'avais vu mon père décaler ce tableau, je savais donc que quelque chose s'y cachait. C'est à l'âge de treize ans que j'en ai découvert la combinaison. Million 1 000 000 ! L'imagination n'est apparemment pas ce qui caractérise le plus mon père. Fier de moi, je n'ai rien dit et j'avais presque oublié cette histoire, jusqu'à ce que je doute de ma vengeance. Pour une raison obscure, j'y suis retourné quelques jours avant le départ pour le Maroc et j'ai fouiné. J'ai passé de nombreuses heures à lire les documents, à examiner leur contenu. Rien de louche ne m'a sauté aux yeux. C'est là que je suis tombé sur ce carnet, en cuir noir, bien planqué caché au fond. Une liste interminable de noms, de sommes et de dates s'étalait devant mes yeux et je n'ai eu qu'à effectuer quelques recherches sur internet pour me donner une idée de la situation. Derrière sa façade d'homme d'affaires, mon père est un escroc.

— Qu'est-ce que tu veux ?

— Que tu laisses Juel continuer l'entretien du manoir et que tu oublies que j'existe.

— Tu penses que je vais me satisfaire de cette réponse ? Que je vais te laisser me faire chanter ?

— Tu n'as pas d'autre choix. Ton carnet est en sécurité. Mais s'il m'arrive quoi que ce soit, il sera envoyé à qui de droit.

— Combien ?

— Ton fric, je n'en veux pas. S'il le faut, je suis même prêt à te signer un refus d'héritage. Ton carnet te sera rendu le jour où Juel décidera de partir ou s'il décède. De manière naturelle, cela va de soi.

— Tu n'es qu'un...

— Je suis exactement ce que tu as fait de moi, un requin. À la différence, c'est que moi, j'ai une conscience. Sans ça, tu serais déjà derrière les barreaux et tu aurais tout perdu.

J'ai beau le détester, il reste mon père. J'ai hésité, jusqu'à ce que je prenne en compte toute l'ampleur de mon geste. Si je l'envoie en taule, je ne suis pas certain de m'en remettre. Je le hais, pourtant, je suis incapable de mettre fin à sa vie. Je le connais assez pour savoir que sa fierté est la chose qui compte le plus. Voir son nom traîner dans la boue signerait à coup sûr son arrêt de mort. Et je ne supporterais pas d'en être la cause. Par mon chantage, je lui laisse le choix. Soit il accepte de me voir partir et il peut continuer à régner sur son empire, soit il signe lui-même sa défaite. Il passe son temps à prendre des décisions, celle-ci est sans doute l'une des plus importantes de toute sa vie.

Devant mes yeux, il perd toute sa superbe. Ses épaules s'affaissent, son dos se voûte et pour la première fois de ma vie, j'ai conscience de son âge. À presque soixante-dix ans, le poids des années me saute aux yeux.

— J'aurais dû écouter ta mère et la laisser se faire avorter.

Ses mots me percutent aussi violemment qu'un poing dans la gueule.

— En effet, tu aurais dû, acquiescé-je en tournant les talons tout en ravalant mes larmes.

J'ai toujours su que je ne représentais pas grand-chose pour eux, mais l'entendre de sa bouche fait un mal de chien. Je dois sortir d'ici, partir, laisser ce passé derrière moi et me concentrer sur mon avenir.

— Quelle garantie j'ai que tu tiendras ta part du marché ? m'interpelle-t-il alors que j'approche de la porte.

Ma main se pose sur la poignée et se crispe.

— Tu n'en as aucune. Tu vas devoir apprendre ce qu'est la confiance.

Et je sors sans me retourner. Je l'abandonne à ses interrogations et à la crainte comme il l'a si souvent fait avec moi. Aujourd'hui les rôles sont inversés, c'est moi qui tiens sa vie entre mes mains. Je devrais en être soulagé, pourtant, c'est le cœur lourd que je repars de là où je viens. Il peut être fier de lui, parce que quelque part, mes agissements prouvent que la pomme n'est pas tombée très loin de l'arbre.

CHAPITRE 38

JE T'AIME !

ROMANE

Une semaine que je suis rentrée, une semaine que j'ai abandonné cette maudite course. Une semaine que j'ai pris l'avion et que je me suis réfugiée chez les parents de ma belle-sœur. Elle m'a trouvé cette solution, cette échappatoire pour que je puisse réfléchir le temps que mon frère se calme.

Comme chaque matin quand j'ouvre les yeux, la première chose que j'exécute, c'est consulter mon téléphone. Et comme chaque matin depuis sept jours, il n'y a rien. Pas un message, pas un appel, pas même le plus petit signe de vie de Lucas. Il me manque. Je l'aime autant que je le déteste. Tous ces sentiments contradictoires me déchirent le cœur. Plusieurs fois, j'ai hésité à le contacter moi-même, mais pourquoi je ferais une chose pareille ? Après tout, c'est lui qui m'a plantée dans cette chambre. Lui qui m'a abandonnée face aux regards de dégoût de mon frère. Lui qui m'a lâchée dans la fosse aux lions. Il n'a presque rien dit pour me défendre, pour se défendre, pour nous défendre.

La vérité sur son mariage, je l'ai apprise de la bouche de ma belle-sœur après qu'elle m'ait entraînée derrière elle pour me sortir de cette ambiance de plomb quand j'ai compris que Lucas s'était envolé. C'est elle qui a pris mon billet d'avion, qui m'a accompagnée jusqu'à la porte d'embarquement. Et encore elle, qui s'est assurée que ses parents m'avaient bien récupérée à l'aéroport. Tous les jours elle prend des nouvelles. Tous les jours je lis ses messages sans jamais y répondre. Pour dire quoi de toute manière ? Que sans lui, je suis au fond du trou ? Que je savais que notre histoire avait une date de péremption, mais que la façon dont ça s'est terminé m'a brisée ? Que j'en veux à mon frère de sa réaction ? Que lui aussi, je le déteste autant que je l'adore ? Que mon père, avec son attitude de je m'en foutiste, m'agace ? À quoi bon ? Elle sait tout ça de toute manière.

Je n'ai qu'une famille, pourtant, je ne suis pas prête à leur pardonner leur attitude !

J'ai envie de hurler ! De cogner ! De frapper !

Sur mon frère pour me couver comme un bébé, sur mon père pour le laisser faire et sur Lucas pour s'être tiré comme si je n'avais jamais existé.

Peut-être que Maël a raison. Peut-être que la seule ambition de celui que j'aime depuis toujours n'était autre, que de me mettre dans son lit. Peut-être que je me suis imaginé toutes ces choses entre nous. Peut-être que j'y ai vu, ce que j'avais envie d'y voir.

— *Tu es trop naïve ma pauvre fille ! La seule chose qui intéresse Lucas, c'est de coucher avec les filles et de les jeter au petit matin ! Tu crois quoi ? Que tu es assez exceptionnelle pour que ce soit différent ? Ouvre les yeux ! Tu n'es qu'un numéro de plus sur la longue liste de ses conquêtes !*

Les paroles que mon frère a prononcées après le départ de Lucas tournent en boucle dans ma tête. La véracité de ses propos, la méchanceté dans son timbre, la colère dans ses yeux. Et à chaque fois que j'y pense, c'est un torrent de larmes qui coule le long de mes joues. Sept jours et c'est encore la même chose. Est-ce que la douleur finira par s'estomper ? S'apaiser ? En tout cas, ce n'est pas pour aujourd'hui, c'est la seule certitude que j'ai.

— *Je... je suis désolé, murmure-t-il si bas que je dois tendre l'oreille pour l'entendre. Je voulais t'en parler, t'expliquer pourquoi... ce... ce n'est pas ce que tu crois. Je t'aime Romane et ce, depuis la veille de mon départ quand nous avons passé une partie de la journée à la piscine. Ce jour-là, quelque chose a changé.*

Il l'a dit, il a prononcé les mots que j'attendais depuis si longtemps. Malheureusement, ils n'ont pas résonné dans mon cœur comme je l'aurais espéré. À la place de la joie, je n'y ai ressenti que de la peine. Pourtant, maintenant que je suis rentrée, j'ai envie de m'y raccrocher pour ne pas sombrer. L'espoir m'a quittée, je n'ai plus que cette branche fine à laquelle me retenir pour ne pas tomber.

Un coup donné à la porte de la chambre qui est la mienne depuis une bonne semaine me sort de mes pensées.

— Romane, est-ce que je peux entrer ? me questionne Carole la tête passée par l'embrasure.

Sans ouvrir la bouche, je hoche la tête en signe d'assentiment. Je sais ce qu'elle veut. Comme chaque matin, elle vient tenter de me convaincre de me joindre à eux pour le petit déjeuner et je n'ai pas faim. J'ai cette énorme boule de chagrin qui obstrue ma gorge. J'ai déjà un mal fou à respirer comme il le faut, alors, avaler quelque chose est au-dessus de mes forces.

— Il y a quelqu'un pour toi à la porte.

Étonnée, je fronce les sourcils. Je ne veux voir personne. Que ce soit mon père ou mon frère, je ne suis pas encore prête. Ma tête oscille de droite à gauche, les mots refusent de sortir. J'ai l'horrible sensation que si j'ouvre la bouche, mes larmes ne s'arrêteront plus jamais de s'échapper de mes yeux.

— Romane, je pense vraiment que tu devrais le recevoir. Je crois que cette personne a fait un long chemin pour te voir.

Ma famille habite à moins d'une heure de route d'ici. Ce n'est pas non plus à l'autre bout du monde. Il y a quelques années, les parents de Violette sont venus s'installer dans les terres, pour être plus proche de sa grand-mère. Avec sa santé fragile, il devenait difficile de s'occuper d'elle à distance.

— Je crois que ce jeune homme est vraiment déterminé à discuter avec toi. Et si tu t'entêtes, j'ai bien l'impression qu'il va finir par forcer le barrage en bas, me sourit-elle.

Pourquoi est-ce qu'elle parle de mon frère ou de mon père de cette façon ? Ce n'est pas comme si elle ne les connaissait pas.

À moins que... non ! Lui aussi, elle le connaît !

Je refuse d'avoir le moindre espoir pour finir déçue encore une fois. Le sourire bienveillant que me renvoie Carole est comme un baume apaisant sur mon cœur meurtri. La main tendue d'une mère qui n'est pas la mienne et qui, pourtant, a rempli ce rôle à la perfection durant toute cette semaine de calvaire.

— Fais-moi confiance, susurre-t-elle doucement en prenant mes mains dans les siennes. Est-ce que je peux le laisser monter ?

Lucas est la première personne qui s'arrête dans mon esprit. Qui d'autre à part lui, peut être en bas et désire me voir ? Ma tête refuse d'y croire, mon cœur, lui, bat déjà plus vite dans ma poitrine. Des jours que j'attends un signe de vie et là, je ne sais pas trop comment réagir. Une partie de moi trépigne d'impatience, la seconde crève de peur de ce qu'il est venu m'apprendre. Avant de devenir folle, je m'oblige à hocher la tête de manière positive et le soulagement sur les traits de Carole me rassure aussitôt.

— Je vais le chercher, m'informe-t-elle en se hâtant vers la sortie. Tu as besoin de quelques minutes avant ?

— Non, ça ira, bafouillé-je.

Le timbre rauque de ma voix me surprend autant qu'il semble soulager mon hôte. Je suis pathétique et incapable de chasser Lucas de ma vie. En tout cas, pas avant d'avoir entendu ce qu'il est venu me dire. Et peut-être aussi, lui envoyer tout ce que je ressens au visage. La surprise des mots qu'il a prononcés, le dégoût de l'idée qu'il se soit servi de moi, l'amertume d'avoir constaté qu'il se tirait sans même un regard en arrière. Et tout ça, en quelques minutes à peine. Ce flot de sensations et d'émotions m'a mise à mal et il va devoir s'expliquer. Parce que depuis que j'ai observé son dos quitter les lieux, je ne cesse de me demander s'il était sincère dans ses propos ou s'il voulait éviter de me blesser plus que nécessaire. Mon cœur a envie d'y croire, ma tête, elle, est bien plus pondérée.

Lorsque trois coups sont donnés à la porte de ma chambre, mon palpitant s'emballe dans ma poitrine et ma respiration se coupe. Incapable de bouger, je fixe le battant et tente de contrôler mes mains tremblantes en les plaçant sous mes fesses. Le bruit significatif de la poignée qui s'abaisse résonne et j'hésite à lui hurler de repartir de là où il vient. La peur de le voir, de savoir ce qu'il vient faire ici s'empare de moi et ne me lâche plus. Mon cœur et ma raison se battent à grand renfort d'insultes et au milieu, je reste immobile. En plein débat intérieur, je ne remarque pas tout de suite que Lucas a franchi le seuil de la porte et qu'il se trouve au milieu de la pièce en train de se dandiner d'un pied sur l'autre. Comme s'il était mal à l'aise.

Lucas ? Mal à l'aise ? Ce serait une première.

Pourtant, c'est l'impression qu'il me donne.

Les yeux rivés sur son torse, je m'oblige à remonter vers son visage et ce que j'y trouve est effroyable. La pommette émaciée, son œil droit boursouflé, il arbore différentes teintes allant du violet au noir en passant par des nuances de jaune. Quant à sa mâchoire, elle n'est pas belle à voir. Pire encore, du sang orne l'encolure de son tee-shirt blanc.

— Dans quel état tu es ! m'exclamé-je choquée tout en me dressant sur mes pieds pour me précipiter vers lui.

Mes doigts glissent sur ses traits, remontent sa pommette et terminent sur le contour de son œil. Sa paupière est si enflée qu'elle doit lui obstruer une partie de la vision.

— Qui t'as fait ça ? le questionné-je.

— Disons qu'avant de venir te voir, j'ai voulu passer par la voie officielle et faire les choses bien. Je suis passé voir ton père et...

— Quoi ? hurlé-je horrifiée. C'est papa qui t'a mis dans cet état ?

— Non, Romane ! Avant d'accéder à ton père, je suis tombé sur ton frère et... on avait quelques comptes à régler.

— Des comptes à régler ? Sérieux ? Et vous n'avez pas trouvé le moyen d'ouvrir la bouche au lieu de vous taper dessus ? J'en reviens pas ! Même après une semaine, vous n'avez pas réussi à mettre de l'eau dans votre vin. Putain !

Énervée, j'effectue les cent pas dans le petit espace dont je dispose. Maël est encore plus têtu et borné que ce que j'aurais pensé. Sur le coup, je peux entendre sa colère, son désarroi, son incompréhension, avec le recul, ça me dépasse.

— Romane. Pour le moment, laisse ton frère où il est. Si je suis ici, c'est parce que j'ai des choses importantes à te dire.

— Si c'est pour me dire que tu regrettes ce qu'il s'est passé entre nous ou pour retirer tes dernières paroles, tu peux économiser ta salive. T'inquiète, ta fuite était claire comme de l'eau de roche.

Ce n'est pas du tout ce dont j'ai envie. Ce que je veux, c'est me blottir dans ses bras. Sauf que je refuse de m'abaisser et encore moins de lui montrer que toute cette histoire me blesse. Je me suis assez donnée en spectacle dans cette chambre d'hôtel et vu le résultat, il est hors de question que je recommence. Autant taire mes sentiments et les refouler au plus profond de moi.

— Tu n'y es pas du tout, m'interpelle-t-il en attrapant mon poignet entre ses doigts pour m'obliger à m'arrêter. Je suis bien venu m'excuser, mais pas pour les raisons que tu crois. Je suis là pour te demander pardon de t'avoir abandonnée et laissée derrière moi. Je sais que je n'ai aucune excuse, mais ce que je ressens pour toi me dépasse. Je ne suis pas habitué à ça. La colère de Maël m'a bousillé, pourtant ce n'est rien en comparaison de ce que j'ai éprouvé quand il s'en est pris à toi. En partant, j'ai voulu te protéger, sauf que je m'y suis très mal pris. J'aurais dû continuer à lui tenir tête ou... t'emmener avec moi. En aucun cas, j'aurais dû te laisser seule. Je... putain, c'est tellement difficile.

Lucas empoigne ses cheveux à pleines mains et tire dessus de toutes ses forces avant de se tourner vers moi, de prendre mon visage en coupe et de plonger son regard dans le mien.

— Ce que j'essaie de te dire, c'est que je t'aime et que je ne repartirai pas vivre en Italie. Je sais que Violette t'a expliqué mes motivations sur ce mariage, mais tu ne sais pas tout ! Les raisons que j'ai servies à ton frère ne sont pas les bonnes. Mon envie première en acceptant ce deal était d'emmerder mon père. De lui prouver que je n'avais pas besoin de lui pour avoir un nom. Tout ce que je voulais, c'était me venger. Je le déteste tellement que cette haine envers lui a pris le contrôle de mes actes. Aujourd'hui, tout ça ? c'est terminé ! J'ai envoyé chier le père d'Alba et j'en ai fait de même avec ? ma famille. Je suis rentré et je ne compte plus repartir. Je voudrais qu'on reprenne tout depuis le début. J'ai envie de faire les choses comme il faut. Te prouver que je peux être celui qui te correspond. Je ne te demande pas de réponse maintenant ni demain. Je te demande encore moins de me pardonner de t'avoir menti. La seule chose que je souhaite, c'est que tu me promettes d'y réfléchir. Je te laisse le temps dont tu as besoin. Je te jure que si tu me le demandes, je sors d'ici et je ne reviendrai plus, jusqu'à ce que tu l'aies décidé.

Les yeux grands ouverts, je le fixe, bouche bée. Il vient bien de me dire qu'il m'aime ? Je n'ai pas rêvé ? J'ai bien entendu ou c'est encore mon cœur qui s'emballe et n'en fait qu'à sa tête ? Déboussolée, je ne trouve rien à répondre. Mes pensées se bousculent dans mon crâne et rien ne veut sortir de ma bouche. J'ai l'horrible sensation de n'être qu'un poisson rouge à l'extérieur de son bocal. OK, il l'a déjà évoqué, une fois. Cependant, les circonstances étaient quand même bien différentes. Sur le coup, il voulait peut-être sauver la face, essayer que mon frère redescende en pression. Noyer le poisson, histoire que Maël avale plus facilement la pilule. Là, il n'y a personne d'autre à rassurer, personne à endormir. Il n'y a que nous et aucun témoin à l'horizon, alors, je suis en droit de me poser la question.

— Romane ?

— Hum... couiné-je en clignant plusieurs fois des paupières, histoire de me reconnecter à la réalité.

— Tu... tu veux bien dire quelque chose ? Un truc, n'importe quoi. Parce que... je me sens un peu comme un con, là.

— Heu... est-ce que tu peux répéter ? Je suis pas certaine d'avoir bien entendu, grimacé-je mal à l'aise.

C'est vrai quoi. Il ne manquerait plus que je me jette à son cou alors que j'ai mal saisi ses paroles. Hors de question que je passe pour une imbécile. Et puis d'abord, pourquoi je l'écoute ? Alors que je suis censée être au fond du trou et le détester au moins un peu.

Parce que t'es amoureuse de lui depuis toujours et que peut-être... je dis bien peut-être, qu'il vient de te déclarer sa flamme !

Ma conscience se réveille après un long sommeil et j'ai juste envie qu'elle se taise.

— Tu te fous de ma gueule, c'est ça ? Tu te venges de la façon dont je t'ai traitée ? OK, je comprends. Je le mérite, débite-t-il l'air las.

— Non, non, je t'assure. Euh... en fait... en fait, j'ai beugué à la fin de la première phrase, finis-je en tentant de me rattraper.

— Celle où...

— Où ?

Suspendue à ses lèvres, je cesse de respirer. Un petit sourire ourle le coin de sa bouche sans qu'aucun mot ne sorte.

— Parle, bon sang ! m'agacé-je.

La tension entre nous est palpable et à ce rythme-là, mon cœur va exploser dans ma poitrine. S'il cherche à me rendre folle, il est sur la bonne voie.

— Celle où je te dis que... que je t'aime ?

Ma respiration se coupe, mon cœur cesse de battre et des milliers de fourmis de plaisir se réveillent dans mon corps. Elles grignotent mon ventre et une douce chaleur m'enveloppe. Je sais que je suis supposée avoir du ressentiment et un minimum de colère contre lui. Sauf que là, c'est la joie qui surpasse et qui balaie toute cette semaine de calvaire. J'ai attendu ces mots une grande partie de ma vie, alors, je préfère laisser le reste de côté pour le moment et m'enfermer dans cette bulle de soulagement avec lui. Ses pupilles — enfin, sa pupille — bien ancrée dans la mienne, je tente de lui partager ce que je ressens. Parce que dans ma gorge, l'étonnement et le soulagement ont élu domicile et m'empêchent de laisser sortir la moindre parole.

Dans un élan de ferveur, je me hisse sur la pointe des pieds, passent mes mains derrière sa nuque et l'attire contre moi. Mes lèvres happent les siennes. Ses bras passent autour de mon corps, me tiennent plus fort contre lui.

Le bonheur.

L'extase.

Sont les premiers mots qui me viennent en tête. Ensuite, c'est le désir qui prend naissance dans mon ventre, remonte le long de ma colonne vertébrale et se niche au creux de mes entrailles. À l'échelle de ma vie, une semaine, ce n'est pas grand-chose. À l'échelle de ma libido, par contre...

Dès la première fois qu'il a posé ses mains sur moi, j'ai eu cet appétit qui n'a cessé de croître à chacun de nos corps à corps. Et là, alors que ma langue darde entre ses lèvres, ce besoin de lui qui s'était mis en sommeil est en train de reprendre vie. Mes mains passent sous son tee-shirt et partent à la rencontre de son torse. Mes doigts tracent des arabesques sur ses flancs, descendent sur le bord de son jean et tentent de se frayer un chemin à l'intérieur. Les mains de Lucas s'enroulent autour de mes poignets et il s'éloigne de quelques pas. À bout de souffle, je le fixe sans comprendre. Est-ce que j'ai fait quelque chose de mal ?

— Je... on ne peut pas faire ça. Pas comme ça, pas ici, pas maintenant, débite Lucas à bout de souffle. Comme je te l'ai dit tout à l'heure, je veux faire les choses bien. Reprendre tout depuis le début.

— Ce qui signifie ? le questionné-je perdue entre son raisonnement et mes envies classées X qui ne cessent de se renforcer à chaque fois que je pose les yeux sur lui.

— Que je veux me balader avec toi, t'emmener dîner, te faire la cour, termine-t-il en se raclant la gorge.

— Me faire la cour ? répété-je en fronçant les sourcils.

Un peu déboussolée, je le fixe sans comprendre où il veut en venir.

— Oui, prendre le temps de discuter, d'apprendre à se connaître autrement que sous les draps.

— Il me semble qu'on n'a pas appris à se connaître juste sous les draps, rigolé-je. J'ai des souvenirs de murs, de sols, de douches, énuméré-je sur mes doigts. Et aussi de...

— Stop, me supplie-t-il en posant son index sur mes lèvres. Ne pousse pas mon self-control s'il te plaît. C'est bien assez difficile comme ça.

— Qu'est-ce qui est difficile à la fin ? Sois plus clair, je comprends rien, soufflé-je.

C'est vrai quoi, il ne peut pas s'expliquer au lieu de tourner autour du pot ? Je n'ai pas la faculté de lire dans son esprit.

— Pas de sexe, lâche-t-il de but en blanc.

OK, au final, j'aurais préféré qu'il y mette les formes. Pas de sexe ! Pourquoi ? Jusqu'à présent, je n'ai jamais pensé que je le rebutais. Il dit m'aimer sans vouloir coucher avec moi. Je suis sonnée.

— J'ai peur de demander pourquoi, murmuré-je en baissant les yeux, ma confiance en moi disparue.

— Parce qu'on a tout fait à l'envers et je veux revenir en arrière. Je sais que c'est impossible, mais j'ai imaginé qu'on pourrait recommencer depuis le début. Sortir au ciné, aller manger un morceau, apprendre à se connaître avant d'aller plus loin. Ça fait quatre ans Romane. Quatre longues années sans se voir, sans se parler. Il s'en est passé des choses dans nos vies durant ce laps de temps. Est-ce que tu comprends où je veux en venir ?

Ouais, je pense avoir saisi. Au-delà du fait que ma libido est en train de se terrer dans un coin pour pleurer, mon côté fleur bleue, lui, est aux anges. Je crois que c'est le truc le plus romantique qu'on ne m'ait jamais dit et encore moins proposé. Il veut passer du temps avec moi en public avant que l'on se retrouve dans l'intimité. Rien d'insurmontable. Au contraire, je suis même fière qu'il veuille être vu en ma compagnie.

— Oui, je comprends et je suis d'accord.

— C'est vrai ? s'étonne-t-il.

— Bien sûr.

— Ce soir ? Un dîner ?

— Avec la tête que t'as ? Hors de question de m'afficher à tes côtés avec cette tronche, lui souris-je de toutes mes dents. J'ai une certaine classe à conserver.

Mes larmes menacent de couler, alors, je fais de l'humour. Comment je peux encore avoir autant envie de brailler avec tout ce que j'ai déjà versé ? Le petit rictus que me renvoie Lucas m'apprend qu'il n'est pas dupe. Il a beau dire le contraire, je pense que c'est lui qui me connaît le mieux sur cette terre. Le seul qui me regarde vraiment.

— Hum, je comprends et je n'ai aucune envie que tu aies honte, donc... je te propose un tête-à-tête. Juste toi, moi et un pique-nique. Ça contrarie un peu mes plans, mais... je vais m'adapter. Par contre, n'oublie pas de te couvrir, ça s'est bien rafraîchi. Sur ce, je vais te laisser tranquille. Dix-huit heures, ce soir, je passerai te chercher.

Lucas m'envoie un sourire et tourne les talons, comme ça, sans même m'embrasser.

— Heu, tu n'oublies pas quelque chose ? lui demandé-je.

— Quoi donc ? s'étonne-t-il en se retournant vers moi.

— Ben, je sais pas moi, m'embrasser par exemple.

— Comment je pourrais t'embrasser alors que nous n'avons pas encore eu notre premier rendez-vous ? s'étonne-t-il l'air presque choqué en portant la main sur son cœur.

Il se fout de moi ! C'est ça ? C'est sa manière de me remballer après lui avoir dit que je ne voulais pas être vue en sa compagnie avec sa tête ?

— T'es sérieux ? ne puis-je m'empêcher de l'interroger.

— Tout ce qu'il y a de plus sérieux, me répond-il un grand sourire plaqué sur les lèvres.

Pas de baisers non plus ? Mon Dieu, qu'est-ce qui m'a pris d'accepter d'entrer dans son jeu ? Je sens que ça va être difficile de tenir mes engagements. Et c'est donc sans même m'effleurer qu'il tourne les talons et s'en va.

Espérons que toute cette mascarade ne dure pas trop longtemps, sinon, je risque de terminer en combustion spontanée.

Une fois la porte refermée sur lui et que je me retrouve seule, je prends un moment pour me remémorer tout ce qu'il vient de m'apprendre. J'avais conscience qu'il ne portait pas son père dans son cœur, au point d'envisager d'épouser une femme pour se venger, par contre…

Plus le temps passe et plus s'exècre cet homme pour tout ce qu'il l'a obligé à subir. Malgré toute l'attention qu'a pu lui apporter ma famille, je me rends compte que l'ombre de son père a toujours plané sur lui.

Mon frère s'immisce dans ma tête. Lucas semble avoir tiré un trait sur ses géniteurs, sur son passé douloureux. Et moi dans tout ça ? Serais-je capable de faire la même chose ? Est-ce que je vais pouvoir laisser de côté ma famille trop envahissante pour nous laisser une chance à tous les deux sans tenir compte de leur avis ? Et c'est là que le bât blesse, parce que je n'en ai aucune idée.

LUCAS

Soulagé est le seul mot qui me vient en tête quand je quitte cette maison. Romane a été plus que réceptive à mes explications. Maintenant, il ne tient qu'à moi de lui prouver qu'elle a raison de me donner sa confiance. Sa réaction couplée à ma décision de couper complètement les ponts avec ma famille m'apporte un profond sentiment de plénitude. C'est donc le pas beaucoup plus léger que je rentre me réfugier dans ma chambre d'hôtel. Ma prochaine mission sera de réfléchir à ce que je souhaite faire de ma vie et offrir à Romane des moments qu'elle n'oubliera jamais.

CHAPITRE 39

ABRICOT JUTEUX EN PÉRIL !

ROMANE

Quinze jours ! Quinze jours que Lucas rivalise d'ingéniosité pour me prouver qu'il est le petit ami idéal. Et une semaine que je tente tout ce qui est en mon pouvoir pour qu'il craque. Déjà, il m'a fallu attendre le troisième rendez-vous pour qu'il daigne enfin me rouler une pelle. Quand, sur le pas de la porte des parents de Violette la température a augmenté, il s'est écarté et s'est tiré en me souhaitant une bonne nuit. Tu parles, j'ai tourné et viré jusqu'au petit matin. Dire que je suis au comble de la frustration est un euphémisme. S'il persiste dans son idée, mon vagin va se ratatiner sur lui-même tant il est soumis à rude épreuve. À chacune de nos entrevues, mes culottes sont bonnes à être jetées à la poubelle tant elles finissent inondées. Ce n'est pas humain de me laisser dans cet état-là.

Ce n'est pas que je n'apprécie pas nos rendez-vous, nos tête-à-tête ou nos sorties. Loin de là. À chaque fois, c'est une surprise très agréable. Qu'il me rappelle des souvenirs d'enfance ou qu'il me fasse découvrir de nouveaux endroits, nos moments à deux sont toujours super. Le souci, c'est ma libido qui n'arrive plus à se contenir. Me retrouver au creux de ses bras dans le noir devant un film. Entre ses jambes, son torse ferme collé à mon dos devant un coucher de soleil. Ou encore, tous les effleurements subtils qu'il propage sur ma peau à chaque fois qu'il en a l'occasion. Tout ça devient une véritable torture.

Ce soir, il m'a dit qu'il me réservait une surprise, depuis, je prie tous les Dieux du sexe de me venir en aide. Pour cette soirée, je n'ai rien laissé au hasard. Bain moussant parfumé. Épilation de tout ce qui s'est retrouvé à ma portée — et je vous jure que le sillon interfessier à atteindre seule, ce n'est pas une partie de plaisir. Lait parfumé pour le corps. Petite jupe sexy. Maquillage discret. Lissage de ma tignasse qui n'en fait qu'à sa tête. Et... absence de sous-vêtement.

Si, j'ai osé.

Debout devant le miroir de la salle de bain, je passe mon look en revue. Pour quelqu'un qui n'a pas l'habitude de ce genre de chose, je trouve que je m'en suis plutôt bien sortie. Sauf que, peu importe où je regarde, mes yeux sont toujours attirés par ma poitrine opulente. Sans soutien-gorge, je me sens nue. Logique, me direz-vous. Le problème, c'est que j'ai l'horrible sensation que mes seins tentent de s'enfuir de mon tee-shirt. Plus j'y réfléchis, plus je me demande si c'est l'idée du siècle.

— Romane, ton cavalier est arrivé, interpelle la voix de Carole à travers la porte.

Trop tard !

En désespoir de cause, j'enfile ma veste, la sert autour de ma poitrine le plus fort possible et j'en appelle aux saints, des seins de se tenir tranquille. Allez Romane, souffle un bon coup et jette-toi dans l'arène. Remontée à bloc — du moins, je tente de m'en convaincre —, je sors de la pièce dans laquelle j'étais enfermée depuis de longues heures et descends les escaliers en espérant ne pas me tordre une cheville et finir par dévaler ces maudites marches la tête la première. Me déguiser en fille passe encore, par contre, je me demande ce qui m'est passé par la tête d'accepter les chaussures de la mort que Violette m'a apportées. Je la soupçonne de chercher à m'éliminer.

Trois jours après la visite de Lucas, je me suis enfin décidée à répondre aux nombreux SMS de ma belle-sœur. D'une part, parce qu'elle n'est en rien responsable du comportement débile de son mec. Et d'une autre, parce qu'elle est la seule personne dont je sois proche. J'avais besoin d'avoir un point de vue extérieur et aussi de quelques conseils. Après, s'être ouvertement foutue de ma tronche à l'évocation de mon abricot juteux en péril, elle s'est ensuite attendrie devant l'idée de Lucas. En résumé, elle trouve ça super romantique, mignon et touchant et à aucun moment elle n'a compati sur mon état de frustration intense. Jusqu'à hier, au rayon fruits et légumes du supermarché, quand je me suis arrêtée devant les courgettes – transgéniques les courgettes, vu la taille – et que je suis restée scotchée devant, je la cite « un regard lubrique au fond de mes yeux ». Là, elle a décrété qu'il était temps de me venir en aide. Voilà comment je me suis retrouvée dans les boutiques de prêt-à-porter et qu'elle m'a convaincue de tout donner.

Aux grands maux, les grands remèdes !

Fin de l'aparté !

À la vitesse d'un escargot retourné sur sa coquille, je descends donc les escaliers en me cramponnant à la main courante. Si avec tout ça, je n'arrive pas à mes fins ce soir, je promets de rentrer dans les ordres. À mi-chemin de mon parcours, je suis obligée de stopper ma progression. Devant moi, Lucas se tient droit comme un I et ses yeux grands ouverts sont prêts à sortir de leurs orbites.

Parfait, un point pour moi.

Dans son jean qui semble avoir été créé sur lui et sa chemise qui épouse chaque courbe de son corps, il est un appel à la luxure.

Merde, un point pour lui.

À nous deux, mécano de pacotille. Voyons voir si ta clé de vingt est encore adaptée à mon petit boulon.

LUCAS

Putain. De. Bordel. De. Merde !

Devant mon regard ahuri, Romane descend les escaliers. À l'observer dans cette tenue, ma queue se dresse dans mon fute. Elle est splendide, magnifique. Une chaleur bien connue envahit mes reins et se diffuse jusque dans mes orteils. Elle ne m'aide pas à garder mon self-control. Et le petit sourire qui se dessine sur ses lèvres charnues m'annonce qu'elle sait très bien l'effet qu'elle a sur moi. Sa jupe lui tombe au milieu des cuisses, ses jambes sont galbées dans une paire de collant et le pire... ce sont ses escarpins qui affinent, allongent et galbent sa silhouette. Si dans ses shorts et ses baskets, Romane est sexy, là, elle est renversante.

Je sens que la soirée va être longue et qu'en rentrant à l'hôtel, je vais avoir besoin d'une longue douche froide, très froide.

Quand elle atteint enfin la dernière marche, je ne résiste pas. Mes mains se posent sur sa taille et j'effleure ses lèvres des miennes. Son odeur m'envahit, me désarçonne, grille mes neurones. Ce mélange de fruits s'infiltre et se répand partout dans ma tête, dans mon cœur. Les bras de Romane se nouent autour de mon cou, elle se rapproche, colle son corps indécent contre le mien. Pire, son ventre rentre en contact avec mon sexe, qui se gorge encore plus de sang. Impossible qu'elle ne s'en soit pas rendu compte. À contrecœur, je m'oblige à m'écarter d'elle. Prendre une certaine distance m'est nécessaire, au risque de la traîner dans ma chambre d'hôtel sans passer par la case dîner. Je mériterais une putain de médaille pour avoir réussi à lui résister au cours de ces deux semaines. Surtout, ces sept derniers jours où elle a pris un malin plaisir à me pousser dans mes retranchements.

— Si tu es prête, on y va ? la questionné-je en me raclant la gorge.

— Juste le temps d'enfiler mon manteau.

Concentré sur sa démarche incertaine, je l'observe saisir son vêtement sur le portant et l'enfiler. Si je n'étais pas aussi obnubilé par les ondulations de sa jupe, son manque de confiance perché sur ses talons hauts, me provoquerait une certaine hilarité. Elle paraît aussi à l'aise qu'une sirène sur la terre ferme. Je dois me concentrer là-dessus et surtout pas sur ses hanches qui remuent, sur ses fesses qui me narguent, sur son corps qui m'appelle.

Putain ! La soirée va être longue.

ROMANE

— Passe une excellente soirée, me murmure Carole en m'embrassant sur la joue.

— Il n'y a pas de raison, réponds-je en coulant un regard vers Lucas.

Toujours au pied de l'escalier, il n'a pas bougé et m'attend sagement. Le pauvre, il se dandine d'un pied sur l'autre. Que ce doit être douloureux de bander comme un âne enfermé dans un pantalon aussi près du corps ! La balle est dans son camp. Il ne tient qu'à lui de cesser de résister. Et j'ai bien l'intention de l'y aider.

De retour vers lui, je crochète mon bras au sien. D'une, parce que j'ai besoin d'être en contact avec lui. Et de deux, on ne va pas se mentir, perchée sur mes talons, je m'assure d'arriver sans encombre à la voiture. Le vent froid du mois de novembre s'engouffre sous ma jupe, caresse mon intimité. La chair de poule se répand sur mon épiderme et je frissonne. L'absence de culotte — et de système pileux — en cette saison n'est décidément pas l'idée du siècle. Je vais finir avec les lèvres gercées. Qu'est-ce qu'il ne faut pas manigancer pour arriver à ses fins.

Devant la voiture, Lucas m'ouvre la portière et je dois faire appel à toute la grâce dont je dispose pour ne pas me vautrer sur le siège tel un camionneur. Lorsque la porte se referme sur moi, je lâche un profond soupir, soulagée d'être enfin assise. Pourvu que Lucas n'ait pas prévu une promenade au clair de lune, mes pieds n'y survivront pas. Il s'installe à mes côtés et je laisse mon regard se balader sur son profil. Son visage a retrouvé toute sa beauté. Il ne subsiste plus aucune trace de sa rencontre avec mon frère. Bon sang ! Je n'en reviens toujours pas. Il m'a choisie moi. Mon cœur bat fort dans ma poitrine et le feu du désir se niche dans mon bas ventre.

— J'ai pensé à toi cet après-midi, m'interpelle-t-il en quittant l'allée.

— Ah bon ? Et en quelle circonstance ?

— J'ai été visité un garage à vendre à Moulin Blanc, ça m'a rappelé la fois où nous y avions passé la journée. Tu devais avoir environ quatre ans.

— Je n'en ai aucun souvenir, lâché-je après avoir fouillé dans ma mémoire.

— En même temps, tu étais toute petite, déclare-t-il pensif.

— Pourquoi ce souvenir en particulier ? le questionné-je curieuse. À part le fait que ce soit dans la même ville.

— Parce que ce jour-là, tu m'as offert la glace que tu venais de pleurer à ton père, une grande partie de la journée.

— Moi ? Je t'ai refilé ma bouffe ? Impossible, tu dois confondre ! À cette époque-là, j'aurais vendu mon frère pour un biscuit, alors une glace ! éclaté-je de rire.

Son hilarité se joint à la mienne. L'ambiance est légère, agréable. J'adore quand il me raconte des souvenirs de notre enfance. Découvrir ou redécouvrir ces instants à travers ses yeux sont des moments que je ne suis pas prête d'oublier. Sa main se pose sur la mienne et son pouce caresse le dos de la mienne.

— Et pourtant, je te promets que c'est exactement ce qu'il s'est passé.

— Explique-moi par quel subterfuge tu as réussi ce tour de force.

Le sourire aux lèvres, Lucas se concentre sur la route tout en me racontant l'histoire.

— Il devait y avoir environ six mois que j'habitais avec vous. Maël avait du mal avec ma présence chez vous, Juel ne savait probablement pas trop comment s'y prendre avec moi, et toi tu me fixais souvent sans dire un mot. Je parlais très peu. Je répondais aux questions sans faire de grands discours. Je n'étais pas très à l'aise parmi vous. Mes parents venaient de m'abandonner aux mains de personnes que je ne connaissais pas, je me sentais seul et perdu.

Mes doigts se resserrent et s'enroulent autour des siens. C'est la deuxième fois qu'il évoque sa famille avec moi. Je n'ai aucun souvenir de son arrivée chez nous. Pour moi, Lucas a toujours été présent, il avait sa place. Alors je suis peinée d'apprendre qu'il ne s'est pas toujours senti chez lui.

— Nous avions passé la journée au bord de la mer et à chaque fois que ce maudit marchand de glace passait à proximité de notre emplacement, tu piaillais à ton père un cornet. D'ailleurs, je soupçonne le vendeur ambulant d'avoir fait exprès de se trouver là aussi souvent. Je crois qu'il avait compris que ton père finirait par céder. Juel n'a jamais pu te résister de toute manière.

— Tu es sûr de ce que tu avances ? Parce que je n'ai pas vraiment les mêmes souvenirs. Papa me disait souvent non, même sur des choses très anodines. Tiens, comme aller dormir chez ma copine. Merde, c'était quoi son nom déjà ?

J'ai beau chercher dans ma mémoire, je ne m'en souviens plus. Je devais avoir une petite dizaine d'années et cette fille m'avait invitée à dormir chez elle. Papa, après une soirée de réflexion m'avait annoncé que non, je n'irai pas, sans me fournir plus d'explication. Si je me souviens bien, j'avais arrêté de lui adresser la parole pendant quelques jours. Et puis j'ai fini par oublier.

— Agathe !

— Hein ? sursauté-je encore plongée dans mon esprit.

— Ta copine, elle s'appelait Agathe et ce n'est pas ton père qui ne voulait pas, c'est Maël qui l'a convaincu de te refuser cette soirée pyjama.

— Pourquoi ? m'offusqué-je.

— Parce que ton frère ne supportait pas de ne pas t'avoir à l'œil. Il s'était donné pour mission de te protéger de tous.

— Violette a évoqué le sujet avec moi, une fois. Elle m'a raconté que lorsque maman est morte, papa ne s'occupait pas vraiment de Maël. Enfin, il le nourrissait, ce genre de chose, mais il n'avait pas de tendresse particulière envers lui. D'après Violette, il a reporté toute son affection sur moi. Parce que je n'étais qu'un bébé et que je ne refusais jamais ses câlins.

— Hum, ça se tient, déclare Lucas pensif. Et ça pourrait expliquer son besoin maladif de te protéger de toute souffrance.

— Sauf qu'il m'étouffe et que son comportement est loin de me rendre heureuse. Au contraire, j'en viens même à le détester.

— Romane ? m'interpelle-t-il en se raclant la gorge. Tu sais qu'à un moment, il va falloir que tu l'affrontes. Tu ne pourras pas toujours vivre chez les parents de Violette, et moi, je ne vais pas pouvoir indéfiniment rester à l'hôtel. Je cherche un appartement, mais toi, tu dois lui parler. Tu ne peux pas couper les ponts avec ta famille.

— S'il n'est pas capable d'accepter notre histoire, tant pis pour lui, grogné-je rageuse en croisant les bras sur ma poitrine.

Lucas souffle, roule quelques minutes sans rien dire et finit par se garer sur un parking désert. Il coupe le moteur et se tourne vers moi.

— Parle-lui. Sinon, un jour, tu finiras par le regretter. Peut-être pas aujourd'hui, peut-être pas dans dix ans. Violette m'a dit qu'il avait essayé de te joindre, sans succès. Rappelle-le, expliquez-vous. Dis-lui ce que tu veux, mais ne coupe pas les ponts, pas comme ça, pas sans essayer.

Il m'agace ! J'avais une toute autre idée de cette soirée, sauf qu'elle est en train de virer au cauchemar. Comment en est-on arrivé à parler de mon frère et de son incapacité à me lâcher la grappe ?

— Écoute, reprend Lucas en prenant mon visage dans ses mains. Avec ton père, il est notre seule famille. Nous ne pouvons pas les évincer de notre vie. Si ça doit mal se passer, au moins, nous n'aurons rien à nous reprocher. Par contre, si nous continuons, il se pourrait qu'un jour on se déchire à cause de ça. Tu pourrais en venir à me détester de t'avoir privé de ta famille.

— Jamais je ne pourrai te détester ! m'offusqué-je. Je t'aime depuis que je suis en âge d'avoir des poils pubiens et ça ne s'est jamais atténué. Au contraire, plus les années ont passé et plus j'étais accro. Alors si tu penses qu'un jour je pourrais te haïr, tu te fourres le doigt dans l'œil.

Lucas me fixe, les grands yeux ouverts, stupéfait. Merde ! J'ai dit une connerie ? Dans ma tête, je me remémore mes dernières paroles et je tilte.

OH. MY. GOD !

Bon sang, je viens juste de lui avouer que je suis amoureuse de lui depuis mon plus jeune âge. La honte. Il va me prendre pour une dégénérée, une folle, une dingue bonne à enfermer à l'asile. Il va rire, pire, il va me ramener illico presto de là où je viens.

En panique, mes neurones mettent quelques secondes à comprendre que les lèvres de Lucas viennent de gober les miennes. Sa langue force la barrière de mes dents, envahit ma bouche et se lance dans une danse langoureuse avec la mienne. Son baiser est si intense que ma culotte prendrait feu si j'en portais une.

LUCAS

Depuis longtemps, j'ai compris que Romane avait une certaine attirance pour moi. Par contre, je ne m'attendais pas à ce que ça date d'aussi loin. *Je t'aime.* Ses mots viennent de faire exploser mon cœur en des milliers d'étoiles. Cette fille, je l'ai dans la peau et je mettrai tout en œuvre pour la garder. Même si pour ça, je suis obligé de ligoter son frère à une chaise pour qu'il entende raison. Il est inconcevable que cette situation persiste. Ils doivent s'expliquer, se parler.

Ses joues dans mes mains, je profite de la douceur de ses lèvres, de la chaleur de sa bouche et de la ferveur de sa langue. Par ce simple contact, je m'embrase, je m'enflamme. Les doigts de ma brunette se posent sur mon torse, écartent les pans de mon blouson et partent à la conquête des boutons de ma chemise. Le contact de sa peau sur la mienne électrise mes sens, embrume mon cerveau.

Stop ! Hors de question que notre première fois se passe sur le siège arrière de ma bagnole. Elle mérite mieux. Avec ma démarche, mon but est de lui prouver qu'elle n'a rien de comparable avec les autres nanas que je me suis envoyé. Elle est unique, exceptionnelle. Elle a droit au meilleur. Romane doit comprendre que les paroles de son frère étaient fausses. Elle n'est pas un numéro sur une liste, elle n'est pas un défi. Elle est *la fille* ! Celle qui fait battre mon cœur, chamboule mes sens, accapare mon esprit, me donne la sensation d'être meilleur. Grâce à elle, j'ai compris que je n'avais pas besoin de me fourvoyer pour exister et que je serai mille fois plus respectable, ici, avec elle.

À contrecœur, je me détache de ses lèvres gonflées par le baiser que nous venons d'échanger. Dans ses yeux brille un désir incandescent et je dois fermer les miens pour rompre notre contact visuel. Sinon, je risque de lui succomber. J'emplis mes poumons d'air et me rencogne au fond de mon siège, mon regard rivé droit devant moi. J'ai besoin de quelques secondes pour reprendre le contrôle de mon corps et de mon esprit. Dans mon fute, ma queue douloureuse proteste contre son enfermement et m'oblige à me contorsionner pour la remettre en place.

— Besoin d'un petit coup de main ? me propose la friponne à mes côtés en gloussant.

— Ça ira, merci, me renfrogné-je.

— Tu es sûr ? insiste-t-elle mielleuse. Je m'en voudrai que tu souffres toute la soirée.

Penchée vers moi, Romane pose sa paume sur mon entrejambe. Ses doigts courent sur toute la longueur de mon sexe et la chaleur de sa peau brûle la mienne malgré le tissu qui les sépare. Son souffle chaud frôle mon oreille et sa langue vient lécher mon lobe.

— J'ai envie de te sucer, susurre-t-elle.

Putain. De. Merde !

Elle veut ma mort. J'ai créé un monstre. Où est passée la Romane timide qui manquait d'expérience et qui rougissait au moindre compliment ?

— Romane, arrête ça, la supplié-je en m'emparant de sa main audacieuse.

Devant moi, ma belle se décompose à vue d'œil. Sa moue boudeuse est vite remplacée par la honte. Et merde. La blesser est la dernière chose que je souhaite.

— Écoute, pour la première fois de ma vie, j'ai envie d'agir correctement. Pourtant, c'est pas l'envie qui me manque de te culbuter à l'arrière de la voiture ou de te laisser me prendre dans ta bouche, crois-moi. C'est... c'est juste que...

— Que tu veux qu'on apprenne à se connaître, ça va, j'ai compris, marmonne-t-elle en croisant ses bras sur sa poitrine.

Poitrine qui, soit dit en passant, me semble encore plus opulente qu'à l'accoutumée.

— Sauf qu'on se connaît, depuis de nombreuses années. J'adore discuter avec toi, j'adore partager nos souvenirs d'enfance et j'aime encore plus nos balades et nos sorties. Mais putain, Lucas, j'en peux plus d'attendre. Ce que tu me demandes me rend dingue, bon Dieu. Tu sais ce que c'est de t'avoir devant moi sans pouvoir te toucher comme j'en ai envie ? C'est un calvaire. Autant demander à un affamé de ne pas toucher à un banquet qu'on lui foutrait sous les yeux.

Ses joues rouges, ses yeux qui me foudroient et ses lèvres pincées. C'est plus fort que moi, j'éclate de rire.

— En plus tu te fous de ma gueule ! s'offusque-t-elle.

— Excuse-moi, mais tu viens quand même de me comparer à un banquet, hoqueté-je en tentant de me contenir.

J'avoue que je ne serais pas contre me retrouver allongé sur une table pendant qu'elle me dévore.

— Arrête de te marrer, c'est pas drôle, boude Romane.

Putain, même quand elle tire la tronche, elle m'excite. Je suis foutu. À sa merci. Cette femme pourrait me demander de lui décrocher la lune, que je lui ramènerais les étoiles avec.

— OK, pardon, m'excusé-je. J'ai réservé dans un très bon restaurant. On va manger et ensuite, je te propose qu'on se laisse porter.

Le petit sourire en coin qu'elle affiche ne me dit rien qui vaille. Je n'ai aucune idée de ce qui se trame dans sa tête, mais je paierais cher pour le découvrir.

CHAPITRE 40

DES CHIOTTES, ROMANE !
ON A VU PLUS ROMANTIQUE !

ROMANE

Lucas reprend la route en silence pendant que j'échafaude un plan dans mon esprit. Ce soir, il est hors de question qu'il m'échappe. J'attends depuis trop longtemps. Par contre, je veux bien aller dîner d'abord, je meurs de faim.

— Bon, tu la termines ton histoire sur la glace que tu m'as dérobée, le taquiné-je.

Mon état est proche de la combustion, autant que j'essaie d'apaiser un peu la chaleur de mon corps.

— Que tu m'as offerte de bonne grâce, rectifie Lucas.

— Ça, laisse-moi en juger. Je t'écoute, souris-je de toutes mes dents.

— Très bien. Dans le milieu de l'après-midi, alors que ton père venait de sortir des biscuits d'un sac, le vendeur de glace est revenu à la charge. Tu t'es mise à taper des pieds, cette fois en exigeant un cornet. Vu la tête de Juel, je pense que c'était la première fois que tu faisais preuve d'autant de véhémence. Il a fini par t'acheter la glace que tu voulais tant. Et ce que tu as fait ensuite nous a tous surpris, moi le premier.

— Qu'est-ce que j'ai bien pu faire pour que tu en gardes un souvenir aussi intact ? Ça date quand même, m'étonné-je des détails qu'il relate.

— Tu avais ce cornet dans tes mains et tu le regardais comme si c'était le cadeau le plus précieux au monde. Et au lieu de te jeter dessus, tu es venue vers moi et tu me l'as tendu. Tu as été la première à faire un pas dans ma direction. Je sais pas si c'est parce que tu avais remarqué que je bavais moi aussi sur cette glace ou si c'était par pure gentillesse enfantine, mais ce qui est sûr, c'est que, c'est cette action de ta part qui m'a donné l'impression, pour la première fois de ma vie, d'être d'important pour quelqu'un. C'est pas à ton frère ni à ton père que tu as dédié ton geste, c'était à moi. Moi, celui dont personne ne voulait, pas même ses propres parents. Moi, qui venais envahir votre espace, de m'immiscer dans votre vie. J'avais neuf ans, j'étais perdu et tu m'as tendu la main. Et c'est après ça que ton frère s'est mis à m'impliquer dans sa vie. Ce moment est resté gravé dans ma mémoire.

Les yeux rivés sur lui, mes larmes menacent de déborder. C'est la chose la plus touchante qu'on ne m'ait jamais dite. Et quelque part, mon cœur se gorge de fierté d'avoir été l'instigatrice de notre famille.

Et celle qui a aussi tout foutu en l'air, me souffle ma conscience.

Lucas a beau essayer de me convaincre que je dois renouer avec mon frère pour moi, je prends conscience que je dois aussi l'envisager pour lui. Parce que c'est la seule famille qu'il ait connue. Je suis incapable de renoncer à lui et je suis presque certaine que Lucas souffrira toute sa vie si je ne parviens pas à trouver un terrain d'entente avec Maël.

Autour de nous l'air s'épaissit et la tension s'installe. Décidément, cette soirée ne prend pas du tout la tournure que j'avais espéré.

— C'est parce que j'avais déjà capté quel beau mec tu deviendrais. Je posais déjà mes actions sur toi, pouffé-je pour tenter de chasser l'atmosphère pesante.

Ce soir, je ne veux pas de l'ombre de mon frère entre nous. Demain, je me pencherai sur le sujet. Lucas me jette un coup d'œil et m'envoie le plus beau sourire destructeur de culotte jamais vu.

Quelques secondes plus tard, il se gare sur un grand parking où la devanture chic me stupéfait. Escalier gigantesque agrémenté d'un tapis rouge trône en son centre. Façade ancienne en pierre d'une hauteur vertigineuse rénovée avec le plus grand soin et ornée de lumière douce qui confère une atmosphère romantique. Bon Dieu, ce restaurant doit coûter les yeux de la tête. Je suis maudite. Lucas m'amène dans un endroit digne du Festival de Cannes et je n'ai mis aucun dessous. J'ai bien choisi mon moment. Soudain mal à l'aise, je me dandine sur mon siège. En plus, ma tenue, tout à coup, ne me semble plus très adéquate.

— On y va ?

— Tu aurais dû me dire que tu m'emmenais dans ce genre d'endroit. Je doute que mes vêtements soient adaptés. En plus, ça doit coûter une blinde.

— J'ai beaucoup économisé pendant mes quatre années en Italie. J'avais envie de donner une bonne impression à ma petite amie. Et puis, pour moi, tu es parfaite et ce que pensent les autres, je m'en contrefiche.

S'il savait...

Petite amie. Je crois qu'il pourrait me le répéter tous les jours, je ne m'en lasserais pas.

— Tu sais, tu n'as pas besoin de chercher à m'impressionner. Un mac do, une pizza, ça me convient très bien.

— Je sais, mais ça me fait plaisir, insiste-t-il en prenant mon visage en coupe dans ses mains.

Le baiser qu'il m'offre ne contient aucune urgence. Il est chaste et doux comme la brise chaude d'une nuit d'été. Quand il s'écarte, mon cœur se gorge encore un peu plus d'amour pour lui. C'est dingue quand même comme son comportement envers moi a changé. Sous ses airs renfrognés, se cache un homme doux comme un agneau.

— Je t'aime, soufflé-je contre ses lèvres.

Cette fois, je prononce les mots sans aucune once d'humour en le regardant bien dans les yeux. Pour qu'il comprenne combien je suis sérieuse.

— Redis-le... quémande-t-il en fermant les paupières.

— Je t'aime Lucas Fontaine avec les qualités et les défauts que tu possèdes.

— Les défauts ? s'indigne-t-il faussement. Je ne possède que des qualités, mademoiselle Prigent.

— Hum, je réviserai peut-être mon jugement à la fin de cette soirée, ajouté-je en jetant un coup d'œil vers son entrejambe. Pour le moment... allons manger. Parce que quand j'ai faim, je deviens intenable. Et là, j'ai très, très, très faim.

Sans lui laisser le temps de répondre, je détache ma ceinture et me rue à l'extérieur.

LUCAS

Figé comme deux ronds de flanc, je fixe Romane qui descend de la voiture. Ses dernières paroles coulent en moi comme de la lave en fusion et font une nouvelle fois dresser mon sexe. Sérieux, comment je peux me présenter dans une salle pleine à craquer avec la trique ? Par la vitre de la portière, Romane m'envoie un clin d'œil avant de se retourner et de poser ses fesses dessus. Aussitôt, je détourne le regard et me concentre sur mon objectif.

Baiser !

Non ! Dîner. Voilà, nous allons dîner en discutant de chose et d'autre, rien de plus. Et après...

Baiser !

Peut-être. Ce n'est pas du tout ce que j'avais prévu en l'invitant ici ce soir. Mais putain, cette peste ne m'aide pas à maintenir mes bonnes résolutions. Au contraire, elle me pousse même à la faute.

Lorsque je la rejoins à l'extérieur, elle m'attend, un sourire espiègle sur les lèvres. Et quelque chose me dit que je ne suis pas au bout de mes surprises.

Elle enroule son bras autour de mon biceps et nous avançons vers l'entrée. Dans le hall, je suis surpris par la hauteur sous plafond et le luxe qui nous entoure. Et à observer la bouche grande ouverte de ma brunette, je ne suis pas le seul. Dans ses yeux brille de l'étonnement mêlé à de la crainte.

— Respire, Romane, dis-toi qu'à partir du moment où nous payons, tu pourrais te promener sans culotte que personne n'y verrait d'inconvénient, murmuré-je à son oreille.

S'il y a bien une chose que j'ai apprise en fréquentant la haute société italienne, c'est que l'argent pardonne tout.

Ses yeux s'arrondissent et son visage prend une teinte cramoisie. Moi qui pensais la détendre avec un trait d'humour, c'est raté.

— Monsieur, madame, nous interpelle un homme en costume sombre, une serviette blanche posée sur son bras. Bienvenue au Montesquieu. Avez-vous une réservation ?

— Oui, pour deux au nom de Fontaine, réponds-je en carrant les épaules.

Le sourire qu'il me renvoie me dit qu'il a bien reçu la consigne. Lorsque j'ai téléphoné, l'endroit était complet. Alors, pour la première fois de ma vie, je me suis servi du nom de mon géniteur et de sa position sociale. C'est fou les portes que les gens sont capables de vous ouvrir simplement pour obtenir une faveur, d'un éminent homme d'affaires.

— Monsieur Fontaine, nous sommes honorés de vous accueillir dans notre humble établissement. Si vous voulez bien me suivre.

D'un simple mouvement de tête, j'acquiesce et nous lui emboîtons le pas. Au moins, mes sorties dans la grande société avec Alba m'auront servi à quelque chose. Nous pénétrons dans une vaste salle au sol en marbre et aux murs blancs décorés de quelques peintures que je soupçonne être des toiles de maître ou de très belles reproductions. Durant toute ma scolarité, mes parents m'ont obligé à étudier l'art en plus des chiffres. L'homme nous conduit un peu à l'écart dans une petite alcôve qui préservera notre d'intimité et récupère nos manteaux avant de s'éclipser.

— Tu gardes ta veste ? questionné-je Romane.

— Oui, il fait un peu frais.

Surpris, je la fixe quelques secondes avant de lui tirer sa chaise pour qu'elle s'installe et prenne place en face de moi. Je ne sais pas comment elle peut avoir froid, alors que moi, je suis en train de bouillir de l'intérieur. Tous nos ébats me reviennent en mémoire tel un retour de boomerang. La frustration de ces dernières semaines se répand dans mes veines et mes bonnes intentions, fondent à mesure où j'observe ma brunette. Ses lèvres pleines qu'elle mordille entre ses dents sont un électrochoc pour ma queue. Si je termine cette soirée sans qu'il ne se passe quoi que ce soit, nul doute que la douche froide ne sera pas suffisante.

Depuis le début, nos corps sont irrémédiablement attirés l'un par l'autre et maintenant que j'ai goûté à sa peau, elle est une addiction dont il est difficile de me passer. En sa présence, je suis un camé en pleine période de sevrage. Une boule de nerfs qui vibre et crépite, prête à s'embraser aux moindres stimulus. Et de la provocation, Romane m'en donne à foison. Elle agite une pilule d'ecstasy sous mon nez au moment où je suis le plus vulnérable. Elle est une putain de drogue dure géante, qui me dévore du regard en me défiant de venir l'avaler toute crue.

Assise en face de moi, la pointe de sa langue balaie sa lèvre du haut. Son regard brille d'une lueur lubrique. Il m'appelle, me happe dans sa profondeur sombre. Son buste se redresse, les pans de sa veste s'écartent et devant mes yeux qui menacent de sortir de leurs orbites, apparaît sa poitrine. À travers le tissu fin de son tee-shirt ajusté, ses auréoles brunes se dessinent, ses tétons pointent. Les lumières tamisées de la salle jouent sur ses courbes affriolantes, elles paraissent me montrer le chemin. Je m'imprègne de cette image torride à m'en brûler la cornée.

C'en est trop pour moi ! Mes derniers neurones en état de fonctionner et de réfléchir grillent.

Il m'est impossible de lui résister, pas après avoir vu ses seins nus me narguer.

Elle ne porte pas de putain de soutien-gorge !

Prêt à sortir d'ici au plus vite, je recule ma chaise au moment où le serveur revient avec la liste des apéritifs. Je n'ai pas soif. La seule chose dont je veux m'abreuver, c'est de Romane. D'un moment en tête à tête avec elle. Même quelques minutes, mais je dois l'embrasser, la toucher.

— Souhaitez-vous un apéritif ? me questionne le serveur.

— Nous en prendrons un dans quelques minutes. Pour le moment, pouvez-vous nous indiquer la direction des toilettes ? Mademoiselle ne se sent pas très bien.

— Oui, bien sûr. L'escalier qui descend se trouve sur votre droite au fond de la salle. Ensuite, suivez les indications.

Je hoche la tête, me lève et tends la main vers Romane.

— Viens, ma chérie, allons te rafraîchir un peu, exigé-je, mes yeux bien ancrés dans les siens.

Une pointe d'incompréhension traverse son regard, néanmoins, elle glisse sa main dans la mienne. Une décharge électrique me traverse de part en part. Romane frisonne à mon contact. Dans ma queue c'est l'effervescence, dans mon corps, c'est un raz de marée. D'un geste ferme, je l'aide à se dresser sur ses jambes et j'enroule mon bras autour de sa taille. Ce n'est pas le moment qu'elle flanche sur ses talons hauts. Son profil moulé contre le mien, nous nous mettons en marche. Tout ce qui nous entoure disparaît, il n'existe plus que mon cœur qui cogne contre ma tempe et mon désir qui irradie mon ventre.

Cette fille est une putain de magicienne qui me tient entre ses mains !

Mû par la salacité de mes pensées, je presse le pas. Romane ne dit rien, elle se contente de trottiner à mes côtés. Je peux sentir sa respiration saccadée, la chaleur de son épiderme. Je suis conscient de la moindre petite chose qui la concerne, alors que je suis imperméable au reste.

Je pousse la porte des toilettes pour femmes, qui se trouvent à mon grand soulagement, totalement vides. L'espace est grand, bien éclairé.

Sans attendre, je colle le corps de Romane derrière la porte, m'assurant ainsi que personne ne puisse nous surprendre.

— Alors Lucky ? Prêt à dégainer ? me provoque l'insolente avec un petit sourire salace au coin des lèvres.

Ses joues ont pris une belle teinte rosée. Ses yeux noirs luisent d'un éclat fiévreux. Les traits de son visage sont tendus. Sa jugulaire palpite à toute vitesse dans son cou délicat. Sa poitrine frémit sous le tissu de son tee-shirt et ses mamelons pointent à en percer le tissu.

Je constate que je lui fais toujours autant d'effet.

Et c'est réciproque, bordel.

Je bande encore plus dur qu'à notre premier corps à corps. Le peu de sang qui restait dans mon cerveau vient de migrer dans ma queue. Je ne pense plus qu'à une chose. La toucher. Le reste, je n'en ai plus rien à foutre.

Je me jette sur ses lèvres comme un alcoolique en manque de sa dose et qui a besoin de ce contact pour survivre. Ses bras s'attachent autour de mon cou, les miens se referment sur ses fesses à travers sa jupe.

Ma langue s'enfonce dans sa bouche sans la moindre hésitation, je revendique mon territoire avec une possessivité animale. Je lui mords la langue, elle me suce les lèvres.

D'une main ferme, j'attrape sa cuisse et la remonte sur ma hanche. Mes doigts courent le long de sa peau recouverte du nylon de ses collants.

Qu'est-ce que je ne donnerai pas pour pouvoir sentir son épiderme !

Ma progression continue. Je prends mon temps. Je me nourris de ses gémissements qui s'étouffent entre mes lèvres. Je me repais de son odeur de soleil. Je bois son désir. Soudain, la pulpe de mes doigts tombe sur sa chair. Offerte. Nue.

Des bas ?

Romane ne porte pas de collant, mais une putain de paire de bas fixée autour de ses cuisses. Je grogne et remonte mes mains encore un peu plus haut. Sentir sa peau chaude sur la mienne est une addiction à laquelle je suis incapable de résister.

Juste quelques secondes de contact, jusqu'à la lisière de sa culotte et ensuite, je rebrousserai chemin. Il me faut juste un peu d'elle. Je frôle, effleure, caresse et toujours aucune barrière entre nous. Mes phalanges tombent sur ses fesses nues, se délecte, se...

PAS. DE. SOUS-VÊTEMENT ?

Putain, cette nana va me tuer ! Mon cerveau disjoncte. Impossible de lutter, de battre en retraite. Je rends les armes.

Incapable de me retenir plus longtemps, je la pousse dans la cabine des toilettes la plus proche et tourne le verrou.

ROMANE

J'ai gagné ! Il a flanché, il a plié. Note à moi-même : me déguiser en fille est une idée à garder en cas de force majeure. J'en suis encore à me congratuler lorsque les lèvres de Lucas se plaquent sur les miennes avec une ferveur à laquelle je ne suis pas habituée. Non pas que nos étreintes aient été très romantiques, mais là, je ressens une pointe supplémentaire d'urgence dans sa façon de procéder. Mon dos collé contre le carrelage — heureusement propre — il dévore mes lèvres à en perdre haleine, à s'en décrocher la mâchoire, comme si sa vie en dépendait. Dans mes veines mon sang bouillonne, ma peau frissonne, mon cœur s'emballe et j'entre en transe. À force de refouler mon désir, il s'est accumulé en une boule électrique qui est sur le point d'exploser. Il suffirait d'une étincelle pour que je m'embrase en ravageant tout sur mon passage.

Agrippé à mon tee-shirt, Lucas me le retire et sa bouche forme un « O » quand il constate qu'en effet, je ne porte rien dessous. En une fraction de seconde, nos regards s'aimantent et dans ses yeux brille un brasier qui attise ma folie. Mes doigts s'emparent des pans de sa chemise et tirent dessus. Autour de nous ricochent les boutons qui s'envolent dans un bruit qui rompt le silence qui nous entoure. Sa langue s'enroule autour de la mienne et toutes les deux se mènent un combat acharné. Pourtant, il n'y aura aucun perdant dans notre affrontement. Que des gagnants. Notre baiser s'intensifie, prend en vigueur. Mes mains partent à la conquête de son torse, virent sa veste de costume, envoient valser les restes de sa chemise, défont sa ceinture et libèrent son sexe de sa prison de tissu, pendant que les siennes se faufilent sous ma jupe et s'agrippent à mes fesses nues.

Assommée et enfiévrée par le déluge de sensation que me procure notre étreinte, je perds pied. Mon Dieu. Mon bas ventre se consume, mes jambes flageolent alors qu'il m'a à peine touchée.

J'agonise.

Je meurs.

C'est trop rapide. C'est trop lent.

Comme s'il lisait dans mes pensées, Lucas passe un bras autour de ma taille et l'autre sous mes fesses. D'un geste assuré, il me soulève du sol avec une facilité déconcertante et se loge entre mes cuisses grandes ouvertes. Mes jambes se fixent autour de ses hanches au moment où son gland darde à l'entrée de ma fente. D'une seule poussée, il me pénètre jusqu'à la garde.

Je respire.

Je revis.

Enfin, je me sens complète.

Ses coups de reins sont puissants, déstabilisants. Ils envoient des ondes de choc dans mon bas-ventre, font palpiter mon sexe en manque. Sa bouche se referme sur l'un de mes tétons, ses dents le mordent, le malmènent. Il lape, tire dessus.

La bouche grande ouverte, ma tête se renverse en arrière, bute contre le carrelage et j'exhale un cri de plaisir, de douleur. Mes ongles se plantent dans les muscles bandés de son dos. Ils griffent, lacèrent. La tête de Lucas plonge dans mon cou et mord ma peau fine en représailles. Il gronde, recule un peu, se retire presque complètement pour mieux s'enfoncer dans mon intimité. Son profond coup de bassin me fait tressaillir. Son pubis stimule mon clitoris à chaque fois que nos hanches claquent l'une contre l'autre. Son membre étire mes chairs intimes. Ses doigts resserrés autour de mes fesses, il me prend sans ménagement contre le mur. C'est divin. Fantastique.

— Putain... Romane, gémit-il à mon oreille en accélérant la cadence.

Ses va-et-vient entre mes cuisses m'arrachent des suppliques, des couinements, des cris incontrôlables.

Il capture à nouveau mes lèvres des siennes et les premiers spasmes me font décoller. Ils m'emmènent. Me transportent. Mon orgasme dévastateur m'anéantit. Ma jouissance provoque la sienne dès que mes muscles intimes se resserrent autour de son sexe. Lucas émet un râle sourd et m'offre une dernière poussée animale. Mon corps tremble. Mes muscles sont tétanisés. S'il ne me tenait pas aussi fort entre ses bras, je m'écroulerais.

Nos respirations haletantes et nos cœurs en détresse, nous restons là enlacés contre le mur des toilettes d'un restaurant hors de prix. Nos lèvres encore soudées, nous avons enfin évacué la tension qui n'a cessé de croître entre nous ces deux dernières semaines. Lucas m'offre un baiser essoufflé dans le cou et se retire avant de me déposer lentement à terre. Son bras toujours accroché autour de ma taille, il ne me lâche pas. Et je lui en suis reconnaissante. Sans ça, mes jambes m'auraient trahie, surtout, chaussée de mes talons de l'enfer. D'une main, il remballe son matériel dans son boxer et pose son front contre le mien.

— Ce n'était pas censé se dérouler comme ça, soupire-t-il.

Son haleine chatouille mon visage et malgré moi, je souris.

— Ce n'était pas censé se dérouler du tout, rigolé-je.
— Des chiottes, Romane... on a vu plus romantique pour des retrouvailles.
— Des chiottes haut de gamme, le taquiné-je. Je vais t'avouer quelque chose.
— Je t'écoute.
— La prochaine fois que j'oserai t'appeler Lucky, tu auras le droit de me donner une fessée, susurré-je à son oreille avant de croquer dans son lobe.
— Putain, Romane ! Tu peux pas me sortir un truc pareil, grogne-t-il en appuyant son membre de nouveau en forme contre ma cuisse.
— Remballe ta queue l'étalon et allons dîner. J'ai tellement faim, que je pourrai avaler, la vache, le veau et les agriculteurs, m'esclaffé-je en me détachant de ses bras.

Je remets mon tee-shirt pendant que Lucas enfile sa chemise. Je ravale le fou rire qui menace de m'échapper quand je constate qu'il n'y a presque plus un bouton dessus. Ne subsiste que les deux premiers qui n'étaient pas fermés. Le regard noir qu'il m'envoie balaie toute ma bonne volonté, j'éclate de rire et il finit par se joindre à mon hilarité. Il enfile sa veste par-dessus et la ferme en entier. Personne ne peut soupçonner ce qui se cache sous son costume. À part moi.

LUCAS

Le sexe entre nous a toujours été explosif, mais là, là, c'est allé au-delà de tout.
Romane Prigent est mon espoir.
L'unique lumière de mon existence.
L'amour de ma vie.
Elle est tout pour moi.
Avec elle, je découvre une lumière aveuglante.
Avec elle, mon cœur renaît.
Avec elle, mon âme revit.
Avec elle, je viens de me trouver moi-même.

CHAPITRE 41

TU TE FOUS DE MA GUEULE OU C'EST UNE IDÉE QUE JE ME FAIS ?

ROMANE

Des rayons de lumière chatouillent mon visage et caressent ma peau. Non, je veux retourner dans mon rêve, je n'ai aucune envie d'ouvrir les yeux et de constater que je suis seule dans mon lit. Une main chaude se pose sur mon ventre nu, suivi d'un grognement à mon oreille. Aussitôt, un sourire apparaît sur mes lèvres. Je n'ai donc pas rêvé ! Avec Lucas, nous avons bien usé et abusé de nos corps une grande partie de la nuit.

Le repas au restaurant a été assez vite expédié. L'un comme l'autre, nous avons englouti nos plats pour ensuite nous dévorer mutuellement. Pas d'apéro, pas d'entrée et encore moins de dessert. Nous avons juste épanché notre faim sur le plat de résistance ; histoire de prendre des forces. Et toutes les images classées X qui défilent dans mon esprit me confirment que l'on a eu raison. Alanguie à ses côtés, je profite de la chaleur de sa peau.

Bon Dieu, je pourrai rester dans ses bras, sans bouger jusqu'à la fin de ma vie.

Sauf que j'ai un problème à régler. Un problème de taille.

À contrecœur, j'ouvre les paupières. Lucas est allongé contre moi sur le flanc, le drap posé bas sur ses hanches, à la lisière de son sexe. Là, tout de suite, à la vue de ses cheveux en bataille et de son corps parfait, j'aurais bien envie de profiter d'un réveil crapuleux. Sauf que si je tente le diable, il y a un risque que je ne quitte plus cette chambre de la journée. Deux semaines d'abstinence et une semaine de séparation, c'est beaucoup trop. C'est une situation que je refuse de reproduire. Enfin, je survivrai au manque de sexe. Par contre, je doute d'être en mesure de revivre cette semaine de calvaire. Et pour en être certaine, je dois absolument parler à mon frère pour arranger les choses. Lucas a raison sur un point, si je ne tente rien, un jour, je le regretterai certainement.

En douceur, je soulève la main de Lucas et glisse sur le bord du lit. Je repose son membre à ma place et me dresse sur mes jambes. Nos vêtements sont éparpillés un peu partout. Il me faut un certain temps pour retrouver les miens. Mes fringues sous un bras et mon portable dans une main, je file m'enfermer dans la salle de bain.

Le plan ? Téléphoner à Carole pour qu'elle me récupère. Prendre une bonne douche et me rendre chez mon frère. Violette sera aussi de la partie. Il me faut une complice pour savoir à quelle heure Maël rentre chez lui. Et surtout, ne pas vendre la mèche. Je ne veux pas qu'il se doute de quoi que ce soit. J'ai besoin de le prendre par surprise. Parce que je le connais, s'il sait d'avance ce qui l'attend, il va se préparer à cette entrevue, trouver des arguments. Avec l'effet de surprise, je suis en position de force.

Mon téléphone coincé entre l'épaule et l'oreille, les sonneries retentissent alors que j'enfile mes bas, ma jupe.

— Romane ? On s'est fait un sang d'encre. Tu n'es pas rentrée hier soir et nous sommes déjà au milieu de l'après-midi.

D'un coup d'œil, je consulte l'heure sur mon portable. Quinze heures trente ! Bon sang, j'ai dormi très tard. Pour ma défense, il me semble qu'aux environs de six heures du matin, Lucas avait encore sa tête entre mes cuisses. Bref, je ne peux décemment par expliquer ça à la mère de ma belle-sœur, ce serait très mal venu.

— Oui, pardon. Hier soir nous sommes sortis et Lucas était trop fatigué pour me ramener.

— Je comprends, mais la prochaine fois, pense à m'envoyer au moins un message.

— Désolée, ça m'est sorti de la tête.

Ce qui n'est exactement un mensonge, l'idée ne m'a pas effleuré l'esprit une seule seconde.

— D'ailleurs, Carole, nous sommes vraiment rentrés très tard et Lucas dort encore. Est-ce qu'il est possible pour toi de me récupérer s'il te plaît ? Je crois qu'il est temps que j'aie une explication avec mon frère.

— Oui, bien sûr. Tu peux me donner l'adresse ?

— L'adresse, non, mais Lucas loge au relais, si tu connais.

— Oui, très bien, c'est à une dizaine de minutes de la maison. Attends-moi dehors, je me mets en route. Et Romane ?

— Oui.

— Je suis contente que vous vous soyez rabibochés. C'est un gentil garçon.

— Oui, je sais. Le plus dur sera de faire entendre raison à mon frère.

— Ton frère s'y fera, j'en suis certaine.

— Je l'espère de tout cœur, Carole.

— Allez, j'arrive.

— Encore merci, soufflé-je au moment où elle raccroche.

Après avoir terminé de m'habiller, je retourne dans la chambre sur la pointe des pieds. Dans mon sac, je pioche un stylo et laisse un mot à Lucas sur un ticket de caisse. Je ne veux pas qu'il s'inquiète en ne me trouvant pas au réveil. Le papier déposé sur sa table de chevet, je prends un moment pour le contempler. À plat ventre, son visage est tourné de l'autre côté. Par contre, j'ai une vue imprenable sur son dos et la naissance de son fessier. Et dire que tout cet amas de chairs et de muscles est à moi, je n'en reviens toujours pas. Ma lèvre inférieure coincée entre mes dents, j'hésite à laisser courir mes doigts sur son corps et à lui déposer un baiser sur la bouche. Le souci, c'est que si je m'égare à le toucher, il y a de forte chance que je sois ensuite incapable de partir. Sérieux, j'ai quand même un problème. Ma libido a explosé depuis que je le fréquente, je me suis transformée en nymphomane.

Je réfrène ma pulsion, tourne les talons et sors de la chambre sans lui jeter le moindre regard supplémentaire, de peur de craquer.

Dix-sept heures, je suis prête à partir pour me rendre chez mon frangin. Environ une heure de route me sépare des miens et c'est avec une grosse appréhension que je m'engage sur la voie rapide. Carole m'a gentiment prêté sa voiture. Depuis que je suis rentrée du Maroc, je n'ai pas remis les pieds chez moi, ma bagnole est donc toujours chez mon père. Il est temps de mettre les points sur les I, je ne peux pas rester chez les parents de Violette plus longtemps. Maintenant que le rallye est passé, je vais devoir réfléchir à mon avenir. Travailler avec mon père me tente moins aujourd'hui. Je l'adore, mais je crois que j'ai besoin de vivre ma vie, de prendre mon envol et de mettre de la distance entre nous. Je prends conscience que j'ai la nécessité d'avoir mon indépendance, mon chez-moi.

Violette m'a promis de finir plus tôt et de m'attendre chez elle. J'avoue que je suis contente d'avoir du soutien et de ne pas me retrouver seule avec Maël. Les mots qu'il a prononcés ce jour-là sont marqués au fer rouge dans mon esprit. Il a été méchant, ignoble. Ses paroles ont peut-être dépassé sa pensée, toujours est-il que je suis incapable d'oublier, et encore moins de lui pardonner d'un simple claquement de doigts. Je vais avoir besoin de temps — de beaucoup de temps — pour digérer tout ça. De plus, je doute qu'il ait l'intention de me présenter des excuses. D'après les dires de Violette, mon frère refuse d'aborder le sujet avec elle. Ce qui ne me surprend pas. Quand Maël a quelque chose en tête, il peut être vraiment buté et là, il estime que cette affaire doit se régler entre nous. Eh bien, soit, aujourd'hui, je suis disposée à me battre et à lui faire entendre raison. Dans tous les cas, je ne céderai pas. C'est de ma vie dont il s'agit et je ne suis plus une enfant. Je suis peut-être jeune, mais je suis aussi majeure, vaccinée et aux yeux de la loi, je suis maître de mes décisions.

J'espère de tout cœur que mon frère comprendra, sinon, je n'hésiterai pas à couper les ponts avec lui. Mon âme aura sans doute du mal à s'en remettre, pourtant, je ne reviendrai pas dessus. Je suis amoureuse de Lucas et il est temps que mon frère en prenne conscience, qu'il l'accepte ou alors, qu'il tire un trait sur moi.

Durant toute la distance qui me séparait de chez moi, j'ai en permanence ressassé la même chose. Et lorsque je me gare devant chez mon frère et ma belle-sœur, j'ai le cœur au bord des lèvres d'angoisse. Je ne suis pas certaine de pouvoir supporter la virulence de Maël. J'appréhende sa réaction, ses mots. Sauf que je n'ai pas le choix, je ne peux plus reculer, je dois l'affronter.

Je préfère avoir le cœur brisé que des regrets.

La voiture de Violette est garée dans l'allée, c'est déjà un poids en moins sur mes épaules. Ma belle-sœur est de la même trempe que mon frangin. Elle aussi sait camper sur ses positions quand il le faut et c'est l'une des rares à tenir tête à son mec. La plupart des gens préfère laisser courir, là où elle insiste lourdement. Mon frère est fou d'elle et même s'il ne l'avouera jamais en présence d'une tierce personne, je suis certaine que c'est elle qui a souvent le dernier mot. Elle n'est pas directrice marketing pour rien.

Devant la porte d'entrée, je donne trois coups et patiente.

— Je viens juste d'arriver ! T'as fait vite dis-donc. Viens entre.

J'avoue avoir eu le pied un peu lourd sur la pédale. Mes pensées tournaient en boucle et je n'ai pas particulièrement regardé mon compteur de vitesse.

— Tu veux boire quelque chose ? me propose Violette en refermant le battant derrière moi.

— Un truc fort, si tu as.

— Je ne suis pas certaine que te saouler soit l'idée du siècle avant une confrontation avec ton frère. Garde plutôt les idées claires et organise ton discours.

Les yeux levés au ciel, je soupire. On dirait que je m'apprête à plaider ma cause pour rester en vie. Ce qui est ridicule. Quoi que. Je ne joue pas ma vie, c'est certain, par contre, je joue ma famille et j'ai la sensation que c'est encore pire.

Ma belle-sœur s'active dans la cuisine, pendant que je me laisse tomber sur le divan. Chaque muscle de mon corps est douloureux. Je suis presque aussi raide que la justice.

— Alors, cette soirée ? Je veux tout savoir et n'oublie aucun détail, s'enthousiasme ma belle-sœur en déposant sur la table basse, un plateau avec divers jus de fruits et deux verres.

— Ton plan était un fiasco, murmuré-je en baissant la tête. Lucas n'a même pas cherché à me toucher. Encore une fois, il est resté campé sur ses positions.

— Putain, mais c'est pas possible ! Il a de la merde dans les yeux ou quoi ? T'avais bien mis les escarpins ?
— Oui.
— Les bas ?
— Oui.
— Pas de sous-vêtements ?
— Oui.
— Tu l'as joué sexy ? Coquine et tout le tralala ?
— Oui.
— Bon, il va falloir réfléchir à un autre plan d'attaque. La prochaine fois, à poil sous un imper. Aux grands maux, les grands remèdes. Ou alors, je t'organise un faux rancard avec un de mes collègues de bureau. La jalousie, ça marche toujours. Tu vas voir, on va lui montrer ce qu'il perd s'il continue à s'entêter.

La tête baissée sur mes genoux, je me marre pendant que ma belle-sœur déblatère sans s'arrêter. Quand elle est lancée, il est difficile de la stopper et là, j'avoue que j'ai bien besoin qu'elle remplisse l'espace et qu'elle me change les idées.

— Tu m'écoutes ?

Je relève les yeux vers elle, un grand sourire plaqué sur mes lèvres. Au fur et à mesure où elle m'observe, ses paupières se plissent et sa bouche se pince. Ça y est, je crois qu'elle a saisi.

— Romane Prigent, tu ne serais pas en train de me mener en bateau à tout hasard ?

— Qui ? Moi ? Tu me connais, je n'oserai jamais faire une chose pareille, m'insurgé-je faussement.

— Ne me prends pas pour une demeurée, insiste-t-elle et réponds à ma question. Vous avez consommé ?

Le sourire que je lui renvoie ne laisse aucune place au doute. Mais au cas où, je l'accompagne d'un joli haussement de sourcils.

— Alléluia ! s'écrit-elle. Allez, raconte ! Et surtout, n'oublie rien.

Je m'apprête à la rembarrer quand la porte de l'entrée claque.

— Je suis rentré ! s'exclame mon frère. Ta mère est là, j'ai vu sa voiture. Alors belle-maman, que nous vaut l'honneur de votre...

Ses mots meurent sur ses lèvres quand il constate que ce n'est pas Carole qui se tient dans son salon, mais bel et bien sa petite sœur.

En quelques secondes, sa surprise laisse place au soulagement. Au moins, il ne paraît plus en colère contre moi, c'est déjà une avancée. Maintenant, il est temps de mettre les choses au clair.

CHAPITRE 42

ILS VONT SE ROULER DES PELLES ET SE TRIPOTER DEVANT TOI !

— **Alors**, tu as repris tes esprits et tu viens me présenter tes excuses ? attaque aussitôt Maël en se débarrassant de sa veste sur le dossier du canapé sur lequel je suis assise.

J'espère qu'il n'est pas sérieux. Parce que je ne suis pas disposée à subir ses sarcasmes. Dans le salon, l'ambiance légère laisse place à une atmosphère de plomb. Et moi qui pensais qu'il était soulagé de me voir, je me suis plantée en beauté.

— En effet, si quand je suis partie du Maroc, j'avais un doute, aujourd'hui, je n'en ai plus aucun. Par contre, je ne m'excuserai pas, rétorqué-je.

— J'ai besoin d'un remontant, exige-t-il.

Mon frère se dirige à grandes enjambées vers son bar, il saisit un verre et y verse du whisky.

— Est-ce que tu te rends compte que tu es ridicule et que tu dépasses les limites de l'entendement ? le questionné-je alors qu'il porte sa boisson à ses lèvres.

— Pourquoi ? Parce que je cherche à te protéger et à t'éviter la plus belle connerie de ta vie ? Tu peux m'en vouloir autant que tu veux, tu finiras par comprendre et me remercier.

— Laisse-moi en douter. Et depuis quand tu parles plus souvent avec tes poings qu'avec ta bouche ?

— Depuis que ma petite sœur couche avec son frère.

— Ce n'est pas mon frère putain ! Toi, oui ! Lucas n'est pas de mon sang, tu vas devoir te faire une raison ! m'emporté-je en me dressant devant lui. Tu as vu dans quel état tu l'as mis, alors qu'il venait juste discuter !

Face à moi, Maël sourit. Bon Dieu, comment peut-il rester aussi calme, alors que moi, je bous de colère ?

— Donc, tu l'as vu. Il est venu se plaindre ? Ce qui m'intrigue, c'est comment lui a réussi à te retrouver. Suis-je bête, tu as dû te jeter sur ton téléphone en voyant son nom apparaître, alors que tu n'as pas daigné donner la moindre nouvelle à ta propre famille. Tu sais dans quel état est papa depuis plus de trois semaines ? Tu te rends compte du mal que tu lui as fait ?

— Arrête ça tout de suite ! lui intime Violette. N'essaie pas de la culpabiliser alors que c'est toi qui es responsable de tout !

— Mêle-toi de ce qui te regarde, chérie. C'est quoi le principe entre vous ? nous questionne-t-il en agitant son index de l'une à l'autre. Cette putain de solidarité féminine ? C'est une espèce de pacte que toutes les femmes passent entre elles à la naissance ? Tu savais où elle se cachait. Pire même, c'est toi qui lui as trouvé un toit. Pendant que nous étions morts d'inquiétude, tu savais très bien où Romane se trouvait.

— Et ? Ça te pose un problème ?

— Un peu que ça me pose un problème. T'es ma femme, t'es censée me soutenir, pas me planter un couteau dans le dos.

— En aucun cas je ne suis ta femme. Aux yeux de la loi, il n'y a aucun papier qui en atteste, tout comme rien ne dit que Lucas et Romane sont frère et sœur. Tu fais toute une montagne de quelque chose qui n'existe que dans ton esprit. Ta jalousie et ton besoin de protection maladive envers ta sœur ne sont pas sains et encore moins normaux.

Mon frère accuse le coup. Impuissante, j'assiste à la confrontation entre lui et Violette. À chacune de leurs paroles, mon cœur est lacéré par des coups de poignard et je crains qu'ils ne finissent par prononcer des mots qu'ils regretteront. Pire même, que cette histoire les sépare. Tous les deux, ils sont aussi têtus l'un que l'autre et fiers comme ce n'est pas permis. Mon frère est un idiot, doublé d'un connard quand il s'y met et il est capable de tout, pour ne pas perdre la face devant moi.

Nouveau sujet du BAC de philo : est-il possible d'aimer et de haïr à la fois la même personne ?

À vos copies, vous avez deux heures !

Parce qu'en cet instant, l'amour et la rage que je ressens envers mon frère me submergent. Ça m'écrase par vague avec la violence d'un tsunami. Je suis là pour qu'il entende raison, pas pour assister à la déchéance de son couple. Je ne supporterai pas d'être la cause de leur séparation.

— Arrêtez ! hurlé-je. Je vous interdis de vous écharper pour des conneries. Je ne demande l'avis de personne, je suis ici pour dire la vérité, expliquer mon point de vue, rien de plus, rien de moins. Et si toi, insisté-je en pointant mon doigt vers mon frère, si tu n'es pas prêt à l'entendre ou à l'accepter, tu peux tirer un trait sur moi.

Maël se retourne vers moi et me scrute avec un grand intérêt. Sous son regard de glace, je me sens toute petite, pourtant, je n'en montre rien. Si je lui expose mes failles, il n'hésitera pas à s'engouffrer dedans pour que je change d'avis. Et je refuse de me laisser manipuler. Toute ma vie il s'y est pris de cette manière, aujourd'hui, je ne suis plus disposée à me laisser manœuvrer de la sorte. Je dois lui montrer – lui prouver – que je suis une adulte responsable et que j'assume mes décisions.

— T'es en train de me menacer de couper les ponts avec ta propre famille pour un queutard qui te quittera quand il croisera la première paire de nichons à son goût ?

Je n'ai aucune envie d'en arriver là !

— Oui ! assuré-je.

Parce que j'ai confiance en Lucas !

— Putain ! s'énerve mon frère en tirant sur ses cheveux. Ce connard t'a lobotomisé le cerveau.

C'est toi qui m'as étouffée toutes ces années !

— Non, il m'a ouvert les yeux.

Mon frère éclate de rire, un rire sans joie qui me glace le sang.

Je connais très bien Maël et là, il ne ressemble en rien à ce qui le caractérise. Dans son regard brille un éclat de colère que je lui ai rarement vu. J'ai la sensation d'être en train d'envenimer la situation. Pourtant, je ne peux pas revenir en arrière. Et encore moins continuer de le laisser se complaire dans cette attitude que je ne supporte plus. Je n'ai aucune envie de le perdre et je sens que c'est ce qui est en train de se produire.

— Est-ce que tu te rends compte que tu détruis notre famille ? Est-ce que tu as conscience que papa ne s'en remettra jamais ? À cause de vous, il va perdre sa fille et celui qu'il considérait comme son fils.

J'encaisse ses mots comme un coup de poignard en plein cœur. Mes jambes flageolent sous mon poids et je suis obligée de m'accrocher au dossier du canapé pour ne pas flancher. Les larmes me montent aux yeux à mesure que ma détermination s'étiole. Papa, Maël et Lucas sont les seules constantes de ma vie. Les seules de qui je sois proche, sans compter Violette. Sauf qu'elle reste la copine de mon frère et elle ne devrait pas avoir à prendre parti pour l'un ou pour l'autre. À part eux, je n'ai pas d'amis et peu de connaissances. Toute ma vie a toujours tourné autour de ma famille, je n'ai jamais ressenti le besoin de me lier à d'autres personnes. Peut-être que mon erreur vient de là. Peut-être que si j'avais des gens de confiance à qui parler, je n'en serais pas là aujourd'hui.

La culpabilité me ronge, la peine m'envahit et la colère me quitte. Prise entre deux feux, je ne sais plus comment me comporter ni quelle décision prendre. Ma raison se bat avec mon cœur et au milieu de tout ce bordel, mon âme est complètement à l'agonie.

— Maintenant ça suffit, Maël !

La voix forte de mon père retentit dans le salon nous faisant tous les deux sursauter. Stupéfaits, Maël et moi tournons la tête dans sa direction. Les traits tirés et le visage rouge, c'est bien la première fois que je l'observe dans un état pareil et j'appréhende la confrontation. Parce que je suis incapable de mener le combat, à la fois avec mon frère et avec mon père. Pas dans l'état où je me trouve. Pas sans y être préparée. Pas seule !

Derrière lui, se tient Violette droite comme la justice. Ses yeux plongent dans les miens, elle hoche imperceptiblement la tête et m'envoie un petit sourire, pleine de confiance.

LUCAS

Au volant de ma bagnole, je n'en mène pas large. Le message de Violette résonne dans mon esprit comme une litanie persistante.

« Ramène-toi ! Romane est ici et je pense que tu devrais y être aussi. Elle est déterminée et lui... putain, cet abruti est encore plus têtu qu'une vieille mule. Elle ne voulait pas que je te tienne au courant, mais je connais son frère et elle aura besoin de ton soutien. Et puis, je risque de finir par égorger mon mec de mes propres mains, si personne ne m'en empêche ».

Je n'ai pas répondu, j'ai sauté aussitôt dans la voiture. Une heure. Il me faut environ une heure pour rallier la maison de mon enfance. Le pied appuyé à fond sur l'accélérateur, je file à toute allure sur la voie rapide.

Je jure que si Maël s'en prend à elle, je lui refais le portrait.

Putain, pourquoi ne m'a-t-elle pas dit qu'elle comptait le voir ? Je pensais qu'elle lui passerait un coup de fil ou qu'elle lui enverrait un SMS, pas qu'elle irait directement à la confrontation avec lui. En tout cas, pas comme ça, pas si vite. Romane est toujours pleine de surprises, même si celle-ci ne me plaît guère.

La dernière fois que je me suis retrouvé face à mon pote, il était vert de rage. Il s'est interposé avant que je puisse discuter avec Juel. Je voulais son avis, savoir ce qu'il pensait de la situation et... lui demander son accord pour sortir avec sa fille. Je sais que ça peut paraître ridicule, pourtant, son assentiment compte beaucoup pour moi et obtenir son aval m'aurait apaisé, conforté dans ce que je ressens. Sauf que je n'ai pas eu le temps de l'apercevoir, alors, lui parler encore moins. Avec Maël nous nous sommes battus jusqu'à ce que j'abandonne. J'avais beau être en colère contre lui, je ne pouvais pas me résoudre à ce que tout ceci se termine dans un bain de sang. Romane est le dernier espoir pour notre famille. Elle est légitime, là où moi, je ne suis qu'une pièce rapportée à leur puzzle.

Lorsque je me gare devant chez mon pote, trois voitures sont déjà stationnées. Un vrai rendez-vous au sommet. Mon cœur bat la chamade dans ma poitrine, ma respiration s'accélère et je serre les poings le long de mon corps. La porte de la maison est grande ouverte, des éclats de voix retentissent. Une voix que je connais par cœur se détache des autres. Une voix que je ne pensais pas entendre en me présentant ici, maintenant.

ROMANE

— J'aurais dû mettre fin à tout ceci bien avant. Je n'aurais jamais dû laisser la situation s'envenimer entre vous. Mon garçon, je t'ai laissé grandir trop vite, je t'ai délégué une grande partie de l'éducation de ta sœur alors que tu n'étais qu'un enfant. Mais aujourd'hui, il est temps que ça s'arrête. Vous êtes en train de vous déchirer pour des broutilles. Je suis au courant de ce que ressent ta sœur pour Lucas depuis très longtemps. Ma fille, reprend-il en se tournant vers moi, tu n'as jamais été très douée pour cacher tes sentiments. Le seul qui était incapable de voir ce qui se tramait entre vous deux, c'est ton frère.

Sonnée, je me laisse tomber sur le canapé et mon frère sur le fauteuil en face de moi. Je crois qu'on est aussi surpris l'un que l'autre.

— L'autre jour, reprend mon père en s'adressant à moi, j'ai vu Lucas devant le garage et je n'ai pas bougé. Encore une fois, j'ai laissé ton frère gérer. Tout ça parce que je ne me sentais pas légitime. Durant des années, je n'ai pas interféré dans ta vie, je ne me suis pas opposé, aujourd'hui, il est temps que tout s'arrête. Tu as le droit d'être heureuse et surtout, aucun de nous ne peut te demander de choisir. Ce serait cruel et inhumain. Et je refuse de perdre l'un de mes enfants. La vie est déjà bien assez difficile, alors il n'est pas nécessaire d'en rajouter. Romane, l'autre fois dans la voiture, tu m'as reproché de ne jamais vouloir parler de ta mère. Je crois qu'aujourd'hui, je suis prêt. Le jour où tu en ressentiras le besoin ou l'envie, viens me voir et je te raconterai à quel point ma femme était merveilleuse.

Les larmes aux yeux, je me précipite vers mon père. Mes bras enroulés autour de son cou, je le serre contre moi le plus fort possible.

Il savait, il a toujours su !

D'un côté, je lui en veux d'avoir laissé les choses dégénérer. D'un autre, je suis incapable de remonter le temps. C'est trop tard, rien ni personne ne pourra changer les choses. Que ce soit sur la mort de ma mère ou sur le manque de communication dans cette famille. Et puis, après tout, je suis tout aussi responsable. Je ne me suis jamais opposée à mon frère, je n'ai jamais posé de question à mon père. J'ai gardé tout ce que je ressentais au plus profond de mon cœur, sans en parler à qui que ce soit. Il est temps d'essayer de pardonner.

— Merci papa, murmuré-je dans son cou.

— J'aimerais que Lucas soit là, avec nous, se lamente-t-il.

— Je suis là, nous interrompt une voix que je connais par cœur.

Aussitôt, ma tête se redresse et mon regard croise le sien. Appuyé contre le mur de l'entrée, les yeux pleins de larmes, il nous fixe, les bras croisés sur son torse. Il est à la fois serein et vulnérable.

— Comment as-tu su ? ne puis-je m'empêcher de le questionner.

— C'est moi, me coupe Violette. Je lui ai envoyé un message dès que tu es arrivée. J'ai pensé qu'il était judicieux qu'il se pointe, surtout avec cet énergumène dans les parages dont le comportement est aussi aléatoire que la météo.

— Traîtresse ! marmonne mon frère en se renfrognant dans son siège.

— Chéri, arrête de faire ton ours grognon, ça ne te va pas du tout. On sait tous ici que tu cries beaucoup, mais que tu ne mords pas.

— Ma sœur et mon frère, putain, jamais je ne vais réussir à m'y faire, bougonne-t-il.

Son frère... rien que ces mots font gonfler mon cœur d'espoir pour la suite. Assis sans son fauteuil, Maël me paraît apathique et fragile, il accuse le coup en proie à un débat intérieur.

— Pourtant, il va bien falloir. Ils vont se rouler des pelles, se tripoter devant toi... énumère ma belle-sœur sur ses doigts.

— Moi vivant, jamais ! s'offusque-t-il en la foudroyant du regard.

— Stop Violette ! s'interpose Lucas. Je sais que tu adores le titiller et d'habitude, je ne suis pas contre, là, on devrait peut-être le laisser digérer tout ça. Mon pote... je suis désolé pour tout. Désolé de ne pas avoir eu le courage de te parler des sentiments que j'ai pour ta sœur. Désolé de t'avoir déçu. D'un autre côté, si tu es honnête avec toi-même, tu sais que tu ne m'aurais pas écouté. Et puis, je crois que tu es bien placé pour savoir qu'on ne choisit pas de qui on tombe amoureux. Tu l'as peut-être oublié, pourtant, j'étais là quand ton cœur a fondu pour Violette. Quand tu tentais de tout mettre en œuvre pour ne pas laisser paraître tes sentiments, quand tu passais dans les bras de toutes ces filles juste pour essayer de l'oublier. Ça n'a pas fonctionné, au contraire, plus tu refusais d'ouvrir les yeux, plus tu l'aimais. Dis-toi que j'ai ressenti la même chose.

De quoi parle-t-il ? C'est quoi encore cette histoire autour de Violette ?

Lucas se déplace jusqu'à mon frère qui n'a pas bougé un cil depuis que son pote a démarré son explication. Avachi dans son fauteuil, il fixe Lucas sans sourciller. Je déteste quand il a cette tête-là, parce qu'il est impossible de déterminer ce qui se trame dans son esprit. Pourtant, Lucas ne se démonte pas.

— J'ai commencé à regarder Romane autrement la veille de mon départ pour l'Italie. J'ai étouffé tout ça et j'ai mis les voiles. J'ai tenté de me convaincre que ce n'était rien. Je n'avais pas le choix, puisque de toute façon, elle était trop jeune et elle était de ma famille. Toute ma vie parmi vous, tu n'as cessé de me répéter que j'étais ton frère, alors, comment aurais-je pu penser différemment ? Sauf que je suis rentré. Et la première personne sur laquelle je suis tombé, c'est ta sœur. Je me suis pris de plein fouet tout ce que j'avais refoulé durant toutes ces années. J'ai lutté, je te jure que j'ai lutté de toutes mes forces, jusqu'à ce que je rende les armes. Et tu sais quoi ? Ces quelques jours seul avec elle ont été une révélation. J'ai fini par comprendre que j'étais incapable de l'oublier, de passer à autre chose, de faire semblant. C'est pour cette raison que je suis revenu. Sans elle, sans vous, je n'étais pas complet.

Au fur et à mesure de ses paroles, mon corps se détache de celui de mon père et sans en avoir vraiment conscience, je me dirige vers Lucas. Je n'ai pas la moindre idée de ce que pense mon frère. Par contre, moi, j'en suis toute retournée. Les yeux brillants de tout ce que je retiens encore, je me love contre le torse de celui qui fait battre mon cœur à toute allure. Et peu importe si je dois m'attirer les foudres de mon frère, là, tout de suite, j'ai besoin de le sentir contre moi.

— Vous êtes trop mignons ! s'exclame Violette les mains sur sa poitrine, alors que Lucas dépose un baiser sur mon front.

— Non, ils ne sont pas mignons, ils sont écœurants, la rabroue mon frère. Vous me filez la gerbe tous les deux. S'il vous plaît par égard pour ma personne, je vous demanderai de conserver au moins un mètre de distance entre vous en ma présence. Et c'est pas la peine de me mater comme ça, c'est non négociable.

— Qu'est-ce que t'es rabat-joie, s'agace ma belle-sœur. Tu crois quoi, que quand ils sont ensemble, ils jouent au scrabble ? Ta sœur n'a plus huit ans, tu vas devoir te faire une raison...

— Ça suffit, Violette, la coupe mon père. Je préférerais que tu arrêtes tout de suite et que tu te taises. Parce que moi non plus, je n'ai aucune envie d'entendre ça.

Ma belle-sœur grimace et s'empourpre. Mon frère, lui, détourne les yeux et préfère fuir mon regard. Il nous en veut, j'en suis certaine, tout comme je suis sûre qu'il n'est pas encore prêt à accepter ma relation avec Lucas. Pour l'instant, il se contient à cause de la présence de mon père. Mais un jour viendra où nous devrons nous expliquer tous les trois. Il nous faudra du temps pour retrouver nos relations où nous les avons laissées. Peu importe. Aujourd'hui, je suis prête à affronter ses paroles, ses opinions et son regard. Par contre, je ne lâcherai rien, que ce soit pour qu'il comprenne mes sentiments, qu'il les accepte et qu'il les assimile. Mon frère a une importance capitale dans ma vie, Lucas aussi et ça, il va devoir en prendre conscience. Je n'abandonnerai ni l'un ni l'autre. Parce que malgré nos différences, nous nous complétons. Chacun d'entre nous est un membre à part entière de cette famille hors norme. Nous sommes tous des pierres brutes, taillées de manières différentes, c'est ce qui fait de nous un mur solide, qui résistera à toutes les tempêtes, même celle-ci.

Nous aurons sans doute d'autres prises de bec, d'autres coups de gueule, d'autres points de désaccord. Mais tant que nous serons unis, nous surmonterons tous les obstacles.

EPILOGUE !

ROMANE

Quatre ans plus tard...

— Continue comme ça, tu tiens le bon bout, nous y sommes presque ! hurle Violette dans son casque.

— Pitié, arrête de crier, tu vas me transpercer un tympan, râlé-je pour la forme.

Avec ma belle-sœur, nous avons décidé il y a un peu plus de deux ans de nous lancer dans le Rallye Aïcha des Gazelles et ça n'a pas été facile. Violette n'avait absolument aucune notion. Que ce soit en mécanique ou bien en orientation à l'ancienne. Lui apprendre à mettre ses mains dans un moteur m'a valu quelques parties de rigolade et de bonne frayeur. Pourtant, nous n'avons rien lâché. À nous deux, nous nous sommes liguées contre mon frère et avons fini par obtenir gain de cause. Apparemment, la grève du sexe est bien plus efficace que les menaces. J'ai gardé l'idée dans un coin de ma tête, ça peut toujours servir. Déjà quatre ans et mon frère a encore du mal à m'observer dans les bras de mon homme. Ce n'est qu'un air qu'il se donne. Il se complaît dans le rôle de connard qu'il a endossé depuis tant d'années.

Il nous a fallu deux mois pour enfin avoir cette discussion et crever l'abcès. Deux mois durant lesquels je l'ai à peine vu. Lorsqu'avec Lucas nous passions chez mon père, Maël avait toujours un truc de prévu ou un rendez-vous de dernière minute. Durant toute cette période, Violette a joué la négociatrice. Elle n'a jamais cessé d'y croire quand moi, j'avais perdu tout espoir de réconciliation. Mon père, quant à lui, il ne s'en est pas mêlé. Il m'a avoué que forcer Maël ne servait à rien, qu'il fallait le laisser cheminer tout seul et que tôt ou tard, il reviendrait. Alors, j'ai écouté. J'ai emménagé avec Lucas dans un petit appartement à Moulin Blanc et il a acquis le garage qu'il avait visité. Nous travaillons ensemble, main dans la main. Nous partageons autant le côté mécanique que les tâches administratives. Bon, j'avoue que je rechigne toujours un peu lorsque c'est mon tour d'être derrière le bureau. Nous vivons à un peu plus d'une heure trente de la maison de notre enfance. Cet éloignement était nécessaire pour les uns comme pour les autres. On ne passe plus notre temps ensemble et nous sommes heureux de nous retrouver.

— Putain de putain de merde ! Je suis toute excitée, crie Violette, me sortant de mes pensées.

— Tu sais que le rôle du co-pilote, c'est d'épauler son pilote, pas de lui foutre le stress, la préviens-je en tentant de garder tout mon sérieux.

— Le stress ? s'étonne-t-elle. Quel stress ? Nous avons une putain de longueur d'avance, comment veux-tu que qui que ce soit nous dépasse ? Nous sommes des putains de Warrior !

— Il va falloir que t'arrêtes de jurer comme un charretier.

Lucas et mon frère déteignent beaucoup trop sur elle.

— Allez, il ne nous reste plus grand-chose !

Sa joie fait plaisir à voir. Ces quatorze jours ont été riches en émotion, en partage, en rire et en angoisses. Je ne vais pas mentir. Même si je suis bien plus en paix avec mon passé, il subsiste tout de même une petite partie de moi qui a peur de perdre les gens que j'aime.

Ma famille, c'est toute ma vie.

Devant nous, se dessine enfin l'arrivée de notre dernière étape. Et j'en suis heureuse. Même si j'ai pris beaucoup de plaisir, la fatigue de ces derniers jours se fait maintenant sentir. Mes fesses crient au scandale et mes lombaires sont à deux doigts de me remonter entre les deux omoplates. J'avais oublié à quel point conduire dans le désert était aussi éreintant. Sans parler des soirées et des nuits hyper actives. J'ai un dieu grec dans mon lit, alors, j'en profite au maximum.

Violette sautille sur son siège quand enfin, je me gare près des véhicules déjà sur place. Nous ne sommes pas les premières, nous n'avons d'ailleurs jamais franchi la ligne d'arrivée en tête. Peu importe, ce n'est pas ce qui nous a conduit à la victoire. Parce que ma belle-sœur a raison, avec notre avance, impossible que quelqu'un nous soit passé devant.

— On a réussi ! s'exclame Violette en me serrant dans ses bras, alors que je n'ai pas encore eu le temps d'ôter mon harnais de sécurité.

— Oui, on a réussi, murmuré-je à son oreille.

Cette victoire a un goût particulier. Un goût de revanche et d'accomplissement. Je suis enfin allée au bout de mon rêve. La foule se presse autour de nous quand nous descendons du 4X4. Ma main se pose sur la carrosserie et je remercie ce vieux tas de ferraille de nous avoir conduites jusque-là sans trop de problèmes mécaniques. Un sourire se dessine sur mon visage quand la pulpe de mes doigts caresse le nom que mon frère a donné à notre véhicule : « Lucie ». Le prénom d'une merveille, d'un espoir et de l'unification de notre famille. Celle qui a rassemblé tous ses membres en une unique entité.

Mes yeux parcourent l'assemblée, fouillent la foule, jusqu'à ce que j'aperçoive ce que je cherche. Mon sourire s'agrandit, mon cœur se gonfle et enfin, je peux respirer. Mon frère joue des coudes pour se frayer un chemin jusqu'à moi et lorsqu'enfin, ce qu'il tient dans ses bras me repère...

— Maman ! s'écrie Lucie en se faufilant hors de la prise de son oncle.

Ma petite princesse, du haut de ses trois ans et la plus belle chose que j'ai jamais vue. Elle a le regard et le caractère de son père. Par contre, niveau physique, c'est tout moi. Une jolie petite brune toute en rondeurs.

De notre premier voyage au Maroc, j'ai ramené un cadeau inattendu que m'avait laissé Lucas. Un petit têtard qui avait élu domicile dans mon ventre et qui a vu le jour un peu plus de huit mois plus tard. Lorsque je l'ai appris, j'ai eu un choc. Au début, j'ai eu du mal à y croire. Sauf qu'avec Lucas, nous ne nous sommes jamais protégés et étant donné qu'avant lui, j'avais une vie sexuelle qui s'apparentait au désert de Gobie, je ne prenais pas de contraception. Ben ouais, la pilule, ça fait grossir et j'avais déjà bien assez de formes sans en rajouter. Il a bien fallu me rendre à l'évidence. Quand j'ai entendu son cœur battre pour la première fois, là, j'ai compris que toute ma vie allait être différente. Peu importe ce que les gens pensaient ou disaient, je savais que Lucas serait toujours à mes côtés. Parce que j'avais une partie de lui qui grandissait dans mon ventre. Et que quoiqu'il arrive, quoi qu'il se passe, nous serions liés pour toujours.

Quand j'ai su que j'étais enceinte, j'ai eu besoin de partager ça avec mon frère. Malgré nos divergences d'opinions, après Lucas, c'est le premier que j'ai informé de mon état. Je me suis pointée au garage et je lui ai tout simplement dit ce que j'avais sur le cœur. Que je l'aimais, qu'il me manquait plus que tout et que le têtard dans mon ventre allait avoir besoin d'un parrain et que je ne voyais que lui pour endosser ce rôle. Il a eu un choc. Si gros que j'ai bien cru que son cœur allait arrêter de battre. Le soir même, il a pris une cuite avec Lucas. Avec Violette, nous n'avons jamais su ce qu'il s'était passé pendant leur soirée improvisée, mais au petit matin, les choses semblaient être arrangées entre eux. Enfin, Maël restera toujours Maël et je suis presque certaine qu'il croit encore que Lucie est née dans une fleur. Ne lui dites pas que sa petite sœur n'est plus pure, de toute façon, il ne vous croirait pas !

Les journalistes tentent de capter mon attention, mais je ne les vois pas. La seule chose qui me retient toute entière, c'est mon bébé qui court droit sur moi, son père sur ses talons. Je tombe à genoux dans le sable et la réceptionne au vol. Quand son petit corps se loge tout contre le mien, mon cœur reprend un rythme normal. Son odeur de bébé remplit mes narines et je me sens chez moi. C'est l'effet qu'elle me fait. L'effet qu'ils me font tous les deux. Sans eux, je ne serais pas complète.

— Félicitations, mon amour ! s'exclame Lucas en nous prenant toutes les deux dans ses bras.

Jamais je ne pourrai me lasser de l'entendre prononcer ces mots. À chaque fois, ils inondent mon cœur de bonheur. Ses mains prennent mon visage en coupe et ses lèvres se posent sur les miennes avant de me prendre contre lui. Comme toujours quand il me touche, ma peau se couvre de chair de poule et une chaleur intense se loge dans mon bas-ventre.

— Papa, tu m'étouffes ! râle Lucie en tentant de nous écarter l'un de l'autre avec ses petites mains potelées.

Nous éclatons de rire et embrassons simultanément notre fille. Elle se retrouve les joues écrasées sous nos baisers pendant qu'elle peste. Ouais, elle a aussi pris un peu du caractère de son oncle !

Cette victoire, je l'ai attendue longtemps, pourtant, aujourd'hui, le plus important, c'est que nous soyons tous là pour partager ce moment. Mon père, mon frère, Violette, mon bébé et l'homme de ma vie. Celui que j'aime depuis toujours, celui qui m'était interdit. Et pourtant...

Nous avons lutté, nous nous sommes battus et nous avons surmonté les épreuves, les qu'en-dira-t-on et le regard des autres. Parce qu'il n'y a pas eu que mon frère qui ait vu d'un mauvais œil notre relation, le voisinage aussi. Pas facile quand on a vécu toute sa vie dans une petite ville qui campe sur des principes et des coutumes ridicules. Pour tous ces gens, Lucas et moi sommes frère et sœur, même si nous ne partageons pas le même sang. Alors pour les emmerder jusqu'au bout, Lucas a eu une idée aussi saugrenue que magnifique.

Nous nous sommes mariés l'année dernière avec pour seuls témoins et seuls invités notre famille. Quand Lucas m'a fait sa demande, je n'ai pas compris tout de suite ses intentions. Il ne m'a pas proposé de m'épouser, non, il s'est donné à moi en prenant mon nom. Avec son envie un peu particulière, ce jour-là, il est devenu à la fois mon mari et un petit peu mon frère. Mon père a gagné un autre fils et Lucas était enfin un vrai Prigent.

La boucle est bouclée !

REMERCIEMENTS !

NELRA

    Onzième roman, c'est le onzième roman que je termine. L'histoire de Romane et de Lucas est un peu particulière parce que dans la vraie vie, j'aurais adoré pouvoir participer à un rallye (notamment celui de Gazelles). Un rêve qui le restera parce que je n'ai absolument aucune notion de mécanique. À part faire le plein et conduire, je suis incapable d'autre chose. Néanmoins, j'aurais un peu touché du doigt cet univers à travers les yeux de nos deux héros.

    Sinon, sachez que depuis peu, je me consacre pleinement à l'écriture (je vous vois venir, non, ça ne veut pas dire que je publierai plus), ça veut simplement dire que je fais ce qu'il me plaît. Et pour ça, je n'ai qu'une personne à remercier, mon mari. Sans lui, tout ça serait impossible. Cet homme qui partage ma vie depuis... attendez que je compte... 26 ans. J'avais 18 ans, il en avait 20, je vous laisse faire le calcul. Attention, le premier qui me dit que je suis vieille, je sors ma pelle ! Bref, sans lui, je pense que j'aurais déjà tout plaqué. Il y croit bien plus que moi et je me nourris de son soutien pour avancer, ne pas baisser les bras. Parce que ce n'est pas toujours facile.

Merci à mes bêtas, Coralie, Laëtitia, Nathalie et Sophie. Ainsi qu'à mes correctrices Cyrielle et Elodie. Elles ont du mérite, vous pouvez les applaudir. Entre les incohérences du récit et mes nombreuses fautes d'orthographe, c'est un travail titanesque.

Que serait une auteure sans son double ? Elle est celle qui partage mes nuits, mes jours et mes descentes de vin blanc en salons. Celle qui écoute mes états d'âme, qui absorbe mes coups de blues et qui n'hésite pas à m'enfoncer son 42 fillette au cul (ne le prenez pas au sens propre, je ne suis pas aussi maso que ça), quand parfois, je vois tout en noir. Iride, ma choupinette, merci d'être là et d'être celle que tu es.

Allez, un dernier merci et promis, je vous fiche la paix.

Merci à Petit Corbeau, qui au-delà d'être mon éditrice chez les Éditions Explicites, est aussi ma graphiste. L'une des rares que je connaisse qui prenne le temps de parcourir les histoires qu'on lui confie, pour en retranscrire l'essence sur la couverture.

Merci à toi, lecteur qui prends le temps de me lire et de faire vivre mes personnages.

Tu veux m'aider ? Alors, n'hésite pas à cliquer sur les étoiles à la fin de ta lecture (pour la version numérique) et s'il te reste un peu de temps après ça, tu peux aussi laisser ton commentaire sur Amazon. Pour toi ce n'est pas grand-chose, pour moi, c'est une mise en avant.

MES AUTRES LIVRES

DARK

CONTEMPORAIN

HOT

FEEL-GOOD

TOUTES MES HISTOIRES SONT DISPONIBLES SUR AMAZON AU FORMAT KINDLE, BROCHÉ, DANS L'ABONNEMENT KINDLE ET SUR WWW.NELRA-AUTEURE.COM

Printed in France by Amazon
Brétigny-sur-Orge, FR